CW00433428

Max Gallo, né à Nice, est d'origine italienne. Il débute comme technicien tout en poursuivant des études d'histoire et entame alors une brillante carrière d'universitaire. Il obtient l'agrégation, le doctorat ès lettres et enseigne à l'université de Nice puis à l'Institut d'études politiques de Paris. Parallèlement, Max Gallo se lance dans le journalisme – il sera pendant dix ans éditorialiste à *L'Express* – et dans la politique. Après avoir été ministre puis député européen, il se retire de la vie politique pour se consacrer à l'écriture et rencontre un vif succès. Ses fresques historiques et ses biographies allient le souffle haletant des épopées à la rigueur de l'érudition. Plongé au cœur de l'Antiquité ou au beau milieu des batailles napoléoniennes, le lecteur entre avec délectation dans les méandres d'une histoire grandiose dont il est le descendant. Max Gallo est membre de l'Académie française depuis le 31 mai 2007.

Le roman des rois

MAX GALLO

DE L'ACADEMIE FRANCAISE

Le roman des rois

Les grands Capétiens

Philippe Auguste, le Conquérant
Saint Louis, le Croisé
Philippe le Bel, l'Énigmatique

ROMAN

© Librairie Arthème Fayard, 2009

Sommaire

LIVRE III (1270-1314)
Philippe IV le Bel, l'Énigmatique

Envoi

Pour découvrir la France

Vous qui, dans ces premières années du XXIᵉ siècle, vivez en France, regardez autour de vous.

Vous rencontrerez en mille lieux les traces de trois grands rois capétiens du XIIIᵉ siècle.

Le plus souvent, ce sont des monuments qui illuminent notre paysage.

Mais, parfois, vous découvrirez des cicatrices encore douloureuses.

Les rois fondateurs ont ainsi façonné le visage de la France et modelé son histoire.

À Paris, descendez du sommet de la montagne Sainte-Geneviève, le cœur du Quartier latin, jusqu'à la Seine.

Arrêtez-vous rue Clovis, devant ce pan de mur d'enceinte large, haut, fait de pierres grossièrement taillées.

C'est Philippe II Auguste, le Conquérant, le premier de ces rois, qui décide d'élever ce rempart long de 2 700 mètres, qui comportait tous les 60 mètres une tour.

À l'angle sud-ouest du mur, le roi fit édifier la première forteresse du Louvre.

Philippe Auguste régna de 1180 à 1223. Il fut conquérant, rassemblant à coups de glaive les terres autour de son domaine royal d'Île-de-France.

En face de vous, au pied de la colline, bordée par la Seine, vous serez ébloui par Notre-Dame.

Ce grand navire de la foi ne sera achevé que sous le règne de Louis IX, le petit-fils de Philippe Auguste, Louis le Juste, Louis le Croisé, Louis le Saint.

Il règne de 1226 à 1270.

Parcourez quelques centaines de pas, le long de la Seine, dans ce qui était la campagne, avec des vignes s'étageant sur les pentes de la montagne Sainte-Geneviève. Vous découvrirez le couvent des Bernardins. Achevé vers 1245, il accueillait les écoliers venus de toute l'Europe.

C'est dans cette nef que le pape Benoît XVI, en septembre 2008, vint, dans les pas de Thomas d'Aquin, évoquer la foi, le Verbe, et la raison devant le mystère de Dieu.

Dans les mêmes années du milieu du XIIIe siècle, ce temps des cathédrales, des croisades, de l'Inquisition et de la construction du royaume de France, Louis IX, qui sera Saint Louis, fait construire la Sainte-Chapelle pour y recueillir les reliques saintes, la couronne d'épines du Christ et un morceau de la vraie Croix.

Et, dans tout le royaume de France, à l'image de Paris, on élève des oriflammes de pierres dentelées, abbayes et cathédrales : abbaye du Mont-Saint-Michel, cathédrales de Bourges, de Chartres, de Reims, d'Amiens, d'Albi.

Nombre d'entre elles, commencées sous les règnes de Philippe Auguste, le Conquérant, et de Saint Louis, ne sont achevées que sous le règne de Philippe IV le Bel, l'Énigmatique, l'arrière-petit-fils de Philippe Auguste, qui de 1285 à 1314 crée le Grand

Conseil du roi, la Chambre des comptes, le parlement de Paris, réunit pour la première fois en 1302 des états généraux rassemblant les trois états (clergé, noblesse, gens du commun), instaure des impôts, confisque des richesses, pratique le grand remuement des monnaies.

Ici, les traces deviennent des souvenirs de souffrances. Croisade des Albigeois, hommes, femmes, enfants massacrés puisque « Dieu reconnaîtra les siens ». Traque des hérétiques, des Juifs, poussés dans les flammes des bûchers ou dans des fosses remplies de fagots auxquels on a mis le feu.

Allez jusqu'au quartier du Temple, à Paris, imaginez la forteresse qu'avaient élevée là les chevaliers de l'ordre du Temple, ces soldats de la milice du Christ qui avaient combattu les Infidèles aux côtés de Philippe Auguste, puis de Saint Louis.

Philippe le Bel les accuse d'hérésie, les fait emprisonner, torturer, exécuter ; ce procès intenté contre les Chevaliers de l'Ordre du Temple, au cours duquel des innocents, brisés, avouent leurs maléfices, annonce les mises en scène judiciaires de notre XXe siècle, qui fut aussi celui d'autres Inquisitions.

Ainsi les trois grands rois capétiens – Philippe Auguste, le Conquérant (1180-1223), Louis IX, le Saint (1226-1270), Philippe le Bel, l'Énigmatique (1285-1314) – ont-ils façonné notre histoire, et leurs œuvres rayonnantes ou sombres sont présentes en nous, dans notre regard et notre mémoire.

Gloire, foi et douleur de ces temps si proches, puisqu'on se recueille et prie encore dans ces cathédrales, ce couvent des Bernardins où un pape d'aujourd'hui prend la parole.

Ces temps capétiens furent ceux du dialogue intense, voire des conflits entre le pape et le roi de

France, entre Boniface VIII et Philippe le Bel. Ce conflit entre l'Église et sa « fille aînée », entre la papauté et l'État, fait aussi partie de l'héritage légué par les rois capétiens.

À peine un peu plus de neuf siècles nous séparent de ces rois, et c'est si peu dans l'infinie coulée de temps qu'est l'histoire des hommes.

Et cependant, c'est à peine si l'on sait encore comment ces grands rois du XIIIᵉ siècle – Conquérant, Saint, Énigmatique – se nommèrent.

Combien sommes-nous, Français de ce XXIᵉ siècle, à savoir que la dépouille de Philippe le Bel, mort le 29 novembre 1314 à Fontainebleau, fut déposée au couvent des Bernardins où on l'embauma avant de porter son corps sur une litière à Notre-Dame, puis à l'abbaye de Saint-Denis ?

Mais pourquoi doit-on se souvenir ?

Parce que nous sommes, dès lors que nous vivons ici, les enfants de ces lieux, de ces arches de pierre poussées jusqu'à nous par le grand vent de la foi.

Et que si nous voulons vivre et léguer à notre tour ce qui nous a été transmis, nous devons communier avec cette histoire.

Communier, c'est-à-dire connaître avec le cœur et l'esprit.

Voilà pourquoi j'ai écrit ce *Roman des rois*.

LA LIGNÉE CAPÉTIENNE

Hugues Capet † 996
Robert II le Pieux † 1031
Henri Ier † 1060
Philippe Ier † 1108
Louis VI † 1137
Louis VII † 1180

Philippe II Auguste, le Conquérant † 1223

Louis VIII † 1226

Louis IX, Saint Louis, le Croisé † 1270

Philippe III † 1285

Philippe IV le Bel, l'Énigmatique † 1314

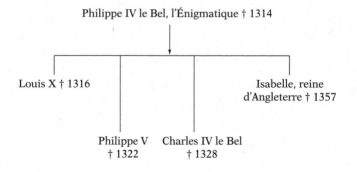

Louis X † 1316

Isabelle, reine
d'Angleterre † 1357

Philippe V
† 1322

Charles IV le Bel
† 1328

« Ô France, tourmentée par les agents financiers de ton roi, tu as eu à supporter de dures lois et de terribles moments...

« Regarde cependant partout ailleurs : les autres rois qui gouvernent à leur guise sont encore de pire condition. Ils imposent au pauvre peuple comme à l'Église un joug encore plus despotique. Reconnais, en somme, que tu es gouvernée par un roi d'humeur bienveillante, et ne te plains pas, obéissant à un tel roi, de ne pas être courbée sous la triste domination de Richard l'Anglais, ou rongée par la dure tyrannie d'un roi allemand. »

Henri de Thorenc,
sous le règne de Philippe Auguste,
vers 1210

PROLOGUE

(1321-1322)

Dieu n'a pas voulu ce qui a commencé à la Saint-Jean de l'an de grâce 1321. Je le sais.

Philippe V, qu'on appelait le Long, régnait sur le royaume de France, et moi, Hugues de Thorenc, comte de Villeneuve, j'étais son vassal.

Ce jour-là, 27 décembre, les soldats du guet ont surpris à Paris, non loin de la place de Grève, un homme aux mains et aux pieds enveloppés de chiffons, au visage dissimulé, qui psalmodiait, penché sur la margelle d'un puits.

Ils l'ont forcé à coups de hallebarde à se redresser, à montrer ce corps qu'il cachait. Ses mains, ses pieds, ses traits n'étaient que plaies et boursouflures. Plus de bouche et plus de nez, plus de doigts et plus d'orteils.

Ils ont passé à la question ce lépreux, qui, au mépris de toutes les ordonnances, avait quitté les enclos réservés à ceux que Dieu a punis en les livrant au mal rongeur.

L'homme se nommait Bazin. Il prétendait avoir été prêtre, et, après qu'on l'eut menacé du feu purificateur, il avoua que lui et les siens avaient reçu mission d'empoisonner les puits, les fontaines, les sources, les blés, les vins, « en vue de faire périr ceux qui n'étaient pas comme eux », ou bien de les faire dévorer par la lèpre et qu'ils subissent ainsi, eux aussi, cette malédiction.

Bazin confessa qu'il existait une grande conspiration liant les lépreux du monde entier pour se partager les royaumes et les biens de la terre. L'un d'eux serait roi de France, un autre comte de Valois, un troisième abbé de Marmoutier, et chacun aurait sa part.

On le soumit à la « géhenne » renforcée afin de lui arracher tout ce qu'il savait de cette œuvre démoniaque.

On apprit d'abord que le poison était un mélange de sang humain, d'urine et de trois herbes, puis on mettait à macérer dans cette mixture des hosties.

Quand on eut broyé l'un des genoux de Bazin et qu'on l'eut menacé de faire éclater l'autre à coups de maillet, il livra ses derniers secrets.

L'ordre avait été donné par les rois maures de Grenade et de Tunis d'empoisonner les chrétiens. Ces souverains avaient, par écrit, transmis leur volonté et la composition du poison aux Juifs, à charge pour ces derniers, en échange d'argent, de convaincre les lépreux du monde d'agir contre les chrétiens.

Un Juif nommé Samson avait reçu les lettres des rois maures et convoqué les lépreux d'Occident afin qu'ils exécutent cette besogne maléfique. Après quoi les royaumes chrétiens deviendraient leur butin.

Moi, Hugues de Thorenc, comte de Villeneuve, j'étais auprès du roi quand on lui révéla cette conspiration qui avait pour but de détruire la Chrétienté.

Philippe V prit aussitôt un édit enjoignant que les coupables soient livrés aux flammes, les autres enfermés perpétuellement dans les ladreries, et si quelque lépreuse coupable était enceinte, elle serait conservée jusqu'à ce qu'elle eût accouché, puis livrée aux flammes.

Bazin, le prêtre excommunié et lépreux, périt ainsi par le feu.

Après lui, les flammes des bûchers dévorèrent des milliers de lépreux et de Juifs.

En Languedoc on en brûla six cents en un seul jour.

À Chinon, cent soixante Juifs durent sauter dans une fosse où l'on avait entassé des fagots de branches sèches dont les flammes vives et affamées attendaient leurs proies.

On dit même que « beaucoup de femmes veuves firent jeter dans le feu leurs propres enfants de peur qu'ils ne leur fussent enlevés pour être baptisés par les chrétiens assistant à ce supplice ».

Des bûchers furent aussi dressés à Paris aux carrefours, sur la place de Grève, devant une grande foule hurlante au premier rang de laquelle se trouvaient des nobles.

Dieu n'a pas voulu cela. Je le sais.

Et je n'ai pas désiré voir les corps se tordre, agrippés, enlacés par les flammes.

J'ai quitté la cour du roi pour regagner mon fief.

Du haut de la cour carrée du château des Villeneuve de Thorenc, construit par mon aïeul Martin de Thorenc, j'aperçois les cimes enneigées, et la mer, ce ciel renversé.

Ce théâtre du monde aux couleurs de vitrail m'apaise. J'oublie la cruauté des hommes entre eux. Mais si Dieu n'a pas voulu cela, Il a laissé les hommes devenir les vassaux de Satan.

Il n'a pas voulu cela, mais, l'heure venue, Il jugera chacun de nous.

C'est pour me préparer à comparaître devant Lui que j'ai décidé d'écrire cette histoire de ma lignée, qui est aussi la chronique des rois de France.

Car, depuis mon aïeul Martin Villeneuve de Thorenc, le roi de France est notre suzerain.

Aux côtés de Philippe Auguste, le Conquérant, il y eut un Eudes de Thorenc, puis un Henri Villeneuve de Thorenc.

Le fils de ce dernier, Denis de Thorenc, servit Louis IX, le Croisé, le Juste, le Saint. Et moi, Hugues de Thorenc, comte de Villeneuve, j'ai donné conseil à Philippe IV le Bel, celui que j'ai nommé l'Énigmatique ; j'ai mis ma plume et mon glaive à son service, puis à celui de son fils Philippe V le Long.

J'avais été écuyer de Louis IX, son aïeul. J'avais quatorze ans l'année de sa mort à Carthage, en croisade, le 25 août 1270. Mon père, Denis de Thorenc, était alors à ses côtés.

La lignée des Thorenc a donc chevauché aux côtés de celle des Capétiens.

Pour la gloire de Notre Seigneur Jésus-Christ, je m'en vais tenir chroniques croisées de ces deux lignées.

Je prie Dieu qu'Il me laisse achever ma tâche, la dernière en ce monde où hommes, femmes et enfants vivants deviennent pièces de bois pour les bûchers.

LIVRE I

(1108-1226)

Philippe Auguste, le Conquérant

PREMIÈRE PARTIE

(1108-1180)

« Ton Seigneur le roi d'Angleterre ne manque
de rien : hommes, chevaux, or, soie, diamants,
gibier, fruits, il a tout en abondance.
Nous, en France, nous n'avons que du pain,
du vin et de la gaieté. »

Louis VII le Jeune, 1170

1

Martin, le fondateur de la lignée des Villeneuve de Thorenc, avait la peau brunie et tannée de ceux qui reviennent de Terre sainte.

Avec le chevalier champenois Hugues de Payns et d'autres jeunes nobles comme Archambaud de Saint-Amand, Payen de Montdidier, Godefroy de Saint-Omer, il avait parcouru les routes qui conduisent au Saint-Sépulcre afin d'accompagner et de protéger les pèlerins que les Infidèles guettaient comme des proies faciles, désarmées, bonnes à détrousser, à enlever, à assassiner.

« Nous sommes, avait écrit Martin, chanoines réguliers, car nous avons fait vœu de chasteté, de pauvreté et d'obéissance, et nous avons pris le nom de chevaliers du Temple parce que nous logeons non loin du Temple du Seigneur, dans le palais du roi, et que nous sommes chevaliers de Jésus-Christ. »

Dans les tourbillons de sable, ils avaient combattu, dispersant et exterminant les bandes sarrasines, n'abandonnant les pèlerins qu'aux portes de Jérusalem, attendant qu'ils les eussent franchies pour reprendre la route, souvent sans s'accorder de repos.

Et lorsque, en l'an 1127, ils étaient rentrés en terre chrétienne, ils n'avaient séjourné que peu de temps dans leurs fiefs.

Martin avait gagné la terre aride qui domine la côte de la Méditerranée, cette Provence haute qui lui rappelait les paysages de Terre sainte.

Il avait rassemblé ses serfs, ses paysans, ses écuyers, donné des ordres pour qu'on élevât une tour carrée en pierres dures, qu'on y ménageât des meurtrières et des mâchicoulis, qu'on dressât de hauts murs avec des chemins de ronde pour la protéger, et que dans la cour ainsi dessinée on bâtît une chapelle.

Ces jours-là, il avait choisi son blason, celui des Villeneuve de Thorenc, composé d'une tour surmontée d'une oriflamme blanche portant la croix rouge des chevaliers du Temple, et une aigle aux ailes déployées.

Puis il était parti pour l'abbaye de Clairvaux afin d'y retrouver ses compagnons et d'y rencontrer Bernard, le maître de l'abbaye et de toutes celles – « filles » de Clairvaux – qui avaient, à son initiative, pris naissance et essaimé de la Baltique à la Méditerranée.

Ils se sont rendus ensemble au concile qui devait s'ouvrir à Troyes, le 13 janvier 1129, en présence d'Étienne Harding, abbé de Cîteaux, d'Hugues de Mâcon, abbé de Pontigny, des archevêques de Sens et de Reims, des abbés de Vézelay et de Molesmes, et de Thibaud de Blois, comte de Champagne.

Ils ont rédigé la charte des chevaliers du Temple, ces moines-soldats constituant une nouvelle *milice*, celle du Christ.

On lit sur ce parchemin – et c'est la parole même de Bernard de Clairvaux qui y est transcrite :

« Les chevaliers du Temple ne craignent ni de pécher en tuant des ennemis, ni de se trouver en danger d'être tués eux-mêmes. C'est pour le Christ, en effet, qu'ils donnent la mort ou la reçoivent. Ils ne commettent ainsi aucun crime et méritent une gloire surabondante. S'ils tuent, c'est pour le Christ ; s'ils meurent, le Christ est en eux... Je dis donc que le soldat du Christ donne la mort en toute sécurité et qu'il la reçoit avec plus de sécurité encore... S'il tue un *malfaisant*, il ne commet pas un homicide, mais un *malicide*. Il est le vengeur du Christ contre ceux qui font le mal, et obtient le titre de défenseur des chrétiens. »

Mon aïeul, Martin Villeneuve de Thorenc, était l'un d'eux. Mais il était aussi vassal du roi de France Louis VI le Gros, qui, après d'autres souverains, avait succédé en ligne directe à Hugues Capet, duc de France et roi des Francs.

Et quand Martin de Thorenc dut choisir entre sa fidélité aux règles des chevaliers du Temple et le respect de l'hommage lige qu'il avait rendu au roi de France, ses compagnons de Terre sainte le délièrent de ses obligations et il fut ainsi l'homme du roi.

Mais ni lui ni ses descendants jusques à moi, en cette année 1322, ne devinrent les ennemis des chevaliers du Temple. Quels qu'en fussent le prix et les souffrances, ils restèrent leurs alliés, même quand les persécutions royales firent des chevaliers à la croix des coupables, des proscrits et des martyrs.

Je raconterai ce qui advint sous d'autres règnes que celui de Louis le Gros, dont je fus le témoin déchiré et malheureux.

Mais, avant cela, il y avait eu pour les chevaliers du Temple des années de puissance et de gloire au service du Seigneur des Cieux et du roi, en Terre sainte comme dans le royaume de France.

Sur eux, longtemps s'était étendue la protection de l'abbé de Clairvaux, qui, peu après sa mort, fut, le 18 janvier 1174, canonisé par le pape Alexandre III. Ma lignée révéra toujours saint Bernard de Clairvaux et je l'ai prié tout au long de ma vie.

Nous, les Villeneuve de Thorenc, fûmes ainsi serviteurs de Dieu et vassaux des rois capétiens, suzerains du royaume de France.

Martin est donc le premier des Thorenc.

Il chevauche aux côtés du roi de France, Louis le Gros. Il porte l'oriflamme royale aux fleurs de lis. Il se tient debout à la droite du trône, couche devant la tente du roi ou dans la pièce jouxtant la chambre royale.

Il a donné coups de glaive et coups de lance afin de dégager Louis le Gros, impétueux et téméraire, qui s'est souvent élancé le premier pour traverser une rivière à gué, s'engager sur un pont, attaquer l'une de ces forteresses d'Île-de-France dont le roi entend brûler et raser les donjons pour accroître le domaine royal, protéger les villes, les abbayes, les paysans soumis à la tyrannie de ces seigneurs brigands qui dépouillent, pillent, emprisonnent, violent, tuent.

Un seigneur de Beauce, Hugues du Puiset, un Thomas de Marle, au-delà de la Seine et de l'Oise, sont de ces hommes sanguinaires et cruels.

Thomas de Marle épouvante paysans et clercs. Il invente des supplices, manie lui-même le couteau et le fer rougi, prend plaisir à torturer dans les bas-fonds de ses châteaux. Il se moque des excommunications. Il résiste dans ses donjons, à l'abri des sombres forêts de l'Île-de-France.

« Qui peut imaginer le nombre de ceux que la faim, les tortures et la pourriture ont fait périr dans ses prisons ! »

Pour Thomas de Marle, un paysan vaut moins qu'une bête qu'on chasse. Et il n'hésite même pas à égorger son parent, l'archidiacre de Laon, Gautier.

C'est Martin de Thorenc qui, avec l'appui des évêques, obtient de Louis le Gros qu'enfin une croisade soit organisée contre ce rapace. Mais Thomas de Marle, blessé, refuse encore sur son lit de mort de donner l'ordre de libérer les prisonniers enfermés dans les cachots de ses châteaux qu'on n'a pas conquis.

Quant à Hugues du Puiset, il était « comme un chien furieux que les coups et la chaîne exaspèrent, et qui mord et déchire avec d'autant plus de rage tous ceux qu'il a le malheur de rencontrer ».

C'est l'abbé de l'abbaye royale de Saint-Denis, Suger, qui parle ainsi, exhortant mon aïeul à inviter le roi à faire régner la justice en son domaine, à protéger l'Église, à rassembler autour de lui ses sujets contre la rapine et la cruauté des seigneurs avides.

Louis le Gros suit ces conseils.

Glaive en main, il va les débusquer dans leurs repaires, pénètre dans les donjons en flammes, s'enfonce dans les rangs ennemis, et c'est Martin de Thorenc qui le protège et le défend.

L'abbé Suger s'inquiète de cette audace, de cette volonté royale d'être le premier au combat là « où le nombre des ennemis, les obstacles, l'eau et le feu font reculer les jeunes gens ».

Louis se jette en avant avec furie, comme s'il devinait que, bientôt, son corps s'alourdira au point qu'il ne pourra plus monter en selle et sera ce roi enveloppé de replis de graisse, au teint blême, aux yeux voilés, respirant bruyamment, dodelinant, ce Louis le Gros ne s'ébrouant que pour se pencher sur son écuelle, dévorer avec avidité, engloutir puis gémir :

« Ah, quelle misérable condition que la nôtre, ne pouvant jamais jouir en même temps de l'expérience et de la force ! Si j'avais su, étant jeune ; si je pouvais, maintenant que je suis vieux, j'aurais soumis bien des empires ! »

Jusqu'à sa quarantième année, il avait soumis les seigneurs rebelles et cruels d'Île-de-France et aussi du Nord, traquant les assassins du comte de Flandre, Charles le Bon. Les meurtriers s'étaient réfugiés dans une église de Bruges et, une fois débusqués comme le sont les renards, ils défilèrent l'un après l'autre devant Louis VI avant d'être précipités du haut de la tour de Bruges. Quant aux deux plus coupables, ils agonisèrent longtemps, l'un attaché à la roue et déchiqueté par les corbeaux, l'autre pendu à une fourche avec un chien qui lui dévorait le visage.

Ainsi sont les hommes, ainsi sont les rois.

Avant d'être ventru, énorme, gras et presque impotent, Louis avait été leste et vif dans ses mouvements, malgré sa haute stature et une corpulence qu'il eut toujours forte.

Il fut grand chasseur de sangliers, de cerfs et même de loups, et mit la même ardeur à poursuivre les femmes.

Il avait le visage avenant mais un teint blême. Le bruit se répandit qu'il devait cette pâleur grisâtre au poison dont sa marâtre, Bertrade, avait versé chaque jour un peu dans son vin. Cette femme qui avait supplanté la reine, morte de chagrin d'avoir été chassée, avait décidé de tuer ainsi Louis.

Dieu ne l'a pas voulu.

Louis le Gros épousa Adélaïde de Savoie, fort laide mais fertile génitrice, qui donna six fils et trois filles à son royal époux. Après Louis VI, la lignée capétienne était donc assurée.

À l'instigation de son suzerain, Martin de Thorenc rompit de son côté le vœu de chasteté des chevaliers du Temple et prit Blanche de Cabris pour épouse. Elle lui donna un fils, Eudes, qui fut le premier bourgeon des Thorenc.

Et je suis issu de cette souche.

Servir le roi Louis le Gros, ce fut d'abord garder le glaive à la main et sentir le poids de l'armure sur ses épaules et sur sa nuque.

Il fallut affronter Henri Ier, le plus jeune des fils de Guillaume le Conquérant, duc de Normandie, qui était aussi roi d'Angleterre, vassal de Louis VI d'une part, souverain de l'autre.

Leur guerre dura vingt-cinq ans.

« Après avoir été mon allié, devait dire Louis VI le Gros au concile de Reims tenu sous la présidence du pape Calixte II, le roi d'Angleterre m'a fait, à moi et à mes sujets, beaucoup de torts matériels et d'injures : il s'est emparé violemment de la Normandie... »

Dieu a-t-Il choisi de venger et d'aider le roi de France, le Très Chrétien ?

Comment ne pas s'interroger quand je lis le naufrage de *La Blanche Nef* ?

Le fils aîné d'Henri Ier d'Angleterre et presque toute la famille royale avaient embarqué sur ce navire à Barfleur. Le clair de lune rendait la nuit aussi claire que le jour. Les jeunes nobles qui accompagnaient la famille royale étaient joyeux et, ivres, offrirent à boire à l'équipage et au pilote.

Qui, une fois larguées les amarres, se souciait des récifs, des périls d'une navigation nocturne ?

Le navire se brisa sur les hauts-fonds et coula à pic, entraînant l'équipage et ses passagers. Un boucher de Rouen survécut seul à cette catastrophe qui fut suivie peu de temps après de la mort d'Henri Ier, roi d'Angleterre et duc de Normandie.

On célébra à la cour de Louis VI la volonté de Dieu, on pria pour l'âme des défunts. Et le roi de France put croire qu'il avait vaincu.

Le duc d'Aquitaine Guillaume X pensa de même. Il se savait au bord de la fosse et voulait que sa fille Aliénor, dont on disait que la beauté et la grâce éblouissaient comme le soleil, conservât son fief. Et il choisit pour époux le fils aîné de Louis VI, Philippe, un jeune chevalier de dix-sept ans, qui se mit à rêver d'Aliénor.

Mais qui peut disposer des jours à venir ?

Qui pouvait ajouter foi à cette prophétie de Bernard de Clairvaux, qui écrivait à Louis VI :

« Puisque vous ne voulez pas nous entendre, respecter les droits de l'Église en la personne de ses évêques, votre impiété sera punie par la mort de votre premier-né, Philippe, que vous venez de faire sacrer. La nuit dernière, en effet, je vous ai vus en songe, vous et votre fils cadet, Louis, prosternés auprès des évêques que vous avez méprisés hier, et j'ai compris que le décès de votre fils Philippe allait vous forcer à supplier l'Église. Seule elle est en droit de vous accorder votre second fils à la place de son frère aîné. »

Puissance de Bernard de Clairvaux dont les paroles sont l'écho de la voix de Dieu !

Philippe, fils de Louis VI, mourut en effet, et c'est Louis, son second fils, qui, au mois de juillet 1137, quitta les bords de Seine pour gagner Bordeaux et y célébrer son mariage avec Aliénor d'Aquitaine. Louis était entouré d'une somptueuse escorte de hauts barons, d'archevêques et d'évêques. Martin de Thorenc chevauchait à ses côtés à la tête d'une armée levée pour occuper l'Aquitaine. Le mariage fut célébré en la cathédrale Saint-André de Bordeaux. Quelques semaines plus tard, à Poitiers, les jeunes époux reçurent la couronne ducale d'Aquitaine.

Louis avait dix-sept ans, Aliénor, quinze. Ils avaient des ancêtres communs et Bernard de Clairvaux avait attiré l'attention de Louis VI sur cette consanguinité des époux. On n'unit pas les sangs qui ont même source. Mais dispense fut accordée et on murmura que Bernard avait surtout tenu à mettre en garde contre cette jeune Aliénor dont on disait qu'elle aimait la compagnie des chevaliers et des troubadours, et qu'elle riait et se pâmait un peu trop à les entendre.

On murmurait aussi que Louis avait été voué à l'Église et que seule la mort de son aîné lui avait fait renoncer à ses vœux ecclésiastiques.

Dieu l'avait voulu ainsi.

Peu après son mariage, alors qu'il regagnait l'Île-de-France, Louis apprit que son père, Louis VI le Gros, était mort le 1er août 1137, revêtu de l'habit monastique.

On avait étendu son corps sur un tapis où l'on avait essaimé des cendres de manière à ce qu'elles dessinent une croix.

2

Il est Louis VII le Jeune, le roi Très Chrétien.

Il n'a que dix-sept ans en cette année 1137.

Il ne se lasse pas, lui qui fut promis à l'Église et fut élève du cloître Notre-Dame, de regarder sa jeune femme, Aliénor, qui réunit autour d'elle troubadours et chevaliers, suit distraitement la messe, se moque des évêques et des moines, soupire lorsqu'elle est contrainte d'écouter Bernard de Clairvaux, qui ne cesse de répéter l'imprécation biblique : « Malheur à la terre dont le roi ne sera qu'un enfant ! »

Mes aïeux, Martin de Thorenc et son fils Eudes, rapportent que Louis VII éprouve pour Aliénor d'Aquitaine un « *amore immoderato* », une tendresse passionnée et jalouse.

Il lui doit d'être duc d'Aquitaine et revêt souvent le costume ducal.

Entouré de ses chevaliers, il chevauche, porte l'épée et l'écu, cuirassé du haubert et coiffé du casque conique. Ce duché d'Aquitaine qu'il parcourt, découvrant sa richesse en pâtures, cultures et vignobles, s'étend de Châtellerault à Bayonne, du Puy à Bordeaux.

Mais Louis VII est aussi ce roi sacré qui s'assied sur le trône, ses longs cheveux tombant sur ses épaules, tenant le sceptre royal de la main droite, représenté sur son sceau une fleur de lis à la main gauche.

Il gouverne, conseillé par l'abbé de Saint-Denis, Suger, et il assiste à la consécration du sanctuaire dont les hautes colonnes, les voûtes, les tours, les vitraux aux couleurs vives exaltent la gloire et la puissance de Dieu. Là sont les reliques et les tombeaux des rois.

En ce jour de consécration, le peuple se rue dans l'abbaye pour communier, admirer, prier, solliciter, et Louis VII doit à grands coups de bâton se frayer passage dans cette foule enivrée par la foi.

Louis VII se défie de cette euphorie qui tourne à l'hérésie.

Là, dans la région de Soissons, puis en Champagne, des paysans, des tisserands prêchent le retour au temps des apôtres. Plus de clergé, plus de pape !

Les évêques se saisissent de ces hérétiques pour qui le monde est divisé entre Bien et Mal. La justice ecclésiastique leur épargne la mort, mais la foule brise les portes des cachots et les brûle vifs pour affirmer sa juste foi.

Bernard de Clairvaux approuve ce châtiment :

« Ces gens-là, dit-il, on ne les convainc pas par des raisons : ils ne les comprennent pas, ne les corrigent pas ; par des autorités, ils ne les acceptent pas ; on ne les fléchit pas par la persuasion, ils sont endurcis. La preuve est faite : ils supportent le supplice. Le Diable leur inspire cette fermeté comme il a donné à Judas la force de se pendre. Ils aiment mieux mourir que se convertir. Ce qui les attend, c'est le bûcher. Mais ce sont de faux martyrs, des martyrs de perfidie ! »

Les corps des hérétiques ont à peine fini de se consumer et leurs cendres ne sont pas encore dispersées que d'autres prédicateurs surgissent.

Ce sont souvent des clercs instruits comme Henri de Lausanne et Pierre de Bruis.

Martin de Thorenc et son fils Eudes ont connu ce dernier qui a prêché autour du château des Thorenc, sur les hauts plateaux de Provence, récusant le baptême et déclarant inutiles églises et clergé.

Dieu est partout, Dieu n'a pas besoin de lieux consacrés ! criait-il. Il faut abattre toutes ces croix qui rappellent l'odieux instrument du supplice du Christ. Il est fou d'adorer, diabolique de prier, agenouillé devant un tel instrument de torture !

Pierre de Bruis est allé de village en village, abattant les croix, les entassant pour en faire des bûchers, et parfois, le Vendredi saint, faisant griller de la viande au-dessus de ces flammes. Et de la tour du château de Thorenc on voyait s'élever les flammes et la fumée.

Un jour, les croyants se saisirent de lui et le brûlèrent sur le bûcher fait des croix qu'il avait renversées et entassées.

Mais un autre hérétique, Henri de Lausanne, continue à prêcher en Aquitaine, dénonçant les mœurs du clergé, convertissant à sa foi simple les tisserands, les paysans, les bourgeois et jusqu'à des nobles.

Bernard de Clairvaux, inquiet, suit à la trace ce « sauvage Henri », ce serpent !

« Les basiliques sont sans fidèles, les fidèles sans prêtres, les prêtres sans honneur, constate Bernard. Et, pour le dire en un mot, il n'y a plus que des chrétiens sans Christ !

« On regarde les églises comme des synagogues, les sacrements sont vilipendés, les fêtes ne sont plus célébrées. Les hommes meurent dans leurs péchés, les âmes paraissent devant le Juge terrible sans avoir été réconciliées par la pénitence et la sainte communion. On va jusqu'à priver les enfants de chrétiens de la vue du Christ en leur refusant la grâce du baptême. Ô douleur, faut-il qu'un tel homme soit écouté et que tout un peuple croie en lui ? »

Mais Henri reste insaisissable.

« N'accueillez pas un prédicateur étranger ou inconnu s'il n'a pas reçu lui-même sa mission du pape ou de votre évêque ! s'écrie Bernard. Saint Paul a dit : comment prêcheront-ils, s'ils ne sont pas envoyés ? Ces intrus n'ont que l'apparence de la piété, ils n'en ont pas la vertu. Ils mêlent les nouveautés profanes aux paroles célestes, du venin au miel ; ce sont des empoisonneurs, méfiez-vous-en ! »

Les années ont passé.

À Louis VII ont succédé Philippe Auguste le Conquérant, puis Louis VIII le Lion et Saint Louis IX le Juste et le Croisé, Philippe III le Hardi et Philippe IV le Bel, l'Énigmatique, Louis X le Hutin et Philippe V le Long, qui, en cette année 1322, vient d'être rappelé à Dieu, que j'ai servi et dans le souvenir duquel j'écris.

Je sais que l'hérésie semée sous le règne de Louis VII a germé malgré Bernard de Clairvaux, qu'il a fallu prêcher la croisade contre elle et que le sang a coulé à grands flots dans toute l'Aquitaine et jusqu'autour du château de Thorenc.

Dieu veut-Il donc qu'à chaque saison fleurisse la fleur vénéneuse, se dresse le serpent perfide afin que se lèvent, pour les arracher et les écraser, les justes et vrais croyants, soldats du Christ ?

Est-ce manière de nous éprouver, de nous tenter, et en sera-t-il ainsi jusqu'au Jugement dernier ?

D'un côté Bernard de Clairvaux, de l'autre Pierre Abélard, moine, « un homme à double face, écrit Bernard ; au-dehors, un Jean-Baptiste ; au-dedans, un Hérode. C'est un persécuteur de la foi catholique, un ennemi de la Croix de Jésus-Christ : sa vie, ses mœurs, ses livres le prouvent. C'est un moine en apparence, mais, au fond, c'est un hérétique, une couleuvre tortueuse sortie de sa retraite, une hydre... Qui donc se lèvera pour fermer la bouche de ce fourbe ? N'y aurait-il donc personne qui ressente les injures faites au Christ, personne qui aime la justice et haïsse l'iniquité ? ».

Le pape condamnera au silence Abélard, qui, en 1142, le 21 avril, s'éteignit au prieuré de Saint-Marcel. Pierre le Vénérable, abbé de Cluny, l'avait « absous d'office de tous ses péchés ».

Mais qui, en ce monde où nous a conduits notre péché originel, qui donc échappe à la faute ?

En ces années-là, Martin et Eudes de Thorenc chevauchaient aux côtés de Louis VII le Jeune.

Celui-ci guerroyait contre le duc d'Anjou, Geoffroy Plantagenêt, qui avait pris possession du duché de Normandie et rassemblait ainsi en un seul lignage deux territoires, menaçants pour le roi de France.

Dans le même temps, Louis VII entrait en Champagne pour faire plier le comte Thibaud qui bénéficiait de l'appui du pape, de Bernard de Clairvaux, et qui avait obtenu que l'interdit fût jeté sur la personne royale.

Ce qui faisait de Louis VII un lépreux de la foi.

Interdit mérité ?

Je ne juge pas.

Je sais que les troupes royales conduites par Louis VII, Martin et Eudes de Thorenc, sont entrées dans le village de Vitry-en-Perthois. Elles y ont égorgé les défenseurs de la petite forteresse et la population, grossie de celle des campagnes voisines, s'est alors réfugiée dans l'église.

Ils étaient si nombreux qu'on ne pouvait plus bouger, pas même s'agenouiller. Il y avait là plus de mille âmes.

Et les gens d'armes, après avoir pillé et bu, ont mis le feu à l'église comme on le fait à un bûcher.

« Et tous, tous ont brûlé, et les cris étaient si aigus qu'ils nous ont rendus sourds ! »

Non, Dieu n'a pas voulu cela !

Et, je l'atteste, Martin et Eudes de Thorenc ont laissé écritures de leurs remords et de leur impuissance, et juré que Louis VII le Jeune n'avait donné aucun ordre de cette sorte à ses gens d'armes.

Mais qui peut retenir un chien enragé ? Or les hommes de guerre ont la bave aux lèvres.

Mais alors, pourquoi le Seigneur laisse-t-Il Satan guider la peur des hommes ?

J'ai retrouvé cette question angoissée sous la plume de Bernard de Clairvaux. Il écrit à Louis VII – j'ai copie de sa lettre :

« La clameur des pauvres, et le gémissement des prisonniers, et le sang des tués montent jusqu'aux oreilles du Père des orphelins et du Protecteur des veuves... Ne faites pas de vains efforts pour trouver dans le comte Thibaud une excuse à vos péchés... Vous n'acceptez pas ces propos de paix, vous ne tenez pas vos promesses, vous refusez les sages conseils... Je vous le dis, révolté devant les excès que vous ne cessez de renouveler quotidiennement, je commence à me repentir de la folie qui m'a poussé à vous être favorable durant votre jeunesse, et suis décidé désormais, selon mes faibles moyens, à ne plus agir que pour la vérité... Vous êtes le complice de ceux qui tuent les hommes, qui incendient les maisons, qui détruisent les églises, qui chassent les pauvres, qui volent et qui pillent... »

3

La voix de Bernard de Clairvaux a traversé le temps. Comme une flèche divine, elle perce les années écoulées, et les accusations qu'elle porte contre le roi Louis VII m'atteignent aussi, puisque les hommes de ma lignée étaient aux côtés du roi à Vitry-en-Perthois et dans tous ces villages de Champagne réduits en cendres.

Les églises n'étaient plus dressées vers le ciel, mais formaient des amas de pierres noircies.

Si bien qu'en cette année 1145, le fief du comte Thibaud était un corps lacéré saignant par mille plaies.

Alors Martin et Eudes de Thorenc, et aussi Suger, abbé de Saint-Denis, ont supplié le roi d'écouter la voix de Bernard de Clairvaux et de mettre fin à cette guerre.

Et le roi Louis VII et le comte Thibaud de Champagne ont prié, agenouillés épaule contre épaule, dans l'abbatiale de Saint-Denis illuminée par tant de cierges qu'il semblait que la nef était emplie d'étoiles scintillantes.

La foule des croyants misérables, enchantée par la splendeur de l'abbaye, chantait avec une ferveur émerveillée.

Et la paix fut conclue.

Les hommes ont-ils besoin de la haine et de la souffrance pour trouver le chemin de l'amour et de la fraternité ?

Peut-être était-ce pour cela que Dieu, un temps, les abandonnait à Satan ?

Et comme si Dieu avait voulu distinguer Bernard de Clairvaux, Bernard Paganelli, un moine de son ordre, devenu abbé de l'une des filles de Clairvaux, l'abbaye Saint-Vincent-et-Sainte-Anastase, à Rome, fut élu pape sous le nom d'Eugène III.

Peu après, le royaume de France a été parcouru par des chevaliers qui arrivaient de Terre sainte. Parmi eux, beaucoup appartenaient à l'ordre du Temple, et Martin de Thorenc les accueillit, écouta leurs plaintes angoissées.

Les villes franques, disaient-ils, étaient assiégées par une nuée d'Infidèles ; Édesse était tombée entre leurs mains, Antioche et Jérusalem menacées. Le tombeau du Christ allait être à nouveau souillé.

Les chevaliers du Temple s'étaient arrêtés à Rome, avaient averti Eugène III des périls qui menaçaient la Terre sainte, et le souverain pontife s'apprêtait à lancer un appel à la croisade.

J'ai devant moi, sur mon écritoire, les exhortations du pape et celles de ses messagers, puis les appels de Louis VII afin que se réunisse à Bourges une assemblée des Grands du royaume de France, ses vassaux.

Je sais qu'elle s'est réunie, que Louis VII y a fait serment de prendre la tête d'une armée qui partirait en croisade afin de desserrer le licol qui étranglait les chrétiens de Terre sainte.

Mais je ne vois, prêts à suivre le roi, que mes aïeux Martin et Eudes de Thorenc.

Les autres vassaux de Louis VII se sont enfuis : couards, habiles, jouisseurs, prudents, ils préféraient leurs draps de soie, leurs épouses ou leurs concubines, plutôt que les vents de sable de Terre sainte et les flèches des Infidèles.

Il fallait vaincre cette couardise, cet esprit de jouissance. Au mois de mars 1146, Bernard de Clairvaux a obéi à Eugène III et a commencé à prêcher la croisade, appelant tous les fidèles à se rendre à Vézelay, cette basilique bourguignonne proche du royaume de France.

À Vézelay, Louis VII, ses évêques et quelques-uns de ses vassaux, aux premiers rangs desquels Martin et Eudes de Thorenc, ainsi que de nombreux chevaliers du Temple écoutèrent Bernard de Clairvaux. Mon émotion est si forte que ma main tremble encore à retranscrire ses paroles :

« Dieu le veut, et son souverain pontife sur cette terre nous le commande : emparons-nous pour toujours du Saint-Sépulcre ! Or les ennemis de la foi se sont rassemblés. Et la terre tremble. Elle se fend, des abîmes s'ouvrent parce que les Infidèles s'apprêtent à profaner les Lieux saints, ceux où le sang du Christ Notre Seigneur roi s'est répandu !

« Le jour est proche, si nous ne nous mettons pas en marche, revêtus de la croix, si les armées des fidèles ne se portent pas au secours des chevaliers francs de Terre sainte, où les Infidèles se jetteront sur Jérusalem et sur les Lieux saints.

« Des peuples chrétiens sont déjà captifs, d'autres sont égorgés comme des agneaux de boucherie. Or nous sommes la chrétienté, riche en hommes courageux, en chevaliers, en gens d'armes, en jeunes hommes qui peuvent entrer dans la milice du Christ... Que tous s'enrôlent dans les armées de la croisade, qu'elles se mettent en marche vers la Terre sainte ! L'Église protégera les femmes, les enfants et les biens de ceux qui se seront enrôlés. Elle effacera tous les péchés, elle accordera l'absolution et elle conduira, au nom du Seigneur roi, chaque croisé à la Vie éternelle. »

Porteurs de cet appel de Bernard de Clairvaux, Martin et Eudes de Thorenc ont parcouru le royaume de France, le duché d'Aquitaine et les terres voisines de leur fief, sur les hauts plateaux de Cabris.

Lorsqu'ils traversaient les villages, les jeunes gens, écuyers, chevaliers, clercs et paysans, se rassemblaient, puis, en longues colonnes souvent précédées de la croix, se dirigeaient vers Paris où Louis VII réunissait les hommes qui allaient constituer son armée.

Et l'on murmurait que la reine Aliénor d'Aquitaine voulait elle aussi se rendre en Terre sainte.

« J'ai ouvert la bouche, j'ai parlé, disait Bernard de Clairvaux, et aussitôt les croisés se sont multipliés à l'infini. Les villages et les bourgs sont déserts. Vous trouveriez difficilement un homme contre sept femmes. On ne voit partout que des veuves dont les maris sont vivants. »

Mais tout fleuve en crue charrie des arbres morts et des cadavres d'animaux. En Allemagne, un moine cistercien, Rodolphe, prêchait, clamant que la croisade commençait là, en Germanie, contre les impies et les Juifs. Il accusait ces derniers d'égorger de jeunes enfants chrétiens pour s'abreuver de leur sang. La foule en furie se répandait dans les ghettos, lapidait, pillait, brûlait, et les Juifs se réfugiaient dans les églises, les palais épiscopaux, les monastères, souvent en vain : les portes étaient fermées ; les bâtiments, quels qu'ils fussent, incendiés.

Ainsi recommençait ce qui s'était déjà produit lors de la première croisade, quand des foules guidées par Pierre l'Ermite avaient massacré les Juifs des villes d'Allemagne.

Le Malin voulait s'emparer de la croisade et la dévoyer. Bernard de Clairvaux prêchait d'autant plus fort pour faire entendre la parole de l'Église, celle de Dieu :

« Ce peuple juif, disait Bernard, a jadis reçu le dépôt de la Loi et des promesses. Il a eu des patriarches pour Pères, et le Christ, le Messie, béni dans les siècles des siècles, en descend selon la chair... Toucher aux Juifs, c'est toucher à la prunelle de l'œil de Jésus, car ils ont ses os et sa chair... Les Juifs ne sont-ils pas pour nous le témoignage et la mémoire vivante de la Passion de Notre Seigneur ? »

Il me faudrait répéter ces paroles aujourd'hui, en 1322, cent soixante-quinze années plus tard, alors qu'à nouveau on a jeté dans le bûcher des Juifs accusés de vouloir, avec l'aide des lépreux, exterminer les chrétiens.

Comme si le Malin n'avait pas trouvé meilleur moyen de recommencer sans fin le martyre du Christ-Roi qu'en persécutant les Juifs, « les os et la chair » du Messie.

Ni Martin ni Eudes de Thorenc n'ont participé à cette croisade aveugle et pervertie.

Ils étaient à Paris, au pied de la colline Sainte-Geneviève au sommet de laquelle reposent les reliques de la sainte ainsi que les corps de Clotilde et de Clovis.

Il y avait grand remuement de chevaux et de gens d'armes autour du roi Louis VII et de la reine Aliénor.

L'armée était prête au départ pour la Terre sainte et la poussière qu'elle soulevait était si dense qu'elle voilait le soleil.

Le pape Eugène III était présent, en compagnie de Bernard de Clairvaux.

Il a béni l'armée, remis à Louis VII l'oriflamme, la panetière et la cloche du pèlerin.

Et le souverain et son armée se sont ébranlés.

Que Dieu veille sur eux !

4

C'était l'armée de la deuxième croisade.

Louis VII le Jeune, Martin et Eudes de Thorenc chevauchaient à sa tête.

Quand ils se dressaient sur leurs étriers et se retournaient, ils découvraient ces milliers de chevaliers, ces gens d'armes, ces piétons avançant, la hallebarde sur l'épaule, et, derrière, cette foule de pèlerins misérables cheminant en désordre dans la poussière.

On avait retrouvé à Ratisbonne les Allemands de l'empereur germanique Conrad III et les deux troupes formaient à présent une cohue de près de cent cinquante mille hommes, à parts égales pour l'armée du roi de France et celle de l'empereur.

Dans ses lettres et ses harangues, Bernard de Clairvaux s'employait à renforcer cette troupe et à l'organiser :

« Le monde tremble et s'agite, écrivait-il, parce que le roi du Ciel a perdu Sa terre, la terre où jadis Ses pieds se sont posés. Les ennemis de la Croix se disposent à profaner les lieux consacrés par le sang du Christ ; ils lèvent leurs mains vers la montagne de Sion, et si le Seigneur ne veille, le jour est proche où ils se précipiteront sur la cité du Dieu vivant ! »

Bernard exhortait le roi et l'empereur à agir en bonne entente, sans jalousie.

« Il importe qu'on élise pour chefs des hommes versés dans l'art de la guerre, disait-il. Il faut que l'armée du Seigneur parte tout entière en même temps pour être sur tous les points en force, et à l'abri de toute attaque violente. »

Mais que peut la voix d'un saint homme, fût-elle l'écho de celle de Dieu, face aux aveuglantes passions humaines ?

J'ai lu les récits des chroniqueurs de la croisade et tous rapportent les rixes qui opposaient les croisés entre eux :

« Les Français méprisaient les Allemands, se moquaient de la pesanteur de leur armure, de la lenteur de leurs mouvements, et leur disaient : "Pousse, Allemand !" »

Martin de Thorenc, lui, accuse ces mêmes Allemands de ne songer qu'au pillage, de se livrer à la débauche et aux beuveries, suscitant contre toute l'armée des croisés la haine des sujets de l'empereur de Byzance, Manuel Comnène, ceux qu'on appelait les Grecs.

Les hommes d'armes et parfois les chevaliers volent et pillent les monastères, dépouillent les changeurs grecs de leurs pièces d'or. Du coup, les soldats grecs égorgent les croisés et les compagnons de ces derniers se vengent.

Louis VII essaie de maintenir la discipline dans son armée : « Pour punir les excès de ses gens d'armes, il leur faisait couper les oreilles, les mains et les pieds, mais ceci même ne suffisait pas à réprimer leurs transports furieux. »

Comment faire régner l'ordre quand chevaliers et pèlerins sont souvent accompagnés de leur femme, et que l'on voit jusqu'au roi Louis VII cavalcader autour de son épouse Aliénor d'Aquitaine ? On murmure que ce n'est pas la reine qui a désiré se joindre à la croisade, mais que le roi, jaloux, n'a pas voulu laisser seule son épouse, entourée de ses troubadours et de ses jeunes soupirants.

Est-ce là une armée digne du Seigneur qu'elle prétend servir ?

J'entends Martin et Eudes de Thorenc répéter les commandements de la charte des Templiers qui condamne « le goût du faste, la soif de vaine gloire, la convoitise des biens matériels ».

Mes aïeux sont fidèles aux exigences de la règle édictée par Bernard de Clairvaux.

« Avant tout, la discipline est constante et l'obéissance est toujours respectée : on va et on vient au signal de celui qui a autorité. On est vêtu de ce qu'il a donné ; on ne présume pas de chercher ailleurs nourriture et vêtements. Les chevaliers du Christ mènent loyalement une vie commune, sobre et joyeuse, sans femmes ni enfants ; on ne les rencontre jamais désœuvrés, oisifs, curieux... Parmi eux, on honore le plus valeureux, non le plus noble. Ce chevalier a revêtu sa poitrine de la cotte de mailles, son âme, de l'armure de la foi... Il ne craint ni homme ni démon... »

Telles sont les paroles que répètent mes aïeux.

Ils ont hâte de rejoindre Antioche et Jérusalem. Ils songent aux chevaliers du Temple qui vivent en Terre sainte, et ils imaginent qu'ils vont, tous ensemble, faire le siège de Damas et refouler les Turcs hors de la région.

Mais comment l'armée des croisés pourrait-elle atteindre sans défaite la Terre sainte alors que Conrad, l'empereur germanique, et ses chevaliers choisissent de cheminer seuls, abandonnant Louis VII et ses troupes ?

Les Turcs peuvent battre ainsi séparément chacune des armées de croisés. Et Martin et Eudes de Thorenc se lamentent.

À Dorylée, en octobre 1147, les Infidèles encerclent les Allemands :

« Les Turcs avaient des chevaux forts, agiles et rafraîchis par un long repos. Ils étaient légèrement armés : la plupart n'avaient qu'un arc et des flèches. Au moment de fondre sur les Allemands, ils criaient, ils hurlaient, ils aboyaient comme des chiens ; ils frappaient leurs tambours et faisaient résonner d'autres instruments d'une manière horrible afin de jeter, selon leur coutume, l'épouvante dans les rangs ennemis. Les soldats de l'empereur, couverts de cuirasses, de cuissardes, de casques et de boucliers, avaient de la peine à supporter le poids de leurs armes, et leurs chevaux harassés étaient exténués de maigreur. Ils ne pouvaient poursuivre les Turcs qui lançaient leurs flèches sur eux presque à bout portant. »

Ce ne fut point une bataille, mais une boucherie, et Conrad III dut regagner Constantinople et rejoignit par mer la Terre sainte à Saint-Jean-d'Acre.

L'armée de Louis VII ne fut pas épargnée.

Martin de Thorenc raconte l'embuscade dans laquelle sont tombés les chevaliers de France et la foule dépenaillée qui les escorte.

Les Turcs les surprennent dans un défilé, ne laissant aux pèlerins que le choix entre mourir de la main des Infidèles lançant sur eux des grêles de flèches, frappant à coups de cimeterre, ou bien se jeter avec chevaux et bagages au fond des précipices et s'y écraser.

Martin de Thorenc et son fils Eudes sont restés aux côtés de Louis VII, isolés sur un rocher, faisant face à l'assaut des Turcs qui n'ont pas soupçonné que l'un des chevaliers qui leur résistaient, adossé à un arbre, était le roi de France.

Avec l'aide de mes aïeux, Louis VII réussit à fuir ce défilé, à rejoindre l'avant-garde de son armée et à atteindre avec elle le port d'Attalia.

Là, il embarque avec Martin et Eudes de Thorenc pour Antioche. Mais Dieu n'entendit pas les prières qu'ils Lui adressèrent, Le suppliant de protéger les chevaliers et les pèlerins abandonnés à Attalia.

Certains moururent de faim, d'autres furent massacrés par les Grecs.

Ainsi finirent les grandes armées des croisés : celle de l'empereur Conrad III et celle du roi Louis VII le Jeune.

L'empereur et le roi ont échappé à la mort et à la capture. Mais, dit Martin de Thorenc, la Terre sainte met à l'épreuve ceux qui la foulent. N'échappent à ses pièges que les plus vertueux. Les autres, qui succombent aux désirs, ne peuvent trouver leur salut qu'en la quittant avant d'être corrompus à jamais ou frappés à mort.

Martin et Eudes dénoncent ces souverains chrétiens de Jérusalem, de Tripoli, d'Antioche, rivaux les uns des autres. Ils accusent le prince d'Antioche, Raimond d'Aquitaine, oncle de la reine de France, Aliénor, d'avoir eu avec sa nièce une intimité coupable, s'isolant avec elle en de longs entretiens, suscitant la jalousie de Louis VII.

Le roi de France veut aussitôt quitter Antioche pour Jérusalem. Aliénor refuse de l'accompagner, déclare que leur mariage doit être dissous, car elle aurait découvert entre eux des liens de consanguinité.

Louis VII est furieux, accablé.

Il écoute Martin de Thorenc qui lui répète qu'il ne faut pas ajouter aux malheurs de la croisade le déshonneur de la couronne royale si l'on voyait le roi revenir en France sans sa femme. Mais le roi ne songe ni à se séparer d'Aliénor, ni à quitter la Terre sainte. Il contraint Aliénor à gagner Jérusalem avec lui. Il lui faut user de la menace et de la force pour l'y obliger.

Il séjourne à Jérusalem, participe avec les débris de son armée au siège de Damas, qui est un échec. Alors il se voue aux œuvres pieuses, visitant tous les sanctuaires de Jérusalem, manifestant une piété profonde, devenu plus pèlerin que monarque.

L'abbé de Saint-Denis, Suger, régent du royaume, le harcèle de lettres qui exigent son retour.

Le frère de Louis VII, Robert, comte de Dreux, est rentré en France et se présente en prétendant au trône.

« Les perturbateurs du royaume sont revenus, écrit Suger. Et vous, qui devriez être ici pour le défendre, vous restez comme prisonnier en exil ; vous avez livré la brebis au loup, et l'État à ses ravisseurs ! »

Suger suggère aussi de ne pas répudier Aliénor.

« Quant à la reine, votre femme, écrit-il, nous vous conseillons, si vous le voulez bien, de dissimuler votre rancune jusqu'à ce que, revenu chez vous, grâce à Dieu, vous puissiez régler cette affaire avec toutes les autres. »

À la fin de l'année 1149, le roi et Aliénor reprennent le chemin du royaume de France, passant par la Sicile et Rome où Louis VII est reçu par le pape Eugène III.

Chacun note alors le changement d'attitude de Louis VII. L'homme jeune et impétueux a disparu, comme si les humiliations subies pendant la croisade avaient fait de lui un homme de piété, de modestie et d'incertitudes.

Car comment ne pas s'interroger ? Bernard de Clairvaux, sanctifié en 1174, avait prêché cette croisade. On avait cru qu'elle était voulue par Dieu, qui, par la multiplication des miracles, invitait les fidèles à se croiser.

Mais, au terme de deux années, il n'y avait qu'échecs.

Saint Bernard lui-même le reconnaissait, s'en étonnait, confortant le roi dans son désarroi :

« Il semble que le Seigneur, provoqué par nos péchés, écrit Bernard, ait oublié Sa miséricorde et soit venu juger la terre avant le temps marqué. Il n'a pas épargné Son peuple ; Il n'a même pas épargné Son nom, et les gentils s'écrient : où est le Dieu des chrétiens ? Les enfants de l'Église ont péri dans le désert, frappés par le glaive ou consumés par la faim. L'esprit de division s'est répandu parmi les princes, et le Seigneur les a égarés dans des chemins impraticables. Nous annoncions la paix, et il n'y a pas de paix. Nous promettions le succès, et voici la désolation. Ah, certes, les jugements de Dieu sont équitables, mais celui-ci est un grand abîme, et je puis déclarer bienheureux quiconque n'en sera pas scandalisé... ! »

5

Au fond du grand abîme qu'est le jugement de Dieu, il y a le roi de France.

Il n'est plus Louis VII le Jeune, ce chevalier plein de vigueur sacré à Reims en 1137 à l'âge de seize ans.

Ceux qui l'ont côtoyé et dont j'ai lu les écrits ont dit qu'il avait le regard voilé d'un vaincu ou d'un homme vieilli, alors qu'il n'avait que trente ans.

Mon aïeul, Martin de Thorenc, qui le sert avec fidélité et tristesse, écrit : « Mon suzerain est défait et humilié. »

Il n'a point de fils et son conseiller, l'abbé de Saint-Denis, Suger, celui qui a été régent du royaume pendant les deux années de croisade, celui que Louis VII et le peuple nomment le *Père de la Patrie*, s'en va le 13 janvier 1151 pour son ultime voyage.

Suger avait consacré ses derniers mois de vie à tenter de rassembler les souverains, chevaliers, croyants pour une nouvelle croisade afin de guérir la douloureuse blessure de l'échec de Louis VII et de saint Bernard, mais c'est encore la mort qui gagne.

La disparition de Suger frappe Louis VII comme un nouveau châtiment. Le roi marche courbé, voûté, hébété.

« À peine Suger fut-il enlevé du milieu des vivants que la France en pâtit grièvement », écrit Martin de Thorenc.

Pourquoi les malheurs se succèdent-ils ainsi pour accabler le roi et son royaume, comme si Dieu, tout à coup, détournait la tête et laissait le royaume de France se précipiter dans le « grand abîme » ?

Dieu a-t-Il voulu punir Louis VII qui réunissait les évêques et archevêques, les princes et barons du royaume afin qu'ils prononcent la dissolution de son mariage avec Aliénor ?

Saint Bernard se tait. Le pape Eugène III consent. Chacun sait pourtant que la consanguinité n'est là qu'un prétexte. Et sans doute Dieu n'accepte-t-Il pas qu'on fasse mentir l'Église afin de dissimuler la volonté de rompre le lien sacré du mariage.

Martin de Thorenc dit en peu de mots ce qu'il en est :

« Après que le roi de France est revenu de son voyage à Jérusalem, éclata la discorde entre lui et la reine, surtout en raison de faits survenus pendant ce voyage et sur lesquels il est mieux de se taire. C'est ainsi que, subitement, on trouva le moyen de dissoudre le mariage. »

Comment Dieu pouvait-Il être dupe et comment n'aurait-Il pas voulu montrer à ce roi de France, le Très Chrétien, ce qu'il en coûtait de rompre le lien sacré des épousailles ?

Aliénor reprend son bien, le duché d'Aquitaine. Et à peine a-t-on appris qu'elle peut être à nouveau épousée que les prétendants se rassemblent autour d'elle.

Elle choisit de se marier le 18 mai 1152 avec Henri Plantagenêt, duc de Normandie, comte d'Anjou. L'homme, héritier des Plantagenêts, âgé de vingt et un ans, en a onze de moins qu'elle. Il est de belle prestance, roux, vigoureux, énergique. Il est riche d'un grand avenir, de larges promesses, il devient roi d'Angleterre. Et Aliénor – qui n'avait pas donné d'héritier mâle à Louis VII en quinze ans de mariage – va accoucher de quatre fils !

Henri Plantagenêt, roi d'Angleterre, maître d'Angers, de Rouen et de Bordeaux, espère prendre Toulouse et soumettre à sa force ce Louis VII qui n'est que le roi de Paris et d'Île-de-France, et semble oublié de Dieu.

Dès lors, les loups, les hyènes, les rapaces vont chercher à le dépecer, car qui peut craindre un roi que Dieu a abandonné ?

Martin et Eudes de Thorenc s'indignent des humiliations qu'on lui inflige.

Un jour de 1155, les chanoines de Notre-Dame refusent même de lui ouvrir les portes de la cathédrale parce que, la nuit précédente, il a dormi à Créteil, village qui n'appartient pas au domaine royal, et qu'il a pris son gîte aux frais des habitants, sujets du chapitre de Notre-Dame.

Qu'il s'agenouille alors devant les portes closes de la cathédrale et que, « doux comme un agneau, il prie et s'humilie, donnant réparation publique de l'offense faite aux représentants de Dieu » !

Et il multiplie les actes de dévotion, faisant le pèlerinage de Saint-Jacques-de-Compostelle, se rendant au Mont-Saint-Michel, et mes aïeux lui reprochent à mots couverts de ne plus être un roi guerrier, un chevalier combattant, mais un souverain de prière accueillant à Paris Henri Plantagenêt, prêt à signer la paix avec lui, à paraître se soumettre à ses ambitions.

Il est humble, juste, vit simplement et frugalement, sans aucun faste, se promenant sans garde par les rues de Paris, au milieu des pauvres et des bourgeois, capable de rendre la justice contre les puissants, ordonnant qu'on coupe le bras au maître des chambellans de la nouvelle reine – Constance, fille du roi de Castille – qui a roué de coups un jeune clerc. Mais laissant les étudiants allemands se moquer de la France et de son roi, l'irrésolu, le pieux, le souverain qui croit que « personne ne lui en veut » !

« Le roi d'Angleterre ne manque de rien, dit Louis VII ; hommes, chevaux, or, soie, diamants, gibier, fruits, il a tout en abondance. Nous, en France, nous n'avons que du pain, du vin et de la gaieté. »

Et pourtant, Louis VII rit peu, trempe à peine ses lèvres dans le vin, se plaît à vivre au milieu des chanoines de Notre-Dame. Et le pape Alexandre III lui envoie solennellement la « Rose d'or » pour saluer en lui le souverain le plus attaché à l'Église apostolique et romaine.

Face à Henri Plantagenêt, homme de guerre, de passion et d'ambition, c'est dans sa piété et son alliance avec le pape qu'il espère trouver force et appui.

« Notre Souverain Très Chrétien », dit Martin de Thorenc, accueille, protège, soutient l'archevêque de Cantorbéry, Thomas Becket, qui défend les privilèges de son Église contre le pouvoir d'Henri Plantagenêt qui entend le soumettre.

Le souverain d'Angleterre veut être, dans son île, « roi, empereur, légat apostolique et patriarche », et il dénonce Thomas Becket, son ancien chancelier :

« Un homme qui a mangé mon pain, qui, à ma cour, vint pauvre, et que j'ai élevé au-dessus de tous, le voilà qui, pour me frapper aux dents, dresse son talon, avilit ma race et mon règne ! J'ai du chagrin plein le cœur ! Personne ne me vengera donc de ce clerc ? »

Ils furent quatre parmi les chevaliers du roi anglais à croire qu'Henri Plantagenêt exprimait là un souhait précis, donnait en somme un ordre.

Ils embarquent pour l'Angleterre, gagnent Cantorbéry, et, le 29 décembre 1170, égorgent au pied de l'autel Thomas Becket, l'archevêque.

« Ce malheur, ce crime, Dieu ne les pardonna pas. Notre Seigneur se souvint alors de Louis VII, le Très Chrétien, qui, abandonné par Lui, avait roulé au fond du grand abîme. »

Et Dieu l'aida alors à échapper au malheur suprême, qui est d'être oublié par Notre Seigneur.

6

Martin et Eudes de Thorenc furent parmi les premiers à apprendre que la nouvelle reine de France,
Adèle de Champagne, qui avait épousé Louis VII en
1160 à la mort de Constance de Castille, avait donné
naissance à un fils le 21 août 1165. Par ce signe, chacun en fut persuadé, Dieu voulait montrer que
Louis VII était entré en grâce divine.

Cela faisait vingt et une années que le roi de
France attendait la naissance de cet héritier qui fut
prénommé Philippe, plus tard appelé Auguste.

La chambre royale était close, mais, impatients,
Martin et Eudes de Thorenc, de même que quelques
autres, regardèrent par une fente et aperçurent
d'abord la reine qui pleurait de joie, mêlant larmes
et rires, puis l'enfant que Louis VII soulevait, nu, et
chacun pouvait voir qu'il s'agissait d'un garçon.

Aussitôt l'on se mit à crier pour annoncer la
grande et bonne nouvelle qui assurait la succession
du roi.

Martin de Thorenc écrit :

« Qui n'a pas vécu cette nuit-là ne sait pas ce
qu'est l'amour d'un peuple pour son roi. Les églises
s'ouvrent au son des trompettes. Des cortèges pré-
cédés de porteurs de torches et de cierges envahis-
sent les rues et les places. Les cloches sonnent et se

répondent. Un chapelain va de monastère en monastère porter la nouvelle. »

Eudes de Thorenc raconte que, lorsque le chapelain pénétra dans le monastère de Saint-Germain-des-Prés, les moines chantaient à matines : « Béni le Seigneur, le Dieu d'Israël, parce qu'Il a visité et racheté son peuple ! »

Martin de Thorenc a entendu deux pauvres vieilles qui tenaient chacune un cierge allumé, qui couraient comme des folles et criaient à un étudiant anglais qui les interrogeait sur les causes de leur sarabande :

« Nous avons un roi que Dieu nous a donné, un superbe héritier royal par la main de qui votre roi à vous recevra un jour honte et malheur ! »

Ce fils, Philippe Auguste, c'était, après tant d'humiliations et de dépits, la force et le prestige retrouvés. D'autant qu'il semblait inspiré par Dieu.

À quatre ans, en 1169, présenté à Henri Plantagenêt qui le regarde, les yeux voilés par le mécontentement, Philippe Auguste dit au rival de son père qu'il faut aimer le roi Louis VII, la France, et lui-même, prince héritier, « afin d'obtenir par là les bonnes grâces des Dieux et des hommes ».

« Dieu a inspiré ce jour-là l'esprit et la langue de cet enfant d'élection », déclare Martin de Thorenc, témoin de la rencontre.

La naissance de Philippe Auguste incitait les détenteurs de fiefs et de bénéfices à louer le roi, à lui faire acte d'allégeance alors qu'ils n'étaient pas ses vassaux et que leurs possessions étaient situées sur des terres plus ou moins éloignées du domaine royal.

Une princesse bretonne envoie ainsi à Louis VII un messager porteur d'une missive dans laquelle cette fille du comte de Richemond supplie le roi de lui offrir, « à moi qui vous aime tant, quelque insigne amoureux... Sachez que j'aimerai mieux être mariée à l'un de vos sujets, si humble soit-il, que d'épouser le roi d'Écosse... J'irai à Saint-Denis pour faire mes dévotions et aussi pour avoir le bonheur de vous voir... ».

En Champagne, en Bourgogne, on recherche la protection de Louis VII en même temps qu'on célèbre Philippe Auguste.

« Souvenez-vous, dit en 1166 l'abbé de Cluny à Louis VII, que votre royaume ne se compose pas seulement de la France, bien qu'il en porte spécialement le nom. La Bourgogne aussi est à vous. Vous ne devez pas moins veiller sur celle-ci que sur celle-là. »

En Bresse, en Bugey, en Vivarais, en Dauphiné, on appelle le roi : « Venez dans ce pays où Votre présence est nécessaire. »

Les religieux de la Grande-Chartreuse manifestent leur joie quand ils apprennent la naissance du dauphin : « Ils reconnaissent là la main de Dieu. »

L'abbé de la Chaise-Dieu et l'abbé de Vézelay, là où saint Bernard a prêché la croisade aux côtés de Louis VII, s'adressent au roi leur protecteur :

« Nous vous remercions de l'ineffable affection de cœur que vous n'avez cessé de témoigner, en paroles et en actes, à notre personne et à notre Église. Sachez que dans tous les sacrifices, psaumes, cantiques, hymnes spirituels offerts par nous à Dieu tous les jours, votre souvenir tient une large place... », écrit ainsi l'abbé de la Chaise-Dieu.

Celui de Vézelay conclut sa lettre au roi en écrivant : « Je remets entre vos mains ces privilèges, tant apostoliques que royaux, ainsi que l'abbaye de

Vézelay elle-même. Disposez de tout suivant les convenances de votre justice. »

L'archevêque de Narbonne, l'abbé de Saint-Gilles prient pour le roi de France : « Votre grâce magnifique nous a rendus tranquilles et heureux. Nous avons confiance en vos bienfaits, en votre protection, plus qu'en celle d'aucun autre mortel. »

Les habitants de Toulouse, menacés par l'« Anglais » Henri Plantagenêt, se tournent vers Louis VII :

« Ne laissez pas plus longtemps détruire Toulouse, qui est votre ville ; nos concitoyens, qui sont à vous ; cette terre, qui est la vôtre. »

En ces années qui suivent la naissance de Philippe Auguste, j'entends ces voix qui viennent de toute la terre de France et qui s'assemblent, se recouvrent pour constituer comme une cotte de mailles, celle d'un grand royaume de France allant du Languedoc à la Flandre, de la Bourgogne à la Bretagne.

J'écris ceci en 1322, après les règnes de Philippe Auguste, de Saint Louis et de Philippe le Bel, après que ces grands rois, ces fondateurs du royaume, ont chacun à leur manière martelé, pour l'unir et la durcir, cette cotte de mailles.

Mais ce travail de forgeron du royaume français a commencé dès 1170.

Martin et Eudes de Thorenc rapportent ce qu'écrit en 1173 à Louis VII Ermengarde, vicomtesse de Narbonne, amie et alliée du pape Alexandre III :

« Tout ce que je demande, c'est que vous veuillez bien et souvent vous souvenir de moi, car, après Dieu, tout mon espoir, très cher Seigneur, est en vous. »

Elle appelle Louis VII à venir les protéger de l'Anglais Plantagenêt :

« Nous sommes profondément attristés, mes compatriotes et moi, de voir la région où nous sommes exposée par votre absence, pour ne pas dire par votre faute, à passer sous la domination d'un étranger qui n'a pas sur nous le moindre droit.

« Il ne s'agit pas seulement de la perte de Toulouse, mais de notre pays tout entier, de la Garonne au Rhône, que nos ennemis se vantent d'assujettir. Je sens déjà qu'ils se hâtent, voulant, après avoir asservi les membres, s'attaquer plus facilement à la tête. Je supplie Votre vaillance d'intervenir et d'apparaître avec une forte armée parmi nous. Il faut que l'audace de vos adversaires soit punie, et les espérances de vos amis réalisées. »

Ces appels qui ont traversé les années et que j'écoute donnent force à Louis VII.

Henri Plantagenêt a beau recevoir l'hommage de Raimond V de Toulouse, ce qui lui permet d'annexer le Languedoc à l'Aquitaine, et conduire la guerre contre Louis VII à compter de 1173, c'est vers le roi de France que se tournent les peuples et les seigneurs féodaux.

Quant aux fils d'Henri Plantagenêt – Henri le Jeune, Richard, Geoffroy, Jean –, ils veulent aussi se débarrasser de la tutelle de leur père, et, dans ce but, recherchent eux-mêmes l'alliance de Louis VII.

Henri Plantagenêt, roi d'Angleterre, pouvait bien construire de puissants châteaux forts sur la frontière de Normandie, et faire admirer celui de Gisors qui paraissait invincible, la division était dans son camp.

Contraint souvent de s'incliner devant l'Anglais, Louis VII incarnait désormais l'espérance.

Un jour de 1174, Martin et Eudes de Thorenc chevauchaient aux côtés de Louis VII et de son fils Philippe Auguste, alors âgé de neuf ans.

« Nous nous arrêtâmes devant le château de Gisors, raconte Martin de Thorenc, et les barons de l'escorte royale s'extasièrent devant la beauté, la puissance et la hauteur du château fort. Tout à coup, Philippe Auguste fit cabrer son cheval et s'écria :

« — Vous voilà pleins d'admiration devant ce monceau de pierres ? Par la foi que je dois à mon père, je voudrais que ces moellons fussent d'argent, d'or ou de diamant.

« Je m'étonnais de ce propos, poursuit Martin de Thorenc, quand le jeune prince me répondit en me toisant :

« — Il n'y a rien là de surprenant : plus sera précieuse la matière de ce château, plus j'aurai plaisir à le posséder quand il sera tombé entre mes mains.

« Je remerciai Dieu, ajoute Martin de Thorenc, d'avoir donné au royaume de France un enfant qui ferait un si grand roi. »

7

Il faut du temps pour que le grain semé devienne épi.

De nombreuses années encore s'écouleront avant que l'enfant Philippe Auguste ne règne en grand roi.

Louis VII attend ce moment-là.

« Le roi est faible, découragé, écrit Martin de Thorenc. Il veut assurer à son fils une tranquille succession et il n'appelle plus à revêtir l'armure, à enfourcher le destrier, à brandir le glaive pour s'opposer aux chevauchées des fils d'Henri Plantagenêt, à leurs conquêtes en Languedoc, en Limousin, en Gascogne. »

Richard, qu'on nomme Cœur de Lion, est le plus entreprenant des rejetons du souverain d'Angleterre. Il brûle les villages, enlève les femmes et les filles de ses hommes libres pour en faire ses concubines et les livrer ensuite à ses soldats. Il massacre ceux qui résistent. Il détruit les châteaux et rase les donjons.

« La crainte est grande, ajoute Martin de Thorenc, que Henri II Plantagenêt, roi d'Angleterre, ne veuille terrasser le royaume de France. On sait qu'il a convoqué son armée en vue de marcher et de chevaucher vers Paris. Dieu seul, tant le roi Louis VII est las, peut sauver le royaume de France ! »

L'Église entend les prières que mes aïeux et les barons de France adressent à Dieu. Le pape Alexandre III exige qu'Henri Plantagenêt signe la paix avec Louis VII et se reconnaisse son vassal. Sinon, l'interdit sera jeté sur sa personne et son royaume.

Le légat du pape, Pierre de Pavie, dicte ces conditions à Henri Plantagenêt. Il évoque les accusations qui pèsent sur le roi d'Angleterre. On le soupçonne d'entretenir des relations coupables avec Alix, seconde fille de Louis VII et fiancée à Richard Cœur de Lion.

Le 21 septembre 1177, à Nonancourt, près d'Ivry, Louis VII et Henri d'Angleterre se rencontrent en présence du légat du pape et de leurs barons. Les rois se jurent amitié, promettent de partir ensemble en Terre sainte pour une nouvelle croisade.

Louis VII n'a rien cédé. L'Église, inspirée par Dieu, a été son bouclier. Il peut préparer le sacre de son fils Philippe Auguste, qui, en cette année 1179, a quatorze ans.

Les archevêques, évêques, abbés et barons du royaume se réunissent à Paris dans le palais épiscopal.

Louis VII s'avance lentement, entre dans la chapelle de l'évêque Maurice de Sulli, il s'agenouille, prie, puis s'adresse dans la grand-salle du palais à l'assemblée :

« Je veux, dit-il, avec votre conseil et votre assentiment, faire couronner mon très cher fils Philippe le jour de la prochaine fête de l'Assomption.

« — Soit ! Soit ! » répondent unanimement les ecclésiastiques et les barons.

Et Louis VII prépare un édit royal qui convoque à Reims, pour le sacre, le 15 août 1179, les Grands du royaume.

« Mais, s'exclame Martin de Thorenc, qui peut disposer de l'avenir ? »

Dieu est seul souverain du temps.

Un jour du début du mois d'août, Louis VII et Philippe Auguste sont à Compiègne dans le château entouré de forêts giboyeuses.

« Nous avons chassé en compagnie du roi et de son fils, écrivent Martin et Eudes. Tout à coup, alors que nous avions chevauché toute la journée et rentrions au château, quelqu'un s'enquiert de Philippe. Nul ne l'a vu. On le cherche avec angoisse, mais il ne reparaît pas de deux jours. Les battues sont vaines. Le roi demeure prostré, comme écrasé par l'inquiétude.

« Au soir du deuxième jour, on vit reparaître Philippe, hâve, épuisé, couché sur l'encolure de son cheval. On le porte, on le dépose sur sa couche. Il divague, le corps brûlant, et les médecins annoncent sa mort prochaine… »

« On ne saurait décrire le désespoir du roi. C'était comme si son corps s'était vidé de son sang. Il resta accablé plusieurs jours, se rendant souvent auprès de son fils et se désolant de le découvrir brûlant de fièvre, le visage couvert de sueur. »

Et Louis VII doit écouter, la tête penchée, les lugubres prophéties des médecins et chirurgiens.

Il décide alors de se rendre à Cantorbéry sur la tombe de Thomas Becket, afin que ce martyr appuie devant Dieu les prières et suppliques que le roi de France récite pour obtenir la guérison de son fils.

Martin de Thorenc raconte :

« J'ai accompagné le roi à Cantorbéry. Nous avons prié, agenouillés épaule contre épaule, et un vieux prêtre est venu nous assurer que le martyr, Thomas Becket, lui était apparu et lui avait dit qu'il choisissait Philippe pour être le vengeur du sang répandu, celui qui devait punir et dépouiller un jour ses meurtriers. »

Ainsi Dieu, par l'apparition et les propos de Thomas Becket, exhortait Philippe à s'opposer à Henri Plantagenêt, roi d'Angleterre.

Telle était bien la mission confiée au futur roi de France.

Car le miracle s'est produit.

Philippe Auguste a réchappé à la maladie au moment où son père priait à Cantorbéry. Et comme si la vie de l'un se payait de la vie de l'autre, Louis VII, rentrant en France, qui s'était arrêté à l'abbaye de Saint-Denis, fut saisi par le froid et toute la partie droite de son corps s'en trouva paralysée.

La mort avait déjà saisi la moitié du vif.

Le roi ne put donc assister au sacre de Philippe Auguste, ce fils qu'il avait tant attendu.

Le 1er novembre 1179, dans la cathédrale de Reims, l'archevêque Guillaume de Champagne, oncle de Philippe Auguste, oint le fils de Louis VII et le couronne roi de France.

Dans la nef, les archevêques et évêques de tout le royaume, et l'abbé de Saint-Denis, qui a la garde des insignes royaux, se pressent aux côtés des grands vassaux du roi et d'une foule de chevaliers.

Hors de la cathédrale, le peuple attend.

Il voit passer les chevaliers du roi d'Angleterre qui apportent les présents d'Henri Plantagenêt : bijoux, plats en or et argent, ainsi que du gibier provenant de ses chasses. La mort est ainsi présente, offerte parmi ses dons par Henri Plantagenêt.

Et l'absence de Louis VII rappelle qu'elle s'est par ailleurs déjà emparée de la moitié du corps du père du nouveau roi.

Quelques mois plus tard, le 18 septembre 1180, elle l'emporte au royaume des morts, là où Dieu, Souverain suprême, juge chacun des hommes rappelés à Lui.

DEUXIÈME PARTIE

(1180-1190)

« Avec l'aide de Dieu,
je croîtrai en hommes, en âge et en sagesse. »

Philippe Auguste, 1185

8

Le 20 septembre 1180, soit deux jours après la mort du roi Très Chrétien Louis VII, Martin de Thorenc, son vassal et mon aïeul, s'en est allé rejoindre son suzerain auprès de Dieu.

J'ai souvent transcrit dans ma chronique ses écrits et propos tels que ses descendants, Eudes, Henri, Denis, les ont conservés et transmis, enrichis de leurs propres souvenirs.

Je le répète avec fierté : tous les Thorenc de Villeneuve ont servi les Grands Capétiens, ces rois fondateurs qui ont construit ce château fort inexpugnable qu'est le royaume de France.

Le premier de ces fondateurs, l'héritier de Louis VII, est le roi Philippe Auguste.

Sa naissance si attendue fut à ce point reçue comme miraculeuse qu'on le nommât Philippe Dieudonné, et, plus tard, quand il eut agrandi le royaume, on l'appela non seulement Philippe Auguste, mais aussi le Conquérant.

Eudes de Thorenc dit du roi qu'il fut dans sa jeunesse « toujours hérissé, *maupigné* » – mal peigné.

Il n'eut guère le temps de s'instruire, souverain à quatorze ans, puisque, dès le mois de novembre 1179, son père Louis VII ne fut plus qu'un corps

paralysé attendant sur sa couche que la mort le saisisse en son entier.

Philippe Auguste régna donc, écrasé par la meule
des charges royales. Le défunt roi son père avait
souvent été faible avec les ennemis de la foi.
Philippe Auguste, le Pieux, fut sévère.

Dès le mois de février 1180, il décida de châtier
et dépouiller les Juifs, accusés de s'abreuver du sang
de jeunes chrétiens égorgés dans un rituel barbare.
Les portes des synagogues furent forcées, les fidèles
battus ou massacrés, leur or, leur argent et leurs
vêtements volés. Pour racheter leur délivrance, les
survivants durent payer trente et une mille livres, et
cela ne leur conféra aucune garantie, car pour le
jeune monarque, la mort infligée aux Infidèles, aux
hérétiques, aux blasphémateurs, était acte de piété.

Les Juifs sont expulsés de toutes les villes du
royaume. L'ordonnance royale ne leur laisse que
trois mois pour vendre leurs biens meubles, et le roi
s'arroge la propriété de leurs immeubles.

Eudes de Thorenc raconte :

« Emporté par un saint zèle pour la foi, Philippe
arriva à l'improviste au château de Brie-Comte-
Robert et livra aux flammes plus de quatre-vingts
Juifs qui s'y trouvaient réunis. »

On brûle les Juifs, on jette les blasphémateurs à
la rivière, cependant que dans de nombreuses villes
du royaume – Chartres, Sens, Noyon, Senlis, Laon
et Paris –, on bâtit des cathédrales. Le légat pontifical consacre le maître-autel de Notre-Dame, cathédrale de Paris vouée à la Vierge, célébrant par sa
magnificence la gloire royale.

Philippe, qui livre au feu purificateur hommes,
femmes et enfants juifs, s'agenouille devant l'autel
et prie avec ferveur.

Le soir, après le repas, il écoute les chansons du trouvère Elinand, ou bien la lecture des romans du poète Chrétien de Troyes qui raconte l'aventure des chevaliers Lancelot et Perceval, la quête du Graal.

« Perceval vit les hauberts frémissants et les heaumes clairs et luisants, et les lames et les écus que jamais encore il n'avait vus, et il vit le vert et le vermeil reluire contre le soleil, et l'or et l'azur et l'argent », conte Chrétien de Troyes, évoquant la rencontre entre Perceval le Gallois et cinq chevaliers.

Philippe Auguste est bien, lui aussi, un roi chevalier.

Bon roi ? Ou prince perfide et cruel – couard, dit même le troubadour Bertrand de Born ?

Qui est à même de juger un roi ?

Il ne peut être pesé que par Dieu qui sait tout et charge les plateaux de la balance divine au Jugement dernier.

Pourtant, mon aïeul Eudes de Thorenc s'est confié à son parchemin :

« Philippe est un bel homme, écrit-il, bien découplé, d'une figure agréable, chauve avec un teint coloré et un tempérament très porté vers la bonne chère, le vin et les femmes. Il est généreux envers ses amis, avare pour ceux qui lui déplaisent, fort entendu dans l'art de l'ingénieur, catholique dans sa foi, prévoyant, opiniâtre dans ses résolutions. Il juge avec beaucoup de rapidité et de droiture. Aimé de la fortune, craintif pour sa vie, facile à émouvoir et à apaiser, il est très dur pour les Grands qui lui résistent, et se plaît à nourrir entre eux la discorde. Jamais, cependant, il n'a fait mourir un adversaire en prison. Il aime à se servir de petites gens, à se faire le dompteur des superbes, le défenseur de l'Église et le nourrisseur des pauvres. »

Eudes de Thorenc a écrit ces lignes au mitan du long règne de Philippe Auguste qui dure quarante-trois années, de 1180 à 1223.

Eudes, mon aïeul, est mort avant le roi, en 1209, et c'est son fils Henri qui, peu avant la disparition de Philippe Auguste, sans doute vers 1220, dessine un nouveau portrait du roi avec la main fidèle d'un vassal, mais l'esprit libre comme doit l'être celui d'un noble chevalier :

« Oui, sans doute, écrit Henri de Thorenc, personne, à moins d'être un méchant et un ennemi, ne peut nier que pour notre temps Philippe ne soit un bon prince. Il est certain que sous sa domination le royaume s'est fortifié et que la puissance royale a fait de grands progrès. Seulement, s'il avait puisé à la source de la mansuétude divine un peu plus de modération, s'il s'était formé à la douceur paternelle, s'il était aussi abordable, aussi traitable, aussi patient qu'il se montre intolérant et emporté, s'il était aussi calme qu'actif, aussi prudent et circonspect qu'empressé à satisfaire ses convoitises, le royaume n'en serait qu'en meilleur état. Lui et ses sujets pourraient sans trouble et sans tumulte recueillir les fruits abondants de la paix. Les rebelles que l'orgueil dresse contre lui, ramenés par la seule raison, obéiraient à un maître juste et ne demanderaient qu'à se soumettre au joug. »

Et comme si Henri de Thorenc s'adressait à ses descendants Denis de Thorenc et moi, Hugues de Thorenc, comte de Villeneuve, comme s'il craignait que son portrait du roi Philippe Auguste parût trop sombre, il ajoute :

« Ô France tourmentée par les agents financiers de ton prince, tu as eu à supporter de dures lois et de terribles moments... Mais regarde cependant partout ailleurs : les autres rois qui gouvernent à leur guise sont encore de pire condition. Ils imposent au pauvre peuple, comme à l'Église, un joug encore plus despotique. Reconnais en somme que tu es gouvernée par un prince d'humeur bienveillante, et ne te plains pas, obéissant à un tel roi, de ne pas être courbée sous la triste domination de Richard, l'Anglais, ou rongée par la dure tyrannie d'un roi allemand. »

9

« Je suis le roi de France, Philippe II Auguste, et les seigneurs de Champagne, de Flandre et d'Anjou sont mes vassaux. »

Cette phrase, Philippe Auguste l'a prononcée pour la première fois le jour de son sacre, en la cathédrale de Reims, le 1er novembre 1179.

Il n'a que quatorze ans et lorsqu'il regarde autour de lui, il ne voit sous la nef que les féodaux dont la gloire, la puissance, la richesse, l'expérience, l'influence l'écrasent.

Il tend les muscles de son corps, redresse la tête pour montrer qu'il possède en lui toute la force du suzerain.

Et c'est pourquoi il répète en remuant à peine les lèvres – mais Eudes de Thorenc l'entend : « Je suis le roi de France, et mes vassaux me doivent obéissance et assistance. »

Il ne baisse pas les yeux devant l'archevêque de Reims, Guillaume aux Blanches Mains, qui le sacre.

L'archevêque est le légat du pape et le représentant de la famille des comtes de Champagne. Mais il est le seul à être présent à Reims. Ni Henri, comte de Champagne, ni Thibaud, comte de Blois et de Chartres, ni Étienne de Sancerre ne sont venus.

Philippe Auguste ressent leur absence comme un défi. Leur sœur, Adèle de Champagne, sa propre mère, est restée auprès de son époux malade, le roi Louis VII. Il a le sentiment qu'on l'a poussé là comme une proie livrée sans appui à l'ambition de ses oncles de Champagne.

Cette famille-là, Philippe Auguste le sait, encercle le domaine royal et rêve de gouverner la France. Adèle n'est-elle pas épouse et mère de roi de France ? Sans doute ses frères et elle-même imaginent-ils que ce roi de quatorze ans, ce Philippe Auguste dénué d'expérience, tendre comme un écuyer, se laissera guider.

Ils ne sont pas seuls à vouloir lui tenir les rênes.

Il y a Philippe d'Alsace, comte de Flandre, vassal à la fois du roi de France et de l'empereur d'Allemagne. Il est venu à Reims accompagné du comte de Hainaut, Baudouin, dont la fille, Isabelle, est promise à Philippe Auguste.

Baudouin a fait son entrée dans la cathédrale entouré de quatre-vingts chevaliers, montrant par là sa puissance et sa richesse.

C'est le comte de Flandre qui porte l'épée royale dans la nef, c'est encore lui qui sert de porte-mets au cours du festin d'apparat qui clôt la journée du sacre.

Philippe le regarde à la dérobée.

Ce vassal grand seigneur est par ailleurs le parrain militaire du roi. Lui aussi a l'ambition de gouverner Philippe Auguste, à l'instar des comtes de Champagne.

Mais deux ambitions peuvent s'entredévorer. Philippe ne doute plus qu'il peut, s'il joue habilement, tenir lui-même et lui seul les rênes de son royaume.

Personne ne pourra les lui arracher, pas même Henri II Plantagenêt, seigneur d'Anjou et par là son vassal, mais aussi roi d'Angleterre et possédant avec ses fils – Henri le Jeune, Richard Cœur de Lion, comte de Poitou, Geoffroy, comte de Bretagne, et le benjamin, Jean sans Terre – plus de la moitié de la France ! Celui-là *convoite* l'autre moitié, l'Auvergne et le Languedoc.

Il y a donc trois familles ambitieuses, celles de Champagne, de Flandre et d'Anjou-Plantagenêt, et au sein de chacune d'elles des rivalités que Philippe peut utiliser.

Mais il lui faut agir sans attendre, s'emparer des rênes.

Il entre dans la chambre où son père gît, paralysé. Adèle de Champagne est là qui veille pour les siens, ses frères champenois.

Philippe Auguste l'écarte et sa mère le maudit. Mais il s'approprie le sceau royal. Désormais, Louis VII n'est plus que le corps figé d'un homme qui attend la mort.

Le vrai roi, le seul, est Philippe Auguste.

Il fait aussitôt saisir tous les châteaux censés revenir à sa mère après la mort de Louis VII. Il rompt ainsi avec ses oncles de Champagne.

Il épouse Isabelle de Hainaut, manière de s'allier contre les « Champenois » avec les seigneurs de Flandre. Et il obtient en dot l'Artois, avec les villes opulentes d'Arras et de Saint-Omer.

Ce ne peut être l'archevêque de Reims, Guillaume aux Blanches Mains, l'un des oncles de Champagne, qui célèbre le mariage.

La cérémonie aura donc lieu le 29 avril 1180 au château de Bapaume, dans l'Artois, et, parce qu'il faut se presser, devancer une éventuelle attaque des Champenois, Philippe Auguste décide que le couronnement des deux époux se déroulera au lever du soleil, dans l'abbaye de Saint-Denis.

Adèle, sa mère, et ses frères de Champagne jugent ces premiers actes comme autant de rébellions. Depuis la Normandie où elle s'est enfuie, elle demande l'aide du roi Henri II Plantagenêt. Celui-ci débarque en Normandie, appelle une levée de troupes dans tous ses États. Philippe répond en sollicitant l'envoi de chevaliers et de piétons par le comte de Hainaut, son beau-père.

On s'apprête au combat quand, tout à coup, un chevalier paraît, porteur d'un message du roi d'Angleterre : que les deux souverains se rencontrent à Gisors et signent un traité de paix au lieu de s'affronter, suggère Henri Plantagenêt.

« C'est la volonté de Dieu, écrit Eudes de Thorenc, qui a conduit les deux rois à laisser les glaives dans leurs fourreaux.

« Henri II Plantagenêt devint l'allié de Philippe Auguste alors qu'il aurait pu profiter des faiblesses du jeune roi. »

Il s'est conduit en vassal respectueux de son suzerain, refusant d'attaquer un monarque d'à peine quinze ans.

Sans doute a-t-il aussi craint une guerre longue et incertaine, ainsi que les ambitions de ses propres fils, rivaux entre eux.

« Le 28 juin 1180, j'ai vu les deux rois agenouillés côte à côte dans la chapelle du château de Gisors, écrit encore Eudes de Thorenc.

« Je les ai vus au festin célébrant leur alliance. Philippe Auguste, si jeune d'âge, avait déjà le maintien et le regard d'un grand roi. »

Et lorsque, quelques mois plus tard, le 19 septembre 1180, Louis VII mourut, on n'eut pas à crier : « Le roi est mort, vive le roi ! », car Philippe Auguste régnait déjà depuis plusieurs mois en maître souverain du royaume de France.

10

Philippe Auguste se tient immobile, appuyé à son glaive, cependant que chevaliers et barons s'age-nouillent devant lui.

Il lit dans le regard de ces hommes l'étonnement, souvent aussi le dépit et l'irritation.

Il est un souverain d'à peine seize ans au corps encore fluet de jeune écuyer, alors qu'ils ont le visage et le torse tout couturés. Certains reviennent de Terre sainte et appartiennent, comme Eudes de Thorenc, à l'ordre des Templiers. Ils sont les cheva-liers du Christ. Ils portent l'armure et la croix depuis des années. Ils ont guerroyé, tué, et leurs cicatrices témoignent de leur bravoure. Mais ils sont les vas-saux de cet enfant qui n'a jamais combattu.

Ils sont partagés, car ils admirent ce jeune roi qui sait s'opposer aux comtes de Champagne, de Flan-dre, et au roi d'Angleterre sans jamais baisser les yeux.

Et ils le reconnaissent comme leur suzerain parce qu'il a été sacré à Reims, que sa lignée capétienne ne s'est jamais interrompue, qu'il règne donc par la grâce de Dieu.

Ces chevaliers respectent le roi et lui obéissent parce qu'à Reims, en même temps qu'il recevait l'onction divine, il a prêté serment solennel de défendre l'Église, mère et fille de Dieu.

Ils sont prêts à se battre à ses côtés, pour lui, afin de défendre et agrandir le domaine royal de la lignée Très Chrétienne des Capétiens.

La défendre, certes, car jamais elle n'a été aussi menacée. Philippe Auguste le dit sans que sa voix trahisse aucune peur. Les chevaliers lui font confiance, prennent la mesure de son habileté.

Il déclare que les comtes de Champagne, de Flandre et de Bourgogne se sont réunis au château de Provins, le 14 mai 1181. Les comtes de Blois et de Chartres ainsi qu'Étienne de Sancerre les y ont rejoints. La ligue qu'ils ont ainsi constituée entend attaquer le domaine royal par le nord et par le sud.

« J'ai prévenu le roi, écrit mon aïeul Eudes de Thorenc, que j'avais connu le comte Étienne de Sancerre en Terre sainte, que les promesses de ce chevalier n'étaient que de vil métal, monnaie de cuivre et non d'or. »

Ce comte s'était engagé à épouser la fille du roi de Jérusalem, puis avait renié sa parole et avait dû s'enfuir de Terre sainte comme un voleur ou un traître pourchassé. Les Arméniens de Cilicie l'avaient dépouillé et gardé prisonnier avant de lui permettre de regagner Constantinople, puis, de là, son fief.

Il savait se battre comme un loup et fuir comme un renard.

« Il chevauche déjà vers Orléans », avait informé d'une voix calme Philippe Auguste.

J'ai admiré la maîtrise, la volonté et l'habileté de notre roi que d'aucuns, parmi les chevaliers, continuaient d'appeler « l'enfant ».

En ces années de guerre, je fus à ses côtés et le vis combattre les troupes de Philippe d'Alsace, comte de Flandre, à Senlis, et contraindre le comte

Étienne de Sancerre à quitter son château de Châtillon-sur-Loire.

Il réussit à maintenir hors de la guerre Henri II Plantagenêt et l'empereur germanique Frédéric Barberousse que les grands féodaux voulaient faire entrer dans leur coalition.

« J'ai vu Philippe Auguste, les yeux clos, les mains nouées sur lesquelles il appuyait le menton, et j'ai pensé qu'il était comme un chat que l'on croit assoupi et qui, tout à coup, d'un bond ou d'un coup de patte, écrase ses proies, fussent-elles de gros rats noirs. »

Il contraignit ainsi le comte Baudouin de Hainaut, père de la reine Isabelle, à quitter la Ligue des seigneurs après l'avoir rendu suspect aux comtes de Flandre et de Champagne par un subterfuge le représentant comme décidé à trahir pour épargner à sa fille une répudiation.

Car Philippe Auguste avait menacé son épouse de cette humiliante disgrâce. On avait vu à Senlis Isabelle de Hainaut sortir du château, vêtue de haillons, marchant pieds nus, un cierge à la main, faisant l'aumône aux mendiants, s'agenouillant devant les autels de toutes les églises, implorant Dieu de la protéger de la colère de son époux Philippe Auguste.

Et mendiants et lépreux de se réunir devant le château, implorant le roi, lui demandant de garder auprès de lui la jeune et bonne reine.

Et le père d'Isabelle de se séparer du comte de Flandre, de quitter la coalition des grands féodaux pour sauver sa fille.

Dès lors, les troupes du comte de Flandre l'attaquent, mais c'est en vain qu'il appelle à son secours Philippe Auguste. Un roi doit savoir se montrer insensible et ingrat, choisir d'agir selon son intérêt supérieur.

« J'ai vu Philippe Auguste rassembler à Compiègne une armée de milliers de sergents, cavaliers et piétons, et deux mille chevaliers, poursuit Eudes de Thorenc. En face, sur plusieurs rangs, se tenaient les hommes de Philippe d'Alsace, comte de Flandre.

« Je m'impatientais. Je voulais que nous nous élancions contre le vassal rebelle. Mais Philippe Auguste exigea que nous laissions se dérouler les jours sans attaquer, parce que la hâte est mauvaise conseillère et qu'il vaut mieux battre l'adversaire sans avoir à faire couler le sang. »

Et, de fait, Philippe d'Alsace demanda la paix. Ses vassaux le trahissaient, ralliant Philippe Auguste contre des pièces d'or. C'est ainsi qu'au château de Boves, Philippe d'Alsace signa, au mois de juillet 1185, un traité avec Philippe Auguste.

Jamais roi capétien n'avait obtenu pareil gain sans mener un vrai combat : soixante-cinq châteaux et la ville d'Amiens vinrent agrandir le domaine royal.

Jamais roi, ni aussi jeune, ne mérita autant le nom d'Auguste, « celui qui augmente ».

Ce roi de vingt ans venait de montrer qu'il n'avait pour seule règle que servir sa lignée et sa couronne, et rien d'autre – ni liens d'épousailles, ni reconnaissance – ne pouvait limiter son ambition.

Ce jeune roi était par là un grand roi.

Eudes de Thorenc ajoute : « Il me dit : quoi qu'il advienne à présent, tous ces vassaux qui se sont dressés contre moi décroîtront en hommes et en âge ; quant à moi, avec l'aide de Dieu, je croîtrai en hommes, en âge et en sagesse. »

11

« Je croîtrai », murmure Philippe Auguste, et seul l'entend Eudes de Thorenc qui chevauche à ses côtés.

Ils vont de château en château, parcourant ces collines et vallons, traversant ces forêts le long desquelles court la frontière qui sépare le domaine royal de France et le duché de Normandie.

Ils aperçoivent le gros donjon et la double enceinte à douze tours du château de Gisors. Comme si la vue de cette citadelle qui commande la route de Rouen à Paris, par le Vexin normand, lui était insupportable, Philippe Auguste tire violemment sur les rênes et son cheval se cabre, cherchant en vain à désarçonner son cavalier.

« Je croîtrai ! » répète Philippe Auguste.

Ce château de Gisors, Henri II Plantagenêt le possède à nouveau et c'est souvent dans ce haut donjon que Philippe Auguste rencontre le roi d'Angleterre.

Henri II est aussi son vassal et possède la plus grande partie du sol de la France. Il est le maître en Espagne, en Savoie, au Portugal, dans le royaume des Deux-Siciles. Il contrôle la Ligue lombarde.

Ses fils sont comme les chiens enragés d'une meute qui se disputent entre eux le gibier. Ces proies, ce sont des terres de France, le Limousin et le Languedoc.

L'aîné des fils, Henri le Jeune, a guerroyé contre son frère Richard Cœur de Lion, lui disputant l'Aquitaine et le Limousin.

Avec ses chevaliers pillards, des « routiers » qui sont comme autant de rapaces, Richard a tenté de s'emparer du Languedoc.

Geoffroy, comte de Bretagne, et Jean sans Terre, les deux derniers frères, sont eux aussi avides et se tiennent aux aguets.

Quand Henri le Jeune s'éteint soudainement, le ventre pris de douleurs qui font tordre son corps et l'entraînent dans la mort, les rivalités entre les trois frères restants s'exacerbent encore.

« Je croîtrai ! » répète Philippe Auguste en s'avançant vers Henri II Plantagenêt, roi d'Angleterre.

Il est comme une jeune pousse déjà vigoureuse, résolue, mais encore étouffée par la puissance de son vis-à-vis.

Il n'est que le roi de Paris, de Bourges et d'Amiens. Il a à peine plus de vingt ans alors qu'Henri II en a cinquante-sept et a assuré son pouvoir absolu sur l'Angleterre.

« Il décroîtra », murmure Philippe Auguste après avoir, durant plusieurs heures, livré à Henri II une bataille de mots comme un tournoi où l'on s'affronte lance et glaive en main.

Henri II décroîtra, dit-il, parce qu'il porte son âge comme une armure trop lourde, qu'il a pleuré en apprenant la mort de son fils Henri le Jeune, qu'il craint les trahisons de deux de ses autres fils, Richard Cœur de Lion et Geoffroy, et qu'il n'a en définitive confiance qu'en Jean sans Terre, le plus jeune.

C'est parce qu'il doute de la fidélité de ses fils qu'il ne souhaite pas engager le combat contre Philippe

Auguste, ce roi si jeune, si ardent, si fier de ses victoires contre ses propres vassaux.

Le roi Henri II a le corps « rongé », constate Philippe Auguste en quittant le château de Gisors. Son « fondement » est déchiré et saigne. Ses os sont si douloureux qu'ils semblent près de se briser et que la force de ses bras disparaît, si bien qu'il ne peut plus lever le glaive et renonce à le sortir hors du fourreau.

Philippe Auguste s'emporte : ce vieil homme malade est un malfaisant.

« Je ne croîtrai que s'il décroît », dit-il en piquant sa monture d'un violent coup d'éperons.

Ce vieux monarque est retors. Les Anglais s'infiltrent en Auvergne, dans le Berry, terres capétiennes. Richard Cœur de Lion saccage le Languedoc. Et Henri II garde auprès de lui Alix de France, la sœur de Philippe Auguste, promise en mariage à Richard Cœur de Lion.

Comment imaginer qu'Henri II ne profite pas de cette jeune fille de haute lignée capétienne qu'il garde prisonnière, qu'il n'assouvisse pas sur elle les désirs d'un vieil homme avide de se rassurer, d'affirmer sa puissance chancelante en possédant le corps de la jeune vierge destinée à son fils Richard ?

« Je croîtrai », martèle encore Philippe Auguste.

Il a décidé de vaincre le vieux roi en dressant Richard, Geoffroy et même Jean sans Terre contre leur père.

Et en faisant de chacun l'ennemi de ses autres frères.

En s'alliant aussi avec l'empereur germanique, Frédéric Barberousse.

Ainsi les Plantagenêts, roi et fils confondus, décroîtront.

« Moi, je croîtrai ! »

« Comment ai-je pu douter de mon jeune roi ? »
écrit Eudes de Thorenc.

Philippe Auguste était homme de bataille, s'élan-
çant volontiers en avant de ses chevaliers comme s'il
avait eu la certitude que Dieu le protégerait ; que sa
foi, son service de l'Église seraient son bouclier, son
heaume et son armure. Mais il était aussi homme
d'intrigue au regard aiguisé, devinant la jalousie
qu'éprouvait Geoffroy Plantagenêt, comte de Bretagne, envers son frère Richard Cœur de Lion, comte
de Poitou, devenu, depuis la mort d'Henri le Jeune,
héritier du trône d'Angleterre.

« J'ai vu Philippe Auguste entourer Geoffroy
d'égards, l'ensevelir sous les promesses. Il serait
sénéchal de France, et déjà il était reçu et fêté à la
cour de France comme s'il avait été le frère chéri de
Philippe Auguste qui réclamait pour lui, auprès
d'Henri II, le comté d'Anjou », écrit Eudes de Thorenc.

La partie semblait bien engagée, mais Dieu seul
dispose de l'avenir – en août 1186, la fièvre maligne
saisit Geoffroy Plantagenêt qui ne fut plus qu'un
corps raidi, revêtu de son armure, et qu'on déposa
en terre.

« Jamais je n'avais vu Philippe Auguste, le visage
noyé de larmes, criant ainsi sa douleur. On eut de
la peine à l'empêcher de se précipiter dans la fosse,
précise Eudes de Thorenc.

« Sa peine fut plus profonde que le trou creusé
pour accueillir le mort, mais, moins d'un an plus
tard, le roi de France partait en guerre, à la tête de
ses vassaux et de ses bandes de routiers soldés. Il
chevaucha vers Issoudun, après avoir franchi le
Cher. Il contraignit Richard Cœur de Lion et Jean
sans Terre à se réfugier à Châteauroux. Les routiers
du roi de France envahirent la ville cependant

qu'approchait la grande armée d'Henri II, venu porter secours à ses fils. »

On attendait que les chevaliers s'affrontent, que le sang des piétons et des routiers des deux camps coule, mais Henri II envoie des messagers à Philippe Auguste : il veut la paix, il craint la trahison de Richard Cœur de Lion, puisqu'il a promis à Jean sans Terre la moitié de son héritage.

Et Richard de s'indigner, et Philippe Auguste de se pencher vers lui, de l'écouter, de lui tendre la main, de le traiter aussi bien qu'il traita naguère Geoffroy.

Il aime avec ferveur ceux qui contribuent à affaiblir le roi d'Angleterre.

Richard et Philippe ne se quittent plus, marchent en se tenant par l'épaule ou par le bras, festoient, assis côte à côte à la même table, puisant dans le même plat, et, la nuit, ils couchent dans le même lit comme de jeunes chevaliers adoubés le même jour.

Entre Philippe Auguste et Richard Cœur de Lion l'alliance est ainsi acquise avant même d'avoir été scellée.

Mais Philippe n'entend pas disposer d'une seule arme : il lui faut certes le glaive de Richard, mais aussi celui de Barberousse.

Et qui a assisté à la rencontre entre le roi de France et l'empereur germanique ne sera pas près de l'oublier.

Le soleil se reflète, aveuglant, sur les eaux noires de la Meuse. Les deux souverains marchent l'un vers l'autre, entourés de chevaliers portant des oriflammes. On se promet alliance et assistance. Le comte Baudouin de Hainaut, beau-père du roi, obtient de Frédéric le comté de Namur, et Philippe Auguste donne une charte aux habitants de Tournai qui vont lui fournir pour son « ost » – le service militaire dû par le vassal – un contingent de trois cents hommes.

Le roi a élargi son royaume au nord de son domaine.

Il est désormais prêt pour la guerre contre Henri II d'Angleterre.

On est au début de l'année 1188.

Les armées se rassemblent. Les rois, à Gisors, se querellent. Philippe réclame le château, le mariage d'Alix de France avec Richard Cœur de Lion.

Mais, tout à coup, voici qu'arrivent, couverts de poussière, les traits creusés par la fatigue de la course, des chevaliers du Temple qui précèdent le légat du pape. Ils annoncent que Jérusalem est tombée aux mains des Infidèles, guidés par Saladin, le sultan d'Égypte. Les villes d'Acre, de Jaffa, de Beyrouth ont aussi été conquises, le roi Gui de Lusignan fait prisonnier, et les chevaliers chrétiens massacrés.

L'heure n'est plus aux guerres entre chrétiens, répète le légat du pape, mais à l'union de tous, souverains, évêques, barons, chevaliers, autour de la bannière de la Croix. Il faut reconquérir Jérusalem et les villes de Terre sainte, se croiser !

Richard Cœur de Lion proclame avec enthousiasme qu'il faut se mettre en route pour une troisième croisade.

« J'ai vu avancer l'un vers l'autre, bras ouverts, mon roi Philippe Auguste et le roi d'Angleterre, Henri II Plantagenêt, écrit Eudes de Thorenc.

« J'ai pensé à mes frères chevaliers du Temple, soldats de la milice du Christ, que les Turcs de Saladin avaient égorgés, transpercés de flèches, quelquefois écorchés vifs.

« J'ai pleuré quand les deux rois se sont donné le baiser de la paix, cependant que leurs vassaux et chevaliers, leurs piétons, leurs sergents et leurs routiers les acclamaient.

« Et je me suis apprêté à partir en croisade aux côtés des rois réconciliés, sous la bannière blanche à croix rouge. »

Mais les hommes ont beau être rois, comtes ou barons, ils demeurent des hommes.

Les barons de Richard Cœur de Lion se sont rebellés contre lui, et sans doute est-ce Henri II, son père, qui les a incités, en Aquitaine, avec l'aide de ceux du Languedoc, à se dresser contre Richard afin de l'affaiblir et de l'empêcher de partir pour la Palestine.

Qui saurait s'y retrouver dans les méandres des intrigues royales ?

Aussitôt, Richard Cœur de Lion tourna bride et, au lieu de gagner la Terre sainte, il s'empara des châteaux du Languedoc et réduisit ses vassaux à l'obéissance.

Philippe Auguste et Henri II s'engagèrent à leur tour dans cette guerre, heureux de ne pas se croiser.

Car guerroyer en terre de France, c'est faire bonne chasse et gros butin.

Car combattre en Palestine, c'est offrir sa vie au Seigneur, tout risquer et bien peu gagner !

Philippe Auguste repoussa tous les appels à la paix : ceux du légat du pape comme ceux d'Henri II Plantagenêt.

« Le roi de France, rugissant comme le lion, tournait en dérision tous les messages de celui d'Angleterre. »

Et les villes et châteaux continuèrent d'être pillés, brûlés, les chevaliers chrétiens de s'entre-tuer.

Ainsi, de juillet à octobre 1188, on oublia le tombeau du Christ et la Terre sainte.

Et pas plus les rois que Richard Cœur de Lion ne se soucièrent plus des victoires de Saladin, cueillant comme des fruits mûrs les villes chrétiennes de Palestine.

« J'ai rassemblé les chevaliers qui avaient appartenu au Temple, raconte Eudes de Thorenc. Je leur ai rappelé notre serment, notre charte, telle que l'avait écrite saint Bernard de Clairvaux. Je leur ai prêché la croisade, et les grands féodaux, les comtes de Flandre, de Chartres et de Blois, nous ont rejoints.

« Je sais que leurs pensées, comme des rivières en crue, entraînaient des branches mortes. Ils craignaient la victoire de Philippe Auguste et souhaitaient le voir s'éloigner de leurs châteaux.

« Alors ils prêchaient eux aussi la croisade.

« Quant aux piétons, sergents et routiers qui n'étaient plus payés par le roi dont les coffres étaient vides, ils jurèrent eux aussi leur foi en Christ et leur volonté de libérer Son tombeau. »

Le 18 novembre 1188, rois, comtes et barons se rencontrèrent à Bonmoulins, à la frontière du duché de Normandie.

Mais, une fois face à face, les rois oublièrent derechef la Terre sainte et parlèrent héritage.

Philippe Auguste soutint Richard Cœur de Lion contre son père.

« Je vois maintenant la vérité de ce que je n'avais pas osé croire ! » s'écria Richard en découvrant qu'Henri II ne voulait pas le désigner comme son héritier, mais favorisait Jean sans Terre, son fils préféré.

Alors, tournant le dos à son géniteur, Richard Cœur de Lion, comte de Poitou, duc d'Aquitaine, s'agenouilla, mains jointes, devant Philippe Auguste comme un chevalier fait hommage à son suzerain.

D'une haute voix assurée, il dit se déclarer le vassal du roi de France pour la Normandie, le Poitou, l'Anjou, le Maine, le Berry et le Toulousain.

Philippe Auguste l'aida à se relever et tous deux, du même pas, s'éloignèrent côte à côte, le cercle des comtes et des barons s'ouvrant devant eux.

12

Que peut Henri II Plantagenêt, roi d'Angleterre, contre l'alliance de son fils, le valeureux et orgueilleux Richard Cœur de Lion, avec l'habile et volontaire roi de France, Philippe Auguste ?

Ses vassaux, les barons de l'Anjou, du Maine, du Vendômois, du Berry, l'abandonnent et font hommage aux jeunes alliés, Richard et Philippe.

Henri II ne peut même pas être certain de la fidélité de son dernier fils, celui qu'il a toujours préféré, Jean sans Terre. Aussi hésite-t-il à engager le combat. Chevauchant, il erre, de la Normandie à la Touraine, à la tête des chevaliers qui ne l'ont pas abandonné, de tous ceux pour qui il est encore le puissant souverain d'Angleterre. Il veut gagner du temps, négocier, éviter l'affrontement.

Il rencontre Philippe et Richard à La Ferté-Bernard.

Dans les grandes pièces voûtées du château, on entend tinter les éperons des deux jeunes gens arrogants qui s'avancent vers le vieux roi.

On s'observe, les chevaliers de chaque camp ont les doigts serrés sur le pommeau de leur glaive.

Henri invoque les vœux de l'Église.

Le légat du pape s'élève contre cette guerre sacrilège entre chrétiens alors que l'énergie de chaque fidèle devrait être tout entière consacrée à la croisade, à la reconquête de Jérusalem et de la Terre sainte.

Si Richard y part, fait observer Philippe, il faudra, selon toute justice, que Jean sans Terre l'accompagne.

Henri refuse.

On s'injurie. On s'éloigne en se maudissant. On jure de recommencer la guerre, ce jugement de Dieu.

On se pourchasse, on se bat en Touraine et dans le Maine. Philippe Auguste soumet tout le pays entre Le Mans et Tours.

Le 30 juin 1189, Henri II, saisi par la fièvre, n'est plus qu'un vieil homme qui s'obstine encore à ne pas capituler. Mais Philippe Auguste, intraitable, refuse qu'aux termes d'un traité de paix figure, sous les signatures, cette phrase exigée par Henri II : « Sauf notre honneur, l'intégrité et la dignité de notre couronne. »

Il faut cependant se soumettre. Henri II obtient seulement que Philippe Auguste lui remette la liste des seigneurs qui l'ont abandonné.

Philippe accepte de rencontrer Henri II, le 4 juillet, à Colombiers, entre Azay-le-Rideau et Tours.

Le ciel est serein, mais quand les rois s'en vont l'un vers l'autre, deux coups de tonnerre déchirent le silence et le ciel bleu, comme si un grondement céleste venait rappeler que le Très-Haut observe et juge.

Henri est malade comme il ne l'a jamais été.

« Sa douleur était telle que sa figure rougissait et bleuissait tour à tour », dit Eudes de Thorenc. On le couche. Il dit que le « mal cruel l'a saisi aux talons, a pris ses deux pieds, puis les jambes, puis tout le corps ».

— Je n'ai jamais souffert comme je souffre, murmure-t-il.

Il réussit enfin à se redresser pour recevoir Philippe Auguste :

— Sire, dit le roi de France, nous savons bien, que vous ne pouvez tenir debout.

D'un geste, Henri refuse le siège qu'on lui propose.

Il est contraint de verser une contribution de guerre, de céder Issoudun et la suzeraineté sur le comté d'Auvergne. Alix est enlevée à sa garde. Il est tenu de se « soumettre au conseil et à la volonté du roi de France ».

Les rois jurent par ailleurs que la croisade aura lieu à la mi-carême de l'an 1190, et que l'on se réunira à Vézelay.

Mais la mort guette le roi d'Angleterre.

Elle s'approche sous les traits d'un officier qui lui apporte la liste de ceux qui l'ont trahi.

— Sire, dit le messager, que Jésus-Christ me vienne en aide ! Le premier dont le nom est écrit n'est autre que le comte Jean sans Terre, votre fils !

— Assez, vous en avez assez dit ! murmure Henri II.

Il se retourne sur sa couche, frissonne, le visage tour à tour empourpré, puis pâle et noir.

Il est sourd et aveugle. Il n'a plus ni mémoire ni langage. Il marmonne des miettes de mots que nul ne comprend.

Le lendemain 5 juillet, il retrouve pour quelques heures la raison, serrant contre lui son bâtard, Geoffroy.

« Toi, au moins, tu m'as toujours témoigné la fidélité et la reconnaissance que les fils doivent à leur père, lui dit-il. Si je meurs sans te récompenser, je prie Dieu de t'accorder ce que tu mérites. »

Le 6 juillet, on le porte dans la chapelle du château. Il veut se confesser, prononce quelques mots. Mais « le sang se figea dans ses veines ; la mort lui creva le cœur. Un caillot de sang lui sortit du nez et de la bouche ».

Les valets alors se précipitent, pillent la chambre royale.

« Quand les voleurs eurent happé ses draps, ses joyaux, son argent, autant que chacun en put emporter, le roi d'Angleterre resta nu comme il était lorsqu'il vint au monde, fors ses braies et sa chemise. »

Un baron couvre le corps de son manteau.

Le 7 juillet 1189, on le porte à l'abbaye de Fontevrault. Plusieurs milliers de mendiants réclament à grands gestes et à cris rauques l'aumône que, selon la tradition, on donne aux misérables le jour de l'inhumation d'un souverain.

Mais le Trésor est vide.

Et seules les religieuses de l'abbaye traitent ce corps avec les honneurs dus à Sa Majesté Royale.

Richard Cœur de Lion est enfin venu voir le corps de son père.

Eudes de Thorenc l'accompagnait, représentant Philippe Auguste.

« Je vous affirme, écrit-il, que dans la démarche du duc d'Aquitaine, Richard, il n'y avait ni apparence de joie ni d'affliction, et personne ne vous saurait dire s'il y avait en lui déconfort, courroux ou liesse. Il s'arrêta un peu devant le corps, sans bouger, puis se porta vers la tête et demeura là tout pensif, sans dire bien ou mal. Puis il appela les seigneurs : "Je reviendrai demain matin, dit-il. Le roi mon père sera enseveli avec honneurs et richement, comme il convient à un homme d'un si haut rang."

« Le lendemain, quand ils retournèrent, ils mirent le roi d'Angleterre moult honorablement en terre. Ils lui firent le plus beau service qu'ils purent, si comme appartenait à un roi, selon Dieu et selon la loi. »

13

« Le roi est mort, vive le roi ! » crient les chevaliers, barons, routiers, sergents, piétons dans la cathédrale de Rouen, ce 20 juillet 1189, après que Richard Cœur de Lion a été couronné duc de Normandie.

Car chacun sait, dans cette nef, que Richard sera bientôt roi d'Angleterre.

De fait, il sera sacré à Londres le 3 septembre.

« Le roi est mort, vive le roi ! »

« Je n'ai pas entendu Philippe Auguste, mon roi, célébrer le couronnement de Richard Cœur de Lion, écrit Eudes de Thorenc. Un roi est toujours le rival d'un autre, même quand il est son allié.

« Je les ai vus assis l'un en face de l'autre, séparés par la largeur d'une lourde table, dans la grand-salle du donjon du château de Gisors. Ils ont parlé si bas, leurs mains ouvertes posées à plat sur la table, que je n'ai pas saisi une seule de leurs paroles, mais il m'a suffi de dévisager mon roi pour deviner qu'il avait dû remettre au nouveau souverain d'Angleterre tout ce qu'il avait pris au vieux Henri II.

« Le fils, Richard Cœur de Lion, avait la force et l'appétit de la jeunesse.

« Il chantait comme un troubadour, se battait comme un preux et défendait son bien avec âpreté.

« Il ne laissa à Philippe Auguste qu'un coin du Berry, avec Issoudun.

« Et mon roi ne s'attarda pas dans ce château de Gisors que Richard Cœur de Lion ne lui avait pas cédé.

« Ces alliés étaient déjà bel et bien des rivaux. »

« J'ai observé mon souverain, poursuit plus loin Eudes de Thorenc. Philippe Auguste écoutait les récits de ceux qui avaient assisté aux cérémonies du sacre de Richard Cœur de Lion.

« Les fêtes s'étaient succédé, fastueuses. Il avait distribué étoffes de soie, or, bijoux. À son frère Jean sans Terre il avait donné comtés, villes et châteaux, et au bâtard d'Henri II, Geoffroy, l'archevêché d'York.

« Il achetait ainsi ses rivaux et l'on vantait sa générosité. Mais il saisissait les fiefs de ceux qui avaient combattu à ses côtés le feu roi son père.

« — Je n'aime pas les traîtres, et les vassaux infidèles à leur suzerain ne méritent pas d'autre récompense, commentait-il.

« Philippe Auguste n'a dit mot, mais son regard flamboyait : le traître des traîtres à Henri II avait été ce fils, qui, aujourd'hui devenu roi, faisait oublier sa félonie en châtiant ceux qui l'y avaient suivi. »

Comment ne pas penser qu'un jour il reprendrait le combat de son père contre le roi de France ?

Je crois que l'un et l'autre savaient quel serait leur destin, mais il n'était pas encore temps qu'il s'accomplisse.

On se battait en Terre sainte. Les chevaliers chrétiens et leurs barons assiégeaient Saint-Jean-d'Acre. Frédéric Barberousse et les Allemands marchaient déjà vers l'Orient en se battant contre les Turcs.

Comment, quand on est roi de France et roi d'Angleterre, ne pas participer à cette troisième croisade qui est en passe d'entraîner toute la Chrétienté ?

On ne se donne plus l'accolade, on s'observe, on se tient droit face à l'autre. On pèse chaque mot que l'on prononce et que les clercs recueillent.

Le soupçon et l'inquiétude se lovent sous les proclamations d'amitié.

« Nous accomplirons ensemble, conviennent-ils, le voyage de Jérusalem sous la conduite du Seigneur. Chacun de nous promet à l'autre de lui garder bonne foi et concorde :

« Moi, Philippe, roi de France, à Richard roi d'Angleterre, comme à un ami fidèle.

« Moi, Richard, roi d'Angleterre, à Philippe, roi de France, comme à mon seigneur et ami ! »

Apposer un sceau royal au bas de cette déclaration est plus facile que de se décider à partir pour la Terre sainte.

Lorsque Isabelle de Hainaut, épouse de Philippe Auguste, meurt, le roi de France retarde encore son départ.

Qui va gouverner le royaume en son absence ?

Sa mère, Adèle de Champagne, et son oncle l'archevêque de Reims s'étaient dressés contre lui, mais, puisque la reine Isabelle est morte, ce sont eux qui, en l'absence de Philippe Auguste, exerceront la régence.

« J'ai vu, écrit Eudes de Thorenc, le roi, l'esprit tourmenté, dicter son testament dans lequel il prévoyait que les régents seraient surveillés, entourés par des hommes "présents au Palais", en qui il avait confiance, qu'ils fussent clercs, chevaliers ou simples bourgeois.

« Il confia son trésor à mes frères Templiers, et les clés en furent remises à six notables de Paris, qui eurent aussi la garde du sceau royal.

« Philippe Auguste interdit qu'on levât de nouveaux impôts en son absence, et exigea que les régents convoquassent tous les trois mois un Parlement pour y recevoir les plaintes des sujets du roi.

« Et rapport devait être fait au souverain de la tenue de ces assemblées.

« J'ai mesuré le regret qui tenaillait le roi d'avoir à quitter son royaume alors même qu'il écrivait à Richard Cœur de Lion : "Votre amitié saura que nous brûlons du désir de secourir la terre de Jérusalem et que nous faisons les vœux les plus ardents pour y servir Dieu." »

Il faut se résoudre à partir.

Le 24 juin 1190, Philippe Auguste se présente à l'abbaye de Saint-Denis.

Pour mériter la protection du saint, il remet deux grandes bannières ornées de croix et de franges, et deux manteaux de soie.

Il s'agenouille sur le pavé de la basilique, prie et pleure, puis reçoit le bourdon (bâton) et l'escarcelle du pèlerin. Enfin, entouré de ses chevaliers, il prend la route de Vézelay où il retrouve Richard Cœur de Lion le 4 juillet 1190.

Là, ce furent grandes démonstrations de foi et d'amitié, en présence des comtes et barons, des clercs, des chevaliers et de la foule des autres pèlerins.

Devant l'autel, les deux rois firent serment de partager loyalement les conquêtes faites en Terre sainte.

Puis, cet engagement pris devant le Seigneur, ils chevauchèrent vers les grands fleuves, la Saône et le Rhône, qui roulent leurs eaux jusqu'à la mer Méditerranée au-delà de laquelle s'étend enfin la Terre sainte, celle qui héberge le Saint-Sépulcre.

TROISIÈME PARTIE

(1190-1208)

« La cour de France, assemblée, déclare
que le roi d'Angleterre doit être privé de toutes
les terres qu'il avait, lui et ses prédécesseurs,
tenues du roi de France pour avoir dédaigné
de rendre à son suzerain la plupart des services
qu'il lui devait comme vassal et avoir presque
constamment désobéi à ses ordres. »

Avril 1202

14

« Donc, écrit Eudes de Thorenc, le roi de France
et celui d'Angleterre s'en furent vers Jérusalem, le
premier prit son chemin vers la cité de Gênes, le
second vers Marseille. »

Mais ils chevauchèrent d'abord de concert, accla-
més par les dames et les jeunes filles qui venaient à
eux, les bras chargés de fleurs et de victuailles, de
gourdes remplies d'eau fraîche et de vin léger.

Le temps fut beau, le long du Rhône, et les rois
devisaient, oubliant les mauvais présages qui
avaient d'abord paru s'accumuler.

Le bourdon, ce bâton de pèlerin remis à Richard
Cœur de Lion à Vézelay, s'était brisé.

Le roi d'Angleterre ne s'en était pas ému, et
Philippe s'était contenté de prier tout en chevauchant. Mais plus inquiétante fut la nouvelle
qu'apporta un chevalier du Temple.

L'empereur Frédéric Barberousse, qui avançait
vers la Terre sainte à la tête d'une grande armée
comptant des milliers de chevaliers, de sergents et
de piétons, s'était noyé dans l'un des fleuves d'Armé-
nie en s'y plongeant, tant la chaleur était forte.

En quelques jours son armée s'était dissoute au
milieu de la terre des Turcs, sans qu'on sût où
étaient passés ces hommes d'armes. Peut-être

étaient-ils retournés sur leurs pas, ou bien avaient-ils par petits groupes tenté de rejoindre la Terre sainte ?

Le Templier raconta qu'on avait dépecé le corps de l'empereur Frédéric conformément à la coutume respectée pour les grands seigneurs morts loin de leur contrée d'origine. On ensevelissait les chairs sur le lieu du décès et on gardait les os comme reliques dont on célébrait l'inhumation lors du retour au pays.

« J'ai observé mon roi tandis que le chevalier du Temple narrait le malheur survenu à l'empereur », écrit Eudes de Thorenc. Philippe Auguste avait baissé la tête, le menton sur la poitrine, comme si une main gantée de fer appuyait sur sa nuque.

J'ai pensé qu'il priait pour dissimuler son inquiétude, implorer le Seigneur de lui permettre de rentrer au plus tôt en son domaine royal, là où s'exerçait sa souveraineté, sur ses fiefs qu'il devait protéger et agrandir. Car c'était là la mission dont le Seigneur, lors du sacre, l'avait chargé.

La joie m'a paru le quitter, ce jour-là.

Et ce, d'autant plus qu'un nouveau présage vint l'inquiéter. Un pont sur le Rhône se rompit au passage de notre troupe de croisés, trop nombreuse pour ces pilotis de bois gorgés d'eau.

Nous, à la tête des croisés, nous étions passés, mais ceux qui nous suivaient furent précipités dans les eaux tumultueuses, beaucoup d'hommes et de femmes furent blessés, et d'autres, qu'on ne put dénombrer, noyés.

Enfin nous arrivâmes à Gênes, mais le roi fut aussitôt terrassé par la maladie et la déception de ne pas trouver suffisamment de galères pisanes et génoises, tandis que Richard, arrivant de Marseille, proposait ses navires avec cette arrogante vanité que, je le voyais bien, Philippe ne supportait pas.

Il refusa les navires anglais, et chacun prit de son côté la mer pour la Sicile.

Le 6 septembre 1190, nous pénétrâmes à Messine alors que Richard n'y parvint que le 21 septembre.

Les rois célébrèrent leurs retrouvailles comme des chevaliers frères de foi et de combat pressés de gagner la Terre sainte pour y délivrer le tombeau du Christ.

« Parmi les embrassements et les étreintes des deux rois, on ne pouvait deviner, aux gestes de chacun, lequel se réjouissait davantage de l'arrivée de l'autre. Quant à leurs armées, à la façon dont elles s'applaudissaient mutuellement et s'empressaient de parler ensemble, on aurait pu croire que tant de milliers d'hommes n'avaient qu'un corps et qu'une âme... Ce jour de fête allait s'écouler en de telles expressions de joie. Les deux rois s'étaient éloignés, non qu'ils fussent rassasiés, mais, un peu las, chacun se retrouva parmi les siens... »

« Lorsque j'ai écrit cela, commente Eudes de Thorenc, je ne pouvais croire que nous allions séjourner à Messine plus de six mois, bien plus que nous ne passerions à combattre en Terre sainte !

Je vis nos navires hisser leurs voiles et se diriger vers la haute mer. Mais la tempête se leva, des orages se succédèrent, si violents que la surface de l'eau semblait se soulever jusqu'aux cieux noirs pour former une barrière infranchissable, et nous en fûmes terrorisés.

Nous nous agenouillâmes et Philippe alla poser son front sur les dalles de la cathédrale pour montrer sa soumission à Dieu... »

Les orages éloignés, ce sont les tempêtes humaines qui se levèrent. Les marins anglais attaquèrent les marins pisans et génois. Richard fit dresser des potences pour exercer sa justice. Il voulut hisser sa bannière sur le château de Messine et imposer sa loi au roi de Sicile, Tancrède.

Les jeux, les tournois auxquels nous nous abandonnâmes devinrent rixes et duels à mort.

Richard s'en prit à Guillaume des Barres, l'un de nos plus braves chevaliers, exigeant qu'il quittât la croisade pour l'avoir malmené dans un affrontement.

On pouvait se battre contre Richard à condition de le laisser vaincre.

Philippe plaida la cause de son chevalier, il n'éleva jamais la voix contre Richard Cœur de Lion, mais, moi qui le côtoyais, je percevais son irritation, je l'entendais chuchoter avec le roi de Sicile, ou encore exiger de Richard qu'il épousât Alix de France comme promis.

Et j'ai vu son visage pâlir quand Richard Cœur de Lion, la moue dédaigneuse, l'expression arrogante, a dit :

« Je ne cherche pas à rejeter votre sœur, Alix de France, mais je refuse de la prendre pour épouse, car mon père l'a connue et d'elle il a engendré un fils. »

Le soupçon avait depuis longtemps pesé sur Henri II, mais il devenait vérité et Philippe Auguste, humilié, se tut.

Ces affaires de femmes achevèrent de nous dresser les uns contre les autres. Lorsque Philippe Auguste vit Jeanne, sœur de Richard Cœur de Lion, la dernière fille d'Aliénor d'Aquitaine, son visage si souvent rembruni s'épanouit.

Jeanne était veuve, et Philippe avait perdu Isabelle de Hainaut. Il rêva d'épousailles, mais Richard Cœur de Lion ne voulait pas d'une union entre la France et l'Angleterre qui eût renforcé le roi de France.

Il refusa Jeanne à Philippe, tout comme il refusait d'épouser Alix de France.

Quelques semaines plus tard, la reine Aliénor d'Aquitaine, qui était vieille de plus de sept fois dix ans, débarqua à Messine en compagnie de Bérengère, fille du roi de Navarre, et c'est celle-ci que Richard Cœur de Lion décida d'épouser.

C'était l'hiver, et l'on devait attendre le printemps pour reprendre la mer.

À mots couverts, Philippe Auguste révélait ce qu'il pensait de Richard Cœur de Lion dont les colères, l'orgueil, l'arrogance, les mœurs l'exaspéraient :

« J'avais rapporté au roi, poursuit Eudes de Thorenc, comment Richard, dépouillé de ses vêtements, portant dans sa main trois fouets de verges légères liées ensemble, s'était prosterné devant tous les prélats et les archevêques réunis à Messine pour se faire pardonner l'"abomination de sa vie", la "faute des gens de Sodome" à laquelle il s'était adonné. Il renonçait à son péché, implorait une digne pénitence avec une telle humilité et contrition de cœur que l'on pouvait croire sans aucun doute que c'était l'œuvre de Celui qui regarde la terre et la fait trembler.

On était à la veille de Noël 1190 et Philippe m'avait écouté, impassible, faisant mine de ne rien savoir, lorsqu'il célébra avec Richard Cœur de Lion les fêtes de la Nativité. Mais elles furent interrompues parce que les marins pisans, génois et anglais se querellaient, couteaux en main. Et il fallut que les deux rois et leurs barons se rendissent sur le port pour tenter d'apaiser les équipages. Ce ne furent pas leurs ordres qui séparèrent les combattants, mais la nuit. Et le lendemain les rixes reprirent.

Et Philippe Auguste suspecta Richard Cœur de Lion de vouloir le tuer, et le roi d'Angleterre soupçonna le roi de France des mêmes intentions, chacun recherchant pour soi l'alliance du roi Tancrède de Sicile... »

« Il faut quitter la Sicile », murmura, un jour de mars 1191, Philippe Auguste.

Les évêques, les prédicateurs, le légat du pape répétaient chaque jour que les chrétiens ne devaient plus tarder à rejoindre la Terre sainte pour y combattre Saladin et libérer le Saint-Sépulcre.

Venu de l'abbaye de Corazzo, l'abbé Joachim de Flore, qui appartenait à l'ordre de Cîteaux, dénonça en Saladin l'un des principaux persécuteurs de l'Église, à l'égal d'Hérode, de Néron et de Mahomet. Il annonça sa défaite :

« Saladin va prochainement perdre le royaume de Jérusalem et sera tué, et la rapacité des Sarrasins périra, et on fera d'eux un énorme massacre comme il n'en fut jamais dès le début du monde, et leur habitation sera rendue déserte, et leurs cités seront désolées, et les chrétiens reviendront vers leurs campagnes perdues, et ils y feront leurs nids. »

Au début du mois de mars 1191, Philippe conclut un nouveau traité avec Richard Cœur de Lion : il obtenait dix mille marcs et le château de Gisors. Richard restituait par là la dot d'Alix de France.

« Le 30 mars, par bon vent, moi, Eudes de Thorenc, vassal, chevalier de Philippe Auguste, je quittais Messine avec mon suzerain pour la Terre sainte. »

15

Je débarquai à Saint-Jean-d'Acre, raconte Eudes de Thorenc, dans les pas de mon roi, Philippe Auguste, le 20 avril 1191.

Le roi s'agenouilla, embrassa la Terre sainte et nous tous, ses chevaliers, ses vassaux, ses sergents, l'imitâmes. Nous apprîmes par des pêcheurs chrétiens que Richard Cœur de Lion avait conquis l'île de Chypre, qu'il y avait célébré, à Limassol, le couronnement de son épouse, Bérengère, fille du roi de Navarre. Et il avait chargé ses navires de tout le butin qu'il avait pu trouver dans l'île.

Chypre n'était point terre d'Infidèles, mais Philippe Auguste dit que Richard Cœur de Lion était un rapace et qu'il fallait se garder de lui, si on ne voulait pas devenir sa proie.

Ainsi à peine avions-nous mis le pied sur la Terre sainte que la discorde entre chrétiens s'aggravait. Je découvris, conclut Eudes de Thorenc, que dans l'armée des croisés qui depuis deux ans assiégeait Saint-Jean-d'Acre, chacun pensait à soi plutôt qu'à Dieu.

Assoiffée, la ville de Saint-Jean-d'Acre résistait aux chrétiens tandis que ceux-ci, affamés, ne desserraient pas leur étreinte.

Les troupes de Saladin se tenaient en embuscade non loin de la ville et lançaient des attaques contre nous.

Philippe d'Alsace, comte de Flandre, avait ainsi été tué quelques semaines après notre arrivée.

Lorsqu'il apprit la nouvelle, je vis Philippe Auguste changer de visage, le regard plus acéré, les traits tendus, comme si la fatigue et la maladie qui l'avaient affecté dès son arrivée en Terre sainte s'étaient effacées.

Pourtant, il avait été jusqu'au seuil de la mort, perdant ses cheveux, ses ongles, sa peau par plaques, victime de cette maladie qu'on appelle *léonardie*. Elle avait aussi touché Richard Cœur de Lion, mais Philippe Auguste en avait été plus affaibli, plus atteint.

Mais, tout à coup, la mort de Philippe d'Alsace lui avait rendu sa vigueur. Il pensait à la succession de son vassal qui lui revenait de droit, à l'Artois et au Vermandois, à cette ville de Péronne qui, par ce décès, rentrerait dans le domaine royal. Il me dicta une lettre pour les nobles de ce district afin de les inviter à prêter serment de fidélité aux représentants du roi de France.

Je compris que Philippe Auguste ne pensait plus qu'à son royaume. Et qu'il voulait quitter au plus tôt la Terre sainte, devançant Richard Cœur de Lion afin de pouvoir prendre sur lui l'avantage.

Le 13 juillet 1191, les Infidèles de Saint-Jean-d'Acre capitulèrent. Pour Philippe Auguste, je dressai la liste des prisonniers et assurai avec les vassaux de Richard Cœur de Lion leur partage royal, exactement par moitié, et, de même, la répartition à parts égales du butin.

Puis, le 22 juillet, je fus choisi par Philippe Auguste pour me rendre en compagnie des barons français auprès de Richard Cœur de Lion afin de lui annoncer que notre roi était résolu à reprendre la mer.

La croisade avait été jurée à Vézelay le 4 juillet 1190 ; un an plus tard, après moins de trois mois passés en Terre sainte, nous nous apprêtions à l'abandonner sans avoir délivré Jérusalem, la ville du Saint-Sépulcre.

J'étais le seul à ne pas pleurer parmi ces barons, vassaux de Philippe, qui sanglotaient, honteux, le visage défait, devant le roi d'Angleterre.

— Sire, vous connaissez tout, lui disaient-ils. Et nous sommes venus vers vous pour que notre suzerain Philippe ait permission et conseil de s'en aller. Il dit en effet que s'il ne se retire au plus tôt de cette terre, il mourra.

Je dus essuyer la réponse méprisante du roi d'Angleterre :

— C'est un opprobre éternel pour lui et le royaume de France, s'il se retire avant que ne soit terminée l'œuvre pour laquelle il est venu, et s'il s'agit de mon conseil, il ne se retirera pas d'ici. Mais s'il doit mourir à peine de revenir dans son pays, il fera ce qu'il veut et comme il lui paraîtra plus facile, à lui et aux siens.

J'ai rapporté ces propos au roi. Il a paru ne pas les entendre, uniquement soucieux de préparer son départ.

Il laissait une armée de dix mille chevaliers en Terre sainte, mais je l'ai entendu ordonner au duc de Bourgogne qui la commandait de ne point oublier que le roi d'Angleterre était le rival de celui de France, et qu'il fallait lui nuire plus que l'aider.

Il prit à sa solde des chevaliers allemands afin de les soustraire à l'autorité de Richard et empêcher ainsi le roi d'Angleterre de vaincre.

J'ai tremblé pour Philippe, pour le jugement qu'un jour rendrait Dieu, quand je l'ai entendu jurer sur l'Évangile, à la demande de Richard, qu'il respecterait les territoires, les biens et les hommes dont le roi d'Angleterre était, en France, le suzerain. Qui pouvait croire qu'il tiendrait sa promesse ?

Mais ni la main ni la voix de Philippe Auguste n'hésitèrent.

Il nous fallut quatre mois pour regagner la terre de France.

À Rome, mon roi fut reçu par le pape et l'on m'assura qu'il avait demandé en vain à être délié du serment qu'il avait prêté sur l'Évangile. À Milan, il rencontra l'empereur germanique Henri VI et conclut avec lui une alliance afin de lutter contre Richard.

Puis, alors que tombaient les premières neiges, nous franchîmes les Alpes par la vallée de la Maurienne.

Et nous célébrâmes Noël 1191 à Fontainebleau.

« Je suis sain et sauf », répéta plusieurs fois Philippe Auguste.

Et il fit le signe de croix pour remercier Dieu d'avoir veillé sur lui.

16

« Le roi de France priait Dieu de le protéger, mais il vivait comme s'il ne faisait pas confiance à Notre Seigneur », écrit Eudes de Thorenc lorsqu'il évoque les années qui ont suivi le retour de Philippe Auguste de Terre sainte.

Ce fut, dit-il, le temps de l'intrigue et de la peur.

Des chevaliers venus de Palestine avaient rapporté au roi de France que Richard Cœur de Lion le maudissait, le haïssait, l'accusait de couardise et de traîtrise, et désirait sa mort.

À en croire ces chevaliers, Richard avait noué alliance avec le chef d'une secte d'Infidèles mangeurs de haschich qu'on appelait les « Assassins ». Il avait payé ce « Vieux de la Montagne » afin que les hommes de cette tribu « assassinent » les rivaux du roi d'Angleterre.

Dans une ruelle de Tyr, on avait ainsi poignardé le marquis Conrad de Montferrat dont Richard craignait qu'il ne devînt roi de Jérusalem.

Les chevaliers assuraient que des Infidèles étaient en route pour Paris afin de tuer le roi de France par la dague ou le poison.

J'ai alors entendu Philippe Auguste exiger que des sergents armés de massues se tiennent toujours auprès de lui et ne laissent personne l'approcher.

Moi, Eudes de Thorenc, j'ai été contraint de me dépouiller de mes armes pour pouvoir converser avec le roi qui se tenait en permanence le dos appuyé à une colonne ou à un mur comme s'il avait craint qu'on ne lui plante une dague entre les épaules.

Lorsqu'il me conviait à m'asseoir près de lui et à partager ses repas, je voyais qu'il ne mangeait aucune nourriture sans l'avoir d'abord essayée sur ses chiens.

Il se penchait vers moi pour murmurer : « Richard veut ma mort. » Et je lisais dans son regard qu'il me suspectait d'avoir prêté hommage au roi d'Angleterre, oubliant que j'étais depuis son couronnement le plus fidèle de ses vassaux.

Sa peur était à la mesure de ses ambitions. Il voulait déposséder Richard de ses fiefs, le chasser hors de France, s'emparer de la Normandie et du Vexin, devenir le souverain du Poitou et de la Saintonge, conserver le château de Gisors. Et il était prêt, pour élargir ainsi son domaine, à vouer le roi d'Angleterre aux enfers, priant pour obtenir l'aide du Seigneur dans cette entreprise.

J'ose l'écrire – poursuit Eudes de Thorenc –, les intrigues du roi, mon suzerain, tourmentaient mon âme.

Ayant appris que Richard Cœur de Lion, après avoir quitté la Terre sainte, avait été fait prisonnier par le duc d'Autriche, puis remis à l'empereur germanique Henri VI, Philippe Auguste avait aussitôt recherché fébrilement l'alliance du frère de Richard, Jean sans Terre, puis envoyé des messagers à l'empereur. Il proposait de remettre cinquante mille marcs, et Jean sans Terre trente mille, si Henri VI retenait Richard prisonnier jusqu'au mois de septembre 1194. Puis Philippe Auguste verserait mille marcs par mois d'emprisonnement une fois ce terme échu. Et si on livrait le prisonnier, la rançon serait alors de cent cinquante mille marcs !

Nul doute que la vie de Richard Cœur de Lion n'ait été alors en grand péril.

Mais Henri VI préféra obtenir la même somme de Richard, avec, en sus, le serment d'allégeance du roi d'Angleterre à l'empereur germanique.

Richard Cœur de Lion devenant par là le vassal d'Henri VI, la peur resserra son nœud plus étroitement encore autour du cou de Philippe Auguste.

Je sais qu'il a alors écrit à Jean sans Terre :

« Prenez garde à vous, maintenant : le Diable est lâché ! »

J'ai gardé par-devers moi les parchemins des chroniqueurs anglais qui racontaient comment, pour réunir la rançon du roi, les « hauts hommes du pays s'imposèrent de grandes charges et s'engagèrent personnellement. On prit le cinquième des biens meubles, on prit aussi les colliers d'or et d'argent. Ceux-là donnèrent une grande preuve de leur dévouement, qui envoyèrent leurs enfants comme otages pour tirer le roi de prison. Il leur en sut grand gré. Il envoya à son peuple, en Normandie et en Angleterre, des lettres contenant le témoignage de sa reconnaissance ».

Mais Philippe Auguste disposa de ces écrits et découvrit la *magno gaudio*, la grande joie avec laquelle Richard Cœur de Lion fut accueilli à son débarquement en Angleterre, le 20 mars 1194.

Celui-ci se rendit à Londres, mais, au bout de quelques jours seulement, il passa en Normandie, tant sa volonté de soumettre Philippe Auguste était grande.

Il parcourut les rues de la ville de Barfleur avec à ses côtés Aliénor d'Aquitaine, sa mère, dont le grand âge n'avait pas affaibli la résolution.

Philippe Auguste voulait que, chaque jour, on lui racontât ce que faisait Richard.

Lorsqu'il apprit que ce dernier avait reçu Jean sans Terre et lui avait pardonné avec condescendance, lui disant : « N'ayez crainte, Jean, vous êtes un enfant, vous avez été en mauvaise garde. Ceux qui vous ont conseillé le paieront. Levez-vous, allez manger », le roi de France m'appela. Il me demanda de dresser la « prisée des sergents », la liste des hommes d'armes que les communes, les prévôtés, les abbayes étaient astreintes de lui fournir en vertu du service d'ost.

Je comptai deux mille hommes qui viendraient s'ajouter à ceux que ses vassaux lui devaient.

Le roi parut satisfait et décida qu'il devait prendre l'offensive en Normandie :

— Le château de Gisors sera notre forteresse, dit-il.

Je m'inquiétai de la hâte avec laquelle, comme pour fuir la peur qui le tenaillait, Philippe Auguste voulait s'élancer contre le roi d'Angleterre.

J'avais sous les yeux le récit qu'un chroniqueur dévoué à Richard avait fait de l'entrée du roi d'Angleterre dans Barfleur :

« Il ne pouvait avancer sans qu'il y eût autour de lui si grande presse de gens manifestant leur joie par des danses et des rondes, qu'on n'aurait pu jeter une pomme sans qu'elle fût tombée sur quelqu'un avant de toucher terre.

« Partout sonnaient les cloches ; vieux et jeunes allaient en longues processions, chantant : "Dieu est venu avec Sa puissance, bientôt s'en ira le roi de France !" »

17

C'était fort mauvais temps pour le roi de France, comme si Dieu avait voulu le punir d'avoir quitté si vite la Terre sainte, d'avoir été soucieux d'abord de son domaine royal et non du sort du Saint-Sépulcre.

J'ai même craint que Philippe Auguste ne fût abandonné par Dieu aux mains du Diable.

Car comment expliquer, sinon par un maléfice ou quelque tour de sorcellerie, ce qui survint entre le roi et l'épouse qu'il avait choisie ?

Elle se nommait Ingeburge. Elle était sœur du roi Knut de Danemark.

Quand je la vis pour la première fois, à Arras où le roi était venu l'accueillir, je fus ébloui par sa beauté, la blondeur de ses cheveux qui formaient une auréole autour de son visage. Elle avait à peine dix-huit ans et Philippe Auguste manifesta sa joie de découvrir cette jeune vierge qui lui apportait aussi l'alliance avec le Danemark. Or, dans la guerre qui s'annonçait entre le Plantagenêt et le Capétien, le roi Knut avait des droits très anciens sur l'Angleterre, et disposait d'une flotte et de marins.

Ce 14 août 1193, nous nous rendîmes à Amiens et, chevauchant près d'Ingeburge, je ne me lassais pas de la regarder.

Dans la cathédrale où le mariage fut célébré, elle avait le port altier d'une reine et je ne doutai pas que sa jeunesse allait apporter à la lignée capétienne de nombreux fils qui assureraient la descendance du roi.

Car Philippe Auguste n'avait qu'un seul héritier, Louis, né de son union avec Isabelle de Hainaut.

Lorsqu'il se retira avec Ingeburge, nous, ses vassaux, nous banquetâmes une partie de la nuit, célébrant à grandes rasades, et en mordant à pleines dents dans la viande de sanglier et la chair de saumon, l'union royale.

Mais le Diable ou quelque sorcier s'était glissé dans la couche nuptiale.

À l'aube, je vis Philippe Auguste, le corps tremblant, le visage tordu par la colère et le dégoût, crier qu'il ne pouvait toucher cette femme, qu'il la répudiait, qu'il fallait annuler ce mariage, que le divorce devait être aussitôt prononcé, et que rien ne pourrait le faire changer d'avis.

À voix basse, nous nous interrogeâmes, car la reine Ingeburge faisait face avec hauteur à notre roi, refusant toute idée de divorce, rejetant sur le roi la cause de cette répulsion qui lui interdisait de coucher corps contre corps.

Mais quel serpent avait-on glissé entre eux deux ? Quel démon avait manigancé ce sortilège ?

Ingeburge était-elle une femme monstre, comme parfois on en rencontre dans certains villages, au fond d'une cahute, visage de femme et corps de truie, ou, pis encore, femme et homme à la fois ?

Je ne sus rien des raisons du roi, mais le piège diabolique s'était refermé sur lui et sur le royaume de France. Les Danois refusaient de reprendre Ingeburge. Et la reine hurlait : « Mala Francia, mala

Francia ! », Mauvaise France. Elle entendait soutenir son droit et conserver son rang.

Qui était-elle ? Quels étaient ses laideurs intimes, ses vices secrets ?

Le Diable était-il devenu le suzerain de Philippe Auguste ?

J'assistai à Compiègne à la réunion des barons et des évêques qu'avait convoquée Philippe Auguste afin d'obtenir une sentence de divorce au prétexte qu'Ingeburge avait une lointaine parenté avec Isabelle de Hainaut, l'épouse décédée du roi de France.

Les évêques obéirent à Philippe Auguste, mais Ingeburge en appela à Rome et elle ne céda point quand on l'eut enfermée à Beaurepaire, le prieuré de l'abbaye de Cysoing sise entre Valenciennes et Douai.

En dépit des remontrances du pape Célestin III, Philippe Auguste se montra aussi obstiné qu'elle. Il décida, pour rendre irrévocable le divorce, de se remarier.

Mais lui, l'un des rois les plus puissants, fut refusé par deux princesses allemandes et par la fille du roi de Sicile ! L'affront était cruel. Il dut se résigner à prendre pour épouse Agnès de Méran, qui n'était que fille d'un duc, Berthold du Tyrol.

Avant que ce mariage ne fût célébré, Ingeburge avait été enfermée dans un château, puis conduite dans un couvent de Soissons.

On ne festoya pas lors de ces noces de Philippe et d'Agnès, que Rome condamnait.

Le nouveau pape, Innocent III, avait mandé au roi de France une lettre dont la lecture m'accabla, même si Philippe ne parut point s'en inquiéter :

« Le Saint-Siège, écrivait le souverain pontife, ne peut laisser sans défense des femmes persécutées.

« Dieu nous a imposé le devoir de faire rentrer dans le droit chemin tout chrétien qui commet un péché mortel, et de lui appliquer les peines de la discipline ecclésiastique dans le cas où il ne voudrait pas revenir à la vertu.

« La dignité royale ne peut être au-dessus des devoirs d'un chrétien et, à cet égard, il nous est interdit de faire entre le prince et les autres fidèles aucune distinction.

« Si, contre toute attente, le roi de France méprise notre avertissement, nous serons obligé, malgré nous, de lever contre lui notre main apostolique.

« Rien au monde ne sera capable de nous détourner de cette ferme résolution de la justice et du droit. »

18

Le pape Innocent III menaçait donc le roi de France.

Ses légats me confiaient que si Philippe Auguste ne se séparait pas d'Agnès de Méran et ne rappelait pas Ingeburge, le souverain pontife était résolu à proclamer l'interdit pour tout le royaume de France. Aucun sujet du roi ne pourrait plus recevoir les sacrements, aucun service religieux n'y serait plus célébré.

Et si le roi s'obstinait à vivre dans le sacrilège, alors sa concubine et lui seraient excommuniés.

Quel souverain, quelle que fût sa puissance, pouvait survivre quand son royaume et lui étaient placés au ban de la Chrétienté, rejetés parmi les païens et les démoniaques ?

J'ai prié, agenouillé aux côtés de mon fils Henri. À quinze ans, c'était un écuyer dévoué à son roi, respectueux des coutumes de la chevalerie du Temple à laquelle il voulait dédier sa vie.

J'ai prié parce que la guerre s'abattait sur le royaume de France comme un vol de rapaces aux becs acérés.

Les routiers de Richard Cœur de Lion pillaient, saccageaient, incendiaient, massacraient.

Ces soudards soldés par le roi d'Angleterre étaient plus nombreux, plus aguerris, plus cruels et mieux payés que ceux qui servaient Philippe Auguste.

Ils avaient à leur tête un gibier de potence du nom de Mercadier, devenu châtelain par la volonté de son roi, Richard.

Ceux de France avaient pour chef Cadoc, lui aussi nanti d'un château par le roi.

Je combattis, et mon fils Henri fit en ces années de guerre contre Richard et ses routiers ses premières armes. Puis il me quitta pour rejoindre les routiers de Philippe de Dreux, cousin germain du roi, évêque de Beauvais.

Ce prélat semblait avoir oublié la Croix et les principes de la Sainte Église qui voulaient qu'on ne se battît point entre chrétiens, mais qu'on réservât ses coups aux Infidèles !

Mais Philippe de Dreux était armé comme un chevalier, son heaume lacé, et de la voix et du geste il incitait ses routiers à piller et incendier en Normandie, fief qui n'était pas terre d'Infidèles, mais duché dont le suzerain était Richard Cœur de Lion. Mais cela seul suffisait aux donneurs de mort.

J'ai eu peur pour mon fils Henri de Thorenc.

J'ai eu peur pour le roi.

Jean sans Terre avait rallié son frère Richard et, en signe de soumission, avait massacré les routiers de Philippe Auguste qui tenaient Évreux.

Nous fûmes contraints d'éviter cette ville qui avait été nôtre, et de chevaucher dans la forêt de Fréteval en Vendômois.

Tout à coup, de derrière chaque tronc surgissent des routiers de Richard. Ils nous agrippent avec leurs crochets, ils dépouillent, ils égorgent, ils entraînent leurs proies qui deviennent de précieux butins, puisqu'ils exigeront pour les relâcher le versement de lourdes rançons.

On se bat à grands coups de glaive, et je vois les routiers anglais se précipiter sur les bagages du roi, et personne pour les repousser, personne pour les empêcher de s'emparer des archives et d'un des trésors royaux.

Il faut fuir.

Au soir de ce 3 juillet 1194, Philippe Auguste me dit qu'il placera désormais ses archives dans une tour du Louvre, car chaque manuscrit vaut plus qu'une bourse pleine de pièces d'or. Les archives du roi sont la mémoire de la lignée capétienne, explique-t-il.

J'observe le roi ; je le sais inquiet. Il craint d'être vaincu et de mourir assassiné par quelque routier à la solde de Richard.

Mais son visage est impassible. Il parle d'une voix calme alors que chaque fait qu'il rapporte constitue une blessure.

Il a été contraint de signer une trêve avec Richard. Elle a été transformée en traité de paix sous la pression des moines, des évêques et du pape, qui se souviennent des succès des Infidèles en Terre sainte, mais aussi en Espagne, et rêvent de voir les deux rois réconciliés partir à nouveau en croisade.

« C'est un conte de troubadour », commente Philippe Auguste.

Il dit que Richard a profité de la trêve pour entreprendre la construction, sur un promontoire qui domine la vallée de la Seine, là où elle dessine un méandre, d'un château disposant de trois enceintes, de murs épais de cinq pas, d'un donjon de trente pas de tour. Ce Château-Gaillard ne peut être conquis et empêche toute invasion de la Normandie.

Philippe Auguste répète ces mots à voix basse comme pour s'en pénétrer, puis il se lève, évoque la défaite qu'il vient d'essuyer en Flandre contre l'un de ses vassaux, le comte de Flandre et de Hainaut, Baudouin IX.

J'étais aux côtés du roi dans ce pays de marécages, encerclé par les Flamands de Baudouin qui avaient ouvert toutes les écluses afin de nous noyer, nous prendre au piège comme des chiens affolés.

Pour éviter d'être pris, Philippe avait capitulé, accepté les conditions les plus humiliantes. Et avait prêté serment.

Mais, dès qu'il avait été hors de portée des Flamands, il avait renié sa parole.

« Un vassal insurgé n'a pas le droit d'imposer ses conditions », avait-il dit.

Et la guerre est devenue sauvage.

J'ai vu nos routiers, mains liées, jetés dans les rivières et les étangs par les Anglais afin qu'ils s'y noient.

J'ai vu, errant dans les forêts de Normandie, d'autres de nos sergents, les yeux crevés par les soudards de Mercadier et du roi Richard.

Et j'ai entendu Philippe Auguste donner l'ordre de faire de même avec les routiers anglais.

Mais rien n'y fit : le roi Richard l'emportait.

Il nous tenait si court qu'on ne savait comment se retourner. Il était toujours devant nous, et nombre de nos chevaliers se rendirent aux Anglais. Et ceux-ci triomphèrent en écrivant : « Le nombre des prisonniers est immense. On a capturé deux cents chevaux de bataille, dont cent quarante bardés de fer. »

Il fallut traiter. Richard nous consentit une trêve de cinq ans, ne laissant à Philippe Auguste que le château de Gisors et exigeant que Louis, le fils du roi de France, épousât Blanche de Castille, nièce du roi anglais.

Et il fallut traiter à Péronne avec les hauts barons de France qui avaient rallié le roi de d'Angleterre, et leur abandonner Douai, Saint-Omer et Béthune.

C'était le temps de la défaite.

Je crus que Dieu avait en effet bel et bien abandonné Philippe, roi de France.

Puis vint le miracle.

Un chrétien peut-il se réjouir de la mort d'un chrétien ?

Comment Dieu choisit-Il ceux qu'Il appelle à Lui, et dans quel dessein ?

Je prie face au mystère qui m'empêche de répondre à ces questions. Mais je sais que nous accueillîmes la mort de Richard Cœur de Lion, le 6 avril 1199, comme un signe du Tout-Puissant, un miracle.

Le roi Plantagenêt assiégeait avec Mercadier le château de Châlus en Limousin quand il reçut un trait lancé par une arbalète, cette arme diabolique qui tue.

Mercadier fit donner l'assaut et le château fut conquis, tous les assiégés pendus à l'exception du soldat qui avait blessé à mort le roi Richard.

Le Plantagenêt, qui sentait sa vie s'enfuir, voulut voir l'arbalétrier :

— Quel mal t'avais-je fait, pourquoi m'as-tu tué ? lui demanda-t-il.

— Vous aviez bien tué, vous, de votre main, mon père et mes deux frères ! J'ai pris ma revanche. Je souffrirai tous les tourments qu'inventera votre cruauté, pourvu que vous mouriez, vous qui avez fait au monde de si grands maux !

Les chroniqueurs anglais prétendent que le roi ordonna que l'on versât à l'arbalétrier de l'argent et qu'on le laissât libre.

Mais à peine le roi fut-il mort que Mercadier ressaisit l'homme, le fit écorcher vif et accrocher à une potence.

Philippe Auguste exigea que je lui lise le chant du troubadour anglais qui célébrait la mémoire du roi Richard.

« Le roi Richard est mort, et mille ans se sont passés sans qu'il mourût un homme dont la perte fût si grande. Jamais il n'eut son pareil ! Jamais personne ne fut aussi loyal, aussi preux, aussi hardi, aussi généreux. Alexandre, ce roi qui vainquit Darius, ne donna jamais davantage, ni même autant. Je ne crois pas que Charlemagne ni Arthur l'aient valu.

« Pour dire la vérité, il se fit par tout le monde redouter des uns et chérir des autres. »

Au bout de quelques instants de silence, Philippe Auguste lança :

« Moi, je suis sain et sauf, je suis vivant et roi de France. »

19

La mort de Richard Cœur de Lion a marqué la seconde naissance de Philippe Auguste.

J'avais vécu près de lui les trente-quatre années de sa vie. Je lui avais été fidèle. Presque chaque jour, j'avais chevauché avec lui flanc contre flanc, de la Flandre à la Normandie, des vallées des Alpes aux collines dénudées de Terre sainte.

J'avais écrit sous sa dictée et j'avais été à ses côtés lorsqu'il avait rencontré ses barons rebelles ou les rois d'Angleterre, Henri II Plantagenêt et Richard Cœur de Lion.

Maintenant c'était le dernier fils d'Henri II, Jean sans Terre, qui succédait à son frère Richard.

Celui-là avait changé souvent de camp : allié du roi de France contre son père et contre son frère, puis le trahissant.

J'ai entendu Philippe Auguste le traiter de couard, de débauché, de sanguinaire, de déloyal, d'homme cruel dont le mensonge était la seule langue qu'il sût parler.

Ces jugements, Philippe les prononçait sans colère, comme s'il eût égrené de hautes vertus. J'ai mieux compris, alors, ce qui faisait la force du roi de France.

Il avait le regard perçant d'un faucon. Il jugeait sans se laisser leurrer par les apparences ni attendrir par la compassion.

Il était faucon, mais était aussi renard et serpent. Et il avait la résistance et l'obstination des taupes qui s'enfouissent dans la terre et reparaissent tout à coup, pleines de vigueur. L'hiver ne les détruit pas.

J'avais combattu avec lui dans la forêt de Fréteval quand l'Anglais s'était emparé du Trésor royal et des archives capétiennes.

À Gisors j'avais, près de lui, senti le pont sur l'Epte craquer puis se briser sous les sabots des chevaux que nous menions au galop pour fuir l'Anglais.

J'avais été encerclé avec lui dans les marécages de Flandre.

Le roi avait fui, avait eu peur, mais il avait survécu, et c'était Richard Cœur de Lion qui était mort.

Quant à moi, j'étais vieux et c'est mon fils Henri d'à peine vingt ans qui maintenant le servait.

Je découvrais autour de ce fils, dans l'entourage du roi, des hommes nouveaux que le roi avait choisis, devenus ses chambellans, ses prévôts, ses baillis, veillant sur ses archives, sur la justice et le Trésor royal, dépendant en tout du roi, ses serviteurs plus que ses vassaux.

Ils étaient échansons, écuyers, panetiers, fauconniers, cuisiniers. Ils n'étaient pas issus d'une noble et vieille lignée. Parfois, ils étaient moines cisterciens ou hospitaliers, comme le frère Guérin. Ils vivaient dans la maison royale, à quelques pas du roi.

Mon fils Henri de Thorenc était l'un d'eux. Le roi avait l'habitude – mon fils avec orgueil me le confia – de leur ouvrir son âme et de leur révéler ses pensées secrètes.

Mais, à côtoyer le roi pendant trente-quatre années, j'étais moi aussi devenu renard et faucon, et je savais fort bien que Philippe ne dévoilait jamais le fond de son âme et de ses pensées.

Il n'est pas de roi sans mystère.

Ainsi, qui aurait pu expliquer les motifs de l'attirance puis de la répulsion et peut-être de la haine qui avaient uni et séparé Philippe Auguste et son épouse rejetée, Ingeburge ?

Le légat du pape, Pierre de Capoue, avait, au nom d'Innocent III, prononcé l'interdit sur le royaume de France, puisque Philippe Auguste s'était obstiné à vivre avec Agnès de Méran alors qu'il était, aux yeux du pape et devant Dieu, l'époux d'Ingeburge.

Mais le roi résista au souverain pontife, persécutant les évêques qui appliquaient la sentence d'Innocent III. Ils étaient maltraités, chassés de leurs évêchés, leurs biens confisqués. Et la plupart préférèrent obéir au roi qu'à Rome.

Ingeburge fut enlevée du monastère où elle était recluse et enfermée dans un château situé à trois journées de Paris.

Puis le roi l'installa dans une maison de chasse située au cœur de la forêt de Rambouillet. C'était manière d'indiquer au légat que la réconciliation entre les époux était possible, puisque Philippe se rendait souvent en forêt de Rambouillet pour y chasser.

Je confiai à mon fils Henri que le renard paraissait disposé à se jouer du légat.

Le roi vint même, avec Ingeburge en croupe, chevaucher devant un concile que présidait le légat, qui devait juger de son attitude et se prononcer sur la question de son divorce.

Quel divorce ? clama Philippe Auguste en posant la main sur la cuisse d'Ingeburge, contrainte de se

serrer contre lui si elle ne voulait pas être désar-
çonnée.

Mais ce n'était là qu'un leurre pour éviter la sentence.

Ingeburge fut emprisonnée à Étampes, et Agnès
de Méran installée au château de Poissy où elle
accoucha d'un fils de Philippe.

Celui-ci avait alors obtenu la levée de l'interdit sur
son royaume, et les nouvelles condamnations émi-
ses par le pape n'eurent aucun écho.

Le clergé du royaume restait fidèle à son roi.

Une fois encore, la mort fut l'alliée de Philippe
Auguste. Agnès de Méran mourut en août 1201.

Je vis le roi agenouillé au pied du lit mortuaire,
mains jointes, tête baissée.

J'eus de la compassion pour lui.

Mais le roi profitait de la mort : le pape innocent III légitima les deux enfants d'Agnès, nés de
son union pourtant sacrilège avec Philippe Auguste.

Ainsi Louis, fils de la première épouse, Isabelle de
Hainaut, que l'on disait de santé fragile, ne portait
plus seul l'avenir du royaume.

D'autres enfants de sang royal assuraient la
continuité de la lignée capétienne.

Avec l'aide de Dieu !

20

Dieu a-t-Il choisi d'aider Philippe Auguste et d'abandonner Jean sans Terre, sacré duc de Normandie, à Rouen, le 25 avril 1199, puis roi d'Angleterre, à Londres, le 27 mai de la même année ?

Ou bien, comme je le crois, Dieu a-t-Il observé, sans prendre parti, le cruel tournoi qui a opposé le roi de France et le roi d'Angleterre, se réservant de les juger quand ils comparaîtraient devant Lui ?

Moi, Eudes de Thorenc, et mon fils Henri nous affronterons aussi le Jugement dernier. Nous fûmes les vassaux fidèles du roi de France et avons combattu pour qu'il soit vainqueur.

Moi, je sais que Philippe Auguste, notre champion, dans ces accès de fureur qui l'emportaient parfois, a donné l'ordre de massacrer des chrétiens dont la seule faute était d'être paysans sur les terres du Plantagenêt.

Il a incité ses routiers à brûler même les monastères, et quand il est entré dans la ville de Tours, au terme de sa chevauchée, il a fait incendier des quartiers entiers, et Dieu seul sait combien de chrétiens de tous âges, parmi lesquels les enfants furent nombreux, périrent dans les flammes.

Puis, lorsque Jean sans Terre a repris la ville, c'est lui qui a mis le feu à celles de ses parties qui n'avaient pas été détruites.

Ni l'un ni l'autre roi n'ont respecté leurs serments. Ils ont trahi leurs vassaux au gré de leurs intérêts du moment.

« Le roi Jean sans Terre, écrit un chroniqueur, par un jugement secret de la Providence, se faisait toujours des ennemis de ses propres amis, et rassemblait lui-même les verges dont il devait être battu. »

Est-ce la Providence qui aveugle le roi Jean, ou bien les démons de l'ambition, de la haine, du lucre qu'il ne sait tenir à distance et qui l'entraînent ?

On assure qu'il a poignardé de sa main royale son jeune neveu Arthur, comte de Bretagne.

Arthur était le fils du frère aîné de Jean sans Terre, Geoffroy. Il prétendait rentrer en possession de tous les pays dont son père eût hérité s'il avait survécu à Richard Cœur de Lion.

Jean sans Terre, lui, invoquait le droit féodal et revendiquait la garde ou le bail de son neveu mineur et de ses biens.

J'ai vu briller les yeux de Philippe Auguste quand il a appris la querelle opposant l'oncle et le neveu. Puis l'inquiétude qui a saisi les barons après le sacre de Jean sans Terre.

Guillaume des Roches, comte d'Anjou, prit leur tête, approcha Arthur, puis Philippe Auguste. Les barons pensaient préserver leur liberté en choisissant pour suzerain le jeune comte de Bretagne plutôt que le puissant roi d'Angleterre, et en soutenant le roi de France.

On commença à se battre entre « Anglais » et « Français » en Normandie et dans le Maine, sur les bords de Seine et les bords de Loire, dans le Vendômois et la Touraine.

Mais Guillaume des Roches et les barons découvrirent que Philippe Auguste était au moins aussi impérieux, aussi avide que Jean sans Terre, et que les routiers français brûlaient et pillaient, démantelaient les châteaux tout comme les routiers anglais.

— Nous n'étions pas convenus de cela dans le traité conclu entre vous et le comte Arthur, remontra Guillaume des Roches à Philippe Auguste.

— Par les saints de France ! répliqua ce dernier. Jamais Arthur ne m'empêchera de faire ma volonté sur les terres qui m'appartiennent !

Quand les loups attaquent un troupeau, ils se jettent d'abord sur les jeunes agneaux pour les dévorer.

Le comte Arthur était l'agneau de cette guerre.

Guillaume des Roches s'était servi de son nom, Philippe Auguste le menaçait, son oncle Jean sans Terre le haïssait.

Il ne trouva son salut que dans la fuite, tandis que Guillaume des Roches ralliait le roi d'Angleterre. Et Philippe Auguste, qui subissait les foudres du pape Innocent III à propos d'Ingeburge, dut rentrer la tête dans les épaules et signer une paix provisoire avec le roi Plantagenêt.

Il attendait que passe la vague, pareil à ces coquillages plus coriaces que la roche, que le flot submerge, qui disparaissent mais qu'on retrouve une fois la mer retirée.

Arthur s'était réfugié à Angers, faible comme l'agneau, et Philippe Auguste invita Jean sans Terre à Paris.

C'est Henri de Thorenc qui raconte que « le roi d'Angleterre y fut reçu avec la plus grande courtoisie ».

Si Eudes de Thorenc a laissé la plume à son fils, c'est qu'il devine que cette paix, cette courtoisie entre rois de France et d'Angleterre ne sont que mensonges.

« On donna au roi d'Angleterre, narre Henri de Thorenc, une place d'honneur dans l'église de Saint-Denis où l'avait conduit une procession solennelle au chant des hymnes et des cantiques.

« Puis le roi des Français le ramena à Paris où les habitants l'accueillirent avec tout le respect imaginable.

« Après cette brillante réception, il alla loger au palais du roi qui pourvut avec magnificence à tous ses besoins. Des vins de toutes espèces, tirés pour lui des celliers royaux, furent prodigués à sa table et à celle de ses chevaliers. Le roi de France lui donna dans sa générosité des présents de toute nature, or, argent, riches étoffes, chevaux d'Espagne et une foule d'autres objets précieux.

« Puis le roi d'Angleterre, charmé de ces marques d'amour et de bonne entente, prit congé de Philippe et se retira dans ses États. »

21

Dès que Jean sans Terre eut quitté Paris, la paix, comme un cheval fourbu, a commencé à boitiller.

Soudoyés, des sergents anglais arrivaient à la cour de France et racontaient comment le roi d'Angleterre, parvenu dans son duché d'Aquitaine, occupait les châteaux de ses vassaux, traitant ses barons comme s'ils avaient été des serfs.

Chaque homme, qu'il fût chevalier ou paysan, était gibier pour Jean sans Terre.

Philippe Auguste écoutait, impassible, les récits de ses espions auxquels il lançait une pièce d'or comme on jette un quartier de viande à ses chiens courants.

Puis le roi donnait des ordres pour que l'on rassemblât routiers, piétons, sergents, chevaliers, et qu'on se préparât à partir en campagne.

Mais à Henri de Thorenc qui s'impatientait, il dit qu'il fallait attendre que le cheval trébuche, qu'il se brise les pattes, se couche sur le côté, le corps couvert de sueur, tremblant de fatigue. Alors il faudrait sortir la dague et l'égorger.

« Le moment est proche », conclut Philippe Auguste.

Après la mort d'Agnès de Méran, le pape avait desserré sa poigne, levé l'interdit sur le royaume.

On pouvait donc reprendre la guerre, répondre à l'appel que lançaient les barons d'Aquitaine, d'Anjou et de Poitou, contre ce roi d'Angleterre qui montrait la cruauté d'un routier. Il avait enlevé la fiancée d'un de ses vassaux, le fils du comte de la Marche. Il avait épousé à Chinon cette Isabelle Taillefer, jeune fille que l'on disait belle, mais aussi rétive qu'une jument fantasque.

C'était à Philippe Auguste, suzerain du duc d'Aquitaine, de faire juger son vassal qui ne s'était pas conduit en noble chevalier.

J'ai assisté, écrit Eudes de Thorenc, à l'assemblée des barons qui se tint au mois d'avril 1202.

Jean sans Terre ne s'y présenta pas. Chacun connaissait le verdict que l'assemblée allait rendre. Le roi d'Angleterre était accusé d'avoir été, à l'égard de Philippe Auguste, un vassal félon, et, pour ses barons, un suzerain qui ne respectait pas la charte féodale.

La sentence de l'assemblée fut sans appel. Elle annonçait un tournoi à mort.

« La cour de France assemblée déclare que Jean sans Terre, duc d'Aquitaine, roi d'Angleterre, doit être privé de toutes les terres qu'il a, lui et ses prédécesseurs, tenues du roi de France, pour avoir dédaigné de rendre à son suzerain la plupart des services qu'il lui devait comme vassal, et avoir presque constamment désobéi à ses ordres. »

Le roi de France avait sorti sa dague et la levait sur l'encolure du cheval aux pattes brisées.

Quand on plante la lame dans le corps et que le sang jaillit, il ne faut pas que la main hésite.

Celle de Philippe Auguste ne trembla pas.

Il adouba chevalier Arthur, comte de Bretagne, à peine âgé de quinze ans, et lui offrit une troupe de deux cents chevaliers aguerris. Arthur mit le siège devant le donjon de Mirebeau dans lequel s'étaient réfugiés la reine mère, Aliénor d'Aquitaine, et une poignée de routiers.

La victoire de Philippe, qui s'annonçait, parut par trop éclatante à Guillaume des Roches et aux barons. Ils ne voulaient pas d'un comte de Bretagne puissant, allié au roi de France. Ils rallièrent alors Jean sans Terre, lui faisant prêter serment de retenir son glaive, de respecter la vie des personnes qui tomberaient entre ses mains, de traiter son neveu, le comte de Bretagne, avec la bienveillance que l'on doit à un chevalier d'à peine quinze ans.

Jean sans Terre jura.

Et le 30 juillet 1202 il délivra Aliénor d'Aquitaine, captura Arthur de Bretagne et tous ceux qui s'étaient ralliés à lui.

Puis, ivre de puissance, comme un routier aveuglé par le vin, il viola son serment, jeta ses prisonniers dans des cachots, les laissa dévorer par les rats. Et il enchaîna Arthur, son jeune neveu, d'abord au château de Falaise, puis dans la grosse tour de Rouen qui surplombait la Seine.

J'étais aux côtés de Philippe Auguste, poursuit Eudes de Thorenc, alors qu'il assiégeait en Normandie le château d'Arques et fut informé de ce désastre.

J'ai vu son visage blanchir, ses lèvres trembler, sa colère se déchaîner. Il hurlait, ordonnait qu'on se mît en route et chevauchât à marche forcée jusqu'à Tours.

Nous partîmes et creusâmes dans le vif de ces pays un sillon sanglant, ne laissant sur notre passage que villages, châteaux, monastères brûlés et corps crevés.

Après des mois de guerre, nous chassâmes Jean sans Terre de l'Anjou et de la Touraine. Il n'était plus maître que de la Normandie où l'on ne pouvait pénétrer qu'après avoir conquis l'imprenable Château-Gaillard.

Jean sans Terre se vengea sur la Bretagne où il pilla, brûla, massacra, exhortant ses routiers à amonceler les cendres et la viande d'homme pour les loups et les rapaces.

Le roi d'Angleterre serrait toujours dans sa poigne le corps jeune et désarmé du comte Arthur de Bretagne.

— Si Arthur vient à mourir...

J'ai entendu cette phrase prononcée dix fois par Philippe Auguste et répétée par mon fils Henri, écrit Eudes de Thorenc.

On savait que les proches de Jean sans Terre l'incitaient à réduire à l'impuissance Arthur, seul vivant à pouvoir réclamer une part de l'héritage d'Henri II Plantagenêt.

Le mutiler ou le tuer !

Trois sergents royaux reçurent l'ordre de crever les yeux et de mutiler le comte Arthur alors qu'il était prisonnier à Falaise. Mais deux de ces sergents prirent la fuite, tant la besogne commandée les révulsait.

Le troisième parvint au château, vit Arthur qui devina le sort qu'on lui réservait. Le jeune comte se jeta sur le sergent, lutta contre lui. On les sépara. Le sergent révéla au commandant du château, un Anglais, l'ordre qu'il devait exécuter. Arthur supplia, et l'Anglais décida de suspendre l'exécution tout en faisant croire qu'Arthur était mort.

À l'annonce du décès d'Arthur, la peine fut telle en Bretagne que Jean sans Terre fut trop heureux d'assurer que son neveu était encore vivant. Il le prouva, mais transféra son prisonnier à Rouen. Là, à l'abri de Château-Gaillard, il serait libre d'agir à sa guise, c'est-à-dire de décider du moment de la mort d'Arthur, et du choix de son bourreau.

On dit qu'Arthur de Bretagne fut frappé de la main même de Jean sans Terre, son oncle, le 3 avril 1203.

Son corps, lesté d'une pierre, fut jeté dans la Seine, mais son cadavre recueilli par un pêcheur et enseveli au prieuré du Bec. C'est Henri de Thorenc qui a recueilli ces propos d'un moine du pays de Galles.

Et c'est lui qui a pris copie du récit du meurtre d'Arthur tel que l'a consigné le chapelain de Philippe Auguste, Guillaume le Breton :

« Jean sans Terre a appelé secrètement auprès de lui ses serviteurs les plus dévoués.

« Il les excite, en leur promettant force présents, à chercher quelque moyen de faire périr son neveu, le comte Arthur de Bretagne. Tous refusent de se charger d'un si grand crime.

« Alors il quitte brusquement la Cour et ses fidèles, s'absente pendant trois jours et se retire dans un vallon boisé où se trouve le petit village appelé Moulineaux. De là, quand la quatrième nuit est arrivée, Jean monte au milieu des ténèbres dans une petite barque et traverse le fleuve.

« Il aborde à Rouen devant la poterne qui conduit à la grosse tour, sur le port que la Seine, deux fois par jour, inonde de marée. Debout sur le haut de la barque, il donne ordre que son neveu lui soit amené par un page ; puis il le prend avec lui dans le bateau, s'éloigne un peu et enfin s'écarte tout à fait de la rive. Le malheureux enfant, comprenant que sa dernière heure est arrivée, se jette aux genoux du roi en criant :

« – Mon oncle, aie pitié de ton jeune neveu ! Mon oncle, mon bon oncle, épargne-moi, épargne ton neveu, épargne ton sang, épargne le fils de ton frère !

« Vaines lamentations ! Le tyran le saisit par les cheveux, lui enfonce son épée dans le ventre jusqu'à la garde, et, la retirant tout humide de ce sang précieux, la lui plonge de nouveau dans la tête et lui perce les deux tempes. Le meurtre consommé, il s'écarte et jette le corps sans vie dans les flots qui roulent devant lui. »

Jean sans Terre, roi d'Angleterre, a-t-il lui-même, comme l'affirme Guillaume le Breton, chapelain du roi de France, tué son neveu Arthur ?

Henri de Thorenc l'a cru. Son père Eudes a préféré garder le silence.

Moi, Hugues de Thorenc, j'ai vu trop de crimes pour choisir entre mes aïeux.

Je laisse à Dieu, qui a la souveraine connaissance, le jugement dernier des hommes.

Je sais seulement que, comme le rapportent Eudes et Henri de Thorenc, le père et le fils, Jean sans Terre, après le meurtre d'Arthur – qu'il l'ait lui-même exécuté ou seulement ordonné –, s'enfuit comme un chacal qui vient de lacérer sa proie et qui craint les chiens.

Philippe Auguste l'avait chassé de Bretagne, d'Anjou, du Maine, de Touraine et de Poitou. Il se réfugia donc en Angleterre, en décembre 1203.

Le crime s'était retourné contre lui : il ne gardait plus de fidèles qu'en Aquitaine et en Normandie.

Là, protégeant Rouen, se dressait Château-Gaillard.

22

Celui qui veut savoir ce que furent le siège et la conquête de Château-Gaillard par Philippe Auguste, qu'il lise le récit qu'en a fait Henri de Thorenc !

Mon aïeul était un chevalier de vingt-trois ans.

Il a occupé auprès du roi de France la place que son père, Eudes, a tenue durant plus de trente ans. Mais, en septembre 1203, dans la première semaine du siège de Château-Gaillard, un arbalétrier anglais a blessé Eudes d'un trait qui lui a percé la cuisse droite de part en part, près de l'aine. Le sang a coulé comme d'une outre crevée, la fièvre est venue, les chairs ont pourri, et, la deuxième nuit, Eudes de Thorenc a trépassé.

Il avait prononcé quelques mots rapportés par Henri :

« Je meurs tué par une arme qui n'est pas celle des chevaliers.

— Tu meurs comme Richard Plantagenêt, roi d'Angleterre », lui murmura Philippe Auguste.

Eudes a fermé les yeux et continué de se vider de son sang. On a enveloppé son corps dans sa cape blanche à croix rouge des Templiers, et on l'a enseveli dans le chœur de la petite église du village des Andelys dont les habitants avaient fui et s'étaient réfugiés derrière les fossés et les trois enceintes de Château-Gaillard.

Le siège dura huit mois.

Pour approcher du château, il fallut d'abord conquérir les redoutes qui le protégeaient, dresser des tours pour se défendre des sorties des assiégés.

On crut que ces « Anglais » – des chevaliers aguerris commandés par Roger de Lascy – se rendraient lorsque la faim les étranglerait.

Mais ils résistèrent, chassant les vieillards, les femmes et les enfants, tous ceux qui n'étaient pas utiles à la défense du château.

Nous les accablâmes de flèches, et, comme un troupeau affolé, ils essayèrent de rentrer dans le château, mais ses portes restèrent closes.

Et l'on vit cette troupe de gueux errer entre notre camp et les murs de Château-Gaillard.

Il arriva qu'une femme mît au monde un enfant. Encore souillé du sang de sa mère, il fut déchiré par les ongles des hommes et, à peine sorti du sein qui le portait, rentra en un tournemain dans le ventre de ces affamés. Une poule qui voletait et tomba au milieu d'eux fut aussitôt saisie et avalée tout rond avec ses plumes, ses os et un œuf tout chaud qu'elle portait en son corps. Tout ce qui peut céder sous la dent fut englouti dans les estomacs. Ils en vinrent à se nourrir de la chair des chiens.

Nous implorâmes le roi de les laisser franchir nos défenses. Plusieurs jours durant, il parut ne pas entendre nos suppliques, puis, d'un simple hochement de tête, il consentit à accueillir ces ombres chancelantes.

Dieu fut-Il sensible à ce geste du roi de France ?

Nous fîmes sauter la tour de la première enceinte, puis l'un des sergents découvrit qu'en passant par les latrines, on pouvait atteindre la deuxième enceinte. Elle fut conquise et nous pûmes ouvrir une brèche dans la troisième en usant de la mine et des machines de jet.

C'était le 6 avril 1204. Le siège avait commencé huit mois auparavant, en septembre 1203.

Ni Roger de Lascy ni aucun des chevaliers « anglais » n'eut le temps de se réfugier dans le donjon.

Tous furent tués.

Leur fin annonça celle de l'enclave française du royaume de Jean sans Terre.

Philippe Auguste ne laissa aucun répit au roi d'Angleterre. La victoire appelle la victoire, la puissance fait se multiplier les alliés.

Les nobles bretons, avec à leur tête Guy de Thouars, se lancèrent à l'assaut d'Avranches et incendièrent le Mont-Saint-Michel.

Philippe Auguste marcha sur Rouen et les routiers anglais se rallièrent à lui, abandonnant leur maître : la solde versée par Philippe Auguste était plus élevée que celle promise par le roi d'Angleterre, et les caisses du Trésor capétien mieux remplies que celles du Plantagenêt.

Philippe avait confié le gouvernement de son Trésor royal au frère Aimard, commandeur du Temple pour le royaume de France.

Henri de Thorenc, qui appartenait, comme tous les Thorenc, à cette milice du Christ, écrit :

« Notre ordre est comme un grand fleuve que viennent grossir les rivières que sont nos commanderies, présentes des bords de la Baltique à la Terre sainte. Nos armes sont aussi bien le glaive que la pièce d'or. Philippe Auguste employa l'un et l'autre. Une bourse remplie peut davantage qu'une arbalète.

« Le roi de France en usa ainsi avec les bourgeois des villes qui ralliaient le roi de France parce qu'il offrait et promettait beaucoup. Et qu'on pouvait, d'un coup de dents, vérifier la valeur d'une pièce de monnaie royale.

« Le roi répète, poursuit Henri de Thorenc, qu'il faut toujours se souvenir que, pour trente deniers, le Judas livra le Christ. Il n'est pas surpris que, contre des pièces sonnantes et trébuchantes, les bourgeois de Rouen lui offrent les clés de leur ville, acceptent d'abattre eux-mêmes leurs murailles et de raser leur château. Il achète aussi le ralliement du sénéchal, du connétable, du capitaine chargé de la défense de la ville.

« Et en même temps qu'il ouvre sa bourse, il menace, s'adressant aux châtelains et aux bourgeois de Normandie, mais aussi à ceux de toutes les possessions de Jean sans Terre :

« "Puisque le roi d'Angleterre vous a abandonnés, c'est moi, roi de France, votre Haut Seigneur, qui reprends légalement possession du fief. Je vous prie donc, à l'amiable, de me recevoir comme votre suzerain et de me rendre hommage, puisque vous n'avez pas d'autre maître. Vous y trouverez grand profit. Si vous vous avisiez de résister, vous trouveriez en moi un ennemi décidé à vous faire pendre ou écorcher vif." »

23

Quel homme hésiterait à choisir entre les deniers et le supplice, entre l'or et la potence ?

Et Philippe Auguste, d'une voix railleuse, selon les dires d'Henri de Thorenc, d'ajouter :

« Qui voudrait périr écorché pour le seul profit de Jean sans Terre ? »

Les barons d'Angleterre, les chevaliers, même les plus fidèles aux Plantagenêts, refusent de partir à la reconquête de la Normandie, de la Bretagne, du Poitou, de l'Anjou, de la Touraine et de l'Aquitaine.

Ils possèdent des terres en France, ils ne veulent pas les perdre et risquer de mourir en tentant d'en chasser Philippe Auguste.

Un espion rapporte à la cour de France qu'un baron anglais, Guillaume le Maréchal, est prêt à faire hommage au roi de France.

Philippe Auguste l'accepte, traitant l'Anglais avec bienveillance.

Le roi Jean s'emporte. « Il se met à rançonner les Anglais sous prétexte qu'ils ne veulent pas le suivre pour l'aider à recouvrer son héritage perdu, volé », écrit un clerc proche de l'archevêque de Cantorbéry.

Jean sans Terre interpelle Guillaume le Maréchal :

« Je sais que vous vous êtes fait l'homme lige du roi de France contre moi et à mon désavantage ! »

Mais aucun baron ne le soutient.

« C'est assez ! s'écrie Jean sans Terre. Par les dents de Dieu, je vois bien qu'aucun de mes barons n'est plus avec moi ! »

« Qui voudrait mourir pour Jean sans Terre ? » va répétant Philippe Auguste.

Il reçoit bourgeois et chevaliers.

Il accorde aux premiers de nouveaux privilèges, confirme les chartes, prodigue les privilèges aux villes et aux couvents. Henri de Thorenc, qui parcourt l'Aquitaine à ses côtés, recueille les propos des chevaliers et seigneurs qui lui ont ouvert leurs châteaux : « Le roi Jean est un homme sans honte ! disent-ils. Il devrait cependant bien rougir, s'il se souvient de ses ancêtres. Toute l'Aquitaine regrette le roi Richard, qui ne craignait pas, pour se défendre, de prodiguer or et argent. Mais le roi Jean n'en a cure. Il n'aime que le jeu de la chasse, les braques, les lévriers, les autours. Il s'est enfui en Angleterre au mépris de l'honneur, et se laisse déshériter tout vif ! »

Philippe Auguste écoute et Henri de Thorenc s'étonne d'entendre le roi murmurer :

— Ce sont des félons ! Il faut garder la main serrée sur le glaive. Ils abandonnent Jean sans Terre. Ils peuvent renier l'hommage qu'ils m'ont prêté. Qui peut faire confiance à Judas ?

Philippe n'est donc pas surpris quand il apprend qu'un certain nombre de barons ont rejoint Jean sans Terre qui vient de débarquer avec une troupe de chevaliers à La Rochelle, et qu'il entreprend la reconquête du Poitou.

Le roi de France accourt. On l'assiège dans le château de Thouars. Philippe Auguste signe une trêve, puis la paix avec les barons du Poitou. S'ils ont rallié

Jean sans Terre, c'est pour affaiblir Philippe Auguste et conserver leur liberté face à un pouvoir royal qui leur a trop fait sentir sa puissance. Car si Philippe Auguste a d'abord acheté des ralliements, il a ensuite pressé ses nouveaux sujets.

Pour un royaume, l'argent est le plus nécessaire et le meilleur des élixirs.

En cette année 1208, ni l'argent ni le vin ne manquent. Ils coulent à grands flots, car l'on célèbre chaque jour la victoire du roi de France, écrit Henri de Thorenc.

Voilà cinq ans que mon père Eudes de Thorenc est mort au pied du premier mur d'enceinte de Château-Gaillard.

Il n'a pas vu le Plantagenêt, contre lequel il a tant combattu, chassé de France.

Le domaine royal s'étend désormais de l'Artois à la Bretagne, de la Normandie au Poitou et à l'Aquitaine.

L'Anglais ne règne plus sur Rouen et Angers, il a été rejeté à la mer.

Et Philippe II, dit Auguste, mérite aussi d'être nommé le Conquérant.

Qui oserait défier un tel roi ?

24

Je sais, moi, Hugues de Thorenc, qui écris en l'an 1322 la chronique des grands rois capétiens dont la lignée royale croise à chaque pas celle des Villeneuve de Thorenc, qu'un monarque, fût-il le plus puissant du monde, ne cesse jamais d'être défié.

La vie d'un souverain n'est qu'un long tournoi.

Henri de Thorenc, mon aïeul, qui s'interroge, en 1208, après avoir célébré la gloire de Philippe Auguste le Conquérant – « Qui oserait défier un tel roi ? » –, n'évoque que rarement les autres souverains qui suivent avec avidité les combats opposant le Plantagenêt au Capétien pour être du partage des dépouilles du vaincu.

Jean sans Terre comme Philippe Auguste cherchent à obtenir que l'empereur germanique soit l'un de leurs alliés.

On se bat dans les fossés de Château-Gaillard, mais on ne se soucie pas de ce qui se passe sur les bords du Rhin. Or Philippe Auguste s'inquiète de voir Otton de Brunswick, allié de Jean sans Terre, devenir empereur du Saint Empire romain germanique.

Le pape Innocent III soutient cette candidature à l'Empire. Car s'il est un souverain qui ose défier le roi de France, c'est bien celui qui règne sur l'Église de Rome.

Le pape refuse toujours ce divorce d'avec Ingeburge que s'obstine à réclamer Philippe Auguste.

Henri de Thorenc n'a pas eu connaissance, j'imagine – puisqu'il ne les cite pas –, des lettres qu'échangent le roi de France et le souverain pontife.

Il ignore aussi les appels qu'Ingeburge adresse de sa prison d'Étampes à Innocent III :

« Je suis persécutée par mon seigneur et mari Philippe, écrit-elle à Rome. Non seulement il ne me traite pas comme sa femme, mais il me fait abreuver d'outrages et de calomnies par ses satellites. Dans cette prison, aucune consolation pour moi, mais de continuelles et intolérables souffrances.

« Personne n'ose ici venir me visiter, aucun religieux n'est admis à réconforter mon âme en m'apportant la Parole divine. On empêche les gens de mon pays natal de m'apporter des lettres et de causer avec moi. La nourriture qu'on me donne est à peine suffisante ; on me prive même des secours les plus nécessaires à ma santé. Je ne peux pas me saigner et je crains que ma vie n'en souffre et que d'autres infirmités plus graves encore ne surviennent.

« Je n'ai pas non plus assez de vêtements, et ceux que je mets ne sont pas dignes d'une reine.

« Les personnes de vile condition qui, par la volonté du roi, m'adressent la parole ne me font jamais entendre que des grossièretés ou des insultes.

« Enfin je suis enfermée dans une maison d'où il m'est interdit de sortir. »

Je ne veux pas, je ne peux pas juger celui qui fut le roi bâtisseur du royaume de France.

J'ignore – chacun ignore – les causes de cette répulsion du roi pour celle qu'il a voulu épouser et qu'il a aussitôt rejetée.

Mais sa victoire sur Jean sans Terre le rend encore plus impitoyable, et il soupçonne Innocent III de chercher à l'affaiblir dans la guerre qui l'oppose au Plantagenêt.

« Le Seigneur pape met tant de délais et tant d'obstacles à notre affaire, écrit-il, qu'il ne veut point, à ce qu'il nous semble, nous libérer comme nous le souhaitons. »

Innocent III ne cède pas. Il continue de refuser le divorce :

« Je comprends à la rigueur, écrit-il à Philippe Auguste, que vous puissiez vous excuser, auprès de ceux qui ignorent le fond des choses, de ne pas la traiter comme votre femme ; mais vous êtes inexcusable de ne pas avoir pour elle les égards dus à une reine... Dans le cas où quelque malheur lui arriverait, à quels propos ne seriez-vous pas exposé ? On dira que vous l'avez tuée, et c'est alors qu'il vous sera inutile de songer à une autre union. »

Mais Philippe Auguste, le Conquérant, n'est pas homme à admettre qu'on le traite comme un vassal. Or il a le sentiment que le pape Innocent III se considère comme le suzerain des rois et des empereurs. Et les dénégations du Saint-Père ne changeront rien à cette opinion.

« Comment peut-on croire que le souverain pontife veuille faire tort à la France, la préférée de l'Église, la royauté d'Europe la plus chère au siège apostolique ? » lui a écrit le pape.

Mais alors, pourquoi Innocent III soutient-il en Allemagne la candidature à l'Empire du Saxon Otton de Brunswick, neveu et allié des Plantagenêts ?

Philippe Auguste rappelle le refus du pape d'admettre son divorce d'avec Ingeburge, mais, désormais, il y a bien plus grave. Il s'agit des intérêts du royaume capétien :

« Le tort que vous m'avez fait, à moi personnellement, écrit Philippe Auguste, je l'ai supporté sans rien dire. Mais la mesure que vous allez prendre en faveur d'Otton est de nature à nuire à ma couronne, à léser gravement les intérêts de la royauté de France, et voilà ce que je ne tolérerai jamais.

« Si vous persévérez dans votre dessein, nous serons obligés d'agir en temps et lieu, et de nous défendre comme nous pourrons. »

C'est en ces termes que Philippe, roi Très Chrétien de France, s'adresse au souverain pontife.

QUATRIÈME PARTIE

(1208-1214)

« Seigneurs, je ne suis qu'un homme, mais je suis
roi de France, vous devez me garder
sans défaillance. Gardez-moi, vous ferez bien.
Car, par moi, vous ne perdrez rien. Or chevauchez,
je vous suivrai et partout après vous j'irai…
« Tout pécheurs que nous soyons, nous sommes en
bon accord avec les serviteurs de Dieu et
défendons dans la mesure de nos forces les libertés
des clercs. Nous pouvons donc compter sur
la miséricorde divine.
« Dieu nous donnera le moyen de triompher
de nos ennemis qui sont aussi les siens ! »

Philippe Auguste à ses barons, le dimanche
27 juillet 1214,
quelques instants avant que ne commence
la bataille de Bouvines.

25

« Je me suis agenouillé devant Innocent III, successeur de l'apôtre Pierre, évêque de Rome, et je lui ai humblement tendu la lettre que mon suzerain, Philippe Auguste, m'avait chargé de lui remettre. J'ai gardé la tête baissée jusqu'à ce que, d'un mot, il m'invite à me relever. J'ai croisé alors pour la première fois le regard du souverain pontife, et il était si courroucé, aussi tranchant que peut l'être une lame aiguisée, que j'ai aussitôt rebaissé la tête. »

Ainsi commence la chronique que mon aïeul Henri de Thorenc consacre à ce qu'il appelle des « années de sang ».

Innocent III, poursuit Henri de Thorenc, était entouré de ses cardinaux et il allait de l'un à l'autre, les dévisageant, les forçant eux aussi à se soumettre à son regard.

Puis le souverain pontife est revenu vers moi et, d'une voix rude, il a dit, détachant chaque mot :

« Le roi de France, le Très Chrétien, a-t-il oublié que l'on a égorgé mon légat, Pierre de Castelnau, d'un coup de lance dans une hôtellerie des bords du Rhône, et que l'assassin est un écuyer du comte de Toulouse ? Le roi de France doit, comme tous les souverains et leurs chevaliers, punir celui qui a ordonné cet acte sacrilège. Et sais-tu ce que me répond le roi de France ? Bien sûr, tu ne l'ignores pas, et peut-être même est-ce toi qui as écrit ces lignes de ta main ? »

Il agitait devant moi le parchemin.

Le pape ne se trompait pas.

Au reçu de la demande du souverain pontife de lancer les chevaliers français contre le comte de Toulouse, Philippe Auguste avait réuni ses barons et ceux qui, comme moi, avaient le privilège d'être interrogés par lui et conviés à lui donner leur avis.

Je savais que le roi songeait souvent à ces terres que dore le soleil du Sud.

J'avais chevauché autrefois en Languedoc. Notre fief de Villeneuve de Thorenc s'étendait en Provence. Je connaissais Béziers, Carcassonne, Arles, Valence et Toulouse où régnait en souverain le comte Raimond VI.

Au temps de Richard Cœur de Lion, les chevaliers des Plantagenêts avaient parcouru ces terres ensoleillées, incendié leurs villages aux maisons ocre, rêvé de s'emparer de Toulouse, la Ville rose, dont la seule évocation éveillait le désir de ces chevaliers du Nord.

Mais ces terres, de Foix à Béziers, de Toulouse à Carcassonne, avaient échappé aux Plantagenêts, de même qu'au roi de France. Souvent, ajoute Henri de Thorenc, Philippe m'interrogeait sur ces seigneuries, ces châteaux qui formaient une sorte de royaume au flanc du domaine royal de France.

Mais la proie, belle et grasse, parfumée, était aussi difficile à saisir qu'à dompter.

C'était la terre des Parfaits, des Bons Hommes, poursuit Henri de Thorenc. Ils sont les représentants du Bien, et, autant nous aimons les choses terrestres, la chair et le vin, la jouissance et l'ivresse, autant, pour les Purs, nous sommes le Mal, la Corruption. Et les clercs, les évêques, la Sainte Église catholique, son souverain pontife, ne trouvent pas davantage grâce à leurs yeux.

Le peuple vénère ces Parfaits, ces Bons Hommes, ces Purs qui vivent d'une poignée de grain, d'un peu d'eau, d'une galette. Ils ne renient jamais leur foi et chantent jusque dans les flammes des bûchers.

On les nomme cathares, Albigeois. Les seigneurs et le comte de Toulouse les protègent.

J'ai lu au roi – raconte Henri de Thorenc – une lettre de Raimond V adressée il y a plusieurs années à l'abbé de l'ordre de Cîteaux.

Le comte Raimond y décrivait l'amour qui entourait les Parfaits, les Bons Hommes, les Purs. Les croyants s'agenouillaient devant eux qui posaient les deux mains sur la tête du fidèle, qui, recevant cette bénédiction et un « baiser de paix », se retrouvait baptisé, « consolé » par ce *consolamentum*.

« Les âmes sont liées, ai-je dit au roi. Et le feu des bûchers ne peut consumer ce lien. La mort est tout aussi impuissante, elle ouvre au contraire la porte qui conduit à l'Amour parfait. »

« Cette hérésie a pénétré partout, écrivait Raimond de Toulouse. Elle a jeté la discorde dans toutes les familles, divisant le mari et la femme, le fils et le père, la fille et la belle-mère. Les prêtres eux-mêmes ont cédé à la contagion. Les églises sont désertées et tombent en ruine. Pour moi, je fais tout le possible pour mettre fin à un pareil fléau ; mais je sens que mes forces restent au-dessous de cette tâche. Les personnages les plus considérables de ma terre se sont laissé corrompre. La foule a suivi leur exemple et abandonné la foi, ce qui fait que je n'ose ni ne puis réprimer le mal. »

À Albi, à Carcassonne, le vicomte de Béziers, Roger Trencavel, protège les « Albigeois ». Il a fait jeter en prison l'évêque d'Albi. Et le comte de Foix vit entouré d'hérétiques.

J'ai rapporté cela à mon suzerain, Philippe Auguste.

Je lui ai lu les lettres d'Innocent III, les messages de l'abbé de Cîteaux, Arnaud Amalric, et de Pierre de Castelnau, légat du souverain pontife, de Philippe Folquet de Marseille, nommé évêque de Toulouse. Tous invitaient le roi de France à prendre la tête d'une croisade qui exterminerait l'hérésie.

J'ai vu Philippe Auguste hésiter. Je connaissais son désir de s'emparer de ces terres du Sud, d'imposer à ses vassaux – aux seigneurs de Foix, d'Albi, de Carcassonne, de Béziers, mais d'abord au comte de Toulouse, Raimond – une suzeraineté royale ne se limitant pas seulement à un hommage de quelques phrases. Mais le roi était un homme sage et prudent.

Il ne dévorerait qu'une proie à la fois.

Je lui conseillai donc ce qu'il désirait entendre.

C'est moi qui écrivis à Innocent III la lettre qu'il me chargea de remettre au souverain pontife :

« Il m'est impossible, disait par ma plume le roi de France au pape, de lever et d'entretenir deux armées, l'une pour me défendre contre le roi d'Angleterre, l'autre pour marcher contre les Albigeois.

« Que le Seigneur pape trouve de l'argent et les soldats, qu'il oblige surtout les Anglais à rester en paix, et l'on verra ! »

J'ai déjà dit comment le successeur de Pierre, qui venait d'apprendre l'assassinat de son légat, Castelnau, accueillit cette missive.

Henri de Thorenc séjourne quelques semaines à Rome auprès du pape. Presque chaque jour il envoie un courrier à Philippe Auguste. Il recueille ses informations dans l'entourage du pape.

On y évoque les derniers instants du légat, après avoir rappelé qu'il eut la gorge percée, le 12 janvier 1208, par la lance d'un écuyer, sergent du comte de Toulouse, qui l'avait suivi dans cette hôtellerie des bords du Rhône.

« Avant de mourir, écrit Henri de Thorenc, Pierre de Castelnau, levant les yeux au ciel, pria Dieu, en présence de tout le peuple, de pardonner ses péchés à ce sergent félon. Ayant reçu la communion, vers le chant du coq, il mourut peu après, à l'aube naissante. L'âme s'en est allée au Père tout-puissant. À Saint-Gilles, on l'enterre avec force cierges allumés, avec force *Kyrie eleison* chantés par les clercs. »

Le pape, sa paume soutenant sa mâchoire, se tint longtemps recueilli après qu'on lui eut raconté les conditions de la mort de son légat.

Innocent III fit une oraison, éteignit le cierge, et, entouré de ses douze cardinaux, de l'abbé de Cîteaux, Arnaud Amalric, dit que cet acte sacrilège, le meurtre d'un représentant direct du pape, devrait être châtié.

À cet instant fut prise la résolution de lancer une croisade des suites de laquelle tant d'hommes ont été éventrés, maintes dames dépouillées de leur mante et de leur jupe.

C'est Henri de Thorenc qui, de Rome, transmet à Philippe Auguste la lettre dans laquelle Innocent III accuse Raimond de Toulouse « d'être coupable de la mort de Pierre de Castelnau, ce saint homme. Il a menacé publiquement de le faire mourir ; il lui a dressé des embûches ; il a admis le meurtrier dans son intimité, lui a fait de grands présents. Pour cette raison, nous déclarons le comte de Toulouse excommunié, et, comme les saints canons ne veulent pas qu'on garde la foi à celui qui ne garde pas à Dieu, après l'avoir séparé de la communion des fidèles nous délivrons de leur serment, par l'autorité apostolique, tous ceux qui lui ont promis fidélité de féal, société ou alliance.

« Tous les catholiques, sauf le droit du seigneur principal, ont la permission non seulement de poursuivre sa personne, mais encore d'occuper et de garder ses domaines. »

Le comte de Toulouse est bien devenu une proie dont chacun peut se saisir, qu'on peut dépouiller, abandonner et trahir.

Le pape le livre, lui et ses biens, à la convoitise et à l'avidité de chacun.

« Le roi de France, écrit Henri de Thorenc, me fit savoir qu'il ne participerait pas à la curée qui se préparait, mais qu'il voulait rappeler qu'il était le suzerain de Raimond de Toulouse. Celui-ci avait beau être un "mauvais vassal", ce n'était pas un hérétique, même s'il ne chassait pas de ses fiefs les Parfaits, les Bons Hommes et leurs fidèles. »

« Vous ne nous avez pas encore fait savoir, répond Philippe Auguste au pape, que vous teniez le comte pour convaincu d'hérésie. Condamnez-le comme un hérétique, et alors seulement vous aurez le droit de publier la sentence et de m'inviter, moi, suzerain du comte, à confisquer légalement les domaines de son feudataire. »

Le roi de France était décidément un homme prudent et aguerri.

À l'âge de quarante-quatre ans, en cette année 1209, il avait combattu le glaive à la main, signé maints traités, égaré ses ennemis dans les méandres de ses intrigues. Et accru le domaine royal jusqu'à faire de lui le roi le plus puissant de la Chrétienté.

Il voulait cette proie qu'étaient les fiefs du Sud, mais qu'à cette fin, d'autres, ces croisés qu'Innocent III appelait à se rassembler à Lyon, lui servissent de rabatteurs.

Henri de Thorenc laisse entendre que le roi de France le chargea d'une ambassade auprès de Raimond VI de Toulouse.

Mon aïeul n'en dit pas plus long, mais il était présent à Saint-Gilles quand le comte accepta les dures conditions que le légat du pape, Arnaud Amalric, lui imposait.

Il s'engagea même, par serment, à expulser les hérétiques de ses possessions et à prendre part à la croisade conduite contre ses propres sujets.

Il alla jusqu'à remettre sept de ses châteaux entre les mains des représentants de l'Église romaine.

« Le 18 juin 1209, écrit Henri de Thorenc, je vis le comte de Toulouse torse nu, une étole au cou, s'avancer jusqu'au parvis de l'église de Saint-Gilles.

« Le légat du pape saisit les deux bouts de l'étole et tira le comte de Toulouse à l'intérieur de l'église tout en le frappant de verges comme un animal récalcitrant.

« Alors, dans la nef éclairée par des centaines de grands cierges, le légat lui donna l'absolution. »

Le sang de la guerre sainte pouvait désormais être répandu.

26

« J'ai rejoint à Lyon l'armée des croisés, écrit
Henri de Thorenc.

« Philippe Auguste avait refusé de prendre la tête
de la croisade, mais il voulait que je tienne chronique des hommes et des événements, que je lui
mande autant de courriers que nécessaire afin que,
jour après jour, il sache ce qu'il advenait de cette
armée commandée par le légat du pape, l'abbé de
Cîteaux, Arnaud Amalric.

« Mes oreilles et mes yeux étaient ceux du roi de
France.

« Je me suis donc mêlé à cette troupe immense
qui s'était assemblée des rives du Rhône jusqu'aux
monts qui dominent Lyon.

« Je n'en avais jamais vu d'aussi grande. Il semblait que toutes les nations s'étaient déversées là
afin de prendre part à la ruée sur les terres de Provence et de Foix, de Languedoc et de Toulouse.

« Je n'aurais su dire s'il y avait là cinquante mille
hommes ou trois cent mille. Je sais seulement que
j'avais grand-peine à traverser cette foule de chevaliers flamands, normands, allemands, aquitains,
bourguignons, à m'approcher des archevêques de
Reims, de Sens, de Rouen, des évêques d'Autun,
de Clermont, de Nevers, de Bayeux, de Lisieux, de

Chartres, de rejoindre les comtes de Nevers et de Saint-Pol, le duc de Bourgogne, l'évêque de Toulouse, Folquet de Marseille, et ce seigneur Simon de Montfort dont je remarquai d'emblée la jactance. Héritier d'un puissant lignage – sa mère descendant des comtes de Leicester et d'Évreux, son père étant seigneur de Monfort-l'Amaury –, Simon de Montfort clamait, approuvé par tous, qu'il fallait "châtier cette méchante et vaniteuse race des Provençaux, faire cesser ces complaintes pleines de licence et de mauvais propos, brûler ces faux apôtres, Parfaits, Bons Hommes, Purs, qui ne sont que figures du Diable, qui osent injurier le souverain pontife, l'apôtre de Rome, et se réjouir du meurtre de son légat".

« Autour des chevaliers, barons et clercs, il y avait une multitude de ribauds, de sergents, de piétons, de valets, gens de sac et de corde qui ne rêvaient que de portes brisées, de maisons pillées, de femmes forcées, de puits et de bûchers où jeter pêle-mêle, morts et vivants, tous les dénommés hérétiques.

« Cette foule avide et bruyante se mit en marche. »

J'ai chevauché aux côtés du légat jusqu'à Montpellier, et je l'ai vu écouter, le visage sévère, le vicomte de Carcassonne et de Béziers, le jeune Raymond-Roger, de la lignée des Trencavel, venu jurer qu'il condamnait l'hérésie, qu'il pourchassait ceux qui la propageaient, Parfaits, Bons Hommes, Purs, et prêter serment de soumission à la Sainte Église apostolique et romaine.

Le légat ne lui répondit pas.

Il ne se contentait pas de serments, mais désirait punir afin que fût lavé avec celui des hérétiques le sang de Pierre de Castelnau.

Le vicomte Raymond-Roger Trencavel s'éloigna et nous arrivâmes devant Béziers le 21 juillet 1209.

J'avais espéré, sans trop y croire, que les habitants accepteraient, comme le légat Arnaud Amalric le leur demandait, de livrer les hérétiques de leur cité.

Ils refusèrent fièrement. Ils n'étaient ni félons ni couards, mais maîtres de leur âme et de leur foi, firent-ils savoir à leur évêque qui leur avait transmis la proposition du représentant pontifical.

Ils imaginaient que les fortifications de leur ville leur permettraient d'attendre la venue de secours. Ils pensaient que le vicomte Roger de Trencavel, leur suzerain, et Raimond VI de Toulouse forceraient les croisés à lever le siège.

Mais qui, parmi les hommes, est maître de l'avenir ?

Les défenseurs exécutèrent une sortie, aveuglés par leur confiance en eux-mêmes.

Les sergents, ribauds, piétons, puis les chevaliers firent face, et s'engouffrèrent dans la ville, profitant de la retraite des défenseurs dont la sortie avait tourné court.

Ce qui suit a la couleur du sang.

On massacra tout ce qui avait figure humaine.

Le corps du prêtre venait s'abattre sur celui de l'enfant.

Les portes des maisons furent enfoncées avec autant de violence que l'on mettait à forcer les femmes de tous âges.

On brûla les maisons pillées, on éventra les femmes violées.

On jeta les enfants vivants dans les brasiers.

Les habitants qui s'étaient réfugiés dans les églises n'échappèrent pas au massacre. Dans l'église de la Madeleine, on tua des milliers de personnes : sept ou dix mille, qui le sait ?

Les croisés venus d'Agen et que guidait l'archevêque de Bordeaux, ceux venus d'Auvergne à la tête desquels se trouvait l'évêque du Puy, et ceux, les plus nombreux, que conduisait Arnaud Amalric, depuis Lyon et Montpellier, rivalisaient de cruauté.

Béziers brûla deux jours durant. Seule une poignée d'habitants survécut. Le partage du butin donna lieu à des rixes entre ribauds, et les chevaliers les chassèrent hors de la ville à coups de trique comme on fait des chiens.

Au cours de ces jours de massacre, je n'ai dégainé mon glaive que pour frapper du plat de la lame et, de la pointe, contraindre à fuir ces chiens.

Pendant que les ribauds pillaient, tuaient, brûlaient, j'étais resté aux côtés du légat Arnaud Amalric. Il s'était avancé jusque sur le parvis de l'église de la Madeleine et je l'y avais suivi.

Le sang coulait en rigoles sur les dalles. Les cris de terreur me vrillaient la tête.

J'ai montré un prêtre qui tentait de défendre une femme et son enfant contre deux égorgeurs. Déjà le clerc tombait sous les coups de lance et de poignard. On tuait sans se soucier de savoir qui était hérétique ou fidèle à la foi catholique.

J'ai tenté d'obtenir d'Arnaud Amalric qu'on ne pourchassât et tuât que les hérétiques.

La lèvre méprisante, le regard fiévreux, le légat me répondit :

« Tuons-les tous, Dieu reconnaîtra les siens ! »

Il en fut ainsi tant que dura la croisade.

J'ai chevauché, ma monture piétinant des corps suppliciés.

Ceux de quatre-vingts chevaliers attachés à un gibet dont les fourches patibulaires tombent, tout comme ceux des chevaliers qui ont échappé à la pendaison et ont été égorgés.

On jette d'autres corps dans les flammes des bûchers et dans les puits.

Je le dis : c'est avec une extrême allégresse que nos pèlerins brûlent les hérétiques. Ils étouffent leurs cris sous les pierres qui viennent combler les puits.

Ils prouvent ainsi leur foi. Ils sont victorieux dans ces riches provinces où l'on gagne la bénédiction de l'Église bien plus aisément que dans la lointaine, l'aride, la si dangereuse Terre sainte.

Ici les villes, les châteaux se soumettent en espérant ne pas connaître le sort de Béziers.

Limoux, Castres, Carcassonne, Albi tombent ainsi entre les mains des croisés.

J'écoute prêcher Arnaud Amalric, l'évêque Folquet de Marseille, d'autres prélats, qui, tous, voient dans cette marche victorieuse les signes de la protection que Dieu accorde aux croisés.

Je n'ai pas observé les miracles qu'ils évoquent : les croix de lumière censées se dresser sur les murailles, les pains supposés se multiplier et permettre de nourrir les troupes, les chevaliers frappés en pleine poitrine par des traits d'arbalète et qui ne sont pas blessés.

On s'agenouille pour remercier Dieu de Ses grâces.

Puis l'on court sus aux villes et aux châteaux en chantant le *Veni Creator*. On continue de massacrer et supplicier à satiété.

« Tuons-les tous, Dieu reconnaîtra les siens ! »

On se gave de butin. On emprisonne le vicomte Raymond-Roger Trencavel. En septembre, il meurt enfermé dans une tour de la cité de Carcassonne.

Qui obtiendra sa terre ?

J'ai vu le duc de Bourgogne, les comtes de Nevers et de Saint-Pol la refuser avec dédain, dégoût, même, parce que le vicomte de Trencavel avait été capturé en violation de la parole qui lui avait été donnée, et qu'on ne croyait pas à sa mort naturelle.

Mais les yeux de Simon de Montfort ont brillé quand le fief lui a été proposé et qu'après l'avoir accepté il est devenu Simon de Montfort, vicomte de Béziers et Carcassonne. Je l'ai vu, orgueilleux, pénétrer dans les villes de Moissac, de Castelsarrasin, de Muret, dont les habitants ouvraient les portes, baissant la tête, tremblant d'être livrés aux valets, aux ribauds, aux sergents de la croisade comme l'avaient été ceux de Béziers.

27

J'ai – poursuit Henri de Thorenc – écrit au roi de France que Simon de Montfort rêvait d'entrer dans Toulouse comme il était entré dans toutes ces villes qui s'agenouillaient devant lui, apeurées, soumises avant même d'être conquises.

J'ai averti mon souverain que Montfort désirait être roi et commençait d'organiser ses possessions, du Languedoc au Quercy, des Pyrénées à l'Auvergne. Il avait réuni à Pamiers une assemblée composée de seigneurs et d'évêques, et en avait exclu les légats du pape, lui, le croisé !

Il avait décidé que les veuves et héritières de châteaux ne pourraient se marier avec un indigène de cette terre avant dix ans sans son autorisation expresse, mais qu'elles pourraient choisir pour époux les Français qu'elles voudraient sans avoir besoin de solliciter son consentement.

Les successions se régleraient désormais selon la coutume et l'usage en vigueur autour de Paris qui réservaient au fils aîné la plus grande part de l'héritage.

J'ai dit : « Si Dieu lui prête vie et si les hommes se soumettent à ses armes et à ses lois, le comte Simon de Montfort finira en rival de tous les souverains chrétiens. »

Philippe Auguste m'a entendu, poursuit Henri de Thorenc. Le roi l'a mandé chercher et Henri, chevauchant jour et nuit, a gagné Paris.

Sans même prendre le temps de tremper ses mains et son visage dans l'eau fraîche, il est allé trouver Philippe Auguste. Il voulait s'agenouiller devant son suzerain, mais celui-ci l'a pris par le bras et l'a entraîné, lui faisant gravir les escaliers du haut donjon qui couronnait la forteresse dressée au bord du fleuve, en ce lieu nommé Louvre.

Du sommet du donjon, le roi lui a montré le rempart dont la construction s'achevait et qui devait protéger Paris. Il serait long de trois mille pas et, tous les soixante pas, comporterait une tour :

« C'est l'armure, le heaume du royaume de France », a dit Philippe.

Il n'a pas cité Montfort, mais a ajouté : « Personne ne peut imposer son rêve et son désir au roi de France. »

« Tu dois savoir, a-t-il enchaîné, que les seigneurs d'Aquitaine et ceux d'Auvergne, le comte de Périgueux, Archambaud et Bertrand de Born, châtelain de Hautefort, et Robert de Turenne, en Auvergne, m'ont fait allégeance et sont ainsi devenus mes vassaux.

« Il n'est pas de rêves plus grands que ceux du roi de France, il faut que tu le saches et le dises ! »

Moi, Henri de Thorenc, je suis devenu le chevalier errant, le messager de Philippe Auguste.

J'ai vu le roi d'Aragon, Pierre II, en son château de Barcelone.

J'ai vu le légat du pape.

J'ai vu le comte de Foix.

J'ai vu les envoyés de Raimond VI de Toulouse.

À chacun j'ai répété les mots de Philippe Auguste, et j'ajoutai : « Dieu inspire les rêves du roi de France, et Dieu veut qu'ils soient grands ! »

J'ai retrouvé Simon de Montfort dans le château de Muret alors que s'avançaient pour l'assiéger et le conquérir les armées du roi d'Aragon et du comte de Foix.

Je les avais vues se rassembler. Elles comptaient deux mille cavaliers et quarante mille piétons et sergents.

D'ordre de mon suzerain, je devais m'abstenir de participer à la bataille, mais en tenir la chronique et garder près de moi, à l'écart des combats, un chevalier porte-enseigne qui montrerait à tous que Philippe Auguste, roi de France, était le grand juge de cette guerre.

Il semblait que Simon de Montfort dût la perdre.

Il n'avait que mille cavaliers, tant chevaliers que sergents. Mais, quand je l'ai vu agenouillé dans l'église du château, que je l'ai entendu lancer d'une voix forte : « Mon Dieu, je vous offre et donne mon âme et mon corps ! », j'ai su qu'il allait vaincre, car son rêve l'armait d'un glaive que rien ne pouvait briser.

L'évêque de Toulouse, Folquet de Marseille, s'est avancé, mitre en tête, revêtu de ses habits sacerdotaux. Il a montré un morceau de la vraie Croix, présentant cette relique aux chevaliers agenouillés. Et ce prélat a dit :

« Allez au nom de Jésus-Christ ! Je vous servirai de témoin et vous serai caution, au jour du Jugement, que tous ceux qui mourront dans ce glorieux combat obtiendront la récompense éternelle de la gloire des martyrs, sans passer par le purgatoire ! »

Et tous ont brandi leur glaive, dressé leur lance, jurant fidélité à Simon de Montfort et à la Sainte Église.

Je n'ai jamais vu bataille plus sanglante que celle qui s'engagea dans la plaine marécageuse de Muret, le 12 septembre 1213.

Entre les mille cavaliers de Simon de Montfort et les armées du roi Pierre d'Aragon, du comte de Foix et du comte de Toulouse, le choc fut si violent que le bruit des armes ressembla à celui d'une troupe de bûcherons abattant à grands coups de cognée les arbres d'une forêt entière.

J'ignorais que les chevaliers de Simon de Montfort eussent fait serment de tuer le roi d'Aragon.

Je les vois s'ouvrir à coups de glaive un large sillon dans l'armée du roi Pierre, parvenir jusqu'à lui, et leur haine est si farouche qu'ils ne se saisissent pas de lui pour obtenir rançon, comme il est de coutume ; ils ne s'arrêtent pas même de frapper quand il crie « Je suis le roi ! ». Il est si durement blessé que le sang coule à flots jusqu'à terre, et il tombe de tout son long, mort. Ceux qui l'entouraient, au lieu de le défendre, prennent la fuite.

Et la bataille devient carnage.

Simon de Montfort s'est élancé avec furie dans le combat, et, la victoire acquise, il pénètre dans les villes qui se livrent. Il prend Marmande, Montauban, Narbonne.

Puis il pénètre dans Toulouse sans que personne ne s'y oppose. Raimond VI et son jeune fils Raimond VII se sont enfuis et retirés à la cour d'Angleterre.

Simon de Montfort est ainsi devenu le maître du Quercy au Périgord, de l'Agenais au Languedoc.

J'ai informé le roi de France de la façon dont il levait des impôts de trois deniers par feu, qu'il reversait à l'Église. Les évêques, se félicitant de cette générosité, devenaient les alliés du comte. Ils souhaitaient que toutes les terres de Raimond de Toulouse revinssent à Simon de Montfort.

Seul le pape Innocent III, qui craignait que cette puissance nouvelle limitât son pouvoir, s'opposa à cette mesure.

On m'a rapporté les propos d'évêques protestant contre cette restriction :

« Sire, pape véritable, cher Innocent, livre à Montfort et à sa lignée la terre tout entière. Si tu ne la lui donnes pas en toute propriété, il faut que partout passent glaive et feu dévorant ! »

Simon de Montfort était à leurs yeux le seigneur des croisés, le vainqueur des hérétiques. Point de pitié pour les Infidèles !

« Tuons-les tous, Dieu reconnaîtra les siens ! »

J'ai recueilli pour Philippe Auguste la réponse d'Innocent III.

Il condamnait ces « cruels sentiments, ces prédications pressantes et brûlantes..., car jamais, par la foi que je vous dois, il ne m'est sorti de la bouche que le comte Raimond dût être condamné ni ruiné... Si son fils se montre dévoué à Dieu et à l'Église, s'il n'est envers eux ni orgueilleux ni traître, Dieu lui rendra Toulouse et Agen et Beaucaire... ».

« Dieu n'oubliera pas non plus le roi de France », a murmuré Philippe Auguste.

28

Je ne sais si l'esprit de Dieu inspirait chaque acte du roi, mais jamais mon suzerain ne m'a paru ainsi assuré, écrit Henri de Thorenc.

Il allait sans se hâter, la tête souvent baissée comme pour ne pas se laisser distraire par le spectacle de ce qui l'entourait, et son attitude recueillie, celle d'un homme en prière écoutant la voix de Dieu, interrogeant le Seigneur, imposait silence à ses proches.

J'attendais qu'il se tournât vers moi et me questionnât pour oser lui parler ou lui répondre.

Lorsqu'il m'avait revu, il avait écouté, les yeux mi-clos, le récit de la bataille de Muret, les conquêtes menées ville après ville par Simon de Montfort, et l'appui qu'apportait au chef des croisés un chanoine espagnol, Dominique.

Ce moine et ses compagnons avaient entrepris de convertir les hérétiques. Vêtus de blanc, ils allaient affronter les Parfaits, les Bons Hommes, et s'apprêtaient à créer un ordre nouveau.

On les avait vus, durant la bataille de Muret, crier, hurler plutôt : « Seigneur, repousse l'ennemi et donne-nous aussitôt la paix ! »

Ils avaient reçu de Simon de Montfort une part des dépouilles des vaincus, créé un monastère et érigé des tribunaux pour juger les hérétiques qui avaient refusé de se convertir. Leur « inquisition » était impitoyable, fouillant le plus menu recoin de la vie des hérétiques.

Le moine Dominique était un saint homme qui jeûnait au pain et à l'eau, vivait sans dormir, prêchait avec une flamme vive, suscitait à chacun de ses pas de nouveaux disciples.

Ceux-ci vivent dans la pauvreté, ils mendient, prêchent l'Évangile à toute créature. Ils sont écoutés, suivis, craints, et Dominique, comme un homme habité et guidé par Dieu, accomplit des miracles.

« Qu'il vienne ici, à Paris », se contenta de dire Philippe Auguste quand j'eus cessé de parler.

Le roi m'entraîna hors du Louvre et, accompagnés de quelques chevaliers, nous longeâmes l'enceinte de Paris, désormais achevée, gardée par des sergents.

Autour du Louvre, les rues étaient pavées et, sur ordre du roi, il était interdit d'y jeter des immondices. Ainsi la puanteur qui naguère empoisonnait l'air aux abords du Louvre avait disparu.

Le roi façonnait sa capitale à l'image de sa pensée, forte et mesurée.

Mais sa main, lorsqu'elle me saisissait le bras, le poignet ou l'épaule, était aussi dure que si elle avait été gantée de fer.

Cette manière d'emprisonner révélait une volonté qui exigeait qu'on lui obéisse. Rien ne pouvait ni ne devait lui résister.

« Il descend dans l'abbaye de Saint-Denis comme dans sa propre chambre », me dit-on.

Il obtenait qu'on lui versât un droit sur les sièges d'abbé et d'évêque vacants. Et il les maintenait sans titulaire, en récoltant ainsi les bénéfices. Il imposait « ce droit de régale » à l'Église.

« Je suis un grand amasseur de trésors », me dit-il en me montrant les coffres qui s'entassaient dans le donjon du Louvre.

Il pressait aussi bien les gens d'Église que les Juifs et les petits seigneurs.

Il accordait, moyennant versement d'un cens, sa protection aux Juifs en les laissant développer leurs activités de banque et d'usure.

Il étendait son autorité en offrant aux châtelains sa sauvegarde, tout comme il l'offrait aux abbayes que ces seigneurs féodaux dépouillaient souvent. Il mit ainsi fin à ces entreprises de « brigandage ».

Et j'ai vu s'agenouiller devant lui les seigneurs venus faire acte de repentance et d'allégeance.

J'ai entendu Roger de Crest, dont le château se dressait face à celui des Villeneuve de Thorenc, dire :

« Moi, Roger de Crest, déclare m'être mis à la discrétion de mon seigneur Philippe, illustre roi de France, et lui avoir fait réparation pour ne pas lui avoir rendu mes services comme je les lui dois. Et quant aux "entreprises" dont je me connaissais coupable envers les églises et abbayes, je donnerai telle satisfaction qu'il exigera. Quarante jours après qu'il aura fait connaître sa volonté, toutes les réparations seront ponctuellement accomplies… Enfin, j'ai fait jurer à mes vassaux, sur l'Évangile, que dans le cas où ils apprendraient que je cherche à nuire en quoi que ce soit à mon seigneur le roi de France, ils l'en avertiraient aussitôt et prendraient son parti contre moi. »

Alors qu'on s'inclinait ainsi devant lui, qu'on s'abandonnait entre ses mains, Philippe Auguste gardait un visage impassible comme s'il n'eût pas entendu ces déclarations de soumission.

Il dépouillait les seigneurs, les clercs, les Juifs d'une part croissante de leurs biens et bénéfices, mais le faisait avec humilité.

Il agissait le plus souvent sans avancer les raisons de ses actes, si bien qu'on lui prêtait les mobiles les plus divers, parfois les plus contradictoires.

Un jour que nous redescendions du donjon du Louvre, il s'arrêta plusieurs fois comme s'il avait peine à trouver son équilibre dans cet escalier étroit.

« Si j'ai amassé des trésors en différents lieux, murmura-t-il, si je me suis montré économe de mon argent, c'est que mes prédécesseurs, pour avoir été trop pauvres et n'avoir pu, dans les temps de nécessité, assurer une paie à leurs chevaliers, se sont vu enlever, par la guerre, une bonne partie de leurs États.

« J'ai voulu faire cesser cela et étendre le domaine du roi de France. Et, pour cela, tu le sais, Thorenc, je dois garder auprès de moi des sergents, piétons et cavaliers soldés. Je dois être un amasseur de trésors pour disposer d'une armée de chevaliers. Avec ces *milites*-là, je défends le royaume et l'agrandis.

« Telle est ma volonté. Et Dieu le veut.»

29

Moi, Hugues de Thorenc, qui suis né trois fois dix ans après la mort de mon aïeul Henri, chevalier et vassal de Philippe Auguste, le Conquérant, je devine dans sa chronique une hésitation, un doute quand il évoque cette « volonté de Dieu » dont parle mon suzerain, le roi de France.

Il écrit après avoir cité les propos du roi :

« La voix de Philippe II Auguste est sereine, comme si la volonté de Dieu était aussi claire qu'une aube d'été. Et pourtant, l'évêque de Rome, successeur de Pierre, le pape Innocent III, change d'avis. Il a soutenu l'élection au trône impérial du Saxon Otton de Brunswick, contre l'avis du roi de France qui souhaitait que Frédéric de Hohenstaufen, roi de Sicile, fût couronné empereur. Comment le roi de France aurait-il pu être satisfait de l'élection d'Otton, alors que celui-ci recevait les envoyés du roi d'Angleterre, Jean sans Terre, et acceptait les coffres remplis de pièces d'or que lui envoyait le Plantagenêt ? L'alliance était donc scellée entre Otton et Jean. Et Philippe Auguste m'a confié qu'il craignait une invasion des Impériaux.

« Pour le roi de France, je me suis rendu auprès de l'archevêque et des bourgeois de Reims afin de leur demander d'ériger des fortifications en sorte de résister aux troupes d'Otton.

« J'ai accompli la même mission auprès des seigneurs dont les châteaux étaient situés à la frontière du domaine royal.

« Il en fut ainsi avec Renaud de Nogent et avec les bourgeois de Châlons-sur-Marne.

« Et j'ai déposé devant chacun des sacs remplis de milliers de livres et de marcs d'or et d'argent. »

Puis Otton, une fois couronné empereur, s'empara du royaume de Naples et se prépara à conquérir celui de Sicile sur lequel régnait Frédéric de Hohenstaufen.

Alors le pape Innocent III se dressa contre lui. Et c'est moi qui ai lu à Philippe Auguste la lettre que lui avait adressée le souverain pontife :

« Ah, si nous avions pénétré aussi bien que vous le caractère d'Otton, écrivait Innocent III, il ne nous aurait pas trompés ! Ce fils impie persécute sa mère ; non content d'avoir dépouillé de l'héritage paternel notre fils et pupille chéri, Frédéric, il étend même ses mains sur la Sicile. »

Je me suis interrompu dans ma lecture, j'ai regardé Philippe, attendant de lui une exclamation, un ricanement, tant Innocent III – Dieu me pardonne ! – mentait, puisqu'il avait agi de telle manière qu'Otton de Brunswick fût élu.

Mais, d'un geste, le roi m'a invité à reprendre ma lecture. Et je l'ai admiré pour cette maîtrise de soi.

« Qui peut désormais avoir confiance en Otton, poursuivait Innocent III, puisqu'il ne tient même pas parole vis-à-vis de nous, vicaire du Christ ? Nous vous parlons à notre honte, car vous nous aviez bien dit de nous méfier de cet homme. Mais nous nous consolons avec Dieu qui s'est, Lui-même, repenti d'avoir établi Saül roi d'Israël. »

— Le vicaire du Christ a besoin du roi de France, a murmuré Philippe Auguste.

Et, du même geste las, mais un mince sourire éclairant son visage, il m'a invité à continuer.

« Nous avions engagé Otton, de vive voix, à rester en paix avec vous. Il nous a fièrement répondu que tant que vous occuperez la terre de son oncle, en Flandre, il n'aurait pas le droit de lever la tête sans rougir, et qu'en attendant, notre proposition d'accommodement pouvait dormir dans nos archives ! Nous lui avons déclaré en termes formels que nous n'abandonnerions jamais la France, puisqu'elle ne nous avait jamais délaissés dans la prospérité comme dans le malheur. »

Philippe Auguste s'est levé et m'a convié à dîner avec lui ; nous aurions ainsi le temps de préparer la réponse du roi de France.

Je citerai cette réponse transcrite de la main de mon aïeul Henri de Thorenc. Mais je veux d'abord faire connaître le poème composé par un seigneur germanique qui fait allusion à ces revirements du pape.

Walter von der Volgweide écrit :

> *Dieu fait roi qui bon lui semble*
> *De ce dicton je ne m'étonne guère*
> *Mais nous, laïcs, nous nous étonnons*
> *De la doctrine de nos clercs…*
> *Or donc, dites-nous par votre foi*
> *Par quelles paroles sommes-nous trompés ?*
> *Il nous semble que l'une est mensongère,*
> *Deux langues s'accordent mal dans une bouche !*

Oui, laquelle de ces langues exprime la volonté de Dieu ?

Le roi Philippe Auguste parle en souverain du royaume de France et j'admire la franchise et même la brutalité de ses propos tels que les rapporte Henri de Thorenc :

« Nous sommes désolés que le soi-disant empereur Otton ait la possibilité de vous faire du mal, et cette pensée nous remplit le cœur d'amertume, écrit-il à Innocent III.

« Quant à vous envoyer par mer deux cents chevaliers, comment pourrions-nous le faire puisque la Provence est un territoire impérial et que les ports de ce pays appartiennent ainsi à l'Empire ? Vous voudriez que nous poussions les princes allemands à se révolter contre Otton afin de les forcer à quitter l'Italie. Croyez que nous n'y avons pas manqué ; mais les princes nous demandent des lettres signées de vous et des cardinaux, par lesquelles vous prendriez l'engagement de ne plus vous réconcilier avec Otton. Il faut que nous ayons ces lettres. Il faut même d'autres lettres de vous qui délient tous les sujets d'Otton de leur serment de fidélité et leur donnent l'autorisation d'élire un autre empereur. Alors, l'été prochain, nous nous mettrons en campagne et envahirons l'Empire avec notre armée. »

Quant à fournir de l'argent au pape pour la défense du siège apostolique, comme le demande le légat d'Innocent III, Philippe Auguste répond :

« Que les archevêques, les évêques, les abbés, les moines noirs et blancs, et tous les clercs de l'Église de France commencent par vous venir en aide, et nous vous aiderons volontiers à notre tour. Il faut les obliger à donner le tiers de leurs revenus... »

La langue de Philippe Auguste est on ne peut plus claire et forte.

« Au mois de novembre 1212, écrit Henri de Thorenc, j'ai accompagné Louis de France, fils héritier de Philippe Auguste, à Vaucouleurs.

« J'ai assisté à la rencontre entre Louis et Frédéric.

« J'ai entendu Frédéric saluer "Louis, le fils de son cher frère Philippe Auguste". »

Un traité d'alliance a été conclu entre le roi de France et Frédéric contre Jean sans Terre et Otton, et le 5 décembre 1212 Frédéric de Hohenstaufen a été élu empereur.

Henri de Thorenc conclut : « Le roi de France, à l'égal du pape, était devenu faiseur d'empereur. »

30

J'ai craint que le roi de France, mon suzerain, écrit Henri de Thorenc, maintenant faiseur d'empereur, ne succombe au vin de la gloire, à l'ivresse de la puissance, et ne titube, perdant toute prudence, offrant ses flancs aux lances de ses ennemis. Je les voyais se rapprocher les uns des autres, unis par le poison de la jalousie et de l'humiliation.

Ils écoutaient la voix de Jean sans Terre, que j'appellerai Jean le Cruel.

Il haïssait Philippe Auguste, la bouche pleine du fiel de l'amertume. Celui-ci avait vaincu, chassé de la terre française les Plantagenêts, et Jean ruminait sa revanche, impitoyable avec ceux de ses barons qui se rebellaient.

Il enlevait leurs femmes, leurs filles et leurs sœurs. Il prenait en otages les fils, les enfermait dans les cachots de ses châteaux, jusqu'à ce que les barons viennent implorer sa clémence, offrir leurs biens pour obtenir la libération de leurs proches.

Mais ceux-ci étaient déjà morts.

Une mère, épouse d'un chevalier rebelle, avait dévoré dans sa prison, après des dizaines de jours sans nourriture, les joues de son tout jeune fils.

D'autres fuyaient, se réfugiaient auprès du roi de France, invitaient Philippe Auguste à débarquer dans le royaume d'Angleterre afin d'en chasser Jean sans Terre, le Cruel.

Mais le roi d'Angleterre incarnait aussi l'espérance pour ceux qui ne supportaient pas la domination de Philippe. Le comte de Boulogne, Renaud de Dammartin, souffrait d'être soumis au roi de France alors qu'il voulait régner dans son fief en souverain.

À lui qui n'était qu'un petit seigneur gonflé de vanité, Jean sans Terre offre une place en son Conseil royal, il en fait un messager de ses ambitions.

Renaud de Dammartin va ainsi d'Otton de Brunswick, empereur dépossédé, à Ferrand, comte de Flandre.

Sur ordre de Jean sans Terre, il bâtit une coalition. Il porte de l'un à l'autre les messages secrets. Il convainc le comte de Hollande, Guillaume, et le duc de Limbourg et de Lorraine de rejoindre cette large alliance.

Et Jean sans Terre ne cesse de flatter et corrompre.

« J'ai fait hommage de fidélité au seigneur Jean sans Terre, roi d'Angleterre, comme à mon seigneur lige, déclare Renaud de Dammartin. Je le servirai fidèlement, tant que je vivrai, contre tous les mortels, et ne ferai ni paix ni trêve avec ses ennemis, le roi de France et son fils Louis, ou tout autre. »

Le comte de Hollande, Guillaume, prononce le même serment d'allégeance à Jean :

« Je me suis engagé à protéger sa terre d'Angleterre comme à reconquérir ses autres domaines. »

Et le comte de Flandre, Ferrand, de se rallier lui aussi au roi d'Angleterre.

Tous ceux-là, rongés par la jalousie, sont aussi des vassaux félons, parce que Jean sans Terre paie en bon or leur trahison. Sans compter qu'ils redoutent l'ambition de Philippe Auguste...

Une nuit, raconte Henri de Thorenc, alors que je dormais dans une chambre proche de celle du roi, j'entendis grand bruit et reconnus la voix forte de mon suzerain.

Il criait plus qu'il ne parlait : « Dieu, qu'est-ce que j'attends pour m'en aller à la conquête de l'Angleterre ? » répétait-il.

Un chambellan vint peu après me quérir et je gagnai la chambre du roi éclairée par les flammes de cent bougies.

Les conseillers du souverain et quelques chevaliers parmi les plus fidèles arrivèrent à leur tour.

Je n'avais jamais vu Philippe dans une telle excitation. Il répétait qu'il voulait passer en Angleterre et en conquérir le royaume.

L'heure et l'humeur n'étaient point à conseiller au roi prudence ni mesure.

Il nous ordonna d'envoyer des coursiers dans tous les ports de mer, de retenir tous les vaisseaux qu'on pourrait trouver et d'en faire construire de nouveaux en grande quantité.

Quand j'appris quelques mois plus tard que le légat du pape avait, au nom du vicaire du Christ, déclaré à Jean sans Terre que « ni vous ni votre héritier ne pourrez plus porter la couronne..., que votre royaume est accordé à celui qui, sur l'ordre du pape, l'attaquera », je me félicitai de l'audace et de la résolution de Philippe II Auguste.

Ce n'était pas une guerre qui s'engageait, mais une croisade, puisque le pape avait décidé de mettre Jean sans Terre au ban de la Chrétienté.

Je parcourus les ports du royaume. Je recensai une flotte de quinze cents voiles et une immense armée.

Je participai, le 8 avril 1213, à l'assemblée de tous les barons et évêques de France, venus promettre au roi le service d'ost.

À Louis, le fils héritier, une fois conquis le royaume de Jean sans Terre, écherra la couronne d'Angleterre.

Puis j'ai chevauché en compagnie des chevaliers du roi jusqu'à Boulogne.

C'est alors que la foudre fendit d'un éclair brillant le ciel.

Innocent III et Jean sans Terre venaient de se réconcilier ! Jean le Cruel avait juré d'aimer la Sainte Église !

Et les barons anglais s'étaient ralliés à leur souverain !

La croisade était morte avant d'avoir vécu.

Le pape avait toujours deux langues dans la bouche. Contre Jean sans Terre il avait dressé Philippe Auguste comme un épouvantail pour contraindre le Plantagenêt à la soumission.

J'ai admiré que le roi de France fasse bonne contenance. Il a dit seulement :

« Je triomphe puisque, grâce à moi, Rome a soumis le royaume de mon ennemi. »

Je sais, moi, la grande ire et le grand courroux que le roi de France ressentit en son cœur contre le pape qui lui avait barré la route de l'Angleterre.

31

Comme tous, j'ai enduré la grande colère de Philippe Auguste, poursuit Henri de Thorenc. Le roi de France roulait des yeux furieux. On ne pouvait point s'adresser à lui tandis qu'il chevauchait vers la Flandre afin d'en chasser son vassal félon, le comte Ferrand, qui n'osait encore le combattre ouvertement mais menait une guerre couverte, en homme lige de Jean sans Terre.

« Faites cette nuit même tout ce que j'exige, lui manda par mon intermédiaire Philippe Auguste. Sinon, vous n'aurez qu'à vider cette terre ! »

Nous mîmes le siège devant Gand, mais, dans sa hâte et sa rage, le roi avait oublié que Jean le Cruel était un roi rusé. Il avait envoyé une flotte vers la Flandre alors que nous avions laissé nos nefs sans défense, tirées au sec sur la plage de Damme.

Nous vîmes les flammes les réduire en cendres. Quatre cents furent ainsi détruites et le débarquement en Angleterre s'en alla en fumée.

La colère de Philippe Auguste crépita comme l'incendie.

Il ordonna qu'on mît le feu aux maisons de Damme et à tous nos navires que les flammes n'avaient pas encore dévorés.

De les voir se consumer, d'entendre craquer les mâts ainsi que les poutres des maisons, rendit au roi sa maîtrise. Sa colère devint habileté et rancune, volonté et ténacité. Il réunit ses proches chevaliers et j'étais à quelques pas de lui lorsqu'il nous dit :

« Votre sagesse connaît bien les mobiles qui me déterminèrent à aller visiter les places de l'Angleterre, et vous savez que je n'y fus entraîné par aucun vain désir de gloire ou de jouissance terrestre. Je n'étais conduit que par le zèle et l'amour divin, et voulais simplement prêter mon concours à l'Église opprimée. »

Mon souverain aussi peut avoir deux langues dans la bouche.

Puisque Jean sans Terre s'est soumis à l'Église, poursuivit-il, « il convient que nous changions nos projets ».

C'était la guerre ouverte au comte Ferrand, à la coalition.

« Je tiens captifs soixante bourgeois de Bruges… ils me donneront soixante mille marcs d'argent. Et ceux de la ville d'Ypres me paieront le même poids », ajouta Philippe Auguste.

La guerre ne fut que pillages et incendies, viols et meurtres, sans que les armées se rencontrent.

L'Artois, possession de Louis de France, fut ravagé. Louis et ses compagnons furent encerclés par les flammes à Bailleul et c'est miracle qu'ils en réchappèrent.

Lille, qui avait choisi de rester fidèle à Ferrand, succomba en quelques instants à un brasier qui détruisit toutes les maisons en bois et en torchis. Les fossés furent comblés, la citadelle rasée.

« Je veux, avait dit Philippe, qu'il n'y ait désormais en ce lieu aucun point où les gens de la Flandre puissent habiter. »

Son souhait est exaucé, mais la Flandre n'est pas pour autant conquise, et les courriers qui apportent des nouvelles de l'Aquitaine, du Poitou, des terres angevines, racontent que les seigneurs prêtent l'oreille aux promesses de Jean sans Terre qui s'apprête à débarquer à La Rochelle.

« Vous me verrez avec toutes mes troupes, écrit l'Anglais. Mes émissaires vont vous remettre de l'argent de notre part, et vous en recevrez plus encore avec le temps, nous ne pouvons ni ne devons manquer de vous venir en aide. »

Jean sans Terre torture et dépouille les barons d'Angleterre, et flatte et achète ceux d'Aquitaine et du Poitou.

Il veut recouvrer les terres des Plantagenêts.

Il débarque. Il avance.

« À peine suis-je apparu que vingt-six châteaux ou places fortifiées m'ont ouvert leurs portes », dit-il, défiant Philippe Auguste.

J'ai vu le roi de France hésiter après avoir lu la lettre que lui adresse le vicomte de Limoges :

« Je vous avais fait hommage pour la défense de mes terres, mais le roi Jean, mon seigneur naturel, s'est présenté dans mon fief avec de telles forces que je n'ai pu lui résister ni attendre vos secours.

« Je suis venu le trouver comme mon seigneur naturel et lui ai juré d'être son homme lige.

« Je vous notifie ces choses pour que vous sachiez qu'à l'avenir, il ne faut plus compter sur moi. »

Le comte de Nevers et tant d'autres ont fait de même.

L'hésitation du roi de France ne dure pas. En selle, en route pour le Poitou ! Mais Jean sans Terre se dérobe.

« C'est une couleuvre qui fuit sans qu'on puisse trouver sa trace », dit le roi, contraint de regagner la Flandre où les coalisés se rassemblent.

Nous brûlons quelques villes : Cholet, Bressuire, Thouars. Mais, derrière nous, Jean sans Terre avance, met le siège devant la Roche au Moine. Il veut que cette forteresse soit le socle sur lequel il s'appuiera lorsqu'il s'élancera vers Paris :

« Le moment approche, grâce à Dieu, où nous quitterons le Poitou et marcherons vers notre capital ennemi, le roi de France ! »

Dieu avait donné un fils à Philippe Auguste et c'était signe de Sa généreuse attention.

« Chevauche contre le roi d'Angleterre, lui ordonne le roi de France. Jean sans Terre doit lever le siège de la Roche au Moine. Je vais combattre les Impériaux, les Flamands et les chevaliers félons de Renaud de Dammartin. Que Dieu te garde ! »

Je n'ai pas été témoin de la chevauchée de Louis de France, qui, avec trois cents chevaliers, sept mille sergents à pied, deux autres mille à cheval, se rua contre les troupes de Jean sans Terre qui s'enfuirent sans combattre, laissant sur le terrain machines de guerre, tentes et bagages.

Leur hâte à détaler était telle qu'ils se jetèrent dans la Loire pour tenter de la traverser, et que des centaines s'y noyèrent.

L'armée de Louis s'empara d'un énorme butin et fit beaucoup de prisonniers.

J'étais aux côtés du roi, à Péronne, quand un messager lui apporta la nouvelle de la victoire de Louis sur Jean sans Terre.

Louis était bien digne de la couronne de France.

L'Anjou échappait pour toujours aux Plantagenêts.

Sachez que ce fut une chose dont Philippe fut moult joyeux, et dont il sut grandement gré à son fils.

Restait à affronter les coalisés, qui, en ce début du mois de juillet 1214, se préparaient à attaquer.

32

« L'an du Seigneur 1214, quelque chose digne de mémoire est arrivé au pont de Bouvines… »

Mon aïeul Henri de Thorenc commence ainsi le récit de la bataille qui se déroula le dimanche 27 juillet 1214, par une chaleur torride, à Bouvines, petit village du comté de Flandre situé sur l'antique voie romaine qui conduit de Tournai à Lille.

Les chroniqueurs – et le premier d'entre eux, Henri de Thorenc – ont moult fois raconté cette bataille, et j'y reviendrai à mon tour. Mais je dois d'abord dire ma fierté d'appartenir au lignage des Thorenc, et la gloire que la bravoure de mon aïeul m'a donnée en héritage.

Henri de Thorenc chevauchait aux côtés du roi de France, portant la bannière bleue semée de fleurs de lis d'or.

Philippe Auguste avait rameuté pour ce combat au moins treize cents cavaliers, autant de sergents à cheval, et de quatre à six mille fantassins.

Les félons de la coalition avaient réussi à rassembler davantage encore de troupes. Et dans chaque camp, en sus de ces hommes soldés, se trouvaient des milices communales, des laboureurs et des bourgeois.

Tous ces hommes – des milliers – étaient réunis pour s'affronter en un duel à mort sur le plateau de

Bouvines, haut de dix à vingt pas au-dessus de la plaine marécageuse.

Là, chevaliers et sergents à cheval pouvaient charger. Aux alentours s'étendait la forêt, presque continue.

La voie romaine était bâtie sur une chaussée haute aboutissant au pont étroit jeté sur la rivière la Marcq, près du village de Bouvines.

En ce lieu, écrit Henri de Thorenc, d'un côté Philippe Auguste, noble roi des Francs, avait réuni une partie de son royaume.

De l'autre côté, Otton de Brunswick, qui, par décret de la Sainte Église, avait été privé de la dignité impériale et excommunié. Il avait persévéré dans l'obstination de sa malice et convoqué ses complices, Ferrand, comte de Flandre, et Renaud de Dammartin, comte de Boulogne, ainsi que beaucoup d'autres barons, et aussi les stipendiés de Jean sans Terre, avides d'argent.

Tous voulaient combattre les Français.

Animés d'une haine insatiable, les Flamands, qui se préparaient à attaquer, avaient, pour se reconnaître entre eux plus facilement, fixé un petit signe de croix devant et derrière leur cotte, mais bien moins pour l'honneur et la gloire du Christ que pour l'accroissement de leur malice, le malheur et le dommage de leurs amis, la misère et le détriment de leur corps.

Ils ne se remémoraient pas le sacré précepte de l'Église qui dit : « Celui qui communique avec un excommunié est excommunié. »

Ils persistaient dans leur alliance avec Otton de Brunswick, qui, par le jugement et l'autorité du pape, était pris dans les liens de l'anathème et avait été séparé des fidèles de la Sainte Mère l'Église.

Philippe Auguste, le Conquérant, mon suzerain, dont j'avais gloire à porter la bannière, poursuit Henri de Thorenc, était à quelques jours de sa quarante-neuvième année. Comme nous tous, il étouffait dans l'intense chaleur, sous l'armure brûlante. Il l'avait quittée et se reposait près de la petite église Saint-Pierre de Bouvines, à l'ombre d'un frêne.

Il mange dans une coupe d'or fin une soupe au vin dans laquelle il trempe et brise du pain.

Parce qu'il est au Christ et que nous le sommes comme lui, nous pensons qu'on ne se battra pas ce dimanche, jour du Seigneur, jour de trêve.

Mais Otton et ses complices en malice ne sont plus dans le giron de la Sainte Mère l'Église.

Un chevalier accourt, s'agenouille devant le roi de France :

« Sire, dit-il d'une voix haletante, Dieu vous garde du péril, armez-vous, car nous aurons bientôt la bataille ! Les voici près de nous qui arrivent. Ils n'ont pas respecté la trêve de Dieu. »

J'ai vu le roi bondir, ordonner aux sergents à pied et à cheval de repasser la rivière et d'aller au-devant de l'ennemi.

Je suis entré avec mon suzerain dans l'église. Nous avons prié le Seigneur, puis nous avons revêtu nos armures, et le roi s'est adressé aux chevaliers rassemblés.

Près de lui, je tenais haut sa bannière et remerciai Dieu de la grâce qu'Il m'accordait de pouvoir servir mon roi à cette place. J'ai écouté Philippe en tremblant d'émotion.

« Vous voyez que je porte la couronne de France, dit-il, mais je suis homme comme vous, si vous ne m'aidiez pas à la porter, je ne pourrais en soutenir le poids. »

Il montre sa couronne :

« La voici : je veux que vous soyez tous rois comme je le suis, et, en vérité, je ne pourrais, sans vous, gouverner mon royaume. »

Son écuyer avance le destrier du roi de France.

Les chevaliers saisissent les rênes de leurs montures et attendent un signal pour monter en selle.

« Quand les Teutons combattent à pied, dit Philippe Auguste, vous, enfants de Gaule, combattez toujours à cheval ! »

Il empoigne les rênes.

« Le roi Otton et son armée ont été excommuniés par le pape, dit-il encore. L'argent qui sert à les solder est le produit des larmes des pauvres, du pillage des terres appartenant à Dieu et au clergé... Nous sommes chrétiens, Dieu nous donnera le moyen de triompher de nos ennemis, qui sont aussi les siens ! »

Nous nous sommes agenouillés, priant le Très Chrétien roi de France, mon suzerain, de nous bénir.

Il éleva les mains et implora sur nous la bénédiction divine.

Aussitôt retentirent le son des trompettes, les cris des chevaliers désireux de se faire reconnaître dans la poussière des blés piétinés. Les sergents à pied s'avancent de part et d'autre. Ils agrippent avec leurs crochets l'armure des chevaliers qu'ils cherchent par là à désarçonner. J'en ai vu tomber lourdement à terre, devenus impotents, comme de gros insectes renversés sur le dos. J'ai vu les sergents, les piétons tenter de les égorger avec des couteaux longs et grêles qu'ils glissent dans les jointures des armures.

... Moi, Hugues de Thorenc, je suspends ici la copie de la chronique tenue par Henri de Thorenc, car il ne souffle mot du moment où Philippe

Auguste a été enveloppé par la piétaille d'Otton de Brunswick. Ces piétons l'ont harponné et arraché de sa selle, puis se sont jetés sur lui en essayant de trouver le défaut de son haubert pour lui porter un coup de dague à la gorge.

Car les rois, dans cette bataille, étaient devenus simples mortels.

Si mon aïeul ne raconte pas ce grand péril dans lequel est tombé le roi, c'est qu'il s'est jeté dans le combat pour le sauver. Il agite sa bannière aux fleurs de lis afin de rameuter les chevaliers et barons français pour qu'ils portent aide à leur suzerain, et, surtout, il pousse son cheval contre les piétons, les écartant à grands coups de glaive et avec la hanse de sa bannière. Il a sauvé Philippe et décidé ainsi du sort de la bataille.

Car les chevaliers, les sergents, les hommes des milices, les piétons et les barons, vassaux fidèles, ne sont qu'un troupeau sans berger si leur roi vient à être tué ou fait prisonnier.

Ce dimanche de Bouvines, les rois échappèrent à la mort ou à la capture. Mais Otton de Brunswick fut entouré de chevaliers français :

« Ils saisissent son cheval par la bride, raconte Henri de Thorenc, dont je reprends ici la chronique. Ils donnent des coups de glaive. La lame glisse sur l'armure, crève l'œil du cheval, qui désarçonne Otton. Il réussit à fuir. J'entends Philippe Auguste dire :

« — Nous ne verrons plus son visage aujourd'hui.

« Sans son roi, sans la bannière des Brunswick, un énorme dragon surmonté d'un aigle d'or, la coalition des félons était comme un poulet qui court sans sa tête... »

Le comte Ferrand de Flandre est fait prisonnier.

Le comte Renaud de Dammartin, de Boulogne, que protège une tour humaine faite de sergents agglutinés, hérissée de piques, ne peut le défendre lorsqu'il la quitte pour charger.

Lui-même sera pris, blessé en fin de journée.

Au moment où le soleil de ce dimanche 27 juillet 1214 va disparaître, il ne reste plus sur le plateau de Bouvines que sept cents fantassins brabançons qui ne veulent pas fuir et refusent de se rendre.

J'ai vu le geste de Philippe Auguste ordonnant qu'on les massacre, ce qui fut fait.

La vie d'un piéton ne vaut pas rançon.

Mais le roi de France défend que l'on poursuive les chevaliers et les barons au-delà du millier.

Les prisonniers – cinq comtes, vingt-cinq barons à bannières et des dizaines de chevaliers – sont déjà si nombreux que la valeur de leur rançon baisse. Alors, pourquoi se charger de ces bouches inutiles qu'il faudra surveiller et nourrir ?

Pour la plus grande gloire du royaume de France ? Qui la nie ?

Qui peut l'égaler ?

Personne, parmi le peuple, ne doute du triomphe de Philippe Auguste, le Conquérant.

« Qui pourrait s'imaginer, s'exclame Henri de Thorenc, retracer avec la plume, sur un parchemin ou des tablettes, les joyeux applaudissements, les hymnes de triomphe, les innombrables danses des gens du peuple, les chants suaves des clercs, les sons harmonieux des cloches dans les églises, les sanctuaires parés au-dedans comme au-dehors, les rues, les maisons, les routes dans tous les villages et toutes les villes, tendues de courtines et d'étoffes de soie, tapissées de fleurs, d'herbes et de feuillage vert, les habitants de toute classe, de tout sexe et de tout âge accourant de toutes parts pour assister à un si grand triomphe ?

« Les paysans et les moissonneurs interrompent les moissons. Ils suspendent à leur cou leur faux et leur petite houe. Ils se précipitent pour voir enchaîné ce Ferrand, comte de Flandre, dont, peu auparavant, ils redoutaient tant les armes.

« Les paysans, les vieilles femmes et les enfants ne craignent pas de se moquer de lui, profitant de l'équivoque de son nom qui peut s'entendre aussi bien d'un cheval que d'un homme.

« On crie maintenant qu'il est "ferré", qu'il ne pourra plus ruer, lui qui, auparavant, gonflé d'orgueil et de graisse, levait le talon contre son maître, le roi de France ! »

Cela se passa sur toute la route, jusqu'à ce qu'on fût arrivé à Paris. Les bourgeois parisiens et, par-dessus tout, la multitude des étudiants, le clergé et le peuple allant au-devant du roi, chantant des hymnes et des cantiques, témoignèrent par leurs gestes et leur attitude extérieure de la joie qui emplissait leur âme.

Le jour ne leur suffisait pas pour se livrer à l'allégresse.

Durant sept nuits de suite, ils illuminèrent de sorte qu'on y voyait comme en plein jour. Les étudiants, surtout, ne cessaient de se réjouir dans de nombreux banquets, dansant et chantant sans s'arrêter.

Qui pouvait douter de l'union, autour du roi Philippe Auguste, de tous les Français de la terre capétienne ?

J'ai accompagné Philippe Auguste et son fils, le prince Louis, en Poitou, ajoute Henri de Thorenc.

Les seigneurs qui avaient rendu dommage à Jean sans Terre ralliaient le roi de France.

Leur nouvelle félonie faisait à nouveau d'eux des vassaux fidèles à Philippe.

J'ai vu le roi les accueillir avec bienveillance.

Il signa même à Chinon, le 18 septembre 1214, un traité de paix avec un envoyé du roi d'Angleterre. Jean sans Terre renonçait à ses possessions dans le royaume de France, à l'exception de la Saintonge et de la Gascogne. Il versait des milliers de pièces d'or et d'argent à Philippe Auguste.

Le roi de France n'exigea rien de plus.

Un roi fort et victorieux est sage quand il n'abuse pas de sa prééminence.

CINQUIÈME PARTIE

(1214-1223)

« On rapporte qu'avant de mourir, Philippe appela
auprès de lui son fils Louis et lui prescrivit de craindre Dieu et d'exalter son Église, de faire bonne justice à son peuple et surtout de protéger les pauvres
et les petits contre l'insolence des orgueilleux. »

Henri de Thorenc, après la mort
de Philippe II Auguste,
le Conquérant, survenue le 14 juillet 1223.

33

« J'avais partagé avec Philippe Auguste les années de guerre », écrit Henri de Thorenc au lendemain de la mort du roi de France, survenue par la volonté de Dieu le 14 juillet 1223, neuf années après le dimanche de Bouvines, ce jour de victoire et de gloire pour le roi conquérant et tout son royaume.

Mon aïeul a tenu une chronique précise de ces dernières années du roi de France :

Philippe II Auguste, le Conquérant, fut sage et donc prudent, poursuit-il.

Moi qui l'avais vu si souvent, en quatre fois dix ans – la longue durée de son règne –, revêtir la cotte de mailles, le heaume, et chevaucher, le glaive brandi, moi qui l'avais vu, sur le plateau de Bouvines, en péril de mort, je le découvrais soucieux d'éviter d'engager sa personne et son royaume en de nouvelles guerres.

Il n'a plus revêtu son armure en ces neuf années. Il allait, paisiblement entouré de ses chevaliers, de l'un de ses châteaux à l'autre, de Paris à Melun, de Saint-Germain à Compiègne, de Saint-Denis à Anet.

Il voulait vivre en « grande paix » et ne rien risquer de perdre de ce qu'il avait conquis.

Il voulait encore agrandir le royaume et bâtir, au profit de la lignée capétienne, ce que les Plantagenêts avaient un temps possédé : un royaume à deux visages, anglais et français.

Mais il connaissait aussi le sort qu'avait réservé Dieu à Jean sans Terre, le Cruel.

Ses barons avaient imposé au roi d'Angleterre, le 15 juin 1215, une Grande Charte qui en faisait leur vassal. Et Jean sans Terre s'était écrié devant ses proches qui l'avaient répété, si bien qu'on l'avait appris à la cour de France :

« Maudite soit la misérable et impudique mère qui m'a engendré ! Pourquoi m'a-t-on bercé sur des genoux ? Pourquoi une femme m'a-t-elle nourri de son lait ? Pourquoi m'a-t-on laissé grandir pour mon malheur ? On aurait dû m'égorger, au lieu de me nourrir ! »

C'est moi qui, pour la plus grande satisfaction de mon roi, lui ai rapporté les mots exprimant cette colère désespérée de Jean sans Terre. J'ai vu Philippe Auguste sourire d'abord, puis, tout à coup, éclater d'un rire bruyant accompagné de grandes tapes données du plat des mains sur la table.

« On dit, ai-je repris, que les routiers qui sont à la solde du roi d'Angleterre se sont moqués de lui, le montrant du doigt : "Voici, ont-ils dit, le vingt-cinquième roi d'Angleterre, celui qui n'est plus roi, pas même roitelet, mais l'opprobre des rois. Voici le roi sans royaume, le seigneur sans seigneurie, celui dont la vue fait vomir, parce qu'il est devenu corvéable, la cinquième roue d'un chariot, un roi de rebut. Pauvre homme, serf de dernière classe, à quelle misère, à quel esclavage te voici réduit !" »

J'ai ajouté que Jean sans Terre grinçait des dents, roulait des yeux furibonds, mordait et rongeait des morceaux de bois.

Philippe Auguste cette fois n'a pas ri, disant après un silence :

— Des routiers, des chiens de guerre ne doivent pas insulter et humilier un roi. Ils attentent à l'ordre voulu par Dieu. Un roi doit être obéi et respecté. Sinon, il faut que Dieu et les hommes sacrent un nouveau souverain.

J'ai vu s'avancer, après que le roi de France eut parlé, le prince Louis, fils héritier de Philippe.

— Sire, s'il vous plaisait, j'entreprendrais cette besogne, dit Louis.

— Par la lance Saint-Jacques, répond le roi, tu peux faire ce qu'il te plaît, mais je crois que tu n'en viendras pas à bout, car les Anglais sont traîtres et félons, et ils ne te tiendront pas parole.

— Sire, dit le prince Louis, que la volonté de Dieu en soit faite !

J'ai admiré l'habileté du roi de France. Il souhaitait que son fils Louis débarquât en Angleterre, tentât de s'y faire couronner roi, arguant que Louis était l'époux de Blanche de Castille, nièce de Jean sans Terre, et possédait par là des fiefs en Angleterre.

La prudence de Philippe Auguste était d'autant plus remarquable et signe de grande sagesse que ses ennemis étaient défaits. Au royaume de France, après le dimanche de Bouvines, les ennemis du roi, les vassaux félons avaient fait acte d'allégeance ou pourrissaient dans des cachots.

En grand et juste roi, Philippe Auguste n'avait pas recherché la vengeance cruelle, mais le châtiment impitoyable de la félonie. J'étais présent quand on lui amena Renaud de Dammartin, comte de Boulogne, pieds et poings liés.

Jamais je n'avais vu le roi de France afficher une telle expression de mépris. Il jeta à la face de Renaud toutes ses perfidies et termina par ces mots : « Voilà tout ce que tu as fait contre moi. Cependant, je veux bien t'accorder la vie, mais tu resteras emprisonné jusqu'à expiation complète de tes crimes. »

La fille de Renaud de Dammartin épousa Philippe Hurepel, le fils que Philippe Auguste avait eu avec Agnès de Méran et que le pape Innocent III avait légitimé.

Renaud était ainsi dépossédé de ses fiefs au bénéfice d'un Capétien, et privé de liberté.

Sur ordre de Philippe Auguste, j'ai rendu visite à Renaud de Dammartin dans son cachot du château de Péronne, puis dans celui du château de Goulet, en Normandie.

J'ai rapporté au roi ce que j'avais vu : un homme à la peau grise, au regard brillant de haine et de fièvre.

Renaud de Dammartin était rivé à la muraille par une chaîne longue seulement d'un demi-pas. Au milieu de cette chaîne s'en rattachait une autre de dix pieds de long, fixée à un tronc d'arbre que deux hommes auraient pu à peine porter.

— Il vit comme doit vivre un vassal félon, a dit Philippe Auguste.

Personne n'a osé demander grâce pour Renaud de Dammartin. Je me suis tu, moi aussi, alors que ma voix eût peut-être fléchi le roi de France.

Mais notre silence condamnait Renaud de Dammartin à l'emmurement.

Point de liberté non plus pour Ferrand, comte de Flandre.

Il était « ferré » dans l'un des cachots de la tour du Louvre où, sur ordre du roi, je l'allais visiter chaque mois.

J'ai vu le corps de Ferrand se couvrir de pustules qu'il tentait d'arracher comme s'il avait voulu se débarrasser d'une écorce moisie. Un sang aussi noir que ses ongles perlait au long de chaque griffure.

À mon retour, le roi m'interrogeait d'un simple haussement de sourcils. Je répondais d'une inclinaison de tête. Ferrand survivait comme un arbre qu'on laisse pourrir, et c'était ce que souhaitait le roi. Point de coup de hache sur la nuque des vassaux félons, mais le poids des chaînes et l'oppression d'une nuit que ne vient interrompre aucune aube.

Quant aux fiefs, villes et seigneuries du félon, ils tombent entre les mains du roi de France, les fortifications sont détruites, les fossés comblés, les enfants gardés en otages. Et la vie du prisonnier reste soumise au bon vouloir du roi : « Il sera fait du comte de Flandre selon la volonté du vainqueur, libre de lui accorder ou non la permission de se racheter. »

Je salue cette puissance mesurée de Philippe Auguste, mon suzerain.

Sa gloire flamboie et éclaire tout le royaume, pareille à la nef de la cathédrale de Chartres, haute et claire.

Le roi a versé deux cents livres, le coût de huit piliers, pour que la cathédrale honore par sa beauté, sa nef et ses flèches, ses arcs-boutants et ses vitraux, Dieu notre Seigneur dont le roi de France Très Chrétien est le chevalier.

Il est, je le proclame, fils de Charlemagne ; il est plus grand, plus glorieux qu'Alexandre et que César.

Le Macédonien n'a triomphé que pendant douze ans, le Romain pendant dix-huit, tandis que lui, le Capétien, a vaincu ses ennemis pendant trente-deux ans, sans interruption.

Philippe II Auguste est bien Philippe le Conquérant.

34

Henri de Thorenc le proclame ainsi dans sa chronique : Philippe Auguste mérite le nom de Conquérant.

Mais Henri, mon aïeul, fidèle vassal de Philippe, hésite à dévoiler les intrigues et les calculs de son roi. Il écrit avec prudence, craint la colère de Philippe dont il connaît les accès de violence. Il ne veut pas être enfoui dans un des cachots de Péronne ou de la tour du Louvre.

Philippe Auguste est mort en 1223, et son fils Louis VIII en 1226. J'écris en cette année 1322. Le temps a coulé. J'ai l'audace de celui que protège l'armure des années.

Moi, Hugues de Thorenc, je puis donc dire à voix plus forte que Philippe voulait conquérir le royaume d'Angleterre, et que cette fois il avançait caché par son fils Louis.

Il faisait mine de le désavouer mais, en fait, le soutenait et même suscitait ses ambitions.

Philippe Auguste œuvrait pour sa lignée capétienne.

En 1214, glorieuse année de Bouvines, Louis lui avait donné un petit-fils qui porterait lui aussi le nom de Louis, le Neuvième. Devenu roi de France, Louis IX le Juste sera même sanctifié.

La lignée était ainsi assurée de son avenir ; afin d'accroître sa puissance, encore fallait-il augmenter le domaine royal. Telle était la raison majeure de la conquête de l'Angleterre et du projet d'asseoir sur le trône de Londres Louis le Huitième, futur roi de France comme son fils aîné, Louis IX.

Pour la réussite de cette entreprise, Philippe Auguste accepta tout à coup de renoncer à ce divorce d'avec la reine Ingeburge pour lequel il avait, durant deux fois dix ans, défié le pape Innocent III. Car il avait besoin de l'alliance danoise et Ingeburge appartenait à la famille royale du Danemark. L'admettre enfin comme reine de France, c'était, espérait le roi, disposer des bateaux de ce pays, capables de transporter les chevaliers français en Angleterre.

Jadis chassée, répudiée, enfermée, Ingeburge était redevenue « sa très chère femme ».

Mais ce revirement, cette soumission au vœu du souverain pontife n'entraîna pas, comme Philippe Auguste l'escomptait, l'appui de Rome.

Le légat d'Innocent III déclara : « L'Angleterre est propriété de l'Église romaine en vertu du droit de seigneurie. »

Ici, Henri de Thorenc fait entendre mieux que je ne saurais le faire la voix tonnante de Philippe Auguste, qui, le visage empourpré, réplique au légat :

« Le royaume d'Angleterre n'a jamais été le patrimoine de saint Pierre ni ne le sera. Le trône est vacant depuis que le roi Jean a été condamné dans notre cour comme ayant forfait par la mort de son neveu Arthur. Enfin, aucun roi ni aucun prince ne peut donner son royaume sans le consentement des barons qui sont tenus de défendre ce royaume. Et si le pape a résolu de faire prévaloir une pareille erreur, il donne à toutes les royautés l'exemple le plus pernicieux. »

Le lendemain, devant l'assemblée des barons et chevaliers, le prince Louis, accompagné de son épouse Blanche de Castille, prend place aux côtés de son père.

« J'ai saisi, écrit Henri de Thorenc, le regard de feu jeté par Louis sur le légat du pape quand ce dernier l'a prié de ne pas se rendre en Angleterre et a ajouté, tourné vers le roi, que Philippe Auguste devait s'opposer au départ de son fils. »

Philippe Auguste répond. Mais Henri de Thorenc n'ose écrire que l'habileté du roi de France cache ici le mensonge :

« J'ai toujours été dévoué et fidèle au Seigneur pape et à l'Église de Rome, déclare le roi de France. Je me suis toujours employé efficacement à ses affaires et à ses intérêts. Aujourd'hui, ce ne sera ni par mon conseil ni par mon aide que mon fils Louis fera quelque tentative contre cette Église. Cependant, s'il a quelque prétention à faire valoir sur le royaume d'Angleterre, qu'on l'entende et que ce qui est juste lui soit accordé ! »

Philippe Auguste a deux langues dans la bouche.

Il sait fort bien que l'épouse de Louis, Blanche de Castille, est nièce de Jean sans Terre, et qu'elle peut prétendre à une part de l'héritage Plantagenêt. Et nul n'est dupe quand, tête baissée, il écoute Louis lui dire sur le ton d'une déférente protestation :

« Seigneur, je suis homme lige pour le fief de l'Artois, mais il ne vous appartient pas de rien décider au sujet du royaume d'Angleterre… Je vous prie de ne vous opposer en rien à la résolution que j'ai prise d'user de mon droit, car je combattrai pour l'héritage de ma femme jusqu'à la mort s'il le faut ! »

Puis Louis se lève et s'en va avec son épouse et ses chevaliers.

Furieux, le légat demande au roi un sauf-conduit jusqu'à la mer.

— Je vous le donne volontiers pour la terre qui m'appartient, répond le roi de France. Mais, ajoute-t-il en souriant, si par malheur vous tombez entre les mains d'Eustache le Moine ou des autres hommes de mon fils Louis qui gardent la mer, vous ne me rendrez pas responsable des choses fâcheuses qui pourront vous arriver.

Le légat, qui sait qu'Eustache le Moine est un pirate au service du royaume de France, se retire tout en colère.

Philippe Auguste se soucie comme d'une guigne de l'indignation du légat. Il n'imagine pas qu'on va le croire quand il prétend saisir le fief d'Artois, qui appartient à Louis mais dont il est le suzerain. Il veut seulement sauver les apparences. Il pourra dire qu'il châtie Louis pour ses ambitions anglaises.

Mais il laisse son fils réunir douze cents chevaliers, tous hommes du roi, tous héros du dimanche de Bouvines.

Louis lève au nom du roi une taxe de guerre qui remplit ses coffres et lui permet de recruter sergents et chevaliers « soldés ».

Le prince et son armée peuvent débarquer, le 21 mai 1216, et entrer dans Londres.

« J'ai vu le roi heureux, écrit Henri de Thorenc. Le pape avait excommunié Louis, mais les barons et évêques anglais s'étaient ralliés à lui. »

Cependant, le sort des hommes est comme le ciel : changeant.

La mort saisit le pape Innocent III le 16 juillet 1216. Elle emporte Jean sans Terre le 19 octobre de la même année. Son fils de neuf ans est sacré roi d'Angleterre, et les évêques et barons anglais se détournent de Louis pour cet enfant, devenu Henri III.

Les légats décrètent que tous les chevaliers qui le soutiendront pourront porter une croix blanche sur la poitrine et seront chevaliers du Christ.

L'Angleterre devenait par là Terre sainte qu'il fallait défendre contre Louis, l'excommunié.

Le sort et le ciel devinrent orageux.

Les Français du prince Louis furent battus sur terre comme sur mer.

Il y aurait donc un royaume de France et un royaume d'Angleterre, séparés. Le roi d'Angleterre, Henri III, garderait la possession de la Saintonge et de la Gascogne.

Le traité de paix conclu à Chinon en 1214 fut renouvelé.

Mais qui décide du destin des hommes et des traités ?

35

« L'Angleterre restait donc royaume et Philippe Auguste, s'il n'avouait pas qu'il avait soif, se passait la langue sur les lèvres comme quelqu'un qui a la bouche sèche. »

C'est Henri de Thorenc qui ose ainsi dépeindre le roi qui vient de recevoir à la cour de France son fils vaincu par les Anglais. Il ne lui en fait point reproche, mais parle d'une voix rauque :

« Ce qui ne se récolte pas au nord du royaume doit se cueillir au sud », dit-il.

Louis, qui jusqu'alors a gardé la tête baissée, comme un coupable qui craint la sentence, se redresse.

Il se souvient. En l'an 1215, avant de partir conquérir l'Angleterre, il avait chevauché à la tête d'une armée de chevaliers pour mener lui aussi croisade contre les Albigeois. Il avait aidé Simon de Montfort à conquérir Toulouse. L'abbé de Castres lui avait remis une relique : la mâchoire de saint Vincent.

« Louis, fils du roi de France, écrivit Henri de Thorenc, fut très bien accueilli et fêté par son père et par les autres. Il est venu en France sur son cheval arabe et conte à son père comment Simon de Montfort a su se pousser et s'enrichir. Le roi ne répond mot et ne dit rien. »

Mais, cette fois, Philippe Auguste, le Conquérant, parle et répète : « Ce qui ne se récolte pas au nord du royaume doit se cueillir au sud. »

Les Toulousains se sont révoltés contre Simon de Montfort. Raimond VI, comte de Toulouse, a recouvré sa ville, et le nouveau pape Honorius III supplie Philippe Auguste d'entrer en croisade contre les hérétiques qui veulent faire – et c'est parole sacrilège et diabolique – de Toulouse la « Rome cathare ».

« Il faut attendre le moment, guetter le signe », indique Philippe Auguste. Puis, plus bas, il ajoute, la main posée sur l'épaule de son fils comme pour l'adouber à nouveau : « Louis, tu porteras la croix. »

Oubliées l'Angleterre et l'excommunication ! Le pape Honorius III a besoin de croisés. On extirpera l'hérésie en brûlant et en crevant les corps, puisque la prédication ne permet que de la chasser des âmes !

Le signe est venu le 25 juin 1218.

Un messager a apporté la nouvelle : Simon de Montfort, qui avait mis le siège devant Toulouse, a été frappé par une pierre lancée par une machine de guerre, un mangonneau manœuvré par des femmes de la ville.

« La pierre alla tout droit où il fallait, et frappa si juste le comte de Montfort sur le heaume d'acier qu'elle lui mit en morceaux les yeux, la cervelle, les dents, le front, la mâchoire, et le comte tomba à terre, sanglant et noir. »

Louis le Huitième du nom pouvait se mettre en chemin à la tête des chevaliers du royaume de France.

Ils rejoignirent devant Marmande les sergents et chevaliers d'Amaury de Montfort, fils de Simon de Montfort.

La garnison de Marmande avait fait reddition et l'on tenait conseil sous la tente de Louis. Les habitants avaient jusqu'au bout combattu aux côtés des hérétiques.

— Ils le sont tous ! dit un évêque.

Et l'on se souvint du siège et du massacre de Béziers. On ne répéta pas « Tuons-les tous, Dieu reconnaîtra les siens », mais on décida qu'il fallait préserver la vie du comte d'Astarac qui avait commandé la défense de la ville.

Il ne fut rien dit des habitants, mais ce silence valait mort.

« On tua tous les bourgeois avec les femmes et les petits enfants, tous les habitants, au nombre de cinq mille », précise le chroniqueur Guillaume le Breton.

Mon aïeul, Henri de Thorenc, ne se contente pas de ces deux lignes :

« Un évêque, écrit-il, demanda que les habitants fussent tous mis à mort comme hérétiques. Aussitôt, le cri et le tumulte s'élèvent. On court dans la ville avec des armes tranchantes, et alors commence l'effroyable tuerie. Les chairs, le sang, les cervelles, les troncs, les membres, les corps morts et pourfendus, les foies, les poumons brisés gisent par les places comme s'il en avait plu. La terre, le sol, la rue sont rouges du sang répandu.

« Il ne reste ni hommes, ni femmes, jeunes ou vieux, aucune créature n'échappe à moins de s'être tenue cachée. La ville est détruite et le feu l'embrase.

« J'étais aux côtés du prince Louis de France, poursuit Henri de Thorenc, quand la fumée des incendies qui ravageaient Marmande et transformaient la ville en gigantesque bûcher a obscurci le ciel.

C'était un mauvais présage. Les morts de Marmande allaient nous poursuivre.

J'ai craint pour la vie de Louis le Huitième, car même s'il n'avait pas donné l'ordre du massacre, il l'avait laissé accomplir. Et aucun de nous, qui l'entourions sous la tente, n'avait élevé la voix.

Je pense encore qu'il n'y a pas de place pour les hérétiques dans le royaume de France. Mais j'ai entendu les cris des enfants et de leurs mères qu'on égorgeait comme des pourceaux.

Or Dieu les avait faits à notre image.

Et, durant les nuits sans sommeil, j'ai imaginé que le Diable nous avait empoisonné l'esprit et crevé les yeux.

« Dieu a-t-Il voulu nous punir pour les bûchers dans lesquels nous avions jeté nos frères humains égarés ?

Raimond de Toulouse remporte toutes les batailles contre l'armée d'Amaury de Montfort.

Nous dressons notre camp sous les murs de Toulouse, mais en vain, puisque la ville résiste et que les machines de guerre des hérétiques nous accablent de leurs pierres et de leurs traits.

Le 1er août 1219, Louis décide de regagner le royaume de France.

« Je l'avais devancé, annonçant à Philippe Auguste qu'Amaury de Montfort léguait ses domaines au roi de France.

Je m'étonnai de l'impassibilité avec laquelle il accueillit ce don qui augmentait encore le domaine royal.

N'avait-il pas dit qu'il fallait récolter au sud ce qu'on n'avait pu moissonner au nord ?

"Amaury de Montfort me donne ce qu'il ne peut garder", murmura le roi.

Puis il se leva, les mains sur ses reins comme pour contenir une souffrance.

Il ordonna que deux cents chevaliers et dix mille hommes à pied se missent en marche, pour gagner le Languedoc, sous les ordres de l'archevêque de Bourges et du comte de la Marche.

"Nous devons certes accepter ce que le destin nous donne, ajouta-t-il, mais il faut goûter avant d'avaler. Il suffit d'une goutte de poison pour mourir." »

36

La mort est venue se glisser dans le corps du roi en ces jours de septembre 1222 alors que s'achevait sa cinquante-septième année de vie.

Durant ces derniers mois, jusqu'à ce que, le 14 juillet 1223, à Mantes, la mort le saisisse, je ne l'ai pas quitté, couchant devant sa chambre, le couvrant de laine et de fourrure quand la fièvre le faisait grelotter, lui servant à boire, épongeant son front couvert de sueur. Il avait froid et brûlait, murmurant que cette maladie – il tenait à ce que je m'en souvienne – s'était emparée de lui en Terre sainte, qu'elle était comme un remords qu'il gardait en lui, pour n'avoir pu délivrer le Saint-Sépulcre.

Et maintenant il lui fallait combattre devant Dieu, qui jugerait. Et Dieu serait d'autant plus sévère qu'Il lui avait accordé longue vie et long règne.

« Je dois me préparer », avait répété, chaque jour de ces dix derniers mois, Philippe Auguste.

Henri de Thorenc ne mentionne pas le présage céleste dont parlent d'autres chroniqueurs.

Je rapporte ici leurs écrits qui, tous, décrivent le passage d'une comète d'un rouge éclatant qui ne s'efface que lentement, laissant le ciel embrasé.

On prie dans toutes les églises et abbayes du domaine royal, se borne à indiquer Henri de Thorenc. Certains prédicateurs annoncent la guérison prochaine du roi, d'autres supplient le Seigneur de l'accueillir parmi les saints, car le roi fut bon et juste.

J'atteste que, durant ses derniers mois de vie, son âme fut tout entière occupée de donner à ceux qui étaient dans le besoin et qu'il ne pourrait plus aider de ses deniers. Je l'ai entendu dire à son fils Louis, qui lui succéderait, de « n'employer les ressources du Trésor qu'à la défense du royaume ».

Et, plus tard, à son petit-fils, futur Louis le Neuvième, il ajouta d'une voix ferme, malgré le souffle qui déjà lui manquait :

« Il faut récompenser ses gens, l'un plus, l'autre moins, selon les services qu'ils rendent. Nul ne peut être gouverneur de sa terre s'il ne sait aussi hardiment et aussi durement refuser ce qu'il sait donner. »

Sous sa dictée, poursuit Henri de Thorenc, j'ai recueilli son testament. Le parchemin, la plume et l'encre étaient toujours prêts sur un pupitre placé au pied de son lit. Mais Philippe Auguste ne dictait que quelques lignes chaque matin, comme s'il avait besoin de l'obscurité et du silence de la nuit pour les méditer.

« Je lègue bracelets et bagues, pierreries et joyaux à l'abbaye de Saint-Denis où mon corps reposera aux côtés des rois de ma lignée capétienne.

« Je lègue mille pièces d'or aux fidèles du Christ qui vivent en Syrie.

« Je lègue mille pièces d'or aux pauvres, et tout autant à l'Hôtel-Dieu de Paris qui les accueille.

« Je lègue cinq mille livres aux sujets du royaume de France que j'ai, j'en fais repentance, injustement dépouillés pour pouvoir défendre et agrandir le domaine royal.

« Je n'oublie ni la reine Ingeburge, ni Philippe Hurepel, mon fils légitimé, issu d'Agnès de Méran. Que Dieu veille sur l'âme de celle dont j'ai partagé la couche. »

« C'est le 10 juillet 1223 qu'au château de Pacy-sur-Eure, Philippe Auguste le Conquérant me dicta la dernière phrase de son testament.

Le lendemain 11 juillet, on le saigna, ce qui lui donna un regain de vie.

Il décida de se rendre à Paris où, en présence de Conrad, cardinal-légat du pape, se tenait concile afin de décider des mesures qui permettraient de terrasser l'hérésie albigeoise, ce serpent qui continuait de se repaître des âmes des habitants du Languedoc et du pays de Toulouse.

Évêques et archevêques du royaume de France se trouvant ainsi assemblés, Philippe Auguste voulait s'adresser à eux.

Mais, le 12 juillet à l'aube, il commença d'étouffer, battant des bras, le corps dévoré par la fièvre.

On lui administra les derniers sacrements.

Il somnola, demanda qu'on le conduise à Paris où il voulait mourir. Mais, je l'ai dit, la mort se saisit de lui à Mantes, ce vendredi 14 juillet 1223.

« Je rapporte les derniers propos qu'il tint à son fils Louis le Huitième :

« Il faut craindre Dieu et exalter son Église, faire bonne justice à son peuple et surtout protéger les pauvres et les petits contre l'insolence des orgueilleux. »

Je me suis recueilli devant le corps du roi cependant que s'élevaient dans toute la ville les lamentations et les cris de douleur.

Puis on oignit le corps qui fut porté sur une litière jusqu'à Paris.

La porte de la ville franchie, les porteurs déposèrent la litière après avoir parcouru la distance de trois traits d'arbalète. Et, en ce lieu où d'autres porteurs hissèrent la litière sur leurs épaules, on élèverait une église.

J'ai marché dans les premiers rangs de la procession jusqu'à l'abbaye de Saint-Denis où les moines l'ensevelirent à côté du roi Dagobert.

Durant la messe de *Requiem* célébrée en présence du cardinal-légat Conrad, de l'archevêque de Reims et de tous les clercs réunis à Paris pour le concile, je n'ai cessé de regarder le visage du roi.

Il n'était pas altéré après seulement un jour passé au royaume des morts.

Son corps habillé d'une tunique et d'une dalmatique était recouvert d'un drap d'or.

Sa tête portait couronne, et il tenait le sceptre à la main.

Comme si la mort avait été impuissante à interrompre son règne.

SIXIÈME PARTIE

(1223-1226)

« Pas un pouce de la terre que mon père
m'a laissée en mourant ne sera rendu aux Anglais. »

Louis VII

37

« Le sceptre et la couronne de France, j'ai vu le prince Louis s'en saisir le 6 août 1223 dans la cathédrale de Reims.

Il était agenouillé face à l'autel, dans la grande nef.

Et, poursuit Henri de Thorenc, quand il s'est redressé, il était devenu le roi de France Louis VIII.

Quand il est réapparu sur le parvis de la cathédrale, la foule assemblée l'a acclamé. Les mendiants tendaient leurs mains, les malades montraient leurs plaies. On entendait crier : "Le roi te touche, Dieu te guérit !"

Sur ordre du roi, on a lancé des poignées de pièces à la foule, et ce fut le tumulte des pauvres ressemblant à des bêtes affamées qui se disputent des lambeaux de viande ou quelques poignées de grains.

Louis VIII ne s'est pas avancé, il n'a pas touché les écrouelles.

Avec le plat de mon glaive, j'ai ouvert au roi un passage parmi ces mendiants aux mains et aux visages noirs.

Peu après, nous chevauchions dans la campagne rousse aux couleurs de la moisson.

« Le roi menait grand galop et je retrouvais, à le suivre, les émotions que m'avait données son père, mon suzerain Philippe Auguste. Mais j'étais vieux et le roi Louis VIII, lui, n'avait que trente-six ans.

Il était de petite taille, maigre, mais chacun de ses gestes, chacune de ses paroles révélait l'énergie qui brûlait en lui, grande flamme vive qui faisait briller ses yeux et oublier la pâleur de son visage et la modestie de sa stature.

Il était roi d'âme et de corps, et tous ceux qui le voyaient ne pouvaient douter de sa majesté.

Les Parisiens qui attendaient son retour ne s'y trompèrent pas et l'acclamèrent. Je me souvins alors des cris de joie qui avaient accueilli Philippe Auguste au lendemain de la victoire de Bouvines.

Louis VIII était l'héritier légitime et sacré de son père. Et quand nous, ses chevaliers, fûmes rassemblés autour de lui dans la tour du Louvre, il dit d'une voix drue :

"Pas un pouce de la terre que mon père m'a laissée en mourant ne sera rendu aux Anglais !"

Nous criâmes "Vive le roi !", et, parce que Blanche de Castille s'était approchée, nous lançâmes aussi « Vive la reine ! »

Nos voix résonnèrent sous les voûtes et je sus que le royaume de France serait désormais le plus grand de la Chrétienté.

Je pouvais maintenant songer à m'allonger aux côtés de Philippe II Auguste, le Conquérant. »

J'ai lu cette dernière phrase d'Henri de Thorenc le cœur empli d'émotion. Et j'ai prié pour l'âme de mon aïeul afin que le Seigneur la place, auprès de Lui, entre celles de Philippe Auguste et de Louis VIII.

Car le règne du fils n'a duré que trois années. Louis VIII est mort le 8 novembre 1226 en Auvergne, à Montpensier, et Henri de Thorenc a pu encore assister, en la cathédrale de Reims, le 29 novembre, au sacre de Louis IX, fils du défunt.

Puis, le 7 décembre 1226, Henri de Thorenc s'en est allé à son tour, laissant à sa lignée un fils, Denis, le château et le fief de Villeneuve de Thorenc, et cette chronique qui s'achève sur le sacre d'un nouveau grand Capétien, Louis IX le Juste, qui sera sanctifié.

Je reprends la chronique de mon aïeul alors qu'il n'imagine pas que le roi Louis VIII, qu'il vient de voir sacrer à Reims, mourra dans à peine trois ans, et avant lui.

Henri de Thorenc est plein de fierté et d'assurance pour le nouveau règne qui commence. « Il n'est personne, écrit-il au début de l'année 1224, qui ne respecte la majesté royale. La Normandie ne lève pas la tête. La Flandre ne refuse pas de courber humblement le cou sous le joug d'un tel maître. »

Il ne rappelle pas qu'au nom d'Henri III, roi d'Angleterre, les barons qui soutiennent les Plantagenêts réclament la restitution des fiefs que Philippe Auguste a arrachés à Jean sans Terre.

Nous chevauchâmes en Poitou, se borne à indiquer Henri de Thorenc, où villes et barons se faisaient une guerre perpétuelle.

Le roi Louis VIII partit de Tours à la fin de juin 1224. J'étais à ses côtés.

Il décidait avec la même promptitude que le roi Philippe, et, comme lui, préférait conquérir en achetant les hommes qu'en les éventrant. Le roi s'en fut donc en Poitou, et avec lui ses chevaliers, mais les glaives restèrent au fourreau et il termina la guerre avec maints écrins de joyaux, maints tonneaux remplis de deniers.

Ainsi le sénéchal d'Aquitaine se détacha du service d'Henri III d'Angleterre, et Savari de Mauléon, qui tenait La Rochelle, accepta les offres du roi et livra la ville.

Les barons de Thouars et de Châtellerault se vendirent un bon prix.

Les évêques et les bourgeois de Limoges, de Périgueux, de Cahors rallièrent le roi de France.

Seule Bordeaux, qui fait commerce de vins avec l'Angleterre, refusa de se joindre au royaume de France.

Mais quand, au mois de septembre 1224, nous franchîmes les portes de Paris, la foule acclama le roi qui venait d'ajouter au collier royal la perle du Poitou.

38

Il y avait des perles plus grosses et plus brillantes que le Poitou avec lesquelles on pouvait enrichir le collier royal, écrit Henri de Thorenc. L'Aquitaine était la plus attirante, avec ses vignes, ses villes grasses et riches.

Mais Louis VIII avait appris de son père la prudence.

Louis était aussi valeureux que Philippe Auguste, aussi désireux que lui d'augmenter le domaine royal, mais il ne succombait pas à l'avidité et à la témérité.

Il essaya de corrompre l'archevêque de Bordeaux afin qu'on ouvrît aux chevaliers de France les portes de la ville. L'entreprise échoua. Mais Louis ne renonça pas.

« À mon fils Louis le Neuvième, mon héritier, auquel je remets en possession directe la Normandie et le Trésor royal, je lègue le devoir de conquérir l'Aquitaine », dit-il à ses barons et chevaliers assemblés.

Louis le Neuvième n'était alors qu'un enfant de dix ans, mais je ne doutais pas que, portant l'oriflamme du roi de France, il serait vainqueur de ce tournoi contre l'Anglais.

Cette confiance dans la puissance du royaume de France, le pape Honorius III et les évêques du Languedoc comme ceux du pays de Toulouse la partageaient.

J'ai entendu le légat du pape, le cardinal de Saint-Ange, inviter Louis VIII à prendre la tête de la croisade qui achèverait de réduire l'hérésie albigeoise.

« Sire, disait le cardinal-légat, il faut agir au nom de la gloire de votre race, pour le plus grand bien de votre honneur et de votre salut. »

J'ai admiré l'impassibilité du roi qui me rappelait celle de Philippe Auguste avant qu'un accès de colère ne vienne la briser.

Louis VIII restait maître de lui-même, ne cédant jamais à la violence, énonçant d'une voix calme ses exigences.

La croisade devait être conduite par des évêques du royaume de France. L'Église en paierait les frais. Le roi de France et son armée auraient pleine liberté d'agir, et les croisés jouiraient des mêmes indulgences que s'ils allaient à Jérusalem. Les domaines du comte de Toulouse et des autres seigneurs du Languedoc, hérétiques ou fauteurs d'hérésie, reviendraient au roi ou à ceux qu'il désignerait.

J'ai vu la silhouette du cardinal de Saint-Ange s'affaisser au fur et à mesure que Louis VIII égrenait ces conditions.

Il s'inclina, se retira, revint quelques semaines plus tard, porteur d'un nouveau message d'Honorius III.

Le souverain pontife n'évoquait plus la croisade, mais les menaces que Louis VIII pourrait faire peser sur Raimond VII, comte de Toulouse :

« Raimond craint tellement la puissance de Votre Grandeur, écrivait Honorius III, que s'il vous sait prêt à employer toutes vos forces contre lui, il n'osera plus tergiverser et obéira aux ordres de l'Église. »

La réponse de Louis VIII fusa, nette et brève : que l'Église trouve seule les moyens d'agir pour ramener le comte de Toulouse dans le droit chemin !

Je n'en avais jamais douté, mais Louis VIII venait d'administrer la preuve qu'il était, lui aussi, un grand roi capétien...

Il l'est pour une autre raison qu'Henri de Thorenc ne mentionne pas dans sa chronique.

Louis VIII entend que le pouvoir royal soit le glaive et le bouclier de ses sujets. Il les châtie et les protège. Il veut que l'ordre règne dans le royaume de France.

Mais le peuple du royaume subit « le feu sacré, le feu divin » : la peste, la lèpre.

Le roi participe aux processions, aux prières publiques, aux supplications. Il distribue des semences et du grain quand la famine accable les plus pauvres qui meurent par milliers, mangeant des herbes et des racines, des bêtes crevées et du marc de vin en guise de pain.

Les campagnes sont parcourues par des bandes de routiers qui pillent, violent et tuent. Ils brûlent les églises après les avoir dévalisées. Ils emmènent des troupeaux de prêtres et de religieux. Ils les forcent à chanter, les flagellent, exigent le paiement de rançons pour les libérer.

Ces démons foulent aux pieds les hosties consacrées et, des linges des autels, font des voiles pour leurs concubines.

Les chevaliers du roi encerclent ces routiers, noient des dizaines d'entre eux, égorgent les autres, crèvent les yeux à ceux qu'ils ne tuent pas.

Le roi attire d'autres bandes de soldats errants en leur promettant de leur verser leur solde. Ils accourent. Les sergents à cheval les chargent, les massacrent. Dix mille routiers sont tués après être tombés dans un autre piège.

« Ils se sont laissé saigner comme des moutons à l'abattoir. On trouva dans leur camp un amas de croix d'église, de calices d'or et d'argent, de bijoux portés par le millier de femmes qui les suivaient. »

Ainsi passe la justice du roi.

Elle frappe aussi les sujets qui s'organisent en confrérie dont les membres portent un capuchon de toile ou de laine blanche. Ils veulent constituer une « armée de la paix » capable de s'attaquer aux « routiers », mais refusent « insolemment l'obéissance aux grands... Ce peuple sot et indiscipliné a atteint le comble de la démence, écrit un témoin des actions et lecteur des écrits de cette *Secta Caputiatorum*. Ce peuple de capuchonnés ose signifier aux vicomtes et aux princes qu'il leur faut traiter leurs sujets avec plus de douceur sous peine d'éprouver bientôt les effets de son indignation... Ce fut, dans le royaume de France, un entraînement général qui poussa le peuple à se révolter contre les puissances. Bonne au début, son œuvre ne fut que celle de Satan déguisé en ange de lumière... ».

Le roi aida les seigneurs, les archevêques et les évêques à débarrasser le royaume de cette secte fanatique. Les capuchonnés furent traqués comme des brigands et on lâcha contre eux ces routiers qu'on avait d'abord poursuivis et voulu exterminer.

Mais, entre deux maux, il fallait choisir, et les routiers, pillards cruels, étaient aussi des « piétons » et des « sergents » aguerris, qui, soldés, constituaient la « piétaille » de l'armée du roi de France.

Or le pape Honorius III et Louis VIII avaient besoin d'une armée royale puissante, glaive de la croisade à laquelle l'Église s'était résolue, malgré les conditions énoncées par le roi de France, l'hérésie en Languedoc n'ayant cessé de se développer.

À la fin du mois de mai 1226, écrit Henri de Thorenc dont je reprends ici la chronique, l'armée royale quitta Bourges pour gagner le Languedoc par Lyon et la vallée du Rhône.

On suivit la rive gauche du fleuve, effrayant ainsi les hérétiques du Dauphiné et de Provence, montrant la bannière à fleurs de lis au peuple du royaume d'Arles, terre de l'Empire romain et germanique de Frédéric II. On franchit le Rhône en Avignon et l'on mit le siège devant cette ville grosse d'hérétiques de toutes espèces, de fidèles de Raimond VII de Toulouse, vénéré là comme un sauveur.

On dressa le camp, on monta des machines de siège pour tenter d'ouvrir une brèche dans les puissants remparts.

Le cardinal de Saint-Ange, légat du pape, vint haranguer le roi et ses chevaliers :

« Il faut purger Avignon, dit-il, et venger l'injure faite au Christ ! »

La faim et la chaleur nous terrassaient. Des piétons et des chevaliers abandonnaient le siège. Les hommes tombaient, accablés par le soleil et la fièvre, et le roi Louis VIII lui-même succomba un temps à la maladie. Lorsqu'il fut rétabli, on lança en vain un assaut où trois mille hommes furent tués.

Avec sagesse le roi décida de ne plus tenter de prendre la ville de vive force. Il fit creuser un profond fossé entourant les remparts. Et, à la fin août 1226, les Avignonnais, affamés eux aussi, craignant le sort meurtrier qui avait frappé la population de Béziers et de Marmande, se rendirent.

Le Dieu clément et miséricordieux inspira le roi de France.

Il y eut remparts et maisons fortifiées détruits, fossés comblés, armes et machines de guerre livrées, contribution de six mille marcs d'argent versée, un moine de Cluny fut choisi comme évêque, et trente chevaliers entretenus pendant trois ans en Terre sainte par les marchands et les manieurs d'argent, mais aucun habitant ne fut égorgé, brûlé ou pendu. On n'entendit pas de cris d'effroi, et le sang ne coula pas. Ainsi la chute d'Avignon, ville forte, annihila la volonté de résister, et les conditions de sa reddition incitèrent à imiter son exemple.

« Une telle stupeur frappa les peuples de tout le pays que les villes jusqu'alors indomptées et toujours rebelles envoyèrent au roi des députés, avec des présents, pour déclarer qu'elles se livraient et étaient prêtes à obéir.

Nîmes, Beaucaire, Narbonne, Carcassonne, Montpellier, Castres se livrèrent.

Je lus au roi leur lettre de soumission :

"Nous baignons de nos pleurs, ô illustre Seigneur, les pieds de Votre Majesté et supplions Votre Altesse, avec des prières pleines de larmes, de recevoir miséricordieusement vos esclaves sous le voile de vos ailes."

« Nous reprîmes, victorieux, le chemin de Paris par la route d'Auvergne. En ce mois d'octobre 1226, les sommets et vallées étaient ensevelis sous le brouillard et la pluie. Les arbres noirs pleuraient. »

39

« Ce sont en effet jours de pleurs qui commencent
en octobre 1226 », écrit Henri de Thorenc aux dernières pages de sa chronique.

Il mourut à Paris le 7 décembre 1226, veillé par
Denis de Thorenc, son fils de douze ans.

C'était l'âge de Louis le Neuvième, fils de
Louis VIII. L'enfant royal venait d'être sacré à Reims,
le 29 novembre.

Je crois qu'Henri de Thorenc est, de ce fait, mort
apaisé alors que les dernières pages de sa chronique
étaient empreintes de son anxiété :

« Nous cheminons sur les routes d'Auvergne,
écrivit-il. Le roi Louis le Huitième est allongé sur
une litière à laquelle sont attelés des hommes et des
chevaux.

Son visage est gris comme une mauvaise terre. Il
vomit, le front et les joues couverts de sueur, et c'est
comme si recommençait l'agonie de Philippe
Auguste.

À Montpensier, le roi demanda qu'on fît halte.

On l'entoura. C'était le 3 novembre 1226.

Il nous demanda de jurer de faire couronner son
fils Louis le Neuvième bien qu'il ne fût encore qu'un
enfant de douze ans.

Il y avait autour de sa couche un bâtard légitimé, demi-frère du roi, fils d'Agnès de Méran, Philippe Hurepel, comte de Boulogne, des évêques et des archevêques, les comtes de Montfort et de Sancerre.

Mais manquaient de puissants barons et, parmi eux, le comte Thibaud IV de Champagne.

« Seigneur, punissez-moi si je répands la calomnie, mais elle courait de l'un à l'autre !

Elle chuchotait que Louis VIII ne mourait pas d'une fièvre contractée durant le siège d'Avignon, dans la chaleur poisseuse des rives du Rhône, mais du poison versé par un sbire de Thibaud IV. Car on prétendait que le comte de Champagne brûlait d'amour pour la reine Blanche de Castille.

« Enfin Dieu décida, le 8 novembre 1226, d'arracher le roi à ses souffrances et de l'appeler auprès de Lui.

J'ai prié au chevet de mon souverain comme je l'avais fait pour son père Philippe Auguste, et je me suis abîmé dans le mystère des desseins de ce Dieu qui rappelait le fils Louis VIII si peu d'années après le père.

Dans quelles intentions Dieu laisse-t-Il la couronne de France et le sceptre royal sur la tête et entre les mains d'un enfant ?

Moi, j'ai foi en l'amour de Dieu pour le royaume, et donc pour son jeune roi, Louis IX. »

LIVRE II

(1226-1270)

Saint Louis, le Croisé

« Nul ne tient davantage à la vie que moi. »

Saint Louis

« Mon corps vous pourrez bien occire,
mais mon âme, vous ne l'aurez pas. »

Saint Louis à un Sarrasin
qui menace de le torturer jusqu'à la mort

PREMIÈRE PARTIE

(1226-1234)

« Certes, vous avez raison, je ne suis pas digne
d'être roi. Et s'il avait plu à Notre Seigneur, il aurait
mieux valu qu'un autre soit roi de France,
qui sache mieux gouverner le royaume. »

Saint Louis

(Guillaume de Saint-Pathus)

40

Moi, Hugues de Thorenc, au moment où je commence d'écrire cette chronique de la vie du roi de France Louis le Neuvième, ma main tremble et ma vue se brouille.

J'ai connu ce roi qui, en souvenir du lieu de son baptême, aimait à ce qu'on le nommât Louis de Poissy.

Je suis né quarante-deux ans après lui, en avril de l'an 1256. Ma mère est morte en couches, et je n'ai point connu la peau soyeuse de ses mains ni la douceur de sa voix.

C'est la poigne de mon père, Denis de Thorenc, qui a serré ma nuque, ce sont ses ordres que j'ai entendus. Et c'est du roi de France qu'il m'a conté les exploits.

Il était né, comme Louis le Neuvième, en l'an 1214. Il avait été le compagnon de jeux de celui qu'il appelait « mon suzerain, frère royal devant Dieu ». Il ne l'avait plus quitté, fidèle à la lignée des comtes Villeneuve de Thorenc qui furent tous chevaliers, vassaux des rois capétiens et chroniqueurs.

Et je le suis aussi, moi, Hugues de Thorenc, qui, à soixante-six ans, ai entrepris la tâche, alors que règne Philippe V le Long, de rédiger cette chronique dont les trois piliers majeurs sont les vies de Philippe II Auguste, le Conquérant, Louis IX, le Croisé, et de celui que j'ai nommé Philippe IV le Bel, l'Énigmatique.

Mais si ma main tremble et ma vue se brouille, c'est que Louis IX le Croisé est plus que l'un des trois piliers, plus qu'un roi fondateur : il est la cathédrale capétienne. C'est lui qui fit construire la Sainte-Chapelle pour accueillir des saintes reliques, dont la couronne d'épines du Christ martyr.

Lui-même est le roi martyr, mort sur la terre infidèle du royaume de Tunis, le 25 août 1270.

Il est Saint Louis, canonisé le 9 août 1297 durant le règne de son petit-fils Philippe IV le Bel, l'Énigmatique.

J'étais alors déjà vieux de quarante et une années.

Mon père était mort depuis vingt-six ans déjà. Il avait trouvé la force, malgré les fièvres qui souvent le terrassaient, d'accompagner le corps de son roi de Carthage à Saint-Denis où Louis de Poissy, son « suzerain, frère royal devant Dieu », fut enseveli le 22 mai 1271.

Et lui, Denis, comte de Thorenc, mourut la même année, le 8 septembre.

En 1271, j'avais quinze ans et je n'imaginais pas que Dieu me laisserait vivre assez longtemps pour que je servisse successivement Philippe III le Hardi, Philippe IV le Bel, l'Énigmatique, Louis X le Hutin, et Philippe V le Long.

Ma main tremble et ma vue se brouille, mais j'écrirai cette chronique.

J'ai lu celle que Jean de Joinville, sénéchal de Champagne, a remise en 1309 à Jeanne de Navarre, épouse de Philippe le Bel.

Joinville avait été le plus proche compagnon de Saint Louis.

J'ai aimé cet homme mort il y a cinq ans seulement, en 1317, qui parlait avec piété de Saint Louis, mais aussi de mon père qu'il avait côtoyé au temps de la première croisade du roi Louis, en 1248.

Mais Jean de Joinville n'avait pas accompagné Louis IX lors de la deuxième croisade, en 1270, qui vit mourir le roi en saint martyr.

Mon père, lui, était à son chevet.

Il fut aussi le chroniqueur du règne de son « suzerain et frère royal devant Dieu », Louis le Croisé et le Saint.

Ses écrits, et les récits qu'il me fit dès qu'à cinq ans je fus en âge de l'entendre et de me souvenir, me guideront.

Je prie Dieu qu'Il tienne ferme ma main et éclaircisse ma vue.

41

J'ai d'abord pensé, guidé par l'esprit de Dieu, à cette mère, Blanche de Castille, qui, les yeux fermés, le visage creusé par la douleur et couvert de sueur, mord dans un foulard rouge.

Des femmes s'affairent autour d'elle. On apporte des bassines d'eau chaude.

Au fond de la chambre se tiennent des chevaliers et l'époux de Blanche, qui sera Louis VIII, roi de France, à la mort de son père régnant, Philippe II Auguste, le Conquérant.

Les femmes chuchotent, les hommes parlent haut. Ils ne se taisent qu'au moment où les cris de l'enfant emplissent la pièce, que les matrones aux bras nus montrent le nouveau-né, que chacun voit qu'il s'agit d'un mâle.

Il sera Louis le Neuvième du nom.

Mais qui peut savoir, hormis Dieu, que cet enfant né à Poissy le 25 avril 1214 sera sacré à Reims le 29 novembre 1226, qu'il mourra en croisade, à Carthage, le 25 août 1270, et qu'il sera canonisé le 9 août 1297 ?

J'ai cru que sa naissance avait été reçue comme le signe de la bienveillance de Dieu, que l'on avait perçu, dans l'enfant Louis, le roi Louis IX et Saint Louis.

Puis j'ai écouté mon père, Denis de Thorenc. Et j'ai lu ensuite Jean de Joinville.

J'ai appris que Louis n'était pas l'aîné de l'union féconde de Blanche de Castille et du prince Louis le Huitième.

On les avait unis en 1200 alors qu'ils avaient à peine une douzaine d'années. Des enfants leur étaient nés mais étaient morts. L'aîné, Philippe, survivait et il était celui qui devait succéder un jour à son père, le futur Louis VIII, et à son grand-père, Philippe II Auguste, le Conquérant.

Mais Dieu décide.

L'aîné des enfants de Blanche de Castille meurt en 1219, et c'est Louis de Poissy qui devient l'héritier du trône de France.

Deux corps royaux vivants sont sur son chemin.

Dieu choisit de les rappeler à Lui.

Mort de Philippe Auguste, grand-père de Louis de Poissy, le 14 juillet 1223.

Mort de Louis VIII, père de Louis de Poissy, le 8 novembre 1226.

Louis de Poissy a alors douze ans. Il sera adoubé chevalier à la mi-novembre, à Soissons, sur la route de Reims où il doit être sacré roi de France.

Trois cents chevaliers en armes sont allés chercher à l'abbaye de Saint-Remi la sainte ampoule qui contient l'huile sainte. Mais l'archevêque de Reims vient de mourir et c'est l'évêque de Soissons qui couronne et oint le nouveau souverain.

Louis IX est sacré, il porte la couronne et le sceptre, mais ce n'est qu'un enfant de douze ans.

Son père, quelques heures avant sa mort, a exigé de ses barons qu'ils prêtent serment d'allégeance à celui qui va être Louis IX, et qu'ils reconnaissent la mère de l'enfant, Blanche de Castille, pour régente jusqu'à la majorité de Louis.

Ceux qui étaient présents le 8 novembre 1226 à Montpensier, en Auvergne, là où agonise et meurt Louis VIII d'une fièvre de ventre qui le vide et réduit ses entrailles en sang noir, ont prêté ce serment.

Ceux-là « gardent l'honneur, la couronne de France et ce qui en dépend », dit le trouvère Robert Sanceriau.

Cependant, il y a toujours les autres, ceux qui ont subi la dure loi de Philippe Auguste, le Conquérant.

Comment, de son vivant, se dresser contre celui qui, à Bouvines, le 27 juillet 1214, avait écrasé ses barons félons, Renaud de Dammartin, comte de Boulogne, et Ferrand, comte de Flandre, tous deux alliés à Jean sans Terre, roi d'Angleterre, et à Otton de Brunswick, qui fut empereur germanique avant d'être excommunié ? Faits prisonniers, Renaud de Dammartin et Ferrand pourrissent dans les cachots du roi. Mais, puisque le royaume n'est plus gouverné que par un enfant, une femme et quelques vieillards, le moment n'est-il pas venu de secouer le joug du roi de France ?

Et le trouvère que j'écoute dit bien qu'ils sont nombreux,

> *ceux qui ont volonté et talent*
> *de faire trahison au Roi et à sa gent.*

Dans la cathédrale de Reims s'avance Philippe Hurepel, et sur ses bras tendus repose l'épée qu'il doit remettre à Louis. Grand honneur ! Mais Philippe Hurepel est le fils légitimé de Philippe Auguste et d'Agnès de Méran. Sous ses cheveux « hérissés », Hurepel a le visage de ceux qui joignent l'ambition à la volonté. Il est l'oncle du roi enfant. Il est puissant et riche. Louis VIII lui a attribué les domaines du félon Renaud de Dammartin. Il est donc comte de Boulogne. Comment pourrait-il ne pas rêver au pouvoir royal ?

Plus ambitieux que lui encore, absent à Reims, il y a Pierre de Dreux, dit Mauclerc, comte de Bretagne. Homme cruel, il a fait emmurer ses ennemis, enterrer vif un prêtre. Il songe au trône de France.

Tous les grands seigneurs, ceux des grands fiefs, de Champagne, de Toulouse, de Flandre, de Guyenne, veulent reconquérir leur souveraineté perdue ou affaiblie par la poigne de Philippe Auguste.

Je lis la supplique de Jeanne de Flandre qui demande qu'on libère de la tour du Louvre son époux, le comte Ferrand.

J'entends la chanson composée par le comte Thibaud IV de Champagne qui avoue son amour pour la reine régente, Blanche de Castille :

> *Celle que j'aime est de telle seigneurie*
> *Que sa beauté me fait déraisonner...*

On dit que Thibaud a fait commerce d'amour charnel avec la reine, que Louis VIII s'en est offusqué et que le comte l'a fait empoisonner.

Mensonge perfide ! Blanche de Castille est mère de sept enfants. Elle porte encore le dernier lorsque meurt son époux, Louis VIII. Elle est pieuse et orgueilleuse. C'est elle et les barons fidèles au roi de France qui ont fait savoir à Thibaud IV qu'il lui serait interdit de paraître à Reims.

Le comte de Champagne est donc absent, tout comme Hugues Le Brun de Lusignan, comte de la Marche, et Hugues de Châtillon, comte de Saint-Pol.

J'avais imaginé la naissance de Louis de Poissy accueillie par des transports de joie, des dévotions liguées pour le protéger et l'aider, et je découvre au contraire des ambitions croisées, des jalousies, des ressentiments aigris, des coalitions qui se nouent contre le roi de douze ans.

Avant d'être reconnu saint, faut-il gravir le Calvaire ?

Mon père Denis de Thorenc et le chroniqueur Jean de Joinville m'ont presque dans les mêmes termes confié comment, plus tard, ils se souvinrent de ce 25 avril 1214, jour de naissance et de baptême de Saint Louis :

« Ainsi j'ai ouï-dire au roi, me rapportèrent l'un, puis l'autre, qu'il naquit le jour de saint Marc l'Évangéliste, après Pâques.

« Ce jour, on porte des croix aux processions en beaucoup de lieux, et en France on les appelle les croix noires.

« Ce fut donc comme une prophétie de la grande foison de gens qui moururent dans ces deux croisades, c'est à savoir dans celle d'Égypte, en 1248, et dans l'autre, là où le roi Louis IX mourut en saint, à Carthage, le 25 août 1270.

« Car maints grands deuils en furent en ce monde, et maintes grandes joies en sont au paradis pour ceux qui, dans ces deux pèlerinages, moururent vrais croisés. »

Je n'avais pas imaginé que la funèbre croix noire, celle des saints martyrs, pût être, de l'avis même de proches du roi, le signe du règne de Saint Louis.

42

Cette croix noire, celle du deuil, j'ai su que Louis la porte alors qu'il n'est qu'un enfant d'à peine cinq ans.

Blanche de Castille se penche sur son fils, l'invite à s'agenouiller près d'elle, à prier pour que Dieu accueille auprès de Lui l'aîné, Philippe, qui vient de mourir, lui laissant la place d'héritier du royaume.

Puis, le 14 juillet 1223, c'est Philippe Auguste que la mort emporte. Ce grand-père avait enseigné à Louis, puisqu'un jour l'enfant de neuf ans monterait sur le trône de France. Et Louis, en 1270, peu de temps avant sa propre mort, se souviendra, pour son fils qui deviendra Philippe III le Hardi, des propos de son grand-père :

« Je veux que tu te rappelles une parole du roi Philippe Auguste, mon aïeul, qu'un membre de son Conseil, qui l'avait entendue, me rapporta :

« Le roi était un jour avec son Conseil privé et ceux de son Conseil lui disaient que les clercs lui faisaient beaucoup de tort et que l'on s'étonnait de la façon dont il le tolérait.

« Et il répondit : "Je sais bien qu'ils me font beaucoup de tort, mais quand je pense aux honneurs que Notre Seigneur m'a faits, je préfère supporter mon dommage plutôt que de causer un esclandre entre moi et la Sainte Église." »

Louis est un enfant nourri de foi et de respect, mais, maintenant qu'il est l'aîné, il fait l'objet de toutes les attentions de sa mère.

Mon père, Denis de Thorenc, en est témoin, et, à la veille de son trépas, en 1271, un peu plus d'un an après celui de Louis, il me racontait comment Blanche de Castille lui faisait écouter, « tout enfant qu'il était, toutes les messes et les sermons aux fêtes ». Elle voulait qu'il éprouvât du dégoût et de la haine pour le péché mortel.

« J'étais le compagnon de Louis, son vassal, frère devant Dieu, racontait mon père. Nous étions entourés de clercs qui nous lisaient *La Cité de Dieu* de saint Augustin, nous conduisaient aux écoles des dominicains de Compiègne. Nous suivions leurs leçons et leurs sermons.

« Nous jouions avec Robert, Isabelle, Alphonse, Charles, les frères et la sœur de Louis. Nous nous lamentâmes quand l'un de ses frères, Étienne, mourut.

« Sa mère était encore grosse de Charles lorsque, le 8 novembre 1226, Louis VIII fut rappelé à Dieu. Et Louis de Poissy devint roi, chargé de cette nouvelle croix noire, car Louis était le fils le plus aimant de son père.

« Je l'ai vu, agenouillé, le visage dans ses mains, devant l'autel de la chapelle du Louvre, le corps secoué de sanglots.

« Il était Louis IX, il avait douze ans. Blanche de Castille était la régente. J'ai entendu sa mère lui dire :

« "Mon fils, la Providence se sert de moi pour veiller sur ton enfance et te conserver la couronne. J'ai le droit de te rappeler les devoirs d'un monarque et les obligations que t'impose le salut du royaume à la tête duquel Dieu t'a placé. Mais je parlerai devant toi avec la tendresse d'une mère." »

Je n'ai jamais rencontré cette mère devenue régente. Je suis né en 1256, elle est morte en 1253 alors que Louis était encore en Terre sainte. Mon père était présent à Jaffa quand un chevalier vint apporter au roi la sinistre nouvelle.

Le visage de Louis se vida de son sang, il tomba à genoux et commença à prier.

Il sembla à mon père qu'il devait ranimer l'âme du roi face à ce que Dieu décide, et que chaque humain doit subir et accepter sans révolte. Il dit au roi qui répétait, bras en croix : « J'ai perdu ma mère » :

— Sire, je ne m'en étonne pas, car elle était mortelle, mais je m'étonne que vous, qui êtes un homme sage, meniez si grand deuil ; car vous savez que, selon le sage, douleur que l'on a au cœur ne doit paraître au visage, car agir autrement c'est réjouir ses ennemis et attrister ses amis.

Le roi parut ne pas entendre.

Mon père me confia que Blanche de Castille avait façonné le roi Louis comme un maître forgeron crée une lame. Puis il me parla longuement d'elle.

Elle était plus qu'une mère, me dit-il. Elle l'était comme une Espagnole, et on sait la qualité et le tranchant des âmes hispaniques. Elle vivait entourée de dames et de serviteurs d'outre-Pyrénées. Le sang d'Aliénor d'Aquitaine, son aïeule, et celui de sa mère, Aliénor d'Angleterre, coulaient dans son corps, et celui de son père, Alphonse le Noble de Castille, était aussi valeureux.

Elle était arrivée en France à l'âge de douze ans afin d'être mariée à Louis le Huitième. Elle avait défendu son époux quand il lui avait semblé que son beau-père, Philippe Auguste, ne soutenait pas assez les actions de son fils en Angleterre. Louis avait demandé de l'argent à son père pour résister aux Anglais, et Philippe avait refusé.

« Quand Madame Blanche le sut, me raconta mon père qui avait recueilli le récit d'un chroniqueur, elle vint au roi et lui dit : "Laisserez-vous ainsi mourir mon seigneur, votre fils, en pays étranger ? Sire, pour Dieu, il doit régner après vous, envoyez-lui ce qu'il lui faut, et d'abord les revenus de son patrimoine !

— Certes, dit le roi à Blanche, je n'en ferai rien !

— Non, Sire ?

— Non, vraiment, dit le roi.

— Par le nom de Dieu, je sais, moi, ce que je ferai ; j'ai de beaux enfants de mon seigneur ; je les mettrai en gage et trouverai bien quelqu'un qui me prêtera sur eux !"

Et elle s'en alla comme une folle, mais le roi la fit rappeler et lui dit :

"Blanche, je vous donnerai de mon trésor autant comme vous voudrez ; faites-en ce que vous voudrez, mais sachez en vérité que je n'enverrai rien à votre seigneur Louis, mon fils.

— Sire, répondit Madame Blanche, vous dites bien."

Et alors un grand trésor lui fut délivré, qu'elle envoya à son seigneur. »

Cette mère qui est prête à mettre ses enfants en gage pour aider son époux, que n'était-elle décidée à faire comme la régente de son fils Louis devenu roi ?

Elle règne comme si elle était elle-même le souverain.

43

Louis était le roi, mais, devant Blanche de Castille, mère, reine et régente, il baissait la tête et souvent s'agenouillait pour demander son pardon, sa clémence, sa bénédiction, recevoir ses conseils.

Je me tenais à un pas derrière le roi – poursuivait mon père – et n'osais lever les yeux de crainte de croiser le regard de celle que les chroniqueurs et même les barons appelaient « Madame Blanche ».

Je m'agenouillais à l'instar du roi, ne voyant plus de lui les longues et abondantes mèches blondes qui lui couvraient les épaules.

Souvent, Madame Blanche posait sa main aux longs doigts bagués sur la tête de Louis qui se courbait davantage encore. J'entendais sa mère régente lui dire une nouvelle fois qu'elle aimerait mieux qu'il fût mort plutôt que de le voir commettre un péché mortel.

Il tremblait. Je tremblais aussi.

Puis nous partions suivre les messes, les vêpres, les heures canoniales, les sermons. Depuis que Louis avait été sacré à Reims, Madame Blanche se montrait plus exigeante.

Lorsque nous allions jouer dans les bois et sur les rives de la Seine ou de la Loire, un maître accompagnait Louis, l'obligeant à se tenir souvent à l'écart des jeux afin d'écouter ses leçons, de réciter, et parfois il le frappait sur le dos d'un coup de verge, comme Madame Blanche lui en avait donné l'ordre.

Louis subissait avec patience et humilité, et, lorsqu'il lisait dans mes yeux la révolte, il disait avec solennité :

« Ma mère le veut, Dieu le dicte ! »

Heureusement, nous chevauchions au grand galop dans les forêts comme de jeunes chevaliers, nous brandissions nos glaives que nous avions peine à soulever tant ils nous paraissaient lourds.

Mais, alors que je me laissais emporter par l'ardeur de la course et des jeux de tournoi, Louis gardait son air calme et réfléchi, ne tutoyant aucun de ses compagnons, et nous interdisant de chanter les « chansons du monde » pleines de joliesses et de sentiments d'amour. Il nous faisait apprendre les stances à la gloire de Notre-Dame qu'il nous fallait réciter avec foi et humilité.

Il nous remerciait au nom de Dieu Tout-Puissant qui l'avait fait roi, et inclinait vers nous sa haute taille, son visage plein de grâce et de bonté.

Un matin, peu après son sacre, au début de cette année 1267, celle de ses treize ans, je l'ai vu distribuer aux pauvres qui s'étaient rassemblés dans la cour de son hôtel une grosse somme de deniers.

Un religieux qui l'avait aperçu depuis l'embrasure d'une fenêtre lui dit :

— Sire, roi, j'ai vu vos méfaits !

— Très cher frère, lui répondit Louis, les pauvres sont mes soutiens, je ne leur ai pas payé tout mon dû. Ce sont eux qui attirent sur le royaume la bénédiction de la paix.

Mais les temps n'étaient pas à la paix pour le royaume de France.

« Le roi est un enfant », dit mon père de sa voix usée de vieil homme qui vient, au mois de mai 1271, de porter en l'abbaye de Saint-Denis le corps du roi, mort à Carthage en croisade.

Lui qui sait qu'il va bientôt suivre son « suzerain jumeau » se souvient de leur enfance partagée, de ces années 1227-1228 où les barons se liguèrent.

« Le roi est un enfant », reprend-il, et Madame Blanche, une femme étrangère qui n'a ni parents ni amis dans le royaume de France.

Je vois souvent, près d'elle, le légat du pape Honorius III, le cardinal de Saint-Ange, Romain Frangipani, qui la conseille, penché cérémonieusement, lui chuchotant à l'oreille. Elle l'écoute, cède aux supplications de la comtesse Jeanne de Flandre dont elle libère le mari, le comte Ferrand, enfermé dans la tour du Louvre pour félonie depuis qu'il fut fait prisonnier à Bouvines, le 27 juillet 1214. Treize ans de chaînes dans l'obscurité glacée des cachots !

Il faut, pour qu'il retrouve le ciel libre, payer 50 000 livres à Madame Blanche, donner en gage les places de Lille, de Douai et de l'Écluse, et l'hommage des autres riches villes flamandes.

Quant au second baron prisonnier, Renaud de Dammartin, qu'il achève de pourrir dans son cachot ! Ses fiefs, son titre de comte de Boulogne ont été attribués à Philippe Hurepel, l'oncle du roi Louis.

Mais Hurepel est l'un des chefs de la coalition des barons.

Alors, en selle !

J'ai chevauché près du roi en tête d'une armée que conduisait la régente Blanche de Castille.

On rallie Thibaud IV de Champagne. On isole ainsi Pierre Mauclerc, comte de Bretagne, et Hugues de Lusignan, comte de la Marche, époux d'Isabelle d'Angoulême, mère d'Henri III, roi Plantagenêt d'Angleterre.

J'ai entendu Blanche de Castille dire au roi son fils :

« Une paix imparfaite vaut mieux qu'une méchante guerre. »

Puis, après que nous fûmes entrés dans Vendôme où un traité devait être signé entre les barons et la régente, elle dit encore à Louis :

« Payer pour la paix vaut mieux que dépenser son or en guerre. »

Il fut versé force argent, terres et châteaux, de riches revenus aux barons pour qu'ils s'engagent à servir le roi envers et contre tous.

Mais, malgré ce traité de Vendôme, un roi enfant et une régente étrangère restaient des proies pour les barons jaloux du pouvoir et avides de richesses. Philippe Hurepel prit la tête de cette nouvelle coalition des ambitions et des félonies.

Un jour, me conta mon père, sur la route qui de Vendôme conduit à Paris par Orléans, un paysan, avec de grands gestes de bras, nous apprit que l'armée des barons se trouvait rassemblée à Corbeil dans le but proclamé de s'emparer du roi de treize ans et d'en déposséder Madame Blanche, la régente étrangère, vouée à l'exil, voire au couvent ou au cachot.

Madame Blanche tourna bride et nous nous réfugiâmes à Montlhéry.

Je me trouvais – poursuivit mon père qui revivait là les émotions de son enfance – auprès du roi et de sa mère, et l'un et l'autre eurent le calme des chevaliers aguerris, décidant de ne reprendre la route que lorsque les habitants de Paris les feraient quérir en armes.

Et Madame Blanche manda des messagers à Paris.

Après quelques jours durant lesquels, par nos prières, nous sollicitâmes l'aide de Dieu, nous entendîmes des cris sous les remparts de Montlhéry et nous vîmes la foule des sujets du roi, en armes, venue de Paris.

Nous nous mîmes en chemin. Et ils nous firent cortège tout au long de la route jusques à Paris.

Tous criaient à Notre Seigneur qu'il donnât au roi bonne et longue vie, le défendît et le gardât contre ses ennemis.

Je vis, de Montlhéry à Paris, le roi ému aux larmes et l'entendis remercier Dieu et ses sujets.

« Même les serfs appartiennent à Jésus-Christ, comme nous, dit-il, et dans un royaume chrétien, nous ne devons pas oublier qu'ils sont nos frères. »

44

« Louis désirait être le frère en Jésus-Christ du plus humble des hommes », a répété mon père comme s'il voulait que, de l'enfance et des années de la minorité du roi, je retienne d'abord son humilité, son esprit de charité, sa foi.

Parfois je m'impatientais, souhaitant entendre le récit de la guerre conduite par Blanche de Castille contre les barons rebelles, ou bien comment la régente, accompagnée du jeune roi – il avait à peine quinze ans en 1229 –, chevauchait en tête de l'armée royale pour faire cesser les guerres privées opposant les barons entre eux, et d'abord Thibaud IV de Champagne, accusé par ses pairs de les trahir au profit de la reine régente.

Mais mon père errait dans ses souvenirs.

Il me rapportait comment le roi avait gourmandé Jean de Joinville qui lui avait avoué n'avoir aucun désir de laver les pieds des pauvres, le Jeudi saint.

« C'est vraiment mal parlé, avait répondu Louis. Car vous ne devriez jamais dédaigner ce que Dieu a fait pour nous enseigner. Ainsi, je vous prie, pour l'amour de Dieu d'abord, et puis aussi pour l'amour de moi, de vous accoutumer à les laver. »

« J'ai lavé les pieds des serfs, noircis de terre et crevés de plaies, comme faisait le roi », ajouta mon père.

Son corps s'était tassé, il avait fermé les yeux pour se recueillir sur ses réminiscences, puis, se redressant, il reprit :

« À une pauvresse qui l'accusait d'enrichir ses clercs au lieu de nourrir les affamés qui mordaient tant ils avaient faim dans l'écorce des arbres, j'ai entendu Louis répondre : "Certes, vous avez raison, je ne suis pas digne d'être roi. Et s'il avait plu à Notre Seigneur, il aurait mieux valu qu'un autre soit roi de France, qui sache mieux gouverner le royaume." »

« Louis fut le plus saint des rois, poursuivait mon père. Il était le frère des humbles, il œuvra pour la gloire de l'Église, fut le souverain des cathédrales. Elles se dressent, avec leurs vitraux et leurs statues et leurs portails, à Paris pour Notre-Dame, à Chartres, à Reims, à Amiens.

« À quatorze ans, j'ai accompagné "mon suzerain jumeau" à l'abbaye du Mont-Saint-Michel, conquise sur l'Anglais en 1204 par le grand-père du roi, Philippe Auguste, incendiée pendant le siège et achevée d'être reconstruite en 1228. Cette dentelle de pierre a été brodée comme un acte de foi en Notre Seigneur Jésus-Christ. »

Je laissais mon père s'ensevelir dans sa mémoire, puis, après un long silence, il me regardait et murmurait :

«Moi, Denis de Thorenc, je dois te léguer ma mémoire. »

Sa voix devenait plus grave, comme si ses souvenirs étaient encore chargés d'indignation et de colère :

« Blanche de Castille et le roi avaient contraint les barons à s'incliner une nouvelle fois. Elle avait fait plier Raimond VII de Toulouse. J'avais vu celui qui avait battu Simon et Amaury de Montfort s'agenouiller et marcher, le Jeudi saint de l'année 1229, pieds nus, un cierge à la main, sur le parvis de Notre-Dame, supplier que Dieu et l'Église lui pardonnassent et obtenir enfin, après cette humiliation, que son excommunication fût levée. Par le traité de Meaux, Raimond VII remettait à la papauté le Comtat Venaissin et Avignon. Le reste de ce qu'il possédait au-delà du Rhône entrait dans le domaine royal. Il devait hommage lige au roi de France, détruire ses châteaux, verser des milliers de pièces à l'Église, jurer qu'il combattrait l'hérésie, et promettait de marier sa fille, Jeanne, à Alphonse de Poitiers, frère de Louis. »

Mon père ouvrit les bras :

« Dieu avait voulu que le domaine royal de France bordât désormais la Méditerranée, la mer des croisés. Sa bonté faisait au roi Louis obligation. Mais, malgré cela, les jaloux, les félons ne cessaient de décocher leurs flèches contre Blanche de Castille. »

Mon père ferma le poing.

« Qu'ils brûlent en enfer, ceux qui, calomniant la régente, trahissaient leur roi ! »

La voix de mon père avait la force du tonnerre quand l'orage a enfin éclaté et que le ciel est si bas qu'il recouvre la terre d'un linceul noir. Il s'emportait :

On ne rappelait pas tous les tournois de guerre que Blanche de Castille avait gagnés contre Raimond VII de Toulouse, humilié, contre Philippe Hurepel, comte de Boulogne, contre Pierre Mauclerc, comte de Bretagne, et contre bien d'autres seigneurs de plus petite taille.

On oubliait qu'elle avait renforcé le pouvoir du roi de France.

On l'accusait au contraire de retarder le mariage de son fils de quinze ans afin de le maintenir sous sa tutelle.

On prétendait qu'elle l'entourait d'Espagnols et de clercs à sa solde. Qu'elle écartait les barons de France, puisait dans le Trésor royal et envoyait des coffres emplis d'or au-delà des Pyrénées.

Pis encore, on composait des chansons qui l'injuriaient, assurant qu'elle était en commerce charnel avec le comte Thibaud IV de Champagne et avec le légat du pape, Romain Frangipani, cardinal de Saint-Ange, un démon.

Les clercs de l'université de Paris, les plus ardents, écrivaient : « On nous dépouille, on nous enchaîne, on nous noie, c'est la lubricité du légat qui nous vaut cela ! »

On l'accusait même d'être grosse du légat !

Et elle dut se montrer en chemise pour confondre la calomnie. Mais les félons ne désarmaient pas :

Bien est France abâtardie
Seigneurs barons, entendez
Quand femme étrangère l'a en baillie
Et telle est comme vous savez.

On invectivait Thibaud de Champagne, on l'accusait d'être l'ami de cœur et de corps de Dame Avaricieuse, cette Madame Blanche, et d'avoir, pour assouvir ses désirs, empoisonné le roi Louis VIII.

« Un tel homme devrait-il avoir des seigneuries, des châteaux ? Seigneurs, qu'attendez-vous pour en finir avec un tel galant, négligé, boursouflé, avec sa grosse panse ? Thibaud est un bâtard, un félon, plus expert en philtres qu'en chevalerie ! »

Et l'on s'en prenait aux barons pour les inciter à agir contre Blanche de Castille :

« Ils sont trop lents à commencer, disait-on. Ils ont laissé passer le beau temps, et maintenant il va pleuvoir. Et quand ils s'en vont à la cour de la Dame étrangère, soi-disant brouillés avec elle, sachez qu'ils laissent toujours en arrière quelques-uns des leurs pour arranger la prolongation des trêves... »

45

Les trêves entre les barons et la régente ?

Mon père ricane : les barons, dit-il, ne faisaient pas une guerre de chevaliers, ils étaient pareils à des routiers en maraude.

Lorsque, au mois de janvier 1230, tous se liguèrent contre Thibaud IV de Champagne parce qu'il était vassal fidèle du roi, ce fut pour brûler les villages, dévaster les récoltes en Lorraine. Quant aux Picards et aux Bourguignons, ils incendiaient tout dans les pays par où ils passaient. On s'affrontait peu entre chevaliers, évitant de s'entre-tuer, mais on foulait aux pieds les serfs et leurs pauvres masures.

Quand le roi exigea des barons qu'ils quittent la Champagne, Philippe Hurepel, qui avait pris la tête de la coalition, annonça qu'il ralliait le camp du souverain.

C'est avec jubilation que mon père me fit le récit de la volte-face de Philippe Hurepel telle que les chroniqueurs l'avaient rapportée :

— Par ma foi, dit Hurepel, le roi est mon neveu, et je suis son homme lige. Sachez que je ne suis plus de votre alliance, mais que je serai désormais de son côté, avec tout mon loyal pouvoir.

Quand les barons l'entendirent parler ainsi, lui, leur chef, ils s'entreregardèrent, stupéfaits, et lui dirent :

— Sire, vous avez mal agi envers nous, car vous ferez votre paix avec la reine, et nous perdrons notre terre.

— Au nom de Dieu, leur dit Hurepel, comte de Boulogne, mieux vaut folie laisser que folie poursuivre !

Hurepel conclut une paix avantageuse avec les comtes de Flandre et de Champagne, et soutint les projets de la régente.

« La reine Blanche, conclut mon père, savait bien aimer et haïr ceux et celles qui le méritaient, et récompenser chacun selon ses œuvres. »

Les barons l'éprouvaient.

Tel d'entre eux disait piteusement : « La reine Blanche a dit qu'elle me déshéritera » – et il courait rejoindre les barons rassemblés par le roi à Ancenis. Ils s'engageaient tous à servir Louis IX contre les prétentions du roi d'Angleterre, Henri III, qui avait débarqué avec une armée à Saint-Malo et au Port-Blanc, et auquel s'était rallié Pierre Mauclerc, comte de Bretagne, persuadé que le Plantagenêt allait reconquérir tous ses domaines en France.

Henri III d'Angleterre avait, dit-on, emporté dans ses bagages un manteau de cérémonie, une couronne et un bâton royal en argent doré pour s'en parer après sa victoire.

Mais cette armée anglaise, qui traversa la Bretagne et le Poitou, gagna la Gascogne, puis revint de Bordeaux à Nantes, erra ainsi pendant trois mois.

« La chaleur et le vin la décimèrent. »

Henri III regagna l'Angleterre et Pierre Mauclerc s'engagea à ne pas pénétrer dans le domaine royal.

Et Louis décida de faire construire, sur la rive droite de la Maine, le château fort d'Angers.

« Nous avions dix-sept ans », dit mon père, puis baissant la tête comme s'il voulait s'excuser de s'être, par ces quelques mots, égalé au roi, il se reprit :

— Le roi avait dix-sept ans.

Et son visage, durant quelques instants, se figea. Il souriait avec une expression extatique, disant :

— Si bel homme déjà, dépassant ses chevaliers de toute la tête !

Il resta longuement silencieux, puis ajouta :

— Il avait des yeux de colombe.

Il se mit tout à coup à parler si vite, en grand désordre, décrivant les habits magnifiques que Blanche de Castille exigeait que le roi portât, et comment Louis souffrait de la richesse de ces tissus, de ces parures. Plus tard, quand il fut maître de ses choix, il se vêtit simplement d'une « cotte de camelot, d'un surcot de laine sans manches, d'un manteau de cendal noir autour de son col très bien peigné et sans capuche, et d'un chapeau de plumes de paon blanc sur la tête. »

— Ce n'était pas le costume d'un ecclésiastique, ajouta mon père. Seuls ses ennemis l'ont prétendu, qui traitaient Louis de « roi papelard, de misérable dévot qui a le cou tors et le capuchon sur l'épaule ». Ils l'appelaient « frère Louis ».

Mon père s'est à nouveau interrompu, avant de préciser :

— À dix-sept ans, il était déjà un homme pieux, s'abîmant en prières, mais c'est plus tard qu'il a assisté chaque jour à la messe de minuit, se rhabillant pour suivre cet office, se remettant au lit à demi vêtu, et, de peur de prolonger son sommeil, il indiquait aux gens de service une certaine longueur de cire des bougies. On avait ordre de le réveiller pour prime, quand elle serait consumée. Après prime, chaque matin, il entendait au moins deux messes, une pour les morts et la messe du jour chantée, puis, pendant le reste de la journée, les offices de tierce, de sexte et de none, vêpres et complies. Le soir, après cinquante génuflexions et autant d'*Ave Maria*, il se couchait sans boire un verre de « vin de couchier ».

Il était pieux et il était roi – un grand roi, déjà, à dix-sept ans.

46

Comment moi, Hugues de Thorenc, aurais-je pu ne pas partager l'admiration de mon père pour le roi de France qui m'avait choisi comme l'un de ses écuyers et s'apprêtait à m'adouber ?

J'avais quatorze ans. C'était au début de la sainte et funeste année 1270 qui vit le roi, accompagné de ses meilleurs chevaliers, donc de mon père, partir en croisade et mourir à Carthage, le 25 août 1270.

J'avais voulu m'embarquer avec eux à Aigues-Mortes, mais le roi me l'avait interdit.

Je m'étais agenouillé devant lui, le suppliant de me laisser accomplir mon devoir de chrétien. Mais, posant la main sur l'épaule de mon père, il me dit que ses obligations envers moi et ma lignée de fidèles vassaux étaient celles d'un chef de famille qui ne doit pas seulement penser au présent, mais se soucier de sa descendance.

Et il souhaitait que les Villeneuve de Thorenc pussent toujours, dans l'avenir, servir le roi de France.

« Ton roi te protège, Hugues de Thorenc, Dieu le veut et Dieu te garde ! »

L'annonce de la mort de Saint Louis m'avait accablé, et mon père, qui avait accompagné le corps du roi à Saint-Denis, n'avait plus qu'un désir : rejoindre son « jumeau royal », son « frère suzerain », au royaume des Cieux.

Survivre au roi lui semblait une félonie. Je craignis même qu'il mourût dans les heures qui suivirent l'ensevelissement de Louis à l'abbaye de Saint-Denis, au mois de mai 1271.

Mais je compris qu'il désirait au préalable me léguer la mémoire de ce qu'il avait vécu auprès du roi.

Il se retira en notre château de Thorenc et je passai ainsi auprès de lui, dans notre fief, les derniers mois de sa vie.

Il me parlait chaque jour de l'aube à la nuit, interrompu par de brusques sommes qui étaient comme la préfiguration de sa mort. Je n'osais bouger, guettant son souffle, priant Dieu de le ressusciter.

Il revenait à lui, reprenait son récit d'une voix forte, cependant que je tentais de cacher mon émotion.

Il me conta comment Louis l'avait réprimandé pour avoir jugé et puni des jeunes gens qui avaient chassé dans les bois entourant notre château.

Mais Louis avait lui-même été bien plus sévère avec son propre frère Charles d'Anjou, le convoquant en présence de ses chevaliers et des barons, et lui disant :

« Il ne doit y avoir qu'un roi en France, et ne croyez pas, parce que vous êtes mon frère, que je vous épargnerai contre droite justice ! »

Il fit enfermer au Louvre le sire de Coucy, Enguerrand, qui avait fait pendre trois hommes surpris à chasser sur ses terres. Des seigneurs s'indignèrent :

— Le roi n'a plus qu'à nous pendre ! se récria l'un d'eux.

Louis le fit saisir par ses sergents, et quand ce seigneur, Jean de Tourote, fut agenouillé devant lui, il dit :

— Je ne ferai pas pendre mes barons, mais je les châtierai, s'ils méfont.

« Tel est le roi », avait conclu mon père que le souvenir ranimait.

Il ajouta : « J'ai entendu Louis dire à son fils : "Sois rigide, rigide et loyal à tenir justice et droiture envers tes sujets, sans tourner à droite ni à gauche." »

Mon père ne me quittait pas des yeux cependant qu'il parlait, guettant mes réactions, sollicitant d'un regard mes questions.

Il savait que j'avais lu les chroniqueurs hostiles au « roi papelard ». Tous évoquaient cette femme, Sarete de Faillouel, qui, un jour, avait interpellé le souverain au moment où il descendait de ses appartements, lui criant :

« Fi ! Fi ! Devrais-tu être roi de France ? Mieux vaudrait qu'un autre fût roi que toi, car tu n'es roi que des frères mineurs, des frères prêcheurs, des prêtres et des clercs ; c'est grand dommage que tu sois roi de France, c'est grande merveille que l'on ne te chasse pas ! »

D'autres assuraient que, bien que le roi fût entré, le 25 avril 1234, dans sa vingt et unième année, qu'il fût majeur – selon les légistes – depuis plus de deux ou trois ans, sa mère avait conservé tous les pouvoirs.

On moquait ce roi que Blanche de Castille tenait sous son joug comme ces jeunes gens châtrés dont, disait-on, les chefs sarrasins aimaient à s'entourer.

Louis se complaisait dans cette soumission par amour aveugle pour sa mère.

Il était, selon les mauvais-disants, roi mineur et non grand roi, si bien châtré par sa mère que, morte en 1252, mais ayant réduit Louis à l'impuissance, elle continuait de régner sur son esprit.

Je n'ai pas osé dire cela à mon père, d'autant moins que je gardais moi aussi le souvenir d'un roi chevalier dont on vantait les actes de bravoure. Lors de sa première croisade, il sautait le premier à bas du navire pour se porter vers le rivage afin de secourir des chevaliers encerclés par les Sarrasins. Il avançait, de l'eau jusqu'aux épaules, bouclier et glaive levés, écartant ses compagnons, qui, l'ayant suivi, cherchaient à le retenir et à le protéger.

Mon père devinait que mes silences bruissaient de tous les sarcasmes des ennemis de Blanche de Castille ou des félonies des barons.

« La reine mère et le roi Louis, martelait-il, agissaient comme deux chevaliers qui chargent et frappent de concert. C'était souvent le roi qui donnait le signal de l'assaut. »

Quand il apprit ainsi que Thibaud IV de Champagne, devenu veuf, songeait à épouser une fille de Pierre Mauclerc, le plus déterminé des adversaires du royaume de France, il lui manda un messager qui dit, le jour même où les épousailles devaient être conclues :

« Sire comte, le roi a su que vous êtes convenu avec le comte de Bretagne de prendre ce jour, à l'abbaye du Valsecret, sa fille en mariage. Le roi vous mande de n'en rien faire si vous ne voulez pas perdre tout ce que vous avez au royaume de France, car vous savez que le comte de Bretagne lui a fait pis que nul homme qui vive. »

Thibaud renonça et épousa, en septembre, la fille d'Archambaud de Bourbon, vassal fidèle de la couronne de France.

Quant à Pierre Mauclerc, menacé par trois armées royales, dont l'une conduite par Louis, il abandonna « haut et bas » à la volonté du roi et de la reine mère.

Tel était Louis.

Il est dans sa dix-neuvième année en 1233.

Il cède à la colère quand il apprend qu'à Beauvais, les plus démunis des habitants, avec leurs outils – marteaux, haches, coutelas, faucilles – devenus des armes, ont attaqué les riches, bourgeois et gens de finance, les ont malmenés et parfois tués.

Or l'évêque Milon de Nanteuil, auquel les riches, bourgeois et nobles, demandent qu'il use de ses droits de justice, ne sévit pas avec rigueur.

Le roi se rend à Beauvais, il châtie le menu peuple, rase les maisons des meneurs, s'empare de l'évêché, ne se soucie pas que l'évêque puis l'archevêque de Reims prononcent l'interdit contre lui.

Tel est Louis, qu'on surnomme « roi papelard », roi pour le cloître et non pour le royaume ! s'indigne mon père. C'est un homme de foi, mais non de soumission à l'Église !

Quand il chevauchait en direction de Beauvais, à l'heure prescrite par l'Église, les chapelains autour de lui chantaient tierce, sexte et none, et lui-même les disait à voix basse avec l'un d'entre eux, comme dans sa chapelle. Mais il n'oubliait jamais qu'il était roi de France et qu'il avait droit et devoir, par le choix de Dieu, de faire justice contre l'évêque et l'archevêque.

Il est le roi des trois fleurs de lis : il veut que celle de la Sagesse s'unisse à celle de la Chevalerie et à celle de la Foi.

Il désire l'harmonie, mais trop souvent celle-ci se brise.

Je me souviens, poursuit mon père, de ce Lundi gras, 26 février 1229. Le roi et moi comme lui avions quinze ans. Il y eut grand remue-ménage au Louvre. On annonça qu'on avait attaqué un cabaretier du faubourg Saint-Marcel qui dépendait de l'église du même saint. Sergents royaux, archers, hommes de la prévôté du roi poursuivirent les étudiants jusque dans les vignes de la montagne Sainte-Geneviève. On comptait de nombreux blessés et même des morts. Les bourgeois s'en étaient mêlés, prenant parti pour le cabaretier et les sergents royaux.

Le roi, courroucé et ému de ces nouvelles, s'informa, les jours suivants, des conséquences de cette rixe.

Les étudiants et leurs maîtres avaient protesté contre les cruautés commises par les archers. Ils demandaient justice car, affirmaient-ils – et à bon droit, disait le roi –, on n'avait pas respecté les privilèges de l'Université.

J'étais auprès de Louis quand il s'enquit auprès de sa mère, puis du cardinal-légat, de la réponse qu'on allait apporter aux étudiants. On ne l'écouta pas ; ni la reine mère ni ses conseillers ne donnèrent suite aux récriminations des jeunes. Alors les maîtres et leurs élèves quittèrent leurs écoles, cessèrent d'enseigner et d'apprendre, puis abandonnèrent Paris pour Angers, Orléans, Reims et même Toulouse et Cambridge.

Or le savoir est une richesse qui vient de Dieu.

Et Louis le comprit. Il renouvela les privilèges de l'Université, paya une amende pour les dommages subis. Il reconnut aux maîtres et aux étudiants le droit de suspendre les leçons si, après le meurtre d'un écolier ou d'un maître, la justice n'était pas passée.

Par une bulle de 1231 – *Parens scientiarium* –, le pape Grégoire IX accepta, comme le roi le souhaitait, les privilèges de l'Université.

Louis avait replacé le savoir et la sagesse issus de Dieu au cœur de son royaume, au centre de cette ville de Paris que son grand-père, Philippe Auguste, avait fortifiée à cette fin.

Tel était Louis, grand roi capétien.

J'écoute mon père et, je l'ai dit, je partage ses sentiments. Cependant, le tourment parfois me déchire. Je me remémore ces propos du roi :

« Les serfs appartiennent à Jésus-Christ comme nous, et dans un royaume chrétien nous ne devons pas oublier qu'ils sont nos frères. »

Mais, pour Louis, et, avant lui, pour Philippe Auguste, comme après lui pour Philippe le Bel dont je fus le vassal et le chroniqueur, comme pour Philippe V le Long, il existe des « serfs perpétuels », juifs, qui ne sont pas nos frères parce qu'ils seraient réputés être les meurtriers de Jésus.

Ce sont des « scorpions » !

Or, pour moi qui ne l'avoue pas à mon père, ce sont là aussi des hommes, « nos frères ».

J'ai lu Guillaume de Chartres, chapelain de Saint Louis, qui l'a accompagné en croisade et qui écrit :

« Quant aux Juifs, odieux à Dieu et aux hommes, le roi les avait en telle abomination qu'il ne les pouvait voir et qu'il voulait que rien de leurs biens ne fût tourné à son profit, déclarant ne rien vouloir retenir de leur venin... Quant à moi, disait le roi, je veux faire ce qui m'appartient au sujet des Juifs. Qu'ils abandonnent les usures, ou bien qu'ils sortent

tout à fait de ma terre pour qu'elle ne soit plus
souillée par leurs ordures... ! »

Peut-on ainsi parler d'êtres humains, et cependant organiser de grands tournois de paroles et de
savoirs entre chrétiens et rabbins ?

Louis se défiait d'ailleurs, il est vrai, de ces affrontements.

« Le roi, un jour, me dit mon père qui tenait ce
récit de Jean de Joinville, conta une grande dispute
de clercs et de Juifs au monastère de Cluny. Un chevalier hôte du monastère se leva et demanda au plus
grand maître des Juifs s'il croyait que la Vierge
Marie fût mère de Dieu. Et le Juif répondit qu'il n'en
croyait rien.

— Vous êtes donc fou, repartit le chevalier, d'être
venu sans croire à la Sainte Vierge et sans l'aimer
dans sa maison.

Et il abattit le Juif d'un coup de bâton sur la tête.
Ainsi finit la dispute...

Et je vous dis, avait ajouté le roi, que nul, s'il n'est
très bon clerc, ne doit disputer avec ces gens-là. Le
laïc, quand il entend médire de la loi chrétienne, ne
la doit défendre que de l'épée, dont il doit donner
dans le ventre tant comme il y peut entrer. »

À plusieurs reprises, mon père avait vanté les
ordonnances édictées par le roi en 1230, puis en
1234, concernant les Juifs.

Celle de 1234 remettait aux débiteurs chrétiens le
tiers de leur dette envers les Juifs, et laissait ceux-ci
sans recours.

En 1230, le roi n'avait que seize ans. En 1234, à
peine vingt. Était-ce lui qui décidait ? Je voudrais
ne pas le croire.

Mais, en 1254, Louis en a quarante. Il est le maître du royaume. Blanche de Castille est morte

depuis deux ans déjà. Or l'ordonnance de cette année 1254 ordonne que les Juifs renoncent à leur usure, à leurs sortilèges, aux caractères hébraïques de leur écriture. Et que soit brûlé le Talmud, leur livre saint.

Mais l'Ancien Testament ne nous est-il pas commun, à nous, chrétiens, et à eux, Juifs ? Pourquoi tuer ceux-ci ?

Car celui qui brûle les livres comme un routier brûle aussi les hommes qui les ont écrits et ceux qui les lisent.

Et je ne crois pas que Dieu le veuille.

47

Mon père a paru deviner les questions qui me tourmentaient à propos de la conduite du roi.

Il saisit mes poignets, les serre entre ses mains froides et osseuses. Je tremble, car il me semble sentir la mort en lui, toute-puissante, qui ne lui laisse qu'un maigre ruisselet de vie. Mais sa voix est nette, les mots s'y heurtent comme des dents qui s'entrechoquent :

— Louis voulait souffrir pour Dieu, dit-il. Il mortifiait son corps, portait un cilice. Il se faisait administrer la discipline par ses confesseurs avec cinq chaînettes de fer. Et il insistait pour qu'on le frappe fort, parfois jusqu'au sang. Il se privait, par esprit de pénitence, de ce qu'il aimait : les fruits, les poissons bien gras, les énormes brochets. Il refusait le vin ou bien le coupait d'eau pour refréner son appétit de cette boisson. Il se forçait à boire de la bière, qu'il détestait. Il versait aussi de l'eau dans ses sauces quand elles étaient bonnes.

Le Seigneur est mort en croix, une couronne d'épines perçant son front et ses tempes, et l'on rechercherait le plaisir en ce monde ? disait-il.

Le vendredi, il ne riait jamais et ne mettait pas de chapeau, en souvenir de la couronne d'épines.

Mon père s'est interrompu, m'a dévisagé :

— Voilà ce que le roi choisissait de vivre, lui, l'élu de Dieu, respectueux de la Sainte Église, couchant seul sur un lit de bois avec un maigre matelas pour s'interdire d'approcher la reine.

Il est resté silencieux, puis a murmuré : « Je te parlerai d'elle, Marguerite de Provence. »

Plus tard il a repris :

— Louis voulait que sa vie ne fût pas une offense au Calvaire, une apostasie, une félonie à l'égard de Dieu. Il était le défenseur de la foi, le protecteur de l'Église, son chevalier. Et il se montrait impitoyable envers tous les « bougres », ces hérétiques qui avaient trahi la vraie foi. Pour eux, point de pitié ! Lorsqu'il a écrit ses *Enseignements* pour son fils, il lui a recommandé de « chasser de son royaume, selon son pouvoir, les bougres et autres mauvaises gens pour que sa terre en soit bien purgée ». Il ne fallait pas que les adeptes de la foi chrétienne soient infectés par la tache de la perversion, par cette pourriture qu'est l'hérésie, cette peste, cette lèpre. Mais il conseillait aussi de prendre le conseil de bonnes gens qui lui diraient ce qu'il fallait faire.

Ces « bonnes gens », moi, Hugues de Thorenc, je n'ai nul besoin que mon père les nomme.

Ce sont ces inquisiteurs que j'ai vus à l'œuvre tout au long de ma vie.

Je sais que la justice du roi exécute les peines de sang fixées par les juges ecclésiastiques que, sous le règne de Saint Louis, le pape Grégoire IX désigne.

Mais, à écouter mon père évoquer l'un des premiers inquisiteurs, un ancien cathare surnommé Robert le Bougre, je vois sa trace sanglante. Et sa cruauté me donne la nausée.

Robert le Bougre agit au nom du pape, mais par la volonté du souverain.

Il est escorté par les sergents du roi. Il parcourt pendant six ans le Nivernais, la Picardie, la Flandre, la Champagne. Les accusés n'ont pas connaissance des témoins qui les accablent. Ils doivent avouer, et on leur applique la question aussi bien qu'aux témoins.

On brûle, on enterre vivant.

Le 29 mai 1239, au Mont-Aimé, en Champagne, Robert le Bougre envoie au bûcher cent quatre-vingt-trois hérétiques.

Le comte Thibaud de Champagne assiste à cet autodafé, suivant ainsi l'exemple de la comtesse de Flandre qui avait voulu voir se consumer les « bougres » à Douai, l'année précédente.

Robert le Bougre fut déclaré fou, puis reprit ses fonctions avec d'autres inquisiteurs – eux aussi dominicains – qui sévissaient, tel le frère Bernard de Caux, le « marteau des hérétiques ».

« Le roi, murmura mon père, ne souhaitait pas le bûcher pour les hérétiques. Il voulait que ces félons de Dieu, ces ferments de perversion soient chassés afin que brille dans tout le domaine royal la vraie foi. »

Mon père se signa et, quand je le fixai, il baissa les yeux, puis répéta que Louis ne voulait que purger son royaume du poison, mais que son devoir était de faire exécuter les sentences des tribunaux de l'Inquisition.

Il se signa à nouveau et j'ai mesuré là sa gêne, peut-être son remords et sa repentance.

Je ne l'ai pas repris en objectant que les inquisiteurs condamnaient le plus souvent leurs accusés au bûcher.

Que témoignages et aveux étaient arrachés par la question.

Qu'on brûlait d'abord et pardonnait ensuite.

Était-ce là imitation de Jésus-Christ ?

N'était-ce pas malheur que de voir les sergents royaux et les archers conduire les condamnés de l'Inquisition jusqu'aux flammes ? Et n'était-ce pas honte que de savoir que les biens de ces « bougres », ces apostats, ces hérétiques, étaient confisqués pour une large part au bénéfice du Trésor royal ?

Je me suis tu et ai préféré m'agenouiller auprès de mon père, priant pour lui et pour le roi.

48

Le roi était entré dans sa vingtième année. Évoquant ce temps, mon père prit un ton solennel et dit :

« L'an de grâce de Notre Seigneur 1234, huitième année du roi Louis et vingtième de son âge, il désira avoir un fruit de son corps qui tînt après lui le royaume, et voulut se marier non pour cause de luxure, mais pour procréer une lignée. »

Mon père a répété ces mots et je compris qu'il souhaitait par là me faire songer à mon propre mariage, car c'était pour lui une souffrance que de quitter ce monde sans avoir l'assurance que la lignée des Villeneuve de Thorenc se poursuivrait après moi.

Mais je n'avais, en 1271, que quinze ans et ne songeais point à prendre femme.

« Le roi, reprit-il, et Blanche de Castille choisirent l'aînée des filles du comte de Provence, Raymond Bérenger. Elles étaient quatre sœurs, toutes de grande beauté, issues de la maison de Provence et, par leur mère, de la maison de Savoie.

« Sache que l'aînée, Marguerite, était apparentée à Louis, et que le pape Grégoire IX dut relever les deux promis de l'empêchement de mariage par consanguinité, au nom de l'urgente nécessité et évidente utilité. »

Il fallait que le royaume de France, le premier à lutter contre l'hérésie en Languedoc, fût renforcé dans ses terres du Midi et sur les rivages de la mer des croisés.

Et il était temps aussi que Louis IX ait un fils, héritier de la couronne de France.

Ce fut une grande union.

Marguerite de Provence avait treize ans et le mariage fut célébré le samedi 27 mai en la cathédrale de Sens.

« J'étais à un pas du roi qui était assis devant la cathédrale, dans une loge de feuillage, sous un grand drap de soie », ajouta mon père.

Durant la messe, il a vu les conjoints agenouillés auprès de l'archevêque, puis ensevelis sous un voile nuptial, cependant que l'archevêque les bénissait, appelant sur eux la grâce de Dieu.

« Le roi, murmura mon père, tête baissée, comme si la confidence lui coûtait, ne fit pas commerce charnel la nuit des noces, et par dévotion au Seigneur tint à consacrer une veillée de prières de trois nuits. »

Le dimanche 28 mai, la reine, vêtue d'une robe de brunette rose, fut couronnée dans la cathédrale.

Il y eut ce même jour grand festin, car le roi, s'il était soucieux d'humilité, voulait que le faste accompagnât les cérémonies royales, et son mariage et le couronnement de la reine étaient, après son propre sacre, les plus importantes.

Tout fut or et bijoux, soies et fourrures. Et même le déploiement de richesses embellit Paris lors de l'entrée dans leur capitale, le 8 juin 1234, de Louis et Marguerite, roi et reine de France.

« Le roi fut fort épris de la reine, continua mon père. Marguerite de Provence était une jeune femme belle et altière, et, comme ses trois sœurs, elle était fière de régner. »

Aliénor et Sancie étaient mariées l'une au roi d'Angleterre Henri III, l'autre à Richard de Cornouailles, frère d'Henri III, qui serait couronné roi des Romains à Aix-la-Chapelle. La troisième, Béatrice, épousa Charles d'Anjou, le plus jeune des frères de Louis IX.

Dieu fit attendre longtemps le premier fruit de cette union, et ce fut une fille qui naquit, le 12 juillet 1240.

La reine Marguerite eut en tout onze enfants, dont huit survécurent[1].

Assidu de la reine, le roi n'en devint pas oublieux de sa piété. Il couchait seul pendant l'Avent et le carême, certains jours de la semaine et les vigiles, ainsi que les jours où il communiait.

Lorsqu'il avait été avec la reine, il ne laissait pas de se lever à minuit pour aller à matines, mais il n'osait ce jour-là baiser les châsses et les reliques des saints. Et Blanche de Castille veillait à ce que son fils ne négligeât pas ses devoirs de chrétien.

Mon père haussa les épaules :

— Madame Blanche ne voulait surtout pas que son fils l'oubliât. Et si Louis et Marguerite choisirent souvent de demeurer au château de Pontoise, c'est parce que leurs chambres s'y trouvaient situées l'une au-dessus de l'autre, et réunies par un escalier tournant intérieur et discret qui leur permettait de se rejoindre sans que Blanche de Castille le sût.

« Madame Blanche n'aimait pas la reine Marguerite, dit sèchement mon père. La jalousie, paix à son âme, la dévorait !

1. Blanche, née le 12/7/1240 – Isabelle, le 18/3/1242 – Louis, le 25/2/1244 – Philippe, le 1/5/1245 – Jean, en 1248 – Jean-Tristan, en avril 1250 – Pierre, en 1251 – Blanche, en 1253 – Marguerite, en 1255 – Robert, en 1256 – Agnès, en 1260.

« Elle ne voulait pas que son fils fût en compagnie de sa femme, et, même la nuit, elle tentait d'empêcher leur union ! »

Mon père sourit et, même si ce ne fut qu'un bref instant, je garde de ce moment un souvenir précieux : la mort, un temps, avait laissé la place.

« Le roi et la reine se donnaient rendez-vous dans l'escalier, raconta mon père. Et ils avaient ainsi accordé leur besogne. Les huissiers, avertis, frappaient de leurs verges soit la porte de la chambre du roi, soit celle de la chambre de la reine, selon que Blanche de Castille se dirigeait vers l'une ou l'autre pièce. Alors les époux se séparaient et gagnaient en hâte leurs chambres respectives. »

Le sourire de mon père s'est dissipé.

« Une fois, poursuivit-il, le roi était auprès de la reine Marguerite, qui était en très grand péril de mort parce qu'elle était blessée d'un enfant qu'elle avait eu. La reine Blanche vint là et prit son fils par la main et lui dit :

« — Venez-vous-en, vous ne faites rien ici.

Quand la reine Marguerite vit que sa belle-mère emmenait le roi, elle s'écria :

« — Hélas, vous ne me laisserez voir Monseigneur ni morte ni vive !

Et alors elle se pâma, on crut qu'elle était morte, et le roi qui crut qu'elle se mourait retourna, et à grand-peine on la remit en point… »

Mon père me parla ainsi de l'amour du roi pour la reine Marguerite. Mais ce qu'il évoquait, c'était le temps des premières années, quand ils se rencontraient dans l'escalier tournant du château de Pontoise.

Je ne lui ai pas rapporté ce que me confia Jean de Joinville :

« J'ai été cinq ans auprès du roi sans qu'il parlât de la reine et de ses enfants, ni à moi, ni à autrui, m'assura le chroniqueur, sénéchal de Champagne. Et ce n'était pas bonne manière, comme il me semble, d'être aussi étranger à sa femme et à ses enfants. »

Mais il est roi majeur, qui a assuré l'avenir de la lignée capétienne.

DEUXIÈME PARTIE

(1234-1244)

« Le roi Philippe Auguste, mon aïeul, m'a dit qu'il fallait récompenser les gens suivant leurs mérites. Il disait encore que nul ne peut bien gouverner sa terre s'il ne sait aussi hardiment et aussi durement refuser qu'il sait donner. Et je vous apprends ces choses parce que le siècle est si avide de demander que peu de gens regardent au salut de leur âme ni à l'honneur de leur corps pourvu qu'ils puissent s'emparer du bien d'autrui, soit à tort, soit à droit. »

Saint Louis à Jean de Joinville,
sénéchal de Champagne

49

Dix ans, murmure mon père, entre ce mois de mai 1234, ce printemps du mariage royal, quand tout commence à fleurir, et ce mois de décembre 1244 où le roi malade fait vœu de croisade.

Louis a changé.

Son premier enfant, une fille, est née en 1240, je l'ai dit, mais elle est morte à trois ans. Louis l'avait prénommée Blanche, pour honorer sa propre mère, et son décès l'affecte. Cette mort avive les conflits entre son épouse et Blanche de Castille.

Je le vois qui s'écarte de la reine Marguerite, qu'il traite avec froideur et méfiance. Et cependant, d'autres enfants vont naître, filles et fils, et survivre. Il se soucie d'enseigner à ses enfants, et d'abord à ses trois fils, ce que doit être un prince ou une princesse de France, un roi Très Chrétien, mais il les tient à distance comme s'il devinait que la reine Marguerite est femme redoutable, prompte à se servir de ses enfants pour devenir maîtresse du pouvoir.

— Elle aurait voulu être, comme Blanche de Castille, la régente d'un roi.

Louis est sur ses gardes et tient la reine Marguerite sous sa tutelle.

Il reste le fils aimant, respectueux de Blanche de Castille.

Et cependant, durant ces dix années, il change, même si seuls la croisade et le long séjour en Terre sainte furent pour lui – tout comme pour moi – une nouvelle naissance et un second baptême.

Mais dix ans est une grande part de la vie.

Mon père s'affaissait sur son banc et j'eus peur de le voir mourir. Je me précipitai, le prenant aux épaules. Mais il se dégagea avec brusquerie :

« Le temps par lui-même change les hommes, et les rois sont aussi des mortels, me dit-il, la bouche amère. Écoute les vers de ce trouvère, un clerc, Guillaume de Lorris, que je récitais alors comme si j'avais pu savoir, à vingt ans, ce qu'est la chevauchée du temps. Écoute : maintenant, je sais ce que disent ces mots que j'employais dans l'ignorance. »

Et mon père n'a pas hésité, comme si ces vers du *Roman de la Rose* étaient une plaie rouverte par où s'écoulaient et sa mémoire et son sang :

> *Le temps qui s'en va nuit et jour…*
> *Le temps devant qui rien ne dure*
> *Ni fer ni autre chose dure…*
> *Car le temps gâte tout et mange…*
> *Le temps qui nos pères vieillit*
> *Et Rois et Empereurs aussi*
> *Et qui nous tous vieillira*
> *Ou bien mort le devancera*
> *Le temps que de vieillir les gens*
> *À tout pouvoir si durement…*

Mon père s'est interrompu et a murmuré :

« Cela fut écrit l'année où le roi prit pour épouse Marguerite de Provence. Le roi est mort et je récite encore ces vers de Guillaume de Lorris, mais c'est moi qui parle :

> *Je ne suis plus bon à rien*
> *Mais bien retombe en enfance*
> *Et n'ai pas plus de puissance*
> *Pas plus de force ni de sens*
> *Que n'en a un enfant d'un an...*

Mon père a laissé sa tête retomber sur sa poitrine et s'est endormi. Et j'ai pu tout mon saoul pleurer sur sa mort si proche.

Mais, une fois encore, sa volonté de me transmettre ses souvenirs repoussait l'échéance funèbre.

Sa mémoire était une source salvatrice. Il avait la bouche encore pleine de récits alors que j'avais cru qu'il aurait à jamais les lèvres sèches et la gorge étranglée.

Il s'enivrait, racontant en désordre.

Il décrivait les bûchers où l'on brûlait les « bougres » par centaines, et ceux où l'on livrait aux flammes une vingtaine de charretées d'exemplaires du Talmud.

Il avait assisté, aux côtés du roi et de Blanche de Castille, à ce grand incendie purificateur, le 24 juin 1242, à Paris.

J'écoutais dans le tourment, mais ne disais mot de crainte d'assécher la source de vie qui jaillissait en lui.

Durant l'hiver de l'an 1240-1241, il avait chevauché en Languedoc pour réduire, au nom du roi, la tentative de Raymond Trencavel, fils de Roger Trencavel, l'hérétique, de s'emparer de Carcassonne.

Les routiers, les sergents à pied et à cheval, les chevaliers du roi de France avaient dévasté le pays, pendant par grosses grappes les rebelles aux arbres nus.

Et Trencavel avait fait allégeance au roi.

Il en avait été de même, l'année suivante, contre le comte de la Marche.

Les troupes royales disposaient désormais du château d'Angers qui dressait ses dix-sept tours au cœur de l'ancien domaine Plantagenêt.

Les Anglais d'Henri III avaient débarqué pour tenter d'aider leurs alliés poitevins, mais les hommes du comte de la Marche et ceux du roi d'Angleterre avaient été battus à Taillebourg et à Saintes, en juillet 1242.

Quant à Thibaud de Champagne, encore tenté par une félonie, il s'était une nouvelle fois soumis, livrant ses châteaux de Montereau et de Bray-sur-Seine.

Le frère du roi, Robert d'Artois, recevant son hommage, lui avait jeté au visage un fromage frais, lui criant qu'il n'était qu'un lâche !

Thibaud s'était humblement essuyé le visage, humilié devant une foule de chevaliers et de barons.

Il ne restait plus à ces vassaux félons, vaincus et repentants, qu'à porter la croix et à partir en Terre sainte. Ce que nombre d'entre eux firent, bénis par les évêques en présence du roi qui pria pour le succès de la croisade.

Il n'évoquait jamais la tentation qui le tenaillait de se joindre lui aussi à cette milice du Christ qui voulait empêcher les Infidèles de s'emparer du Saint-Sépulcre, mais je savais que cette pensée ne le quittait pas.

Il était plus que jamais dévot, serviteur de la Sainte Église de Dieu.

Quand, dans l'abbaye de Saint-Denis, on égara une sainte relique, l'un des saints clous avec lesquels on avait crucifié le Christ, il en éprouva une grande douleur.

Il fit commander et crier dans tout Paris, par les rues et les places, que si quelqu'un savait quelque chose de la perte du saint clou, et si quelqu'un l'avait trouvé ou recélé, il devait le rendre aussitôt et aurait cent livres de la bourse du roi.

La douleur se propagea. On pleurait dans tout le royaume de France. Je sais que le roi craignit que cette perte n'annonçât de grands tourments.

Puis, comme après l'orage, le ciel s'illumina de l'arc des couleurs, car le Clou avait été retrouvé.

Pour remercier Dieu de cette grâce, le roi se rendit plus souvent encore à l'abbaye de Royaumont dont il avait voulu la construction.

Avec ses parents et ses chevaliers j'avais, à ses côtés, porté sur des litières, avec les moines cisterciens, les pierres destinées à élever cette abbaye qui unissait le roi à l'ordre de Cîteaux, pour la plus grande gloire de la Sainte Église.

Quand elle fut achevée, en 1235, le roi en fit la nécropole de ses enfants morts, et il y vint laver les pieds « rogneux et horribles » des pauvres, avec humilité et dans la discrétion, choisissant des mendiants aveugles afin qu'on ignorât que le roi faisait acte de piété.

Il y avait à l'abbaye un frère nommé Léger qu'on avait isolé des autres parce qu'il était à ce point dévoré de lèpre que, le nez mangé, les yeux perdus, les lèvres fendues ruisselant de pus, il était abominable.

Ce frère Léger devint le favori du roi qui priait l'abbé de l'aller voir en sa compagnie.

Louis s'agenouillait devant le frère lépreux et le faisait manger.

Tel était le roi que mon père voulait que je connusse. Cette mission-là, qu'il s'était donnée, le maintenait en vie.

50

Le roi approchait de sa trentième année et j'allais dans ses pas, disait mon père, lié à lui depuis l'enfance, ayant appris à connaître ses humeurs comme un paysan qui sait à un souffle de vent que l'orage va se déchaîner, et qui se précipite pour rentrer la moisson.

Je savais que le roi, satisfait d'avoir contraint ses vassaux félons du Poitou, de Champagne et de Bretagne à faire allégeance, se souciait des anciens pays d'hérésie que Raymond Trencavel avait échoué à soulever.

Mais le rebelle avait mis le siège devant Carcassonne, défié l'armée royale, et il avait fallu ces grappes de pendus aux arbres pour qu'il cédât enfin.

Cependant, le roi mécontent s'emportait.

Dans ces terres où l'hérésie poussait avec la vivacité d'une mauvaise herbe, Raimond VII de Toulouse ne s'était soumis que du bout des lèvres, et ne respectait pas les traités qu'il avait signés.

Des chevaliers dépossédés, ceux de Carcassonne et de Béziers, l'incitaient à se dresser contre les « Français ». Ces « faydits » – ces bannis –, liés à l'hérésie, protecteurs des Bons Hommes, s'indignaient de l'action des inquisiteurs.

Ces juges du pape traquaient en effet les hérétiques, dressaient des bûchers, y jetaient vifs tous ceux qu'ils suspectaient, qu'ils eussent avoué sous la torture ou eussent refusé de renier leur foi.

Et puis, il y avait ces châteaux comme des nids d'aigle accrochés aux cieux : Montségur, Quéribus, situés sur les frontières du Roussillon. Ces forteresses étaient des refuges défendus par quelques centaines d'hommes fidèles au vicomte Pierre de Fenouillet, à son lieutenant Chabert de Barbera, protecteurs de l'hérésie albigeoise.

J'étais auprès du roi et de Blanche de Castille quand un messager leur apprit que, le 29 mai 1242, deux inquisiteurs, le frère Arnaud Guilhem, de Montpellier, et le frère Étienne, de Narbonne, ainsi que tous les membres de leur tribunal – une dizaine d'hommes –, qui se trouvaient à Avignonet, dans le Lauragais, sur les terres de Raimond VII, avaient été massacrés à coups de hache, d'épée et de lance par un parti d'hérétiques venus de Montségur.

Je n'avais jamais vu Louis IX et sa mère s'abandonner ainsi à la fureur.

Le roi, Blanche de Castille, comme les clercs qui les entouraient, mirent en cause Raimond VII, coupable d'avoir laissé préparer et s'accomplir le massacre sacrilège.

L'archevêque de Narbonne, Pierre Amiel, excommunia le comte de Toulouse. J'entends encore la voix de Blanche de Castille, frémissante d'indignation, ordonner – et le roi approuvait en se signant – qu'on « tranchât la tête du dragon », que l'armée royale commandée par le sénéchal de Carcassonne, Hugues des Arcis, soumît Raimond VII et détruisît le château de Montségur.

Après avoir remporté quelques succès, le comte de Toulouse s'en remit, en janvier 1243, à Lorris, à la miséricorde royale et promit de faire prêter serment de fidélité au roi de France par tous ses sujets, qu'ils fussent serfs, clercs, bourgeois ou chevaliers.

Le vicomte de Narbonne et le comte de Foix se soumirent à leur tour et Raymond Trencavel confirma qu'il renonçait à ses droits sur Carcassonne et Béziers.

Tous les biens de Raimond VII, qui n'avait pas d'héritiers mâles, passèrent à sa fille, mariée à Alphonse de Poitiers, l'un des frères du roi de France.

Le Languedoc était ainsi réuni au domaine royal.

Mais il restait encore à trancher la tête du dragon, ajouta mon père au bout d'un silence.

Il s'enfonça dans l'un de ces sommeils inattendus qui m'inquiétaient tant que j'étais tenté de les interrompre pour me rassurer.

Mais, à la fin, je les respectais, assis près de lui, veillant à ce que la couverture de fourrure recouvrît ses épaules qui parfois étaient agitées d'un brusque tremblement.

La mort et la vie se disputaient encore ce corps vieilli, cette âme tout emplie de souvenirs.

Il s'est enfin réveillé comme s'il n'avait somnolé qu'un bref instant et a repris son récit là où il l'avait laissé :

— J'ai vu les yeux du dragon, a-t-il murmuré.

Il avait été envoyé par le roi auprès du sénéchal de Carcassonne Hugues des Arcis, de l'archevêque de Narbonne, Pierre Amiel, et de l'évêque d'Albi, Durant, qui conduisaient l'armée royale.

« À Montségur, nous étions dix mille. Ils étaient derrière leurs murailles, au sommet des falaises, à peine cinq cents, dont une quinzaine de chevaliers, des sergents d'armes, des Bons Hommes et des Parfaits, des enfants. Pierre Roger de Mirepoix commandait les hommes d'armes... »

Il a hoché la tête et ajouté : « J'ai cru que seuls des hommes soulevés par des anges ou des oiseaux avaient pu parvenir aux murailles du château de Montségur, qui prolongeaient des falaises hautes de plus de cent pas. »

Le siège, commencé en mai 1243, paraissait impuissant, puis, après une escalade vertigineuse et grâce à un guide qui connaissait des chemins secrets, nous conquîmes une plate-forme à hauteur des murailles. L'évêque d'Albi, Durant, qui connaissait les machines de siège, y fit installer un pierrier qui commença à lancer sur le château des blocs de quatre-vingts livres.

En mars 1244, les assiégés, qui avaient en vain tenté une sortie contre le pierrier, demandèrent une trêve et négocièrent leur capitulation.

C'était le souhait du roi qu'un traité fût conclu. Et j'en fis part à forte voix : les hérétiques qui ne renieraient pas leur foi sacrilège seraient livrés au bûcher. Mais tous les autres qui feraient confession et pénitence sincères de leurs fautes, et même ceux qui avaient participé au massacre des inquisiteurs en Avignon, seraient absous, les hommes d'armes conserveraient armes et bagages, et les autres assiégés repentants seraient libres.

Mon père ferma les yeux.

— Je revois les flammes de l'immense bûcher qui brûla durant toute la journée du 16 mars 1244.

Il était dressé au pied des falaises de Montségur, et y furent brûlés deux cent dix hérétiques qui s'avancèrent en procession vers les flammes. Le démon avait réussi à les convaincre que mieux valait la mort que le retour au sein de la juste foi et de l'Église apostolique et romaine.

J'ai vu les corps dévorés par le feu se contorsionner.

Je me souviens du visage de la fille du seigneur de Montségur, Esclarmonde de Perella. Elle était suivie par sa mère, Corba de Perella, et sa grand-mère, Marquésia de Lantar.

Tous ceux-là moururent sans un cri.

Avec eux se consuma l'hérésie.

Ayant dit, mon père avait fermé les yeux, comme s'il ne voulait plus voir les hautes flammes du bûcher de Montségur.

51

En cette année 1244, les flammes des bûchers ne crépitaient pas qu'au pied des falaises de Montségur.

On brûlait au nom du roi et de la Sainte Église de nouvelles charretées d'exemplaires du Talmud.

Les tribunaux de l'Inquisition n'avaient jamais été si nombreux dans le royaume de France, comme si l'écrasement de l'hérésie cathare en Languedoc, en Lauragais, en Albigeois, la chute, après Montségur, des dernières forteresses des Parfaits et des Bons Hommes, montraient qu'il fallait, pour extirper le poison, brûler vifs les félons de Dieu.

Et cependant, avouait mon père, pensif, « on craignait l'arrivée de nouveaux démons », ces Mongols qu'on nommait aussi Tartares, qui déferlaient depuis les contrées infernales. Leur venue, le roi lui-même le craignait, annonçait l'Apocalypse, la fin des temps, la coalition de toutes les forces démoniaques et hérétiques : Sarrasins, Tartares, Albigeois, Juifs !

Les clercs de l'entourage du roi assuraient que « le monde entier était presque en état de damnation », que Dieu nous châtiait parce que nous vivions dans le péché.

Tous les hommes savants affirmaient que nous étions proches des temps de l'Antéchrist et que nous ne pouvions empêcher leur venue que par la piété, l'humilité, la croisade, qui était le devoir de tout chrétien.

Et Louis y songeait.

On pouvait aussi se protéger en adorant les reliques de la Passion de Notre Seigneur.

Le roi acheta à l'empereur de Constantinople, Baudouin II de Courtenay, arrière-petit-fils du roi de France Louis VI le Gros, la couronne d'épines du Christ. Le transport de cette sainte relique eut lieu par mer de Byzance à Venise, puis par terre.

On craignait les intempéries, le vol. Mais Dieu protégea la sainte relique, et le roi, Blanche de Castille, ses frères, l'archevêque de Sens allèrent à sa rencontre.

Ce fut très grande émotion que de la recevoir à Villeneuve-l'Archevêque. À sa vue, le roi, la reine, tous les assistants pleurèrent. Et la sainte relique, qui arrivait des bords du Bosphore, rejoignit la chapelle Saint-Nicolas, dans le palais royal, par l'Yonne et la Seine.

Et Louis décida qu'il fallait bâtir autour d'elle, pour elle, une Sainte-Chapelle dont on commença aussitôt la construction au sein du palais royal.

Et comme Baudouin II avait besoin d'argent, le roi de France lui acheta d'autres reliques : la sainte éponge, un morceau de la vraie Croix, la pointe en fer de la sainte lance.

« Chaque jour, dit mon père, le roi Louis se rendait sur le chantier de la Sainte-Chapelle et priait. Dès le mois de mai 1243, il avait obtenu du pape Innocent IV des privilèges pour sa chapelle royale. »

Avec ces reliques saintes et adorées placées auprès de lui dans cette châsse de pierre qu'est la Sainte-Chapelle, Louis offrait au royaume de France un « bouclier sacré » contre les hordes tartares qui arrivaient à Cracovie, s'avançaient jusqu'à Vienne, refoulaient devant elles les Turcs, qui, à leur tour, déferlaient sur la Terre sainte, affrontant les croisés et approchant du Saint-Sépulcre.

Nous entourions le roi, lui faisions part de notre inquiétude, poursuivait mon père. Nos gorges se serraient, étouffaient nos voix. Nous nous interrogions, nous priions.

J'ai entendu la reine Blanche de Castille pousser de profonds soupirs et dire, en larmes :

« Que faire, très cher fils, face à un si lugubre événement dont la rumeur terrifiante a franchi nos frontières. Les peuples Gog et Magog de l'Apocalypse arrivent ! »

Le roi a répondu, lui aussi, comme nous tous, au bord des larmes :

« Courage, mère ! Dressons-nous à l'appel de la Consolation céleste ! De deux choses l'une : ou bien nous les rejetons dans les demeures tartaréennes, infernales, d'où ils sont sortis, ceux que nous appelons Tartares, ou bien ceux-ci nous enverront tous au Ciel et nous irons vers Dieu en confesseurs du Christ et en martyrs. »

Je sais que Louis espérait aussi convertir les Tartares à la vraie foi et qu'il leur dépêcha plusieurs messagers, espérant faire de cette gent barbare, sortie des extrémités de la Terre et dont on ignorait l'origine, des alliés contre les Infidèles.

Mais il fallait d'abord protéger le Saint-Sépulcre, accomplir son devoir de croisade, et je ne doutais pas que Louis y songeât à chaque instant de sa vie.

Car la Terre sainte était l'héritage du Christ. Et ne pas la sauver des mains infidèles était devenir un félon de Dieu et mériter tous les châtiments.

Nous n'apprîmes que plus tard que les Lieux saints avaient été pillés, le 23 août 1244, par des bandes turques qui avaient été chassées du Kharezm, région où vivaient ces Turcs.

Quelques jours plus tard, un second messager nous apporta une autre sinistre nouvelle : près de Gaza, à Forbie, le 17 octobre, l'armée égyptienne du sultan et ses alliés turcs kharezmiens avaient écrasé l'armée franque.

Il ne restait des chevaliers Teutoniques, des Templiers, des Hospitaliers que quelques dizaines de chevaliers sur plus d'un millier !

Le messager avait ajouté que l'on comptait seize mille tués ou capturés parmi les chrétiens et leurs auxiliaires !

Seules quelques centaines de combattants chrétiens défendaient encore la Syrie franque !

Je crois que la maladie qui frappa Louis dans son château de Pontoise vint de la vision qu'il avait eue de ce désastre, avant même que les messagers n'en eussent apporté la nouvelle.

C'était une vision divine qui le frappa si fort que, le 14 décembre 1244, on le crut mort.

Je sais, reprit mon père, que certains, dans l'entourage du roi, jugèrent qu'il s'agissait seulement d'un flux de ventre, cette maladie qui frappait tant d'entre nous.

Le roi fut à une telle extrémité que l'une des dames qui le gardaient lui voulut tirer le drap sur le visage, disant qu'il était mort. Une autre dame qui était de l'autre côté du lit ne le souffrit pas ; elle disait qu'il avait encore l'âme au corps. Et comme il venait d'ouïr le débat entre ces deux dames, Notre Seigneur opéra en lui et lui envoya tantôt la santé, car avant, il était muet et ne pouvait parler.

Le roi se souleva sur sa couche et demanda à l'évêque de Paris, Guillaume d'Auvergne, de lui remettre la croix, car c'était le vœu qu'il avait fait, promettant au Seigneur, s'Il lui rendait la santé, de partir en croisade en Terre sainte.

Un trouvère a écrit le récit de cet engagement de Louis IX qui avait été, avant lui, celui de Louis VII, son arrière-grand-père, et de Philippe Auguste, son grand-père :

> *Tout le monde doit mener joie*
> *Et être dans l'allégresse*
> *Le Roi de France est croisé*
> *…*
> *Il est loyal et entier*
> *Et c'est prud'homme à droiture*
> *Tant comme son royaume dure*
> *Il est aimé et prisé*
> *Sainte vie, nette, pure*
> *Sans péché et sans ordure*
> *Même le Roi. Ce, sachez*
> *Qu'il n'a de mauvaise cure…*
> *…*
> *L'évêque de Paris*
> *Bientôt me croisera*
> *Car longuement a été*
> *Outre-mer mon esprit,*
> *Et ce mien corps s'en ira*
> *Si Dieu veut, et conquerra*
> *La terre sur les Sarrasins*
> *Bien aura qui m'y aidera.*

TROISIÈME PARTIE

(1245-AOÛT 1248)

« Mes amis, vous savez que ma résolution
est déjà connue de toute la Chrétienté ; depuis
plusieurs mois, les préparatifs de la croisade se font
par mes ordres... Laissez-moi donc tenir toutes les
promesses que j'ai faites devant Dieu et devant les
hommes, et n'oubliez pas qu'il y a des obligations
qui sont sacrées pour moi et qui doivent être
sacrées pour vous : c'est le serment d'un
chrétien et la parole d'un roi. »

Saint Louis, 1245

52

« Quand le roi, avec l'aide de Dieu, a terrassé la maladie, en cette fin du mois de décembre 1244 qui était aussi le terme de sa trentième année de vie, j'ai su qu'un autre homme était né. »

Mon père m'avait saisi les épaules comme pour s'y accrocher, s'arrimer à moi, son fils, qui représentait l'avenir de sa lignée, sa vie, alors que lui-même était tiré par les forces obscures de la mort, qui, chaque jour, l'ensevelissaient davantage.

Le roi Louis, dit mon père, était hâve et pâle, le regard brillant de fièvre et de ferveur.

J'étais parmi les barons et les chevaliers qui se pressaient autour de lui.

Au premier rang de cette assemblée se tenaient sa mère, Blanche de Castille, l'évêque de Paris, Guillaume d'Auvergne, ses frères.

Je n'ai pas vu son épouse ni ses enfants.

Je ne pouvais le quitter des yeux.

Il portait une barbe de quelques jours qui lui affinait les traits. Il avait perdu de nombreux cheveux et ses longues mèches blondes n'étaient déjà plus qu'un souvenir. Sa voix était forte et fière, mais elle le paraissait d'autant plus que le corps dont elle sortait semblait affaibli.

Louis était comme une cathédrale dévastée, pillée par des Infidèles, mais dont le prêtre continue à dire la messe, à prononcer son homélie, et rien n'est plus glorieux que cette voix et que ces mots parmi ces ruines.

Celui qui n'a pas entendu et vu Louis dans les semaines qui ont suivi sa guérison ne peut imaginer le rayonnement de la foi qui brillait en lui.

Il disait qu'il resterait fidèle au vœu de croisade qu'il avait fait, alors que les seigneurs, la reine et l'évêque lui demandaient de le racheter, de le commuer, ajoutant que c'était pratique courante.

« Monsieur roi, disait l'évêque, souviens-toi que quand tu as reçu la croix en faisant inconsidérément et brusquement un vœu si difficile à accomplir, tu étais malade, et, pour dire la vérité, peu sain d'esprit ; en effet, le sang t'ayant monté au cerveau, tu n'étais pas maître de toi. Ainsi les paroles prononcées en ce moment-là étaient dépourvues de vérité et de toute autorité. Le Seigneur pape nous apportera bénévolement dispense, connaissant les besoins du royaume et la faiblesse de ton corps. »

Puis l'évêque énumérait tous ceux qui menaçaient le royaume et l'Église : l'empereur Frédéric II, le roi d'Angleterre, les Poitevins, les Albigeois et autres hérétiques.

« À qui nous laisseras-tu, désolés que nous serons ? »

La reine Blanche parla la dernière :

« Tu le sais, mon fils, il ne me reste que peu de jours à vivre, et ton départ ne me laisse que la pensée d'une séparation éternelle. »

Le roi se devait de songer au royaume, à ses enfants qu'il abandonnait au berceau.

« Ils ont besoin de tes leçons et de tes secours. Que deviendront-ils, en ton absence ? Ne te sont-ils pas aussi chers que les chrétiens d'Orient... ? Tous ces maux que ma tendresse redoute, ton départ peut les faire naître. Reste donc en Europe où tu auras tant d'occasions de montrer les vertus d'un bon roi, d'un roi, père de ses sujets, modèle et appui des princes de sa maison... Ce Dieu qui m'entend, crois-moi, n'ordonne point qu'on accomplisse un vœu contraire aux grands desseins de Sa Providence. »

J'ai vu la reine Blanche pleurer, en appeler à ce « Dieu de miséricorde qui n'a pas permis à Abraham d'achever son sacrifice. Il ne te permet point d'achever le tien et d'exposer une vie à laquelle sont attachés le sort de ta famille et le salut de ton royaume » !

Le roi s'est jeté dans les bras de sa mère, puis, d'une voix émue, a dit que sa résolution était connue dans toute la Chrétienté, qu'il avait donné des ordres pour que l'on commençât à préparer la croisade.

Et voici qu'on lui demande de « tromper tout à la fois les espérances de l'Église, des chrétiens, de la Palestine et de ma fidèle noblesse » !

Alors il met la main à son épaule, déchire son vêtement, en arrache la croix et dit : « Seigneur évêque, voici la croix dont j'étais porteur, je vous la remets de plein gré... »

Moi, dit mon père, je n'ai pas mêlé ma voix à toutes celles qui disaient leur joie.

Je regardais le visage du roi qui paraissait plus déterminé que jamais.

Je ne pouvais croire qu'il eût cédé aux larmes de Blanche de Castille et aux raisons des barons et de l'évêque.

Il a tendu le bras, imposant silence, et, d'une voix nette, de commandement, il a repris :

« Mes amis, vous ne direz pas que maintenant je suis privé de raison et de sens, que je suis malade, que je ne suis pas maître de moi. Or, aujourd'hui, je demande que l'on me rende ma croix, car Celui-là en est témoin, qui sait toutes choses : rien de ce qui se mange n'entrera dans ma bouche jusqu'à ce que cette croix soit de nouveau sur mon épaule ! »

Il y eut un mouvement de stupeur, quelques exclamations, puis le roi, après un silence, ajouta :

« Laissez-moi donc tenir toutes les promesses que j'ai faites devant Dieu et devant les hommes, et n'oubliez pas qu'il y a des obligations qui sont sacrées pour moi et qui doivent être sacrées pour vous : c'est le serment d'un chrétien et la parole d'un roi. »

Plus personne n'osa se dresser contre la volonté du roi et chacun, dans le royaume, tenta de l'aider à préparer la croisade.

Il fallait d'abord que les villes et les abbayes, que les seigneurs, toutes les corporations et toute l'Église de France acceptent de verser leur obole au Trésor royal. Celui-ci réclama que l'aide à la croisade passât du vingtième au dixième.

Templiers et banquiers italiens organiseraient les transferts d'argent en Terre sainte. On souscrivit aux emprunts forcés qui permettaient d'acheter bois, grains, victuailles en tout genre, vins qui seraient chargés à Marseille, Montpellier, Gênes.

Le roi décida que la croisade partirait du port d'Aigues-Mortes, non loin de l'abbaye de Saint-Gilles, situé dans le royaume de France alors que tous les autres – Montpellier, Gênes, Marseille, Narbonne – n'étaient pas soumis à son autorité.

Je me suis rendu dès 1245 à Aigues-Mortes pour suivre au nom du roi les travaux, la construction du port et de cette ville en damier. Dès 1246, la tour Constance, futur logis du roi, fut achevée.

Les bateaux s'amarrèrent aux quais et les provisions commencèrent à s'accumuler autour des darses.

Mais il fallut encore quatre années avant que la préparation de la croisade ne fût achevée. Louis voulait laisser un pays apaisé à Blanche de Castille qui gouvernerait le royaume pendant son séjour en Terre sainte.

Des frères franciscains et dominicains se rendirent dans toutes les provinces afin de recueillir les plaintes des sujets à l'égard des représentants du roi, des baillis et des prévôts. On répara les injustices et cette grande enquête royale de 1247 permit aussi de recueillir les impôts qui n'avaient pas été acquittés.

J'avais, depuis l'enfance, servi le roi, mon « suzerain jumeau », avec foi et fidélité. Mais jamais comme en ces quatre années qui précédèrent le départ de la croisade je ne remerciai autant Dieu de m'avoir placé auprès de Louis.

J'ai vu comme il voulait purifier le royaume afin que le Très-Haut apportât sa protection aux croisés.

Je l'ai entendu demander que les riches remplacent leurs habits de soie par des vêtements austères.

« Il faut se nourrir et se vêtir modestement », disait-il.

Il veilla à ce que l'interdit jeté par l'Église sur les tournois pendant trois années fût appliqué. De même, les guerres entre chrétiens devaient cesser durant quatre années.

« Secondez-moi ! lança-t-il lors d'une assemblée de seigneurs et de chevaliers. Aidez-moi à chercher la véritable gloire ! Le Dieu qui m'envoie en Asie pour défendre Son héritage défendra celui de mes enfants et répandra Ses bénéfices sur la France. »

Il avait saisi les mains de Blanche de Castille et ajouta :

« N'avons-nous pas encore celle qui fut l'appui de mon enfance et le guide de ma jeunesse, celle dont la sagesse a sauvé l'État de tant de périls et qui, en mon absence, ne manquera ni de courage ni d'habileté pour combattre les factions ?

« Dieu, qui m'a fait vaincre les Anglais et les félons à Taillebourg, confondra les desseins et les complots de nos ennemis. »

53

Louis ne se voulait pas d'ennemis parmi les chrétiens, dit mon père. Il avait fait vœu de croisade et espérait que du plus humble de ses sujets au plus titré des riches, tous se rassembleraient pour aller défendre l'héritage du Christ, cette Terre sainte à laquelle il pensait à chaque instant.

Mon père s'interrompit, me fit signe de me pencher vers lui et murmura :

— Tu apprendras, Hugues de Thorenc, qu'une vie ne suffit pas à connaître ses ennemis.

J'étais ému, car il me nommait rarement et, ce jour-là, au contraire, il ne cessa de répéter mon nom.

— Hugues, je vais te confier ce que je sais de confidence du roi lui-même, qui ne me fit pas prêter serment de conserver ce qu'il me disait pour moi seul.

Mon père sourit et hocha la tête :

— En te parlant, Hugues de Thorenc, ce n'est pas à toi que je parle, mais à ma chair et à mon sang.

Le roi de France, me dit-il, refusait de prendre parti dans la querelle qui opposait l'empereur germanique Frédéric II et le pape Innocent IV.

Dès le mois de décembre 1244, le souverain pontife s'était réfugié à Lyon, craignant que les hommes de Frédéric ne s'emparent de lui s'il restait en Italie.

Il voulait la protection du roi de France.

Louis le rencontra au monastère de Cluny en novembre 1245.

Je n'assistai pas à l'entretien. Le roi n'était accompagné que de la reine Blanche de Castille, de son frère Robert et de sa sœur Isabelle.

Il obtint la bénédiction du pape pour le mariage du plus jeune de ses frères, Charles d'Anjou, avec Béatrice de Provence, ce qui allait faire du royaume de France le plus grand riverain de la Méditerranée, mer des croisés. Et, peu après, il adouba chevalier le même Charles d'Anjou.

Mais, malgré ce gain pour le royaume, je lus sur le visage de Louis l'empreinte de la déception. Il prit mon bras et nous marchâmes ainsi, seuls, dans le cloître du monastère.

« Le pape, me dit-il, ne veut pas annuler l'excommunication qu'il a lancée contre Frédéric II.

Je l'ai supplié de prendre en considération l'humiliation de l'empereur, de pardonner à celui qui demandait pardon, de lui accorder la faveur de la réconciliation, enfin d'ouvrir à un pécheur repentant le sein de la piété paternelle. Il a refusé. Je n'ai pas trouvé en lui l'humilité que j'avais espéré rencontrer dans le serviteur des serviteurs de Dieu. »

Louis s'est arrêté, me faisant face :

« Le pape est aussi fermé que l'est Frédéric. J'ai dit à ce dernier : le royaume de France n'est pas encore si affaibli qu'il se laisse mener à vos éperons. Et j'ai dit au pape : je crains bien qu'après mon départ, des embûches hostiles ne soient préparées sous peu contre le royaume de France à cause de votre inexorable dureté. Si l'affaire de la Terre sainte éprouve des embarras, c'est sur vous qu'en retombera la faute. »

Louis, qu'on appelait « roi papelard », roi dévot, avait osé, dans l'intérêt du royaume et de la Chrétienté, parler ainsi au pape, successeur de l'apôtre Pierre.

Souviens-toi de cela, Hugues de Thorenc !

Mon père me raconta les derniers jours précédant le départ pour Aigues-Mortes, et ce grand moment que fut, le 26 avril 1248, la consécration solennelle de la Sainte-Chapelle, cette merveille digne du trésor divin et royal, ces reliques qu'elle abritait.

Lorsque j'ai assisté à cette première messe, me dit-il, l'émotion m'a inondé.

Cette chapelle aux deux sanctuaires situés l'un au-dessus de l'autre, avec cette lumière tamisée par d'immenses vitraux, songe, Hugues, au roi qui en eut la vision, et aux hommes qui l'élevèrent comme un immense reliquaire construit à la gloire et en souvenir du Christ.

Cette consécration de la Sainte-Chapelle, au printemps de 1248, fut comme une bénédiction donnée à la croisade, ce vœu du roi de France, Louis IX.

54

Le vendredi 12 juin 1248, j'ai vu le plus puissant des rois de la Chrétienté recevoir comme un humble pèlerin le bourdon et la besace.

J'étais agenouillé comme lui dans l'abbaye de Saint-Denis. Louis a saisi l'oriflamme aux fleurs de lis, puis a rejoint Notre-Dame pour y suivre la messe.

Nous avons communié.

Et Louis, marchant pieds nus, comme un pénitent, a pris la tête d'une procession suivie par tout le peuple, et nous nous sommes rendus à l'abbaye royale de Saint-Antoine-des-Champs.

Ainsi a commencé la croisade de notre grand roi.

Mais il était devenu le pèlerin et le pénitent, le chevalier du Christ. Il n'était plus vêtu richement. Il portait des vêtements modestes, de « bleu et de pers, de camelot ou de noire brunette ou de soie noire ».

Point d'or et d'argent pour orner la selle de son cheval. Et ses éperons n'étaient plus dorés, mais de simple fer.

Nous avons chevauché jusqu'au palais royal de Corbeil. Le roi était entouré par ses frères Robert d'Artois et Charles d'Anjou et par leurs épouses ; la reine Marguerite se tenait près de lui, et tous devaient accompagner le roi en Terre sainte.

La reine Blanche de Castille était d'une extrême pâleur. Et on dut la soutenir quand elle se sépara du roi après l'avoir embrassé, car elle défaillit.

Elle allait gouverner le royaume et veiller sur les trois fils aînés du souverain.

Nous nous sommes dirigés vers Sens, et le roi décida de faire la dernière partie du chemin à pied, comme un pénitent, un pèlerin.

Ses frères et bien des chevaliers – je fus du nombre – marchèrent à ses côtés.

Le roi était le plus humble d'entre nous et il entra avec besace et bourdon au cou dans l'église des franciscains.

Il s'agenouilla devant l'autel et pria.

Quand il sortit de l'église et s'arrêta sur le seuil, j'étais encore à côté de lui. On lui offrit de la part du trésorier de l'église de Sens un grand brochet qu'on lui montra vivant dans l'eau d'un bassin en bois de sapin que les Toscans appellent *bigonca*, dans lequel on lave et baigne les bébés au berceau.

Le roi remercia aussi bien le messager que le donateur.

Mon père s'est interrompu et sourit, les yeux mi-clos, comme s'il rêvait, à demi ensommeillé.

Ce jour-là, reprit-il, les frères franciscains nous offrirent un grand banquet, et le roi voulut prendre les dépenses à son compte. Lui qui faisait souvent pénitence, versant de l'eau dans ses sauces et son vin, s'assit au milieu des frères qui voulaient vivre sa présence parmi eux comme une fête, un moment de grande joie.

Le roi picora, mais sans rechigner, heureux, je le lisais sur son visage, de cette joie franciscaine simple et pleine d'élan.

Nous eûmes d'abord des cerises, puis du pain très blanc et du vin digne de la munificence royale, abondant et excellent.

On força à en boire ceux qui s'y refusaient, mais sans brusquerie, dans un grand mouvement fraternel.

Puis il y eut des fèves fraîches avec du lait d'amande et de la poudre de cannelle, des anguilles rôties avec un excellent assaisonnement, des tartes et des fromages servis dans de petites corbeilles d'osier, des fruits en abondance.

J'ai observé mon père qui dégustait chaque mot, le gardant longtemps en bouche comme s'il voulait retrouver le plaisir qu'il avait éprouvé autrefois, en cet été de l'an 1248.

« Tout cela fut servi courtoisement et avec soin », ajouta-t-il ; puis, après un silence : « Les frères franciscains, connaissant l'humilité du roi, avaient exclu les viandes de leur festin. »

Mon père a-t-il senti que je trouvais ce repas fastueux plutôt inattendu alors que Louis, selon ses propres dires, souvent jeûnait et se mortifiait ?

Louis, dit-il, voulait que le départ en croisade fût aussi une fête et non pas seulement une pénitence. Cette table chargée de mets préparés avec amour par les franciscains était aussi l'occasion d'un partage.

Nous repartîmes, gagnâmes Vézelay, là où saint Bernard avait lui-même prêché la croisade.

Le roi s'abîma en prières et en dévotions, puis nous gagnâmes Lyon où Louis rencontra à nouveau le pape Innocent IV. Le souverain pontife, selon ce que m'en dit Louis, promit de « s'opposer à tous les adversaires du royaume de France ».

On s'embarqua et descendit le Rhône, contraints de faire le siège du château de la Roche-de-Glun dont le seigneur voulait lever péage et avait pris des otages.

Le château fut détruit. J'admirai mon suzerain, Louis le Croisé, Louis le Juste, qui savait combattre et ne pas céder aux seigneurs brigands.

Enfin il y eut la mer qui battait les quais du port d'Aigues-Mortes.

J'ai compté trente-huit grands vaisseaux et des centaines de petites embarcations.

Le navire du roi, *Montjoie*, avait deux ponts et jaugeait cinq cents tonneaux.

Les deux amiraux, Lercaro et Jacopo de Levante, étaient génois. Autour du port, dans Aigues-Mortes, se pressaient des centaines de chevaliers avec leurs valets d'armes et leurs écuyers, des sergents à pied, des arbalétriers.

Peut-être étions-nous plus de vingt mille hommes.

À la mi-août 1248, nous vîmes arriver des milliers d'arbalétriers et de piétons qui voulaient eux aussi partir avec le roi.

Il s'agissait de mercenaires, souvent génois et pisans, qui savaient que la solde serait payée par le roi. Ils crièrent et se querellèrent quand ils comprirent qu'on ne pourrait les embarquer.

Le 25 août 1248, on hissa les voiles.

Mais Dieu retint le vent durant trois jours, comme s'Il voulait s'assurer de notre ferme volonté de partir pour la Terre sainte.

Le 28, Il libéra les vents et les voiles se gonflèrent.

Nous prîmes le large en priant et chantant.

Le roi est agenouillé à la proue de son navire.

Il tient son glaive droit comme une croix.

QUATRIÈME PARTIE

(AOÛT 1248-AVRIL 1250)

« Le Tout-Puissant sait que je suis venu
de France jusqu'ici non pas afin d'obtenir
pour moi des terres ou de l'argent, mais
seulement pour gagner à Dieu vos âmes
qui sont en péril. »

Saint Louis, 1249

55

Nous sommes partis vers la Terre sainte, hommes jeunes encore, dit mon père d'une voix forte et fière. Même si nous avions guerroyé au nord et au sud du royaume de France, de la Flandre au Languedoc, et de l'ouest à l'est, du Poitou à la Champagne, nous avions à peine franchi les trente premières années de notre vie. Comme le dira le roi alors que nos peaux étaient brûlées par le soleil d'Égypte, nous n'avions encore connu que des « terres fertiles, dans un climat tempéré, sous un ciel salubre ». Nous étions pleins de confiance et aucun de nous ne s'est retourné, par cette soirée du 28 août 1248, pour voir la côte de France disparaître à l'horizon.

Nous étions agenouillés auprès du roi à la proue du navire.

Mais, Hugues de Thorenc, mon fils, je n'imaginais pas que cette croix que nous portions cousue sur nos vêtements allait s'enfoncer si profondément dans nos chairs et notre âme. Je ne croyais pas que le Seigneur nous ferait gravir un tel calvaire et que les souffrances et les épreuves, la défaite allaient nous faire renaître différents.

Quand nous retrouvâmes, au bout de six années, « les terres fertiles, le climat tempéré, le ciel salubre », ceux qui nous accueillirent en cet été 1254 ne nous reconnurent pas.

Nos visages étaient creusés, nos corps comme séchés.

Nous étions dans notre quarantième année, mais il me semblait, mon fils, que j'avais vécu aux côtés du Christ et avais été crucifié près de Lui.

Et il me suffisait de regarder le roi pour savoir qu'il partageait ce sentiment.

Nous étions devenus des fils de la Terre sainte. Et c'est pourquoi, plus tard, Louis décida de repartir, et je l'accompagnai de nouveau pour accomplir notre devoir de chrétiens.

Le roi est mort en terre infidèle et je suis au bout de mon chemin.

Tu sais cela, tu l'as vécu, tu as voulu, jeune écuyer, te joindre à nous.

Mais, Hugues, mon fils, je remercie Dieu et le roi de ne pas avoir permis que tu te jettes dans la fournaise que fut la brève et funèbre croisade de 1270.

Mon père ferma les yeux et se recueillit.

Hugues de Thorenc, reprit-il, laisse-moi reprendre souffle, retrouver ce temps où nous étions jeunes encore…

Les vents et la mer furent cléments, dit-il au bout d'un long silence. Mais Dieu nous a fait mesurer plusieurs fois que nous n'étions que fétus de paille quand les vents se déchaînaient. Les navires étaient alors dispersés, poussés d'un bout à l'autre de l'horizon. À bord, les chevaliers les plus vigoureux n'étaient plus que des âmes en peine vidant leurs entrailles. Les machines de siège, pourtant bien arrimées, glissaient sur le pont, cependant que les chevaux entravés tentaient de rompre les cordages en mêlant leurs hennissements aux hurlements du vent.

Le voyage dura près d'un mois, puisque nous entrâmes dans le port de Limassol, à Chypre, dans la nuit du 17 au 18 septembre 1248...

Tout à coup, la voix de mon père s'est affaiblie comme s'il voulait qu'elle fût accordée à la déception qu'il avait ressentie lorsque Louis avait décidé d'attendre dans l'île que finissent l'automne et l'hiver.

On se dirigerait vers Damiette, dans le delta du Nil, aux mois d'avril et mai 1249.

Chaque jour, nous nous rendions sur les quais du port afin de voir arriver les navires chargés de victuailles, d'arbalètes, de machines de siège, de chevaux et de chevaliers, de sergents à pied et d'écuyers.

Au printemps, sur l'île, nous fûmes serrés les uns contre les autres tant nous étions nombreux : près de trois mille chevaliers venus de tous les royaumes de la Chrétienté, cinq mille arbalétriers et quinze mille hommes d'armes, sergents et piétons, et toute cette foule de vivandiers et de lavandières qui suivait et enveloppait les armées.

Je logeais à Nicosie, capitale de Chypre, dans le palais des Lusignan qui régnaient sur l'île.

Chypre avait été conquise au temps du grand-père de Louis, Philippe Auguste, par le Plantagenêt, Richard Cœur de Lion. Mais l'Anglais l'avait cédée à Gui de Lusignan, de bonne lignée française, qui avait été roi de Jérusalem et s'était entouré de vassaux issus du royaume de France.

Le légat du pape, Eudes de Châteauroux, et tous les seigneurs proches du roi logeaient à Nicosie. Les hommes d'armes, la plupart des chevaliers, les arbalétriers vivaient dans un camp près de Limassol, non loin du village de Camenoriaqui.

J'ai souvent parcouru ce camp, tentant d'empêcher que les rixes s'y multiplient. Car les hommes d'armes, quand ils se côtoient, désœuvrés, se battent entre eux. Les Génois haïssaient les Pisans. Les chevaliers anglais affrontaient les Français.

Nous apprîmes que dans le port d'Acre, en Terre sainte, les équipages des navires qui avaient choisi d'y hiverner se livraient une véritable guerre opposant Génois et Pisans. La paix entre eux ne fut rétablie qu'au mois de mars 1249.

Des chevaliers lassés d'attendre quittèrent, malgré les ordres du roi, Chypre pour la Terre sainte.

Cinq cents d'entre eux furent envoyés à Antioche pour secourir le prince Bohémond dont la ville était encerclée par des Turcs eux-mêmes refoulés par les Tartares.

Je fus tenté de me joindre à eux, mais, quand je m'en ouvris au roi, son silence attristé me fit aussitôt renoncer.

« Tu es de mon Conseil, Denis de Thorenc », dit-il seulement quand je lui eus fait part de mon souhait.

Le climat de l'île, cet hiver-là, fut rigoureux ; le vent était glacé, les averses rageuses.

Une épidémie de fièvre de ventre se répandit parmi les hommes d'armes du camp de Camenoriaqui. L'eau des puits était fétide, et chaque jour, durant ces mois gris et noirs, on porta en terre des chevaliers et des hommes d'armes. Au moins cinq cents moururent et, parmi eux, Jean de Montfort, petit-fils de Simon.

On répandit la rumeur que l'eau était empoisonnée, et les chevaliers tentés de quitter l'île furent plus nombreux, si bien qu'il fallut armer des galères pour empêcher les navires de sortir des ports.

Les chevaliers qui s'impatientaient manquaient aussi d'argent et réclamaient à leurs seigneurs les soldes promises, mais les seigneurs eux-mêmes étaient démunis.

Je rencontrai Jean de Joinville qui venait d'arriver sur l'île, accompagné d'une dizaine de chevaliers dont il devait couvrir les besoins.

« Mes chevaliers, me dit-il, me mandent ; si je ne me pourvois pas de deniers, ils me laisseront. »

Et sans doute essaieraient-ils de quitter l'île afin de gagner les villes et forteresses franques de Terre sainte, et de trouver à s'y employer. Je fis part à Louis de la situation de son sénéchal de Champagne. Il l'envoya quérir et l'installa près de lui.

« J'ai plus de deniers qu'il ne m'en faut », me confia ensuite Joinville.

Il fallait toute la générosité, la détermination du roi, sa foi, pour tenir ensemble cette foule d'hommes d'armes qui ne pouvaient même pas s'affronter dans les tournois, défendus par l'Église, puisque toutes les forces devaient être consacrées à la lutte contre les Infidèles.

Au printemps, quand la navigation, une fois passées les tempêtes d'hiver, reprit, des navires débarquèrent de nouveaux chevaliers, ceux du duc de Bourgogne et ceux du prince de Morée, Guillaume de Villehardouin.

Car l'autorité du roi de France était telle que de tous les pays de la Chrétienté affluaient des chevaliers qui avaient pris la croix. Les barons du royaume de Jérusalem, le roi de Chypre et ses vassaux firent de même.

Je crus que le prestige du roi de France serait tel que les Tartares pourraient s'allier à lui contre les Infidèles après s'être convertis. Nous reçûmes leurs envoyés. Nous écoutâmes le dominicain André de Longjumeau qui avait séjourné dans l'Empire mongol et assurait qu'y vivaient de nombreux chrétiens.

Louis fit même confectionner une chapelle de toile dont les parois peintes racontaient la vie de Notre Seigneur Jésus-Christ. Le père André de Longjumeau devait l'offrir au Grand Khan mongol.

Il partit, chargé de nos folles espérances.

Je crus aussi que l'on pourrait réunir tous les chrétiens, qu'ils fussent grecs ou latins.

Et j'ai pensé que cette croisade conduite par un tel roi, suscitant un tel élan, serait capable de conquérir et protéger pour toujours l'héritage du Christ.

Je me fiais au roi qui avait décidé que nous devions d'abord débarquer dans le delta du Nil, à Damiette, conquérir Le Caire, utiliser ces terres fertiles comme tremplin pour reconquérir la Terre sainte.

Jérusalem tomberait comme le fruit mûr de la prise du Caire.

Saint Louis envoya un messager au sultan d'Égypte Ayyub, lui demandant de se soumettre et de se convertir à la foi en Christ. Sinon, le roi de France s'emparerait des terres du sultan et l'Égypte deviendrait un royaume vassal de celui de France, le frère du roi, Robert d'Artois, en recevant la couronne.

Mais nous savions tous que le sultan ne se convertirait pas et qu'il disposait, entre le port de Damiette et Le Caire, de la puissante forteresse de

Mansourah que de nombreux marchands italiens qui commerçaient avec l'Égypte et fréquentaient les ports de Damiette et d'Alexandrie avaient vue en remontant le Nil.

Mais lorsque, le jour de l'Ascension, 13 mai 1249, je vis dans le port de Limassol une flotte de plus de deux cents embarcations de toutes tailles rassemblée autour du navire du roi, je ne doutais pas de notre victoire.

Nous étions l'armée du Christ, oriflammes déployées, guidée par le plus juste et le meilleur des rois.

56

« Ce 13 mai 1249, à peine avions-nous quitté le port de Limassol que Dieu voulut éprouver notre courage en déchaînant la tempête. »

La voix de mon père s'est brisée alors qu'il décrivait ces navires jetés contre les rochers, ces voiles déchirées, ces oriflammes arrachées, ces vagues balayant le pont, les navires contraints de regagner le port.

J'ai prié aux côtés du roi – a poursuivi mon père – en essayant de lire sur son visage la réponse qu'il donnait aux questions que nous nous posions tous : pourquoi cette punition divine ? quelle était notre faute ? Dieu nous reprochait-Il de vouloir conquérir un royaume en Égypte au lieu de nous diriger vers la Terre sainte ?

Accusait-Il le roi de détourner la croisade de son but ?

En te parlant, mon fils, je retrouve l'angoisse qui m'étreignait alors que la tempête paraissait ne pas vouloir cesser, et que même à l'abri du port nos navires étaient si malmenés que certains se brisèrent.

Nous ne pûmes reprendre la mer que le 30 mai de l'an 1249, mais alors il suffit de quelques instants de navigation sur une mer calmée pour que nous oubliions l'épreuve.

Nous criâmes de joie quand, devant Damiette, le 4 juin, les bombardes de nos navires coulèrent trois galères égyptiennes, mettant en fuite la quatrième.

Les chevaliers commencèrent aussitôt à débarquer en dépit des cavaliers arabes qui formaient, tout au long du rivage, une ligne noire sur le sable blanc, dans l'éclatante et brûlante chaleur égyptienne.

J'étais aux côtés du roi à la proue du navire.

Quand Louis entendit dire que l'oriflamme de Saint-Denis était à terre, il parcourut le pont de son vaisseau à grands pas, et, malgré le légat du pape, pour ne pas abandonner l'oriflamme, il sauta à la mer dont il eut de l'eau jusque sous les bras. Et il alla l'écu au col, le heaume sur la tête, le glaive en main, jusqu'à ces hommes qui étaient sur la rive.

Quand il aperçut les Sarrasins, il demanda quels gens c'était, et on lui dit qui c'était ; alors, le glaive sous l'aisselle et l'écu devant lui, il eût couru à cette canaille si nous, qui étions autour de lui, ne l'en eussions empêché. Je l'ai laissé avec le légat et les chevaliers, les « prud'hommes » qui lui faisaient escorte.

J'ai rejoint les chevaliers qui avaient mis pied à terre, planté le sabot de leur lance dans le sable, dressant ainsi une rangée de piques, une herse de fer face aux cavaliers musulmans qui venaient s'y briser. Les arbalétriers les déchiraient de leurs traits.

Nous sommes remontés en selle et nous les avons poursuivis, et, me retournant, j'ai vu qu'on retenait le roi pour l'empêcher de charger à nos côtés.

Nous entrâmes à la suite des fuyards dans Damiette, et le lendemain 6 juin 1249, Louis s'y installa en souverain.

Nous embrassâmes les chrétiens retenus comme esclaves par les musulmans, dont nous venions de briser les chaînes. Ils rejoignirent aussitôt les rangs des croisés.

Nous priâmes pour nos morts dans l'ancienne grande mosquée qui avait été consacrée cathédrale Notre-Dame.

Louis s'agenouilla devant le corps d'Hugues de Lusignan, comte de la Marche, tombé parmi ses chevaliers.

« Allons ensevelir ces martyrs, dit-il. Ils sont morts ; donc, nous qui sommes toujours vivants pouvons supporter cette tâche. Ne vous laissez pas écœurer par ces corps, car ce sont des corps de martyrs qui ont souffert la mort pour Notre Seigneur et qui sont maintenant au Paradis. »

Nous étions, nous, vivants, qui n'en savions rien encore, aux portes de l'Enfer, murmura mon père.

La chaleur était notre souffrance, la maladie notre géhenne. Les eaux du Nil en crue charriaient les morts, se chargeaient de la pourriture des chairs. Nous buvions cette eau noirâtre. La peau de nos jambes, tachetée de noir, devenait couleur de terre ainsi qu'une vieille botte. Il venait de la chair pourrie aux gencives. Il fallait que les barbiers ôtassent cette chair pour donner moyen de mâcher les aliments et d'avaler. C'était grande pitié, car les hommes d'armes malades, auxquels on ôtait ces chairs, geignaient comme femmes en mal d'enfants. Quand le nez saignait, il fallait mourir.

Mais il était aussi d'autres maladies.

L'âme des hommes pourrissait avant même leur chair. On pillait, on banquetait, on partageait la couche des folles femmes venues tenir commerce de leur corps jusqu'à quelques pas de la tente du roi.

On se querellait pour le partage du butin.

On ne respectait plus les ordres du roi, qui avait interdit de sortir de la ville afin de ne pas être tué par les Sarrasins.

Et les musulmans s'aventuraient jusque dans Damiette, profitant de la nuit, de l'ivresse, de la débauche, de la maladie, pour égorger des hommes qui succombaient dans un râle.

J'ai entendu Robert d'Artois, le fougueux frère de Louis, marteler qu'il fallait marcher sur Le Caire sans attendre. Après avoir écouté tous les avis, le roi approuva son frère.

Et l'armée se mit en marche, mais nous étions déjà le 20 novembre 1249 et nous ne parvînmes devant la forteresse de Mansourah qu'un mois plus tard.

Elle était orgueilleuse de ses tours et de ses remparts, séparée de nous par un bras du Nil, le Bahr-al-Seghir.

Nous nous arrêtâmes sur la rive. De l'autre côté du bras du Nil, l'armée du sultan nous faisait face. Sur le Bahr-al-Seghir croisaient des navires égyptiens.

Il fallait construire une chaussée et un pont, et le roi, comme chacun de nous, se mit au travail sous une grêle de flèches tirées par les musulmans.

On avança des chats-châteaux, ces sortes de galeries couvertes surmontées de tours afin de protéger les hommes qui, à l'intérieur de la galerie, travaillaient à l'abri des flèches. Mais les musulmans avancèrent à leur tour des machines de guerre qui lançaient des projectiles chargés de feu grégeois. J'ai gardé une nuit les chats-châteaux et le seigneur Gautier d'Écurey, qui observait l'autre rive du Bahr-al-Seghir, vint nous avertir :

« Nous sommes dans le plus grand péril où nous avons jamais été, dit-il. Ils ont amené un engin, un pierrier, et ils ont mis le feu grégeois dans la fronde de l'engin. S'ils brûlent nos châteaux et que nous y demeurons, nous sommes perdus et brûlés ; et si nous laissons les postes qu'on nous a baillé à garder, nous sommes honnis. C'est pourquoi nul ne peut nous défendre de ce péril, excepté Dieu. Je suis donc d'avis et vous conseille que toutes les fois qu'ils nous lanceront le feu, nous nous mettions sur nos coudes et nos genoux et priions Notre Seigneur pour qu'Il nous garde de ce péril. »

Nous le fîmes sitôt qu'ils lancèrent le premier coup, lequel tomba entre nos deux chats-châteaux.

J'ai entendu Louis crier à chaque fois qu'un feu grégeois traversait le ciel :

« Beau Sire Dieu, gardez-moi ma gent ! »

Mais chaque jour et chaque nuit, des hommes d'armes et des chevaliers, même s'ils étaient en prière, mouraient comme si un bûcher avait fondu sur eux depuis les cieux.

Cela dura plus de deux mois, puis un Bédouin converti nous révéla que, non loin de notre camp, un gué mal gardé permettait de franchir le Bahr-al-Seghir.

Nous remerciâmes Dieu qui nous montrait le chemin.

J'ai demandé au roi de me laisser rejoindre le maître du Temple, Guillaume de Sonnac, qui, avec ses chevaliers, allait forcer le passage. Le roi me l'accorda.

Nous traversâmes le Bahr-al-Seghir, dispersâmes trois cents cavaliers arabes, puis continuâmes notre chevauchée en poursuivant les fuyards jusqu'au camp égyptien, suivis par le frère du roi, Robert d'Artois. Et nous fîmes grand massacre parmi les musulmans surpris.

Dieu et le courage des chevaliers du Temple, de ceux du comte de Salisbury et de Robert d'Artois, nous ont donné la victoire.

Mon père a levé la main avec solennité :
« Écoute-moi avec attention, Hugues de Thorenc, mon fils. Dieu juge aussi les hommes à leur sagesse, à leur prudence et à leur raison. Il reprend ce qu'Il a donné quand ceux qu'Il a distingués et aidés le déçoivent par leur démesure. »

Nous étions au milieu du camp égyptien dévasté. Nous devions attendre l'arrivée de l'armée conduite par le roi. Mais, devant nous, la forteresse de Mansourah paraissait s'offrir, portes ouvertes, pour accueillir les fuyards, sans fossés ni troupes pour la protéger.

C'était l'appât du diable, et, malgré nos avis, Robert d'Artois se précipita, entra dans la place. Que pouvions-nous faire, sinon charger à ses côtés et subir avec lui les milliers de traits d'arbalète que des tours et des terrasses nous envoyaient les défenseurs ?

Nous étions perdus dans un dédale de rues. Les Mamelouks nous désarçonnaient, nous égorgeaient. Et ainsi périrent Robert d'Artois, le comte de Coucy, le comte de Salisbury et près de trois cents chevaliers du Temple. Nous fûmes encerclés, nous battant à un contre dix. Dieu nous punissait de notre déraison, du pillage auquel s'étaient livrés, dès qu'ils étaient entrés à Mansourah, certains hommes d'armes oublieux de leur devoir et de la précarité de leur situation.

Ce n'est qu'à la fin de cette journée du 8 février 1250 que les troupes conduites par le roi réussirent à nous rejoindre et à faire fuir les Sarrasins.

Nous étions victorieux, mais les eaux du Bahr-al-Seghir charriaient des centaines de corps chrétiens, ceux des chevaliers qui s'étaient noyés en passant le gué, ceux qui étaient tombés en combattant.

J'ai vu le roi, son épée rouge de sang infidèle.

Il avait dû se dégager à grands coups de lame, chargeant à la tête des chevaliers.

« Jamais, me dit Jean de Joinville, je ne vis si beau chevalier, car il paraissait au-dessus de toute sa gent, les dépassant à partir des épaules, un heaume doré en son chef, une épée d'Allemagne à la main. »

57

Hugues de Thorenc, mon fils, souviens-toi de la gloire et de l'héroïsme du roi, ce 8 février 1250, à Mansourah, car je vais devoir revivre avec toi un calvaire, cette retraite que nous fîmes, et comment nous laissâmes sur la route de Damiette les corps de la plupart de nos compagnons, et comment le roi fut pris par les Infidèles.

Quel peut être pire destin, pour un roi chrétien venu protéger l'héritage du Christ, la Terre sainte, que d'être rendu à merci aux Infidèles ?

Mon père avait des sanglots dans la voix et il me semblait parfois qu'il allait vomir de désespoir.

Dans les deux ou trois jours qui suivirent la bataille, poursuit-il, alors que nous étions encore à Mansourah, nous essayâmes d'aider le roi à surmonter la tristesse qu'il avait de la mort de son frère Robert d'Artois.

Un chevalier de l'ordre des Hospitaliers lui dit d'une voix rude :

« Hé, Sire, ayez bon réconfort, car si grand honneur n'advint jamais à un roi de France... Pour combattre vos ennemis, vous avez passé une rivière à la nage, vous les avez déconfits et chassés du champ de bataille, et avez pris leurs engins et leurs tentes où vous coucherez encore cette nuit ! »

J'entendis Louis remercier Dieu de ce qu'en effet Il lui avait donné, mais de ses yeux coulaient des larmes bien grosses.

Elles n'eurent pas le temps de sécher.

Les Infidèles attaquaient et je dus charger aux côtés du roi pour chasser les Sarrasins qui encerclaient le frère du roi, Charles d'Anjou. Et, plus tard, Alphonse de Poitiers, autre frère du roi, fut submergé d'assaillants et sauvé par les valets d'armes.

Les Infidèles surgissaient de toutes parts.

Leurs navires sillonnaient les bras du Nil, coulaient les embarcations chrétiennes, nous isolaient de Damiette.

Alors la disette nous accabla en même temps que l'eau pourrie nous gangrenait, faisant gonfler nos gencives et tomber nos dents.

J'ai soutenu de mes bras le roi qui voulait demeurer avec nous, s'opposant à ceux qui souhaitaient qu'il embarquât afin de regagner plus vite Damiette, même si le risque était grand de se heurter, là, aux navires égyptiens.

— Sire, lui disait son frère Charles d'Anjou, vous faites mal de résister aux bons conseils que vous donnent vos amis de monter dans un navire, car à vous attendre à terre, la marche de l'armée est retardée, non sans péril.

J'entendis le roi répondre :

— Comte d'Anjou, comte d'Anjou, si je vous suis à charge, débarrassez-vous de moi, mais je n'abandonnerai pas mon peuple !

On s'était remis en marche dans la nuit du 5 au 6 avril 1250. Les Infidèles nous poursuivaient.

J'étais avec le roi dans l'arrière-garde, et il était si las, dévoré par la fièvre, que nous le couchâmes dans l'une des maisons d'un petit village dont le nom me revient aujourd'hui : Munyat-Abu-Abdallah.

Je combattis dans la rue pour tenter de repousser les Sarrasins qui déferlaient.

Un chevalier, Gautier de Châtillon, tomba près de moi et je me réfugiai dans la maison où se trouvaient, autour du roi, ses frères et ses proches.

Sur mes pas, les Sarrasins entrèrent, brandissant les armes rougies du sang chrétien.

Le roi s'avança et à l'émir qui se présentait il demanda la vie sauve pour ses compagnons.

Les Infidèles le traitèrent avec respect, mais pillèrent les coffres, étalèrent le manteau d'écarlate rouge, brodé d'hermine, du roi de France pour les y déverser.

Les Sarrasins nous annoncèrent que l'armée du roi avait été défaite à Fariskur, à deux jours de marche de Damiette.

Le roi leur dit :

« Le Tout-Puissant sait que je suis venu de France jusqu'ici non pas afin d'obtenir pour moi des terres ou de l'argent, mais seulement pour gagner à Dieu vos âmes qui sont en péril. Si, accomplissant mon vœu, j'ai pris sur mes épaules ce dangereux fardeau, ce n'était pas pour mon avantage, mais pour le vôtre. »

Les Sarrasins l'écoutaient, attendant qu'un interprète, sans doute un marchand syrien, traduisît les propos du roi.

Ils riaient alors avant de cracher des mots avec une injurieuse violence.

— On pourra m'occire, ajouta Louis. On pourra m'extorquer de l'argent jusqu'à épuisement, mais jamais la ville de Damiette, conquise par un miracle divin, ne vous sera rendue !

Les rires et les exclamations des Infidèles qui savaient Damiette à nouveau entre leurs mains n'effacèrent pas l'orgueil que j'éprouvais à servir un roi, chevalier valeureux, homme de foi, que l'adversité ne brisait pas.

CINQUIÈME PARTIE

(AVRIL 1250-SEPTEMBRE 1254)

« Je n'ai point gagné ce que je désirais le plus
gagner, la chose pour laquelle j'avais laissé mon
doux royaume de France et ma mère, plus chère
encore, qui criait après moi, la chose pour laquelle
je m'étais exposé aux périls de la mer
et de la guerre...
— Et qu'est-ce donc, ô Seigneur Roi,
que vous désirez si ardemment ?
— C'est votre âme que le Diable se promet
de précipiter dans le gouffre ! »

Entretien de Saint Louis,
durant sa captivité, avec un émir, mai 1250

58

J'étais auprès du roi en ces jours d'avril et mai 1250 qui furent ceux de la plus grande épreuve que puisse endurer un souverain chrétien.

Nous entendions les cris des chevaliers et des hommes d'armes malades ou blessés que les Infidèles massacraient. Ni le plus humble des arbalétriers, des sergents à pied, ni le plus riche des barons, ni le roi ne pouvaient imaginer, prévoir ce qu'il adviendrait de lui dans l'heure d'après.

J'entendis les menaces proférées contre le roi : on allait le torturer s'il n'abjurait pas.

On frôlait son visage et sa poitrine avec la lame d'un glaive couvert de sang séché.

Puis le sultan se présentait à lui, lui faisait confectionner une robe de soie noire fourrée de vair et de gris, où il y avait grande foison de boutons d'or, et ordonnait qu'on le soignât.

Il interrogeait le roi avec respect, indiquait que les Mamelouks avaient tué près de trente mille chrétiens, sans compter ceux qui s'étaient jetés dans les flots et s'y étaient noyés. Les prisonniers étaient si nombreux, peut-être une vingtaine de milliers, qu'il fallait bien tuer ceux qui ne pouvaient marcher.

Nous écoutions en dissimulant nos larmes.

Des Sarrasins poussaient parmi nous des barons qui venaient d'être pris sur les navires qui tentaient de gagner Damiette.

Joinville avait jeté dans le Nil ses bijoux, ses pièces d'or, et même ses reliques afin qu'elles ne fussent pas profanées.

Les mariniers n'avaient eu la vie sauve qu'à condition de se convertir à l'islam, et tous l'avaient fait aussitôt.

Puis on avait relégué les barons à fond de cale après les avoir enchaînés.

Dans cette pénombre poisseuse, avec la honte et la mort pour compagnes, l'un d'eux répétait qu'ils avaient tous été fols, aveuglés par Satan, de se faire la guerre quand ils vivaient libres dans leur royaume de France, ou en Languedoc ou Poitou, en Flandre ou Champagne. Et si Dieu les reconduisait en terre française, ils se souviendraient de ce qu'ils avaient vécu et vivraient désormais en bonne entente.

Et ils seraient fidèles à leur roi, qui, lorsqu'il établissait avec le sultan et ses émirs les conditions de sa libération contre une rançon de cinq cent mille livres, exigeait que tous les chrétiens eussent le même sort que lui.

Les Sarrasins étaient chaque jour plus admiratifs du roi qu'un émir appelait « homme sage et de très grande intelligence ».

« Comment a-t-il pu venir à l'esprit de Votre Majesté, eu égard à toute la vertu et au bon sens que je vois en lui, lui demandait-il, de monter sur un navire et de chevaucher le dos des vagues, de venir dans un pays peuplé de musulmans et de guerriers dans la pensée de le conquérir et de s'en faire le seigneur ? Cette entreprise est le plus grand risque à quoi il pouvait s'exposer, lui et ses sujets. »

Le roi savait-il que la Loi musulmane interdisait de recevoir le témoignage de quelqu'un qui avait plusieurs fois pris la mer, car il s'agissait d'un insensé ?

Le roi avait ri.

Et l'interprète avait hésité à traduire ses propos quand il avait dit qu'il avait voulu et voulait encore sauver les âmes des Infidèles, les convertir à la foi chrétienne.

L'émir avait ri à son tour. Le roi avait poursuivi :

« Je ne puis assez m'étonner que vous, qui êtes des hommes discrets et circonspects, vous ajoutiez foi à cet enchanteur, Mahomet, qui commande et permet tant de choses déshonnêtes. En effet, j'ai regardé et examiné son Alcoran et je n'y ai vu qu'impuretés, tandis que d'après les âges anciens, voire les païens, l'honnêteté est le souverain bien dans cette vie... »

L'émir eut un mouvement de colère et nous nous serrâmes autour du roi.

Nous priâmes.

Nous nous confessâmes les uns aux autres, persuadés que notre sort était scellé.

On menaça à nouveau de soumettre Louis à la torture. Puis les négociations entre le sultan et lui reprirent. Le sultan réclamait cinq cent mille livres pour la libération du seul roi. Celui-ci répondit qu'il n'était pas homme à être racheté à prix d'argent, mais qu'il pouvait remettre Damiette comme rançon pour lui, et les cinq cent mille livres pour celle des prisonniers chrétiens.

Le sultan accepta et, dans un geste généreux, réduisit la rançon de cent mille livres.

La prière était notre bouclier, la foi notre glaive.

Mais Dieu laisse à l'homme la liberté de choisir s'il veut être valeureux ou lâche, fidèle ou félon. Et, au moment de l'épreuve, on reconnaît les âmes de pur métal de celles qui se corrodent.

L'âme du roi fut sans tache.

Il interdit aux barons de négocier chacun pour soi le montant de leur rançon, ce qui eût condamné les plus pauvres à ne jamais recouvrer la liberté. La rançon versée était pour tous.

Et la reine Marguerite, qui était à Damiette, rassembla en quelques jours deux cent mille livres.

Et tous l'entendirent, alors qu'elle était grosse, s'attendant à tout instant à donner naissance à l'enfant, s'employer à convaincre Pisans et Génois de ne pas s'enfuir, mais de demeurer fidèles au roi.

Le jour même de l'accouchement, alors que son fils était né, ondoyé, prénommé Tristan car le temps était à la tristesse, elle les convoqua et leur dit :

« Seigneurs, pour l'amour de Dieu, n'abandonnez pas cette ville. Elle est la rançon du roi et tous ceux qui sont avec lui seraient perdus si elle était prise. Ayez pitié de cette chétive créature, Tristan, mon fils que voici, et attendez que je sois relevée. »

Comme les Italiens exprimaient la crainte d'être affamés, elle les retint tous aux gages du roi.

Et Damiette put rester la rançon de Louis.

Nous sûmes tous qu'elle avait dit à un vieux chevalier, avant qu'elle accouchât :

« Je vous demande, par la foi que vous m'avez baillée, que si les Sarrasins entrent dans la ville, vous me coupiez la tête avant qu'ils me prennent. »

Elle s'était agenouillée devant lui, sollicitant cette grâce.

Le chevalier l'avait relevée et lui avait répondu :

« Soyez certaine que je le ferai volontiers, car j'y avais déjà pensé. »

Ainsi fut la reine, héroïque, quand d'autres, avec félonie, s'enfuirent, prisonniers de leur peur.

D'autres encore, tel Philippe de Nemours, se vantèrent d'avoir, à la pesée des espèces de la rançon, réussi à tromper les Sarrasins. Le roi s'indigna qu'on ne respectât pas la parole qu'il avait donnée, et fit compléter la rançon.

Mais bravoure et droiture ne doivent pas rendre aveugle.

Chaque jour, les musulmans violaient leurs engagements, massacraient leurs prisonniers, car ils en avaient en trop grand nombre. Aussi la reine Marguerite et tous les chrétiens que la maladie ou les blessures n'immobilisaient pas quittèrent Damiette et embarquèrent avant que les portes de la ville ne fussent ouvertes aux Infidèles.

Bien leur en prit, car les musulmans, dès qu'ils pénétrèrent dans Damiette, massacrèrent tous les chrétiens qu'ils y trouvèrent.

Nous qui étions aux côtés du roi, attendant qu'on nous conduisît jusqu'à l'embarcadère, comprîmes que notre sort était encore incertain.

Certains des musulmans étaient menaçants, refusant de nous laisser partir, et la foule qui entourait le camp des Infidèles les soutenait, hurlant contre nous.

D'autres, scrupuleux des accords conclus, nous conduisirent jusqu'au rivage.

La foule hostile nous suivait.

Nous vîmes une galère génoise amarrée à l'embarcadère sur lequel se pressait un groupe d'hommes. Quand nous fûmes proches d'eux, il y eut un coup de sifflet et ces hommes dévoilèrent leurs arbalètes, visant la foule des Infidèles qui s'enfuit. Alors nous pûmes embarquer.

Nous nous éloignâmes rapidement du rivage. Les rames des galériens battaient la mer au rythme du tambour de la chiourme, et c'était comme si elles faisaient écho aux battements de nos cœurs.

Nous pensions tous aux milliers de prisonniers qui restaient encore entre les mains des Infidèles.

Et à ceux des seigneurs, les comtes de Flandre, de Soissons et de Bretagne, qui regagnaient la France, contrevenant aux désirs du roi qui avait décidé de faire voile vers le port de Saint-Jean-d'Acre, en Terre sainte.

Car le roi n'avait pas renoncé à la croisade.

Il s'indigna quand il apprit que son frère, Charles d'Anjou, violant les interdits imposés aux croisés, jouait aux dés.

Il les jeta par-dessus bord.

Puis il s'agenouilla et je l'entendis répéter les paroles qu'il avait prononcées le jour de son sacre, à Reims :

« Beau Sire Dieu, je lève mon âme vers Vous, et me fierai à Vous ! »

59

Le roi s'est agenouillé et a embrassé la Terre sainte.

Et nous tous, qui débarquions après lui de la galère génoise, l'avons imité.

Avec lui nous avons rendu grâces à Dieu de nous avoir permis de prier sur la terre du martyre et de la résurrection de Jésus-Christ.

Puis, alors que nous nous dirigions vers le château royal, j'ai regardé cette cité de Saint-Jean-d'Acre bâtie sur un long promontoire séparant la rade de la mer. Sur une colline située au nord de la ville, des maisons blanches et basses formaient un bourg hors de l'enceinte qui protégeait les vieux quartiers et s'appuyait au château royal.

Lorsque le roi a dit qu'il faudrait protéger ce bourg par une muraille, j'ai su qu'il songeait à demeurer en Terre sainte.

Dans les jours qui suivirent, son intention se confirma.

Le sultan d'Égypte, qui avait signé avec le roi une trêve de dix ans, ne la respectait pas.

Au lieu de délivrer tous les prisonniers, comme promis, il n'en remit aux envoyés du roi que quatre cents. Il en restait près de douze mille en Égypte.

Alors le roi réunit les barons et chevaliers qu'il avait coutume de consulter. Sa voix tremblait de colère :

« Les émirs, dit-il, malgré la trêve conclue et jurée, ont choisi parmi leurs prisonniers des jeunes gens qu'ils ont forcés, l'épée sur la tête, d'abjurer la foi catholique et d'embrasser celle de Mahomet, ce que plusieurs ont eu la faiblesse de faire, mais les autres, comme des athlètes courageux, enracinés dans leur foi et persistant constamment dans leur ferme résolution, n'ont pu être ébranlés par les menaces ni par les coups des ennemis, et ils ont reçu la couronne du martyre. Leur sang, nous n'en doutons pas, crie au Seigneur pour le peuple chrétien. Ils seront plus utiles dans cette patrie que si nous les eussions conservés sur la terre. Les musulmans ont aussi égorgé plusieurs chrétiens qui étaient restés malades à Damiette. »

Il n'en dit pas plus ce jour-là, mais, un dimanche, il envoya chercher ses frères, les comtes, les gentils-hommes, et quand nous fûmes réunis dans l'une des salles voûtées du château royal, il nous dit :

« Seigneurs, Madame la reine ma mère m'a mandé et prié, dans les termes les plus forts possible, de revenir en France, car mon royaume est en grand péril par la faute du roi d'Angleterre qui ne me laisse ni paix ni trêve.

« Les gens d'Acre à qui j'en ai parlé m'ont dit que si je m'en retournais, cette terre serait perdue, personne ne voulant plus y demeurer après mon départ avec si peu de gens. Ainsi je vous prie de réfléchir là-dessus, et comme l'affaire est d'importance, je vous laisse le temps de me répondre ce que bon vous semblera d'ici à huit jours. »

— Hugues de Thorenc, mon fils, sache que jamais mes nuits ne furent aussi courtes.

Je n'étais que le comte Denis Villeneuve de Thorenc, et personne parmi les grands seigneurs ne s'enquit de mon avis.

Quand, le dimanche venu, le roi demanda à chacun de donner sa réponse, les frères du roi, Charles d'Anjou et Alphonse de Poitiers, et les autres seigneurs dirent qu'ils avaient choisi Guy de Mauvoisin pour être leur interprète.

Celui-ci se leva et énonça d'une voix solennelle :

« Sire, vos frères et les gentilshommes ici présents ont considéré votre situation et ont jugé qu'il vous était impossible de demeurer ici pour l'honneur de votre royaume, car des mille huit cents chevaliers que vous avez amenés en Chypre, il n'en reste ici pas une centaine. Ainsi donc, ils vous conseillent, Sire, de retourner en France et de vous y procurer des hommes et de l'argent, grâce à quoi vous puissiez revenir rapidement dans ce pays pour vous venger des ennemis de Dieu et de la captivité qu'ils vous ont infligée. »

Le roi exigea que chacun s'exprimât et je crus que tous approuveraient Guy de Mauvoisin.

Et puis il y eut le comte de Jaffa qui dit seulement : « Mon château est sur la frontière, et si je conseillais au roi de demeurer, on penserait que c'est par intérêt. »

Le légat interrogea Jean de Joinville, qui s'exprima avec colère :

« Que le roi emploie ses fonds, dit-il, qu'il envoie chercher des chevaliers en Morée et outre-mer. Ainsi il pourra faire campagne pendant un an et, grâce à son séjour, les pauvres pèlerins qui ont été faits prisonniers au service de Dieu ou du sien seront délivrés. Autrement, ils ne sortiront jamais de captivité. »

Le maréchal de France Guillaume de Beaumont approuva Joinville. Mais son neveu, qui avait fort envie de rentrer en France, s'écria : « Que voulez-vous dire ? Rasseyez-vous et fermez votre gueule ! »

Le roi intervint :

— Monsieur Jean de Beaumont, vous faites mal, laissez-le parler.

— Certes, Sire, je ne le ferai pas !

Il se tut et personne ne me prêta attention quand je dis qu'il y avait quelque déraison à prêcher le départ du roi de Terre sainte dans l'intention de préparer son retour ici.

Je n'ai pas ajouté que je pensais que c'étaient mensonge et félonie.

Le roi se leva :

« Seigneurs, je vous ai bien entendus, dit-il. Je vous répondrai sur ce qu'il me plaira de faire d'aujourd'hui en huit. »

Je n'ai pas été surpris quand, le dimanche suivant, Louis, après avoir dit que Madame la reine avait assez de gens pour défendre le royaume, ajouta en haussant la voix :

« J'ai considéré qu'à aucun prix je ne devais laisser perdre le royaume de Jérusalem que je suis venu conquérir et garder. Mon avis est maintenant de rester. Venez me parler hardiment. Je vous donnerai tant d'argent que ce ne sera pas ma faute, mais la vôtre, si vous ne voulez pas demeurer. »

Un mois plus tard, j'ai entendu la voix courroucée du roi lancer devant les barons réunis :

— Seigneurs, il y a déjà un mois que l'on sait mon dessein de demeurer ici, et je n'ai pas encore appris que vous m'ayez retenu un seul chevalier !

Et j'ai dû entendre aussi la réponse des grands barons :

— Sire, nous n'en trouvons pas, car tous se font si exigeants, tous si désireux qu'ils sont de retourner dans leur pays, que nous n'osons donner ce qu'ils demandent…

— Et qui trouverez-vous à meilleur marché ? demanda le roi.

On cita mon nom et celui du sénéchal de Champagne. Le roi nous convoqua. Jean de Joinville s'agenouilla et je l'imitai.

Le roi nous fit asseoir.

— Mes gens disent qu'ils vous trouvent dur, dit le roi à Joinville.

— Sire, je n'y peux rien, j'ai été fait prisonnier sur l'eau, il ne me demeure plus rien, car j'ai perdu tout ce que j'avais. J'ai dit que je n'avais rien possédé, que j'étais nu de richesses.

Le roi nous saisit la main et dit :

— Je vous prends à mes gages.

D'autres chevaliers sont venus nous rejoindre, mais nous n'étions plus la grande armée de la croisade. La mort avait moissonné à grands coups de faux dans nos rangs.

Le roi cependant ne renonça pas. Il décida de renforcer les remparts des villes de Terre sainte, d'y élever des tours et des forteresses, de colmater les brèches dans les murailles des cités franques. Et à Acre, à Césarée, à Jaffa, à Sidon, sous sa direction des centaines de chrétiens se mirent à l'œuvre.

La certitude qu'un jour nous marcherions à partir de ces forts et de ces villes de la côte vers

Jérusalem se renforça en même temps que ces défenses.

Louis refusa même de se rendre en pèlerinage à Jérusalem, comme le lui proposait le sultan, qui lui offrait un sauf-conduit. Il n'entrerait à Jérusalem qu'en vainqueur, qu'en héritier du Christ, qu'en libérateur de la ville où Jésus avait souffert.

Il rassembla une nouvelle fois ses barons et ses chevaliers et nous annonça qu'il avait décidé de renvoyer en France ses deux frères, Charles d'Anjou et Alphonse de Poitiers.

Car des messagers arrivés de France lui avaient appris que le royaume était parcouru par des foules exaltées que guidait un moine cistercien que l'on nommait le Maître de Hongrie.

Celui-ci avait quitté son ordre, prêchait des paroles de justice qui devenaient vent de révolte contre l'Église et les puissants.

Il prétendait rassembler une armée qui rejoindrait la Terre sainte et libérerait le roi Louis qu'il affirmait prisonnier des Infidèles.

Tous ceux que la faim tenaillait, que la richesse des grands indignait, que les ors de l'Église blessaient, rejoignaient ces bandes qui allaient de ville en ville, de Rouen à Orléans, d'Amiens au Puy.

Les jeunes pâtres quittaient leurs troupeaux et suivaient le prédicateur.

On assurait que cette *croisade des pastoureaux* bénéficiait de l'appui de la reine Blanche de Castille. N'avait-elle pas ouvert les portes de Paris au Maître de Hongrie qui avait prêché en l'église Saint-Eustache ?

Mais, bientôt, il fut pourchassé, et les milices communales, les sergents du roi traquèrent ces pastoureaux, qui pillaient, dévastaient les églises, brûlaient les synagogues. Et le Maître de Hongrie fut capturé et pendu à Bourges.

Les frères du roi devaient apporter consolation et soutien à la reine Blanche de Castille.

Le roi nous lut la lettre qu'il confiait à ses frères :

« Louis, par la grâce de Dieu, roi des Français, à ses chers et fidèles prélats, barons, guerriers, citoyens, bourgeois et à tous les autres habitants de son royaume, à qui ces présentes lettres parviendront.

« Pour l'honneur et la gloire du nom de Dieu, désirant de toute notre âme poursuivre l'entreprise de la croisade, nous avons jugé convenable de vous informer tous... »

Mon fils, en écoutant le roi, j'ai à nouveau gravi notre calvaire, celui menant de notre espérance à nos défaites, à nos humiliations et à nos souffrances. Le roi ne dissimulait rien, mais sa parole n'était point désespérée. « Les Français, disait-il, sont un peuple privilégié pour la conquête de la Terre sainte, que vous devez regarder comme votre propriété.

« Nous vous invitons tous à servir Celui qui vous servit sur la Croix en répandant son sang pour votre salut, car la nation infidèle qui s'est emparée de l'héritage du Christ est une nation criminelle : outre les blasphèmes qu'elle vomit, en présence du peuple chrétien, contre le Créateur, elle bat de verges la Croix, crache dessus et la foule aux pieds en haine de la foi chrétienne. Courage, donc, soldats du Christ ! Armez-vous et soyez prêts à venger ces outrages et ces affronts, prenez exemple sur vos devanciers !

« Faites donc vos préparatifs et que tous ceux à qui la vertu du Très-Haut inspirera de venir ou d'envoyer du secours soient prêts pour le mois d'avril ou de mai prochain… La nature de l'entreprise exige la célérité, et tout retard deviendrait funeste…

« Pour vous, prélats et autres fidèles du Christ, aidez-nous auprès du Très-Haut par la ferveur de vos prières ! Ordonnez qu'on en fasse dans tous les lieux qui vous sont soumis, afin qu'elles obtiennent pour nous la Clémence divine… »

Ce qui vint, mon fils, au printemps de l'an de grâce 1253, ce fut l'annonce de la mort de la reine Blanche de Castille, qui, la sentant venir, avait demandé le voile à l'abbesse de Maubuisson, mourant ainsi le 1er décembre 1252 dans cette abbaye comme une religieuse de l'ordre de Cîteaux.

Le cri poussé par le roi de France quand il apprit la nouvelle, près de trois mois plus tard, me traverse encore.

Puis il pleura, s'agenouilla devant l'autel, mains jointes, remerciant Dieu de lui avoir donné une si bonne mère :

« Il est bien vrai, beau, très doux père Jésus-Christ, que j'aimais ma mère par-dessus toutes créatures qui vivent dans ce monde, et qu'elle méritait bien cet amour.

« Mais, puisqu'il vous a plu qu'elle trépasse en ce monde, que Votre Nom soit béni ! »

Je savais que nous allions quitter la Terre sainte.

60

Lorsque nous avons quitté le port de Saint-Jean-d'Acre, la tristesse du roi m'a paru si grande que je n'ai pu retenir mes larmes.

Il était agenouillé devant l'autel que le légat du pape, Eudes de Châteauroux, l'avait autorisé à dresser à bord de cette nef marseillaise sur laquelle avaient embarqué les proches de Louis, ses conseillers, la reine Marguerite ainsi que ses deux enfants nés en Terre sainte.

Le roi portait la croix sur son vêtement et c'était comme s'il avait voulu montrer à tous qu'il reviendrait sur la terre de Jésus-Christ, qu'il demeurait un croisé malgré l'échec que nous venions de subir.

Et c'était grande peine, grande incompréhension, car nous avions combattu pour la gloire de Dieu, nous nous étions mis à Son entier service, et Il avait laissé les Infidèles remporter la victoire.

J'étais sûr que le roi, comme moi, comme nous, s'interrogeait, et c'était aussi douloureux que si nous avions été soumis à la question : quelle faute avions-nous donc commise ?

Nous avions été des milliers à notre arrivée et nous ne laissions là qu'une centaine de chevaliers avec à leur tête l'un des vassaux les plus fidèles du roi, Geoffroy de Sergines.

Louis avait fait fortifier les villes franques, Acre, Césarée, Sidon, Jaffa, mais comment, si nous ne revenions pas résister à la poussée des Infidèles et délivrer Jérusalem, rendre aux chrétiens le Saint-Sépulcre ?

Ma souffrance était comme une brûlure qui consumait mon âme, et combien plus vive devait être celle du roi qui avait conduit cette croisade !

Nous avions vogué vers la Terre sainte avec une flotte de trente-huit grandes naves, et nous sortions de la rade de Saint-Jean-d'Acre avec à peine dix navires.

Et le vent, ce 25 avril 1254, nous était hostile.

Nous nous sommes dirigés vers Chypre. Chaque jour, le roi faisait dire la messe, mais le légat n'avait pas autorisé la consécration du pain et du vin, et chaque office était comme une pénitence.

Et tout au long de notre navigation vers le royaume de France, nombreux furent les signes de l'irritation de Dieu.

Il y eut le feu qui éclata dans la chambre de la reine par la maladresse d'une de ses servantes. Les toiles qui couvraient les habits de la reine s'embrasèrent et, réveillée, celle-ci sauta toute nue hors de son lit, puis, pleine de sang-froid, jeta le linge à la mer, n'ayant pas même secoué ses enfants, disant que si le navire devait sombrer, ils rejoindraient Dieu en dormant.

Le roi se réveilla en entendant les mariniers crier : « Au feu ! Au feu ! » L'incendie fut éteint, mais, au matin, Louis exigea que Joinville, qui était responsable des serviteurs de la famille royale, ne se couchât désormais qu'après avoir éteint tous les feux.

« Et sachez que je ne me coucherai pas avant que vous ne soyez revenu vers moi », conclut Louis.

Le roi avait montré là sa sagesse et sa mansuétude.

Et il fit preuve de sa noblesse d'âme quand, par une journée de brume épaisse comme un manteau de laine, le navire heurta un banc de sable près du port de Larnaca, à Chypre.

L'équipage fut saisi d'effroi. La reine et ses enfants criaient. La quille du bateau s'était brisée.

On invita le roi, par mesure de sauvegarde, à quitter le navire et à rejoindre terre.

Il dit : « Seigneurs, si je descends de cette nef, personne ne voudra plus y mettre les pieds. Et chacun aime autant sa vie comme j'aime la mienne, et s'ils abandonnent ce navire, ils auront à rester à Chypre. C'est pourquoi, s'il plaît à Dieu, je ne mettrai jamais autant de gens en péril de mort, et donc je resterai avec eux pour les sauver. Je préfère donc mettre ma vie ainsi que celle de ma femme et de mes enfants dans la main de Dieu plutôt que de faire un si grand tort à tous les gens rassemblés ici. »

La nef fut réparée, mais à peine avions-nous quitté Chypre que nous dûmes affronter la tempête.

Le roi se mit à prier, et quand le vent se fut calmé, il confia d'une voix grave que Dieu nous tenait dans Sa main, qu'Il venait de nous dire, en nous menaçant et en nous sauvant, qu'Il exigeait de nous que notre vie fût en tout point et toujours celle de chrétiens, fidèles à l'enseignement des Évangiles.

— Je dois réformer ma conduite, conclut-il.

Je n'osai lui dire qu'il était le plus pieux, le plus chrétien des rois.

Il suffit d'ailleurs de quelques jours pour qu'une fois encore il montrât la générosité de son âme.

Alors que nous naviguions au large de la Sicile, non loin de l'île de Lampedusa, trois de nos navires furent capturés par les Sarrasins.

Les seigneurs se rassemblèrent et exhortèrent le roi à poursuivre la route sans tenter de libérer nos compagnons.

Il répondit aussitôt, avant même que tous les seigneurs eussent exprimé leur avis :

— Vraiment, je ne pourrai jamais accepter vos conseils de laisser mes soldats entre les mains des Sarrasins et de ne pas faire tout en mon pouvoir pour les délivrer.

Il haussa la voix :

— Je vous commande donc de retourner vos voiles pour aller les aider !

Dieu nous permit de les arracher aux Sarrasins, puis de gagner le port d'Hyères, dans le comté de Provence, où nous débarquâmes le 10 juillet 1254.

Le roi eût préféré atteindre Aigues-Mortes, dans le royaume de France, mais il céda au désir de la reine qui voulait toucher terre au plus tôt, lasse de cette longue et périlleuse traversée. Et comme le comté de Provence appartenait au comte Charles d'Anjou, frère du roi, celui-ci se laissa convaincre.

J'en fus heureux. Les mariniers assuraient que, souvent, des vents contraires soufflaient le long des côtes entre Hyères et Aigues-Mortes, et qu'on pouvait y croiser des galères sarrasines à l'affût d'une proie.

Mais le roi ne parut pas rasséréné et je craignis que la tristesse et le regret de n'avoir pu arracher le Saint-Sépulcre aux Infidèles ne fussent désormais, pour lui, un tourment de chaque instant.

Pourtant, il fut accueilli avec joie et respect par les sujets du comte de Provence qui se rendirent auprès de lui tandis qu'il séjournait au château d'Hyères avec la reine Marguerite et leurs enfants.

De nombreux seigneurs et clercs du royaume de France arrivaient chaque jour pour saluer leur roi, enfin, disaient-ils, revenu auprès de ses sujets.

L'abbé de Cluny lui fit présent de deux palefrois qui vaudraient bien aujourd'hui cinq cents livres, un pour lui, un pour la reine, afin de permettre aux souverains de gagner au plus tôt le royaume de France.

J'entendis l'abbé dire :

« Sire, je viendrai demain vous parler de mes besoins. »

Le lendemain, il obtint du roi ce qu'il désirait.

Jean de Joinville fit alors remarquer à Louis qu'il avait écouté « avec plus de bienveillance l'abbé de Cluny parce qu'il vous a donné hier ces deux palefrois ».

Le roi en convint et accepta le conseil et la leçon de Joinville qui recommandait au souverain de ne jamais accepter de présents de ceux qui auraient affaire avec lui et avec ses conseillers.

Je n'avais jamais connu Louis arrogant ni injuste, mais je le découvris plus humble qu'il n'avait jamais été en le voyant écouter avec une attention pleine de ferveur un franciscain, le frère Hugues de Barjols.

On était allé le quérir au couvent d'Hyères. On disait qu'il prêchait comme un nouveau saint Paul. Il était arrivé, suivi par un grand concours d'hommes et de femmes qui priaient en cheminant et qui s'agenouillèrent quand il se mit à haranguer et marteler :

« Seigneurs, je vois trop de religieux à la cour du roi et en sa compagnie, moi le premier ! »

Sa voix était forte, sa foi pure flamboyait dans son regard.

Le roi ne le quittait pas des yeux.

Frère Hugues de Barjols assura qu'il avait lu la Bible et les livres qui vont à côté, et qu'il avait vu dans chacun que c'était par défaut de justice que les seigneuries et les royaumes étaient perdus, passaient d'un seigneur et d'un roi à d'autres.

« Que le roi prenne garde, puisqu'il s'en va en France, à faire si bien justice à son peuple qu'il en conserve l'amour de Dieu, de telle manière que Dieu ne lui ôte pas le royaume de France avec la vie ! »

J'étais effrayé et indigné par de telles paroles que je jugeais menaçantes, mais je voyais le roi les accueillir comme de justes prophéties, avec une sorte de joie pareille à celle, disait-on, qui l'habitait quand il se faisait fustiger, qu'il mortifiait son corps.

C'était son âme qu'il voulait maintenant châtier, demandant à Hugues de Barjols de rester auprès de lui pour la fouetter chaque jour par ses paroles impitoyables.

Mais le franciscain n'accepta que de rester un jour auprès du souverain.

Les heures ne furent pas nombreuses durant lesquelles le roi écouta Hugues de Barjols, mais l'empreinte en demeura profonde.

Et lorsque nous nous mîmes en route pour le royaume de France, Louis chevaucha, tête baissée, comme s'il voulait garder en lui ces paroles franciscaines.

Il les murmura tout au long de la route et je l'entendis plusieurs fois dire distinctement que chacun de ses actes, désormais, serait inspiré par la Justice, cette vertu que le Seigneur exigeait de ceux qu'Il sacrait rois.

Il répéta ces mots quand nous fûmes en pèlerinage à l'ermitage de sainte Marie Madeleine, à la Sainte-Baume, où la sainte avait vécu dix-sept ans.

À Beaucaire, nous entrâmes dans le royaume de France, le roi portant son oriflamme et son vêtement marqué de la croix des croisés. Nous fûmes à Aigues-Mortes, à Nîmes, à Saint-Gilles et Alès, puis nous gagnâmes Le Puy, Brioude, Issoire, Clermont et Saint-Pourçain, puis Saint-Benoît-sur-Loire.

Les paysans venaient en foule sur notre passage, demandant au roi de les bénir et de les protéger.

Enfin nous arrivâmes au château royal de Vincennes d'où, après une halte, nous partîmes pour l'abbaye royale de Saint-Denis.

Le roi déposa là son oriflamme et sa croix.

Il le fit avec des gestes lents, le visage empreint de tristesse, mais aussi de résolution.

Après quoi nous nous dirigeâmes vers Paris où nous rentrâmes le 7 septembre 1254.

SIXIÈME PARTIE

(1254-1270)

« Si je souffrais seul l'opprobre et l'adversité,
et si mes propres péchés ne retombaient pas
sur l'Église universelle, je supporterais
ma douleur avec fermeté.
« Mais, par malheur pour moi,
toute la Chrétienté a été couverte
de confusion par ma faute. »

Saint Louis
à son retour de croisade, en 1254

61

Au milieu de son peuple qui l'acclamait, le roi paraissait conduire un cortège funèbre.

J'étais auprès de lui, ce 7 septembre 1254.

Il avançait tête baissée dans les rues de Paris où l'on criait joyeusement ses titres et son nom. Des femmes dansaient en rond. Des bourgeois apportaient des présents. Des mendiants agenouillés sollicitaient la bénédiction souveraine. Des clercs chantaient.

Il y eut même une messe en l'honneur du Saint-Esprit pour que le roi reçût les consolations de Celui qui est au-dessus de tout.

Mais le roi gardait le visage fermé, marqué par cette cruelle souffrance qu'est le remords.

Il s'accablait, je le sais, honteux d'avoir été prisonnier des Sarrasins, d'avoir dû payer rançon aux Infidèles, d'avoir laissé le Saint-Sépulcre aux mains du sultan et de ses émirs, d'avoir ainsi prolongé, peut-être avivé la douleur de la Chrétienté.

Il ne repoussait pas les cadeaux que ses sujets lui apportaient, mais paraissait ne pas les voir, recroquevillé et poussant de profonds soupirs.

J'ai entendu un évêque lui dire de la voix d'un père bienveillant et soucieux :

— Craignez, mon très cher Seigneur et roi, de tomber dans ce dégoût de la vie et cette tristesse qui anéantissent la joie spirituelle et deviennent les maîtres de l'âme ; c'est le plus grand péché, car il fait tort au Saint-Esprit. Songez à la patience de Job...

Et le roi de répondre :

— Si je souffrais seul l'opprobre et l'adversité, et si mes propres péchés ne retombaient sur l'Église universelle, je supporterais ma douleur avec fermeté, mais, par malheur pour moi, toute la Chrétienté a été couverte de confusion par ma faute...

Peu lui importaient alors les chants, les danses, les présents, les musiques, la joie de ses sujets à retrouver leur roi, qui découvraient parmi les charrois cette masse grise qui se balançait paisiblement de gauche et de droite : un éléphant que le roi voulait offrir à Henri III, roi d'Angleterre, venu à Paris sceller la paix entre Capétiens et Plantagenêts.

J'étais parmi les convives du festin qui, plus tard, réunit les deux souverains et leurs suites.

J'ai écouté, puis lu les chroniqueurs :

« Jamais, à aucune époque des temps passés, disent-ils, ne fut célébré un repas si splendide et si nombreux. Car on y remarqua d'une manière éclatante la fertile variété des mets, la délicieuse fécondité des boissons, l'empressement joyeux des serviteurs, le bel ordre des convives, l'abondante libéralité des présents.

« Le Seigneur roi de France, qui est le roi des rois de la Terre tant à cause de l'huile céleste dont il a été oint qu'à cause de son pouvoir et de sa prééminence en chevalerie, s'assit au milieu, ayant à sa droite le Seigneur roi d'Angleterre et le Seigneur roi de Navarre à sa gauche... »

J'écoutai le roi qui disait :

« Henri III et moi nous avons chacun épousé des sœurs, et donc nos enfants sont des cousins germains. Je me fais grand honneur en offrant la paix au roi d'Angleterre, car il devient mon vassal, ce qu'il n'était pas avant… »

Mais il n'y avait aucun élan dans sa voix, toujours voilée par la tristesse et le remords.

Rutebeuf, poète et jongleur, avait composé la *Complainte de Monseigneur Geoffroy de Sergines*. Il s'y attristait de ce grand vassal du roi laissé en Terre sainte avec cent chevaliers. Et comme il advint qu'on la chantât devant le roi, qu'ainsi on saluât de Geoffroy de Sergines

> *Sa grande valeur et sa bonté,*
> *Sa courtoisie et son sens,*

Rutebeuf ajouta :

> *Messire Geoffroy de Sergines,*
> *Je ne vois par ici nul signe*
> *Que l'on maintenant vous secoure…*

Et ce fut grande pitié que d'entendre Louis IX dire à Henri III :

« Mon ami roi, il n'est pas facile de te démontrer quelle grande et douloureuse amertume de corps et d'âme j'ai éprouvée par amour pour le Christ, dans mon pèlerinage. »

Il soupira avant d'ajouter :

« Quoique tout ait tourné contre moi, je n'en rends pas moins grâces au Très-Haut. »

Le Seigneur lui avait accordé la patience de se repentir de ses fautes, de celles de ses sujets, disait-il.

Et c'était à lui, roi Très Chrétien, de se réformer, de réformer son royaume, afin que le Seigneur pardonnât et permît un jour qu'une nouvelle croisade, avec des hommes purifiés, en vienne à prendre enfin en sauvegarde l'héritage du Christ, la Terre sainte.

Louis voulut mieux connaître son royaume et il le parcourut en longues chevauchées pour que, de l'Artois au Languedoc, sur toutes les terres du domaine royal, dans toutes les villes, les ordonnances du roi s'appliquassent avec justice, et afin que ceux qui le représentaient se montrassent justes et dignes, honnêtes et probes.

Nous fûmes en pèlerinage à Chartres et à Tours pour obtenir la protection de la Sainte Vierge et de saint Martin. Nous apprîmes dans de nombreuses villes que, durant l'absence du roi, la « menue gent », foulons et tisserands, s'était ameutée, avait brisé et pillé les demeures des riches.

Avec la peur dans la voix, on parla au roi de ces pastoureaux qui avaient suivi le Maître de Hongrie, ce clerc défroqué devenu leur seigneur et prophète, et qui avaient parcouru tout le royaume de France et au-delà. On les avait subis en Normandie, en Anjou, en Bretagne, en Berry.

Ils avaient traqué les clercs et les Juifs, et, selon les frères franciscains qui rapportaient au roi ce qu'ils avaient enduré, ces pastoureaux voulaient détruire le clergé, supprimer les moines, s'attaquer aux chevaliers et aux nobles, préparer l'invasion du royaume par les païens.

On avait prétendu que le Maître de Hongrie était au service du sultan d'Égypte et autres émirs, tous des Infidèles.

Le roi écoutait, tressaillait, fermait les yeux à chaque fois qu'on évoquait les alliances qui se seraient nouées entre les émeutiers, cette plèbe barbare, et les Infidèles. Il fallait combattre et les uns et les autres, et, pour cela, se conduire dévotement envers Notre Seigneur et très justement envers Ses sujets.

Le roi écouta les clercs et les légistes. Il dicta un *Établissement* général pour ses sujets, valable par tout le royaume de France.

Sa voix, lorsqu'il lut le texte de cet *Établissement*, était forte. Mon suzerain semblait enfin s'être arraché à cette tristesse et à cette lassitude qui inquiétaient ceux qui l'approchaient et qui l'aimaient.

Par cet *Établissement*, il voulait faire régner la Justice et donc combattre le péché, et obtenir par là l'aide de Dieu pour la future croisade, alors que Dieu s'était détourné parce que le roi et le royaume n'avaient point suivi avec assez de rigueur les préceptes des Évangiles.

Et moi, Denis Villeneuve de Thorenc, je devais aussi faire repentance et suivre mon roi dans sa pieuse démarche.

« Nous, disait-il, Louis par la grâce de Dieu, roi de France, établissons que tous nos baillis, vicomtes, prévôts et tous autres, en quelque affaire que ce soit ou en quelques offices qu'ils soient, fassent serment qu'ils feront droit à chacun sans exception de personne, aussi bien aux pauvres qu'aux riches, et à l'étranger qu'à l'homme du pays. »

Ces baillis et autres officiers royaux ne devaient accepter aucun cadeau, ils devaient renoncer au jeu de dés, à la fréquentation des bordels et des tavernes.

Les folles femmes et ribaudes communes qui faisaient commerce de leur chair seraient chassées des rues qui sont au cœur des bonnes villes, et renvoyées hors les murs, loin des églises et des cimetières, et ceux qui leur loueraient des maisons verraient le loyer d'une année confisqué.

Il fallait pourchasser les Juifs. Le roi dit à leur propos :

« Je ne permettrai pas qu'ils infectent mon royaume avec leur avarice et qu'ils oppriment les chrétiens avec leur usure en invoquant la sauvegarde de ma protection.

« Que les prélats surveillent donc la conduite des chrétiens, et moi, je ferai régler la conduite des Juifs : qu'ils renoncent à l'usure, sinon ils seront expulsés de mon royaume avec leurs sordides pratiques. »

J'écoutai le roi condamner les Juifs, les païens, les hérétiques, et puis tous les blasphémateurs qui prononçaient des paroles impies contre Dieu, la Vierge et les saints.

Ces blasphémateurs ne pouvaient être des chrétiens !

« Je voudrais, lança-t-il, être brûlé d'un fer chaud si, en le faisant, je pouvais être assuré que tous les vilains serments seraient extirpés de mon royaume... »

Ce n'étaient point là mots légers.

Un homme à Paris fut saisi pour avoir prononcé, juré vilainement contre le Seigneur et dit grand blasphème. Le roi décida de le faire marquer d'un fer rouge sur les lèvres pour qu'il eût toujours mémoire de son péché et que les autres hésitent à jurer de leur Créateur.

J'osai dire au roi, avec grande précaution de langage, que des hommes sages murmuraient contre lui, jugeant la sentence trop sévère, certains parlant même en l'occurrence de cruauté.

Le roi me répondit en citant l'Écriture :

« Vous serez bienheureux quand les hommes vous maudiront à cause de moi. »

On savait dans toute la Chrétienté qu'il était sage et juste, et l'on s'en remettait à lui comme à celui qui ne veut ni blesser ni tirer avantage, même si l'une des parties n'était autre que son frère Charles d'Anjou.

Il rendit ainsi sentence juste à Péronne afin que cesse l'affrontement entre la Flandre et le Hainaut, entre Charles et Marguerite de Flandre.

Et lorsqu'il décida de marier sa fille aînée, Isabelle, avec le comte de Champagne, roi de Navarre, Thibaud V, il veilla à ce qu'un accord fût d'abord conclu entre le comte de Champagne et celui de Bretagne, ne voulant pas privilégier son futur gendre. Je l'entendis répéter à Joinville en le chargeant de faire reconnaître sa sentence :

« À aucun prix je ne ferai ce mariage jusqu'à tant que la paix soit faite, car je ne veux pas qu'on dise que je marie mes enfants en déshéritant mes barons. »

Alors on put, le 6 avril 1255, célébrer à Melun les noces, puis dresser de longues tables, des estrades pour les jongleurs et les musiciens à Provins où eurent lieu de grandes réjouissances.

Et notre roi y fut célébré comme le roi Très Chrétien, le plus grand et le plus juste.

Ce jour-là, il me sembla qu'il avait desserré ce licol de remords et de tristesse qui le serrait à la gorge depuis son retour de Terre sainte.

J'en fus heureux et en remerciai Dieu.

62

J'avais cru le roi guéri de son accablement et de son remords. J'avais imaginé que la bonne figure qu'il présentait lors du mariage de sa fille Isabelle, ou encore, plus tard, lorsque fut conclu à Paris un traité de paix avec Henri III d'Angleterre, était signe qu'il ne traînait plus le souvenir de la croisade comme une chaîne de condamné.

Je l'avais vu saluer avec ce que je croyais être de la joie les quatre sœurs de Provence, Marguerite, Aliénor, Sanche et Béatrice, mariées l'une à lui-même, les autres respectivement à Henri III, à Richard de Cornouailles et à Charles d'Anjou.

Il remercia le Seigneur de cette réunion qui, des rois, devait faire des compagnons et non des rivaux.

L'entente s'était faite grâce à lui, Louis, qui abandonnait les droits et les biens qu'il tenait en Limousin, Périgord et Quercy. De son côté, Henri III prêtait hommage au roi de France et la Guyenne et la Gascogne devenaient parties du royaume.

Mais j'ai découvert que cette humeur du roi n'était que draperie tendue par devoir, par obligation royale, alors que persistait sa volonté de vivre chaque jour comme un moine mendiant.

J'appris qu'il avait songé à entrer en religion et qu'il n'y avait renoncé qu'à regret, cédant aux avis de la reine Marguerite ainsi que de Charles, son frère.

L'un de ses confesseurs, le dominicain Geoffroy de Beaulieu, me fit partager ses inquiétudes, sachant ma fidélité au roi : « Il va donc rester dans le siècle, me dit-il, avec encore moins d'amour pour le monde, mais encore plus de crainte de Dieu et de désir de bien faire. »

Le roi se vêtit modestement. Jamais plus il ne porta de vair ni de petit-gris, ni d'écarlate, ni d'étriers ou d'éperons dorés. Ses vêtements étaient de camelin et de pers ; la panne de ses couvertures et de ses habits était de daim, ou de jambe de lièvre, ou d'agneau.

Il était si sobre de sa bouche que jamais il ne commandait de plats autres que ceux que son cuisinier lui apprêtait. On les mettait devant lui et il les mangeait.

Il trempait son vin dans un gobelet de verre, mettant l'eau en proportion de sa force, et il tenait le gobelet à la main pendant que, derrière lui, on lui faisait le mélange.

Il faisait tous les jours manger ses pauvres et, après le repas, leur faisait distribuer de l'argent.

Quand les ménétriers des gentilshommes entraient, à la fin du repas, apportant leurs vielles, il attendait, pour entendre ses grâces, que le ménétrier eût achevé son couplet.

Alors il se levait et les prêtres, se tenant debout devant lui, disaient les grâces.

Et lorsque des gentilshommes venaient à sa table, il leur tenait bonne compagnie.

Car si Louis était humble, sache, mon fils, qu'il avait haute idée de ses devoirs et grand souci d'honorer sa lignée.

Je suivis un jour à ses côtés la procession qu'il conduisait jusqu'à l'abbaye de Saint-Denis. Il pria longtemps, puis parcourut, le visage grave, toute l'abbaye, s'arrêtant devant chaque sépulture.

Il s'entretint avec l'abbé, décida qu'il fallait ordonner les tombes de manière à ce que l'on comprît que les Capétiens étaient issus de deux lignées, mérovingienne et carolingienne. Les sépultures capétiennes devaient donc se trouver entre celles des deux lignées précédentes.

Il fit sculpter quatorze gisants royaux, car seuls devaient reposer à Saint-Denis les princes qui avaient reçu la dignité royale.

Apprends, Hugues, que le roi Louis appliqua cette règle à ses propres enfants décédés.

Il vit mourir plusieurs de ses descendants et, en janvier 1260, le fils aîné, l'héritier, disparaissait à son tour.

Louis s'était abîmé en prières.

Je l'avais déjà vu, en 1252, accablé par la mort de sa mère, s'isolant deux jours durant, au grand ébahissement de son entourage, à commencer par Joinville qui s'était étonné de ce « grand et outrageux deuil que vous en menez, vous qui êtes tenu pour un si grand prince ».

J'avais été meurtri par cette phrase de Joinville. Mais il n'eut pas à la répéter à l'occasion de la mort du fils aîné. Louis dit, après ses prières, qu'il fallait bénir le nom du Seigneur, qui était le souverain juge de chacun de nous.

Cette dévotion du roi, je la devinais chaque jour plus profonde. J'ai eu connaissance de deux lettres écrites de sa main qu'il adressa à son fils Philippe, lequel, à la suite de la mort de son aîné, Louis, devenait l'héritier de la dynastie.

« Je t'enseigne, écrit le roi, premièrement que tu aimes Dieu de tout ton cœur et de tout ton pouvoir, car, sans cela, personne ne peut rien valoir...

« Cher fils, je t'enseigne que tu aies le cœur compatissant envers les pauvres et envers tous ceux que tu considères comme souffrant ou de cœur ou de corps... Aime le Bien en autrui et hais le Mal.

« Cher fils, je t'enseigne que tu te défendes autant que tu pourras d'avoir guerre avec un chrétien...

« Cher fils, s'il advient que tu deviennes roi..., sois si juste que tu ne t'écartes de la justice. Et s'il advient qu'il y ait querelle entre un pauvre et un riche, soutiens de préférence le pauvre contre le riche, jusqu'à ce que tu saches la vérité, et, quand tu la connaîtras, fais justice...

« Et s'il advient que tu aies querelle contre quelqu'un d'autre, soutiens la querelle de ton adversaire devant ton conseil... »

Cette volonté d'être juste, je la vis, en ces années, mise en œuvre par le roi.

Les princes chrétiens comme ses sujets ne doutaient pas de son sens de la justice.

Le roi d'Angleterre, en conflit avec ses barons, choisit Louis comme arbitre. Et le roi de France rendit sa « mise » – en faveur d'Henri III – à Amiens, le 23 janvier 1264.

Il est arbitre encore dans la querelle qui oppose entre eux les clercs de l'université de Paris, les uns rangés derrière les franciscains et les dominicains – Bonaventure, Thomas d'Aquin –, les autres soutenant les frères des Ordres mendiants. C'est la querelle entre les réguliers, plus riches, et les séculiers, démunis.

Louis autorise son chapelain, Robert de Sorbon, à créer un collège destiné à accueillir seize pauvres bacheliers ès arts, afin qu'ils puissent préparer dans des conditions égales à celles des réguliers leur doctorat de théologie.

Il avait écrit dans sa lettre à son fils Philippe :

« Cher fils, je t'enseigne à apaiser les luttes entre les hommes, car c'est une chose qui plaît beaucoup à Notre Seigneur. Et saint Martin nous a donné un très grand exemple, car au moment où il savait par Notre Seigneur qu'il devait mourir, il est allé faire la paix entre les clercs de son archevêché, et il lui a semblé, en le faisant, qu'il mettait bonne fin à sa vie… »

Et le roi de conclure :

« Cher fils, je te donne toute ma bénédiction qu'un père peut et doit donner à son fils, et je prie Notre Seigneur Jésus-Christ que par Sa grande miséricorde…, après cette mortelle vie, nous puissions venir à Lui pour la Vie éternelle, là où nous puissions Le voir, aimer et louer sans fin. Amen. »

Il écrivit une lettre « à ma chère et bien-aimée fille Isabelle, reine de Navarre, salut et amitié de père » :

« Chère fille, parce que je crois que vous retiendrez plus volontiers de moi, parce que vous m'aimez, que vous ne feriez de plusieurs autres, j'ai pensé que je vous ferais quelques enseignements écrits de ma main… »

C'est la même voix, les mêmes mots que ceux adressés à Philippe :

« Ayez le cœur pitoyable envers toutes gens que vous saurez qui aient malheur ou de cœur ou de corps, et secourez-les… »

Mais il ajoute :

« Obéissez humblement à votre mari… Il me semble qu'il est bon que vous n'ayez pas trop grand surcroît de robes à la fois ni de joyaux… Prenez garde que vous n'alliez pas à l'extrême dans vos atours, et inclinez-vous toujours vers le moins plutôt que vers le plus… »

Ce roi si bienveillant, si mesuré, j'ai vu son regard flamboyer de colère et ai entendu sa voix fustiger ceux qui oubliaient la mesure et la modestie, négligeaient leur âme au profit de la chair, ou, pis encore, ne respectaient pas la justice.

Il s'indigna ainsi d'apprendre que trois jeunes gentilshommes flamands installés à l'abbaye Saint-Nicolas-des-Bois, près de Laon, ayant sans le savoir chassé sur les terres du seigneur Enguerrand de Coucy, avaient été pris et, sans procès, pendus.

Louis fit aussitôt arrêter le sire de Coucy dans son château, à la grande indignation des barons.

Le roi refusa l'application de ce privilège qu'était la loi de bataille, ce duel judiciaire entre deux chevaliers armés de pied en cap. C'était un procès et non un tournoi qui devait régler la dispute.

« La bataille ne nous aide pas à déterminer la justice d'une cause. Il faut l'enquête », dit-il.

Il maintint enfermé le sire de Coucy et obtint sa condamnation.

Je sais, la peine était légère : dix mille livres d'amende et serment de passer trois ans en Terre sainte où Enguerrand de Coucy ne se rendit d'ailleurs jamais.

Mais ne te méprends pas, Hugues, le roi dut affronter en la circonstance la plupart de ses barons, cependant il ne céda pas. Il était impitoyable avec lui-même, ce qui l'autorisait à se montrer aussi sévère envers les autres. Et quand il fustigeait, il se faisait accompagner par son confesseur, Geoffroy de Beaulieu, qui jugerait ensuite si le roi n'avait pas manqué à la charité.

J'ai vu une femme trembler et pâlir quand le roi s'est adressé à elle.

Il parlait sans courroux, mais avec rudesse.

Écoute bien, Hugues de Thorenc, et imagine ce que cette dame ressentit en entendant le souverain :

« Madame, je voudrais vous rappeler une chose utile pour votre salut. On dit que vous étiez autrefois une belle dame, mais ce temps-là est révolu, comme vous le savez. Vous pouvez donc comprendre que cette beauté-là est vaine et inutile qui passe vite, comme une fleur se fane immédiatement et ne dure pas. Et vous ne pourrez jamais restaurer cette beauté, quels que soient les traitements et les soins que vous employiez. Il vous convient donc d'acquérir cette autre beauté, celle de l'âme, et non pas celle du corps, par laquelle vous pourrez plaire à notre Créateur et compenser pour votre négligence à cet acte dans le passé. »

Tel était le roi, rendant parfois la justice sous l'un des chênes de son château de Vincennes, innocentant un clerc accusé d'avoir tué trois sergents royaux qui avaient voulu le dépouiller.

Mais, malgré les interventions de la reine, de grandes dames, de dominicains et de franciscains, refusant de faire grâce de la vie à une dame qui avait tué son mari. Et n'accordant même pas qu'elle fût pendue loin des siens, afin de préserver leur honneur.

La justice du roi passait sans égard pour le rang des coupables.

Il se voulait irréprochable devant Dieu et agissait pour que tous ses sujets le fussent.

Sa vie, depuis son retour de croisade, était pour lui comme un long pèlerinage préparant un autre départ pour la Terre sainte.

Il reprend la croix le 25 mars 1267 devant les grands seigneurs du royaume. Il a alors cinquante-trois ans.

Je connaissais la grande faiblesse où était son corps, car il ne pouvait plus supporter ni d'aller en char, ni de chevaucher.

Et pourtant, faible comme il était, j'étais sûr que, s'il fut demeuré en France, il eût pu vivre assez et faire encore beaucoup de bien et de bonnes œuvres.

Bien des seigneurs étaient hostiles à son départ.

Et Joinville me confie, me reprochant de ne pas m'être opposé à la volonté du roi mais d'être prêt à le suivre :

« Ils font un péché mortel, tous ceux qui lui conseillent le voyage, parce que au point où il est en France, tout le royaume est en bonne paix au-dedans et avec tous ses voisins... »

Mais comment moi, Denis de Thorenc, fidèle vassal du roi, son humble jumeau devant Dieu, aurais-je pu ne pas être à ses côtés au moment où il entreprenait l'action la plus importante de sa vie ? Car la Terre sainte était bien son but ultime.

Joinville, lui, se refusa à suivre le roi.

« Si, dit-il, je mets mon corps en l'aventure du pèlerinage de la Croix, là où je vois tout clair que ce serait pour le mal et dommage de mes gens, j'en courroucerais Dieu qui m'offrit ce corps pour sauver mon peuple. »

63

Après le refus de Joinville et celui d'autres seigneurs de se croiser, j'ai vu le roi blessé.

Mais, dit-il, chacun sera jugé par Dieu à sa juste mesure, et, pour sa part, rien ne pouvait le détourner de son engagement.

J'ai parcouru la France à ses côtés de ville en ville, d'une abbaye à l'autre, de la Flandre à l'Auvergne.

Trois années s'écoulèrent ainsi à rassembler hommes et argent, à faire construire les navires qui transporteraient sergents, chevaliers, chevaux, provisions.

Le roi décida de s'adresser aux Génois, mais surtout d'être le maître des navires, de créer une flotte royale sur laquelle, à Aigues-Mortes, comme en 1248, les croisés embarqueraient.

Dans tout le royaume, c'était la *Disputation du croisé et du décroisé*, ainsi que l'avait écrit Rutebeuf.

Je me souviens encore de ce chant et de la *Complainte d'Outre-mer* :

Ha, Roi de France ! Roi de France !
....
Or convient que vous y alliez...

Et, s'adressant aux chevaliers, Rutebeuf ajoutait :

Laisse donc les clercs et prélats
Et regarde le Roi de France
Qui peut conquérir Paradis
Veut mettre son corps en péril
Et ses enfants à Dieu prêter...

Le roi partait en compagnie de trois de ses fils, Philippe, Jean et Pierre.

Le 5 juin 1267, jour de la Pentecôte, il y eut l'adoubement de Philippe, héritier de la dynastie, en même temps que celui de nombreux jeunes écuyers.

J'assistai à cette grande fête dans les jardins du palais royal de la Cité, à Paris.

Le légat, Simon de Brie, désigné par le pape Clément IV, prêcha ce jour-là, pour que les chevaliers choisissent le service de Dieu en se croisant.

Puis le roi s'adressa à ses barons pour les exhorter à nouveau à se joindre à la croisade.

Le roi commença à dicter son testament, à choisir ceux qui, durant son absence, gouverneraient le royaume. La reine Marguerite ne suivrait pas le roi comme elle l'avait fait lors de la première croisade ; mais elle ne régnerait pas en ses lieu et place. Il laissait le pouvoir à Matthieu de Vendôme, abbé de Saint-Denis, et à Simon de Nesle, l'un des plus grands seigneurs du Vermandois.

Louis serait accompagné de son frère Alphonse de Poitiers, qui était présent à ses côtés ce 14 mars 1270 quand il se rendit à Saint-Denis pour recevoir le bourdon de pèlerin et prendre l'oriflamme déposée sur l'autel.

Je tremblai d'émotion en me souvenant que cette oriflamme avait été portée par le roi, par ses vassaux, Geoffroy de Sergines et Jean de Beaumont, lorsque nous avions, en 1249, débarqué sur la terre d'Égypte.

L'armée royale repartait donc en croisade.

Le 15 mars 1270, Louis se rendit pieds nus, au milieu d'une grande affluence de peuple, du palais de la Cité à Notre-Dame.

J'étais agenouillé derrière lui, dans la grande nef, et nous entendîmes la messe.

Puis le roi se rendit au château de Vincennes où il fit ses adieux à la reine Marguerite.

Alors commença la chevauchée du roi, de ses trois fils, Philippe, Jean et Pierre, et de ses chevaliers vers Aigues-Mortes. C'était le chemin que nous avions déjà emprunté et je retrouvai les œuvres de pierre, les voûtes en ogives, les clochers clamant la piété et la foi à Sens, Vézelay, Cluny.

C'était, chaque fois, messe et communion en l'honneur de Dieu. Mais quand nous arrivâmes à Aigues-Mortes où avaient déjà conflué des milliers d'hommes en armes, les bateaux manquaient.

Et nous apprîmes que le pape Clément IV étant mort, le conclave des cardinaux n'avait pas encore choisi son successeur. L'Église était sans souverain au moment où commençait la croisade.

J'y vis un mauvais présage.

Comme le fut aussi la prolongation de notre attente à Aigues-Mortes.

L'armée de la croisade comptait une dizaine de milliers d'hommes d'armes.

Ils s'étaient répandus dans la ville et ses environs. Les Catalans et les Provençaux se battaient contre les Français. Chaque jour on relevait une dizaine de morts.

Était-ce cela l'esprit de croisade, cette fraternité censée unir tous les chrétiens ?

Il fallut punir, pendre ceux qui poussaient à la guerre entre croisés des différentes nations.

Le 1er juillet 1270, le roi Louis IX de France embarqua sur la nef *Montjoie*.

J'étais près de lui, à la proue, quand, le 2 juillet, on hissa enfin les voiles.

64

Le roi est mort à Carthage, en terre infidèle de Tunisie, le lundi 25 août 1270 vers trois heures.

La mort était notre compagne depuis que nous avions quitté Aigues-Mortes et vu disparaître les côtes du royaume. La tempête dispersa aussitôt notre flotte, et quand nous nous amarrâmes dans le port de Cagliari, en Sardaigne, nous avions déjà perdu une dizaine d'hommes et dûmes débarquer et abandonner une centaine de malades.

Le roi avait fait célébrer quatre messes durant notre traversée d'Aigues-Mortes à Cagliari : en l'honneur de la Vierge, des Anges, du Saint-Esprit et des Morts.

Je l'ai observé lors de cette dernière messe : il avait le visage d'un homme résolu que rien ne fera reculer, mais qui sait qu'il marche à la mort.

J'ai d'ailleurs su ce qu'il avait confié peu après à ses trois fils, paroles saintes, mais musique funèbre :

« Vous voyez, leur avait-il dit, comme, déjà vieux, j'entreprends pour la seconde fois le voyage outre-mer, comment je laisse votre mère, avancée en âge, et mon royaume, que nous tenons en paix et tranquillité et tout comblé d'honneur et de prospérité.

« Voyez-vous comment, pour la cause du Christ et de l'Église, je n'épargne pas ma vieillesse et comment j'ai résisté aux prières de votre mère de ne pas partir.

« Au nom du Christ, je renonce à tout : richesses et honneurs pour m'exposer à tout, corps et âme.

« Je vous emmène avec moi, vous, mes chers enfants, ainsi que votre sœur aînée, et j'aurais emmené mon quatrième fils s'il avait été plus avancé en âge… »

Il s'est alors tourné vers Philippe, l'héritier du trône :

« J'ai voulu que vous entendiez ces choses afin qu'après ma mort, et lorsque vous serez monté sur le trône, vous n'épargniez rien – ni femme, ni enfants, ni même votre royaume – pour le Christ, pour l'Église et pour la foi catholique.

« J'ai voulu vous donner, à vous et à vos frères, ce dernier exemple, et si les circonstances le demandent jamais, j'espère que vous le suivrez. »

J'ai pensé que c'étaient là paroles d'un saint homme qui marche sans trembler au martyre.

Son destin était écrit et je n'ai pas contesté, comme tant de barons, la décision de Louis de débarquer en Tunisie, ce royaume infidèle dont on disait que l'émir voulait se convertir alors que dans le même temps il fournissait des guerriers à l'Égypte afin qu'elle s'opposât aux chrétiens.

Nous nous dirigeâmes donc vers Tunis ; nous débarquâmes le 18 juillet 1270 sur une langue de terre qui fermait le port. Puis, le 24 juillet, nous installâmes notre camp dans la petite ville fortifiée de Carthage.

Nous brûlâmes de chaleur sous les tentes, dans l'air immobile, porteur des fièvres, des maladies de ventre, et tout aussitôt la mort commença à faucher parmi nous.

Les uns tombaient sous les coups des Infidèles qui nous harcelaient, les autres mouraient de ces flux de ventre qui laissaient les corps exsangues.

On essaie de cacher au roi la mort de Jean-Tristan, ce fils né à Damiette et qui disparaissait à Carthage, né lors d'une croisade, mort dans une autre.

Je vis le roi plié par la douleur comme si ses entrailles venaient d'être percées.

Mais il dit seulement :

« Notre Seigneur me l'a donné, et c'est Lui aussi qui me l'a repris, et puisqu'Il a agi comme bon lui semblait, que le nom de Notre Seigneur soit béni ! »

Le fils du roi était l'un des premiers à succomber, mais d'autres, chaque jour plus nombreux, furent emportés.

Et le roi s'alita, incapable même de se prosterner durant la messe tant il était affaibli.

Je suis souvent resté à côté de lui sous sa tente.

Je priais, j'écoutais son murmure.

Il disait qu'il désirait ardemment le salut pour l'âme du sultan de Tunis :

« Je voudrais passer le reste de ma vie dans une prison sarrasine, sans même voir la lumière du jour, pourvu que le sultan, avec son peuple, en toute sincérité, reçoive le baptême. Ah, Dieu, si seulement je pouvais être le parrain d'un si grand filleul ! »

Et alors que sa voix s'effaçait, il ajoutait, arrachant les mots à sa poitrine :

« Pour l'amour de Dieu, étudions comment la foi chrétienne pourra être prêchée à Tunis, et qui seront les gens que l'on devrait envoyer prêcher. »

Souvent il m'interrogeait pour savoir si son frère, Charles d'Anjou, roi de Sicile, approchait, avec sa flotte et son armée, des côtes de Tunisie.

Puis il sombrait dans le silence et l'on voyait, au mouvement de ses lèvres, qu'il priait.

Il avait fait placer une grande croix devant son lit et devant ses yeux. Il la regardait souvent et l'adorait, mains jointes, et se la faisait porter chaque jour, même le matin, quand il était à jeun, pour la baiser avec grande déférence et grande dévotion.

Il répétait souvent *Pater Noster*, *Miserere mei Deus* et *Credo in deum*. Il appelait les saints à l'aider et à le secourir.

Ainsi saint Jacques : « Dieu, soyez gardien et protecteur de votre peuple », murmurait-il.

Ainsi saint Denis de France : « Sire Dieu, aidez-nous à mépriser la prospérité de ce monde, et faites que nous ne redoutions aucune adversité. »

Le dimanche 24 août, après que le roi eut reçu l'extrême-onction, se fut confessé à Geoffroy de Beaulieu et eut communié, il demanda à ce qu'on le couchât sur un lit de cendres.

J'ai pleuré devant cet homme saint qui faisait pénitence et que la vie quittait.

Il murmura :

« Ô Jérusalem, ô Jérusalem, beau Sire Dieu, ayez pitié de ce peuple qui demeure ici et donnez-lui Votre paix. Qu'il ne tombe pas en la main de ses ennemis et qu'il ne soit pas contraint de renier Votre Saint Nom. »

Plus bas encore, ce n'était plus qu'un souffle à peine distinct, il ajouta :

« Père, je remets mon âme entre Vos mains. »

Et Thibaud de Champagne, son gendre, l'entendit répéter les versets d'un psaume :

« J'entrerai dans Ta demeure, j'adorerai dans Ton saint Temple. »

On était le lundi 25 août 1270, vers les trois heures.

65

« Nous pouvons témoigner que jamais, en toute notre vie, nous n'avons vu fin si sainte et si dévote chez un homme du siècle ni chez un homme de religion. »

Ainsi parlait mon père Denis Villeneuve de Thorenc en me rapportant les propos de Thibaud de Champagne qui évoquait l'agonie et la mort du roi Louis IX, son beau-père.

J'écoutais mon père en cet été 1271, essayant d'inscrire chacun des mots qu'il prononçait, chacune des expressions de son visage dans ma mémoire, car je savais – comme lui-même savait – qu'il allait mourir.

Il avait accompagné les reliques du roi depuis Carthage jusqu'à l'abbaye de Saint-Denis où on les avait ensevelies le 22 mai 1271, neuf mois après la mort du roi.

Depuis lors, il m'avait raconté ce qu'il avait vécu aux côtés de celui qui allait être canonisé en 1297, mais, pour lui, bien qu'il utilisât rarement le mot, Louis était déjà de son vivant un saint : Saint Louis, roi de France.

Il ne m'avait rien caché des jours qui avaient suivi la mort du roi.

Charles d'Anjou, roi de Sicile, était arrivé à Carthage au lendemain du trépas de Louis IX, son frère.

Il s'était agenouillé, en larmes, devant la dépouille du roi de France, mais les circonstances ne se prêtaient ni au deuil, ni aux sanglots.

Le fils de Louis, Philippe, malade lui aussi, se rétablissait et avait été reconnu roi. Il avait été décidé que Philippe III devait rentrer au plus vite avec son épouse Isabelle d'Aragon, devenue reine de France.

Puis il fallait songer au transport du corps du roi.

Les entrailles et les chairs de Louis IX seraient données à Charles d'Anjou et placées dans la cathédrale de Monreale, en Sicile.

Les os et le cœur seraient ensevelis en l'abbaye de Saint-Denis.

Hugues Villeneuve de Thorenc, mon fils, tu dois savoir : les serviteurs du roi, ceux qui le côtoyaient, l'aimaient, durent démembrer son corps et firent longuement bouillir chaque partie dans de l'eau mélangée de vin.

Et les os en devinrent blanchis, tout nets de chair.

Là-dessus, mon père s'est tu longuement, et j'ai partagé son émotion, puis, d'une voix dont la tristesse m'oppressait, il reprit son récit, me décrivant le départ de l'armée des croisés de Carthage, le 11 novembre 1270, après qu'un accord eut été conclu entre Charles d'Anjou, roi de Sicile, et le sultan de Tunis.

Et il me dit comment, dans le port de Trapani, en Sicile, au cours de la nuit du 15 au 16 novembre, une effroyable tempête se déchaîna. Quarante navires sombrèrent, dont dix-huit grosses naves.

L'une d'elles avait à son bord un millier de personnes.

« Ce fut l'armée des cercueils qui parcourut l'Italie », dit mon père.

Il y avait ceux qui contenaient les reliques du roi Louis et de son fils Jean-Tristan.

Il y eut bientôt celui de Thibaud de Champagne, gendre de Louis IX, mort durant la chevauchée, tout comme Alphonse, le frère du roi, et son épouse Jeanne.

Il y eut celui de la reine de France, Isabelle d'Aragon, épouse de Philippe, morte en faisant une chute de cheval. Et mort, l'enfant qu'elle portait.

Et cheminaient avec nous, dans notre mémoire, tous ceux qui avaient péri : le légat, les comtes d'Eu, de la Marche, le sire de Montmorency, tant d'autres seigneurs et chevaliers. Et tous les hommes d'armes tombés dans les combats ou qui avaient succombé à la maladie.

Tous ces compagnons, grands ou modestes, puissants ou humbles, nous en portâmes le souvenir tout au long de cette route qui, par Rome, Florence, Milan, le Mont-Cenis, Troyes, nous conduisit à Paris le 21 mai 1271.

On plaça le cercueil du roi devant l'autel de Notre-Dame.

Le lendemain 22 mai, les funérailles furent célébrées à l'abbaye de Saint-Denis.

Mon père se tut.

Il vécut – survécut – jusqu'au 8 septembre 1271, silencieux, les yeux grands ouverts, comme s'il voyait devant lui défiler toute sa vie parcourue dans les pas de Saint Louis.

Moi, Hugues Villeneuve de Thorenc, son fils, j'avais alors quinze ans.

C'était à moi de continuer la lignée des Villeneuve de Thorenc et de transmettre à mon tour la mémoire qu'ils m'avaient léguée.

Chevalier et chroniqueur, il me revenait de dire l'histoire de Philippe IV le Bel, l'Énigmatique, grand roi capétien, dont j'avais été à mon tour le fidèle vassal.

LIVRE III

(1270-1314)

Philippe le Bel, l'Énigmatique

PREMIÈRE PARTIE

(1271-1285)

« J'ai entendu dire qu'un saint homme savait que
le Roi était coupable du péché contre nature...
et que s'il ne se repentait pas, un de ses enfants
mourrait dans les six mois. »

Le légat au roi
Philippe III le Hardi, en 1278

66

Moi, Hugues Villeneuve de Thorenc, j'écris cette chronique en l'an de grâce 1322.

Mon père, Denis Villeneuve de Thorenc, est mort il y a cinquante et une années, le 8 septembre 1271.

J'étais alors un écuyer d'à peine quinze ans.

J'avais le cœur percé d'une douleur si brûlante que je souhaitais que la mort m'entraîne.

Elle avait emporté deux hommes que je révérais : mon père et Louis IX, roi de France, mort en terre infidèle le 25 août 1270.

Mon père avait accompagné les reliques du roi, de Tunis jusqu'à l'abbaye de Saint-Denis où avaient eu lieu les funérailles, le 22 mai 1271.

Il me semblait qu'il était impossible de survivre à mon géniteur et au roi de France qui n'était pas encore reconnu, selon les canons de l'Église, comme Saint Louis. Mais, après avoir écouté le récit de sa vie tel que mon père me l'avait conté jusqu'à son dernier souffle, je ne doutais pas que Louis IX, homme juste et pieux, prendrait sa place auprès de Notre Seigneur, parmi les saints.

Pourquoi aurais-je voulu continuer à vivre alors que le monde me semblait vide ?

J'ai prié pour que Dieu m'appelle à Lui.

Puis j'ai appris qu'un moine de l'abbaye de Saint-Denis, le frère Primat, avait reçu mission de Saint Louis d'écrire l'histoire de la lignée capétienne.

Primat avait voulu me rencontrer afin que je lui répète les paroles de mon père.

Il avait lu et étudié les chroniques écrites par les abbés de Saint-Denis, ainsi celle de Suger qui avait composé une *Vie de Louis VI*, mort en 1137. Un moine de l'abbaye, Rigord, avait écrit une *Vie de Philippe Auguste, le Conquérant*. Quant à frère Primat, il voulait rédiger la chronique de Louis VIII et Louis IX. Le témoignage de mon père lui paraissait précieux. Il intitulerait son œuvre *Le Roman des Rois*.

« Ne meurent et ne vont en enfer que ceux dont on ne se souvient plus. L'oubli est la ruse du Diable », me dit-il.

Ces mots ont germé en moi.

J'avais devoir de rassembler ce que mes aïeux, depuis qu'ils servaient les rois capétiens, en avaient écrit.

J'étais honteux d'avoir oublié ce devoir que mon père m'avait confié.

Et j'ai fait repentance, implorant le Seigneur de me pardonner d'avoir été tenté par la mort.

Je devais vivre et un jour viendrait où, moi aussi, j'écrirais *Le Roman des Rois*.

Si Dieu me prêtait vie, je prendrais la suite de mes aïeux, de mon père.

Ce moment est venu. Dieu s'est montré généreux envers moi. Je suis vieux de soixante-six années.

J'ai été enfant et jeune écuyer durant le règne de Saint Louis.

J'ai été adoubé chevalier par son fils, Philippe III le Hardi, qui, ayant connu mon père durant la croisade, m'a gardé auprès de lui.

Quand Philippe III le Hardi est mort, le 5 octobre 1285, son fils Philippe IV le Bel, que j'ai nommé l'Énigmatique, m'a choisi pour être l'un de ses conseillers.

Lorsqu'il est mort à son tour, le 29 janvier 1314, j'avais déjà vécu cinquante-huit années.

J'ai vu régner les trois fils de Philippe le Bel : Louis X le Hutin, Philippe V le Long, Charles IV le Bel.

Ce dernier est roi de France depuis le 3 janvier 1322, jour de la mort de Philippe V le Long, son frère.

Mais je m'étais alors déjà retiré dans mon fief. Je vis seul dans le château des Villeneuve de Thorenc construit par mon aïeul, Martin de Thorenc.

Je suis un vieil homme qui sait que la mort le guette et ce sont les mots que je trace qui, comme une herse abaissée, la tiennent à distance.

Je ne la lèverai pas tant que je n'aurai pas écrit la vie de celui qui fut le fils de Philippe III le Hardi, qui avait pour grand-père Saint Louis et pour arrière-grand-père Philippe Auguste.

Ces trois grands rois capétiens – Philippe Auguste, Saint Louis, Philippe IV le Bel –, je les vois comme les arcs-boutants de cette cathédrale qu'est le royaume de France.

67

Ce royaume, j'ai prêté serment de le défendre.

J'étais agenouillé devant mon suzerain, Philippe III le Hardi, fils de Louis IX qui serait, un jour de 1297, enfin, proclamé Saint Louis.

J'avais baissé la tête quand il avait posé la lame de son glaive sur mes épaules et avait dit :

« Hugues, fils de Denis Villeneuve de Thorenc, te voilà chevalier par la grâce de Dieu et la main de ton roi ! »

C'était un mois jour pour jour après la mort de mon père, le 8 octobre de l'an 1271.

Cet adoubement me liait pour toujours à Philippe III le Hardi. J'étais uni à lui corps et âme.

Et il m'a donné l'accolade lorsque je me suis redressé :

— Va, Hugues Villeneuve de Thorenc, m'a-t-il dit, chevauche et combats comme un chevalier vassal de Notre Seigneur Jésus-Christ et du roi de France qu'Il a sacré. Va, pour notre plus grande gloire !

Je n'ai plus quitté le roi.

C'était un homme vigoureux, capable de terrasser un sanglier blessé, de chasser de l'aube à la nuit dans les forêts d'Île-de-France, avec l'allant de l'homme jeune qu'il était. En 1270, au moment où, dans la chaleur moite de Carthage, ce 25 août, il succéda à Louis IX, il avait à peine vingt-cinq ans.

Il n'avait pas été élevé pour être roi et ce n'est qu'à la mort, en 1260, de son frère aîné, Louis, qu'il était devenu l'héritier du trône et que son père lui avait enseigné ce que peut et doit être et faire un roi de France.

Mais la mort de Louis IX le laissait démuni, écrasé par la charge, soumis à l'autorité de son oncle, Charles d'Anjou, roi de Sicile, de sa mère, Marguerite de Provence, et, un temps bref, de son épouse, Isabelle d'Aragon, morte durant la chevauchée funèbre qui ramenait en France les reliques de Louis IX et de son fils Jean-Tristan.

La mort avait ainsi frôlé le jeune roi de sa grande aile noire et l'avait griffé de la pointe de sa faux.

Et à observer Philippe III le Hardi, je sus que cet homme jeune, au visage massif, imberbe, était un homme que la vie effrayait.

Et alors qu'il était mon aîné de dix ans, je me sentais, quand j'étais agenouillé près de lui, lors des trois messes qu'il suivait chaque jour, plus serein et plus déterminé que lui.

Il était pieux, suivant en cela l'exemple de son père, mais c'était davantage par effroi que par volonté de servir Notre Seigneur.

Manière aussi pour lui de fuir la solitude, car son veuvage lui pesait, et je ne fus pas surpris quand, en août 1274, il épousa Marie de Brabant.

La jeune reine aimait les voiles de tulle, les dentelles, la soie, l'or et l'argent. Elle était si belle qu'on rougissait rien qu'à la regarder.

J'étais convié aux fêtes qu'elle donnait, où se pressaient les grands seigneurs du royaume et ceux qui venaient du Brabant et des terres d'Empire.

Il y avait là Robert II d'Artois, le fils de feu le comte d'Artois, frère de Saint Louis. Charles d'Anjou, roi de Sicile, y faisait sa cour à la jeune reine et prodiguait d'une voix forte ses conseils à Philippe III le Hardi, son neveu. Il avait l'autorité d'être le seul frère survivant de Saint Louis. Les comtes de Dreux, de Soissons, de Saint-Pol, seigneurs français, affrontaient en tournoi de chevalerie les ducs de Brabant, de Bourgogne, de Gueldre, de Hollande, de Luxembourg, pour le plus grand plaisir de la reine Marie de Brabant.

Parfois passait, hautaine, distante, méprisante même, la reine mère Marguerite de Provence, qui détestait Charles d'Anjou, entendait garder son influence sur le roi et s'opposait ainsi à la reine Marie et à ses *Brabançons*.

Quant au roi, il hésitait, cédant à l'une et à l'autre reine, laissant l'abbé de Saint-Denis, Matthieu de Vendôme, qui avait été serviteur de Saint Louis, régler une partie des « besognes du royaume », mais en abandonnant le plus grand nombre à un favori, Pierre de la Broce, chirurgien de Saint Louis, que le défunt roi avait élevé à la dignité de chambellan.

Ce Pierre de la Broce, ce Tourangeau avide, s'empara de l'esprit du roi et obtint de lui donations, faveurs et privilèges.

Naguère, j'avais, jeune écuyer, été souvent conduit par mon père dans le palais royal de Saint Louis.

Je ne reconnaissais plus la cour du roi de France dans ce grouillement d'intrigues et de coteries qui se nouaient autour de Philippe III le Hardi.

Il avait trois fils de son premier lit, partagé avec Isabelle d'Aragon : Louis, Philippe et Charles de Valois, et bientôt il eut trois enfants de la reine Marie de Brabant : Louis d'Évreux, Marguerite et Blanche.

Ce fut la guerre entre ces deux coteries, ces deux familles. Lorsque, en 1276, l'aîné des fils du roi, Louis, mourut, la rumeur se répandit que la reine Marie de Brabant avait fait empoisonner l'héritier de Philippe III.

C'est l'évêque de Bayeux, Pierre de Benais, frère de Pierre de la Broce, qui rapporta au roi l'accusation et dit :

« Sire, le bruit court que Madame la reine la jeune, et les femmes de sa maison, qu'elle amena de son pays le Brabant, ont empoisonné Monseigneur Louis. On craint qu'elles en fassent autant aux autres enfants que le roi a de sa première femme. Le peuple de Paris est si ému contre la reine et ses femmes qu'elles n'oseraient aller du Louvre à Notre-Dame de peur d'être lapidées ! »

Le bruit courait aussi que le roi Philippe III était « entaché du péché contre nature ».

Et le comte Robert d'Artois, envoyé à la cour de Castille, rapporta qu'un traître y faisait connaître les « secrets du roi de France ».

Je restais fidèle vassal du roi, mais je souffrais de cette puanteur d'eau croupie qui se répandait dans les palais de Philippe III le Hardi.

On m'apprit qu'un moine avait apporté au roi, qui était à Melun, une boîte contenant des lettres scellées du sceau de Pierre de la Broce.

Je ne sais ce que ces lettres révélaient. Mais le roi et ses barons quittèrent en hâte Melun, se rendirent à Paris, puis à Vincennes. On y arrêta Pierre de la

Broce. On l'enferma dans l'une des tours du château et, sans qu'il lui fût accordé de se défendre, les ducs de Bourgogne et de Brabant, le comte d'Artois et bien d'autres le conduisirent au gibet de Montfaucon.

J'étais de cette troupe, regardant les visages creusés par la haine.

Il suffit de quelques gestes pour que Pierre de la Broce, favori du roi, fût, en ce mois de juin 1278, pendu haut et court.

J'ai longuement fixé ce corps accroché au gibet de Montfaucon et que les oiseaux commençaient à lacérer dans un grand battement d'ailes.

J'ai tremblé non d'effroi, mais de surprise et d'accablement. J'écoutais les complaintes qui se chantaient au coin des rues, certaines accusant Pierre de la Broce d'avoir trahi son roi, empoisonné l'héritier du trône, Louis, et accusé de ce crime la reine Marie de Brabant.

Mais d'autres jugeaient que la pendaison s'était faite contre la volonté du roi.

Et d'autres encore disaient prudemment :

« La raison pour quoi Pierre de la Broce fut pris, lui si puissant, devenu pâture pour oiseaux de charogne, je l'ignore, et il ne m'appartient pas d'en parler. »

Moi aussi je me suis tu.

Mais j'ai appris, au pied du gibet de Montfaucon, que prêter serment d'allégeance à un roi qui n'était pas un saint homme, comme l'avait été Louis IX, c'était aussi se condamner au silence et à la cécité.

J'avais la langue et les yeux morts.

68

Heureusement, je m'éloignai du gibet de Mont-faucon.

Je reprenais vie en chevauchant aux côtés du roi Philippe III le Hardi, oubliant les intrigues et les haines qui déchiraient son entourage.

Je n'avais pour toute ambition que de servir mon suzerain, le heaume visière baissée, le glaive levé.

Nous avons gagné le Languedoc, mis le siège devant le château de Foix où le comte Roger Bernard s'était réfugié après avoir guerroyé contre les vassaux du roi de France. Philippe III le Hardi voulait montrer à tous les seigneurs du royaume qu'il protégeait les siens et empêchait les « guerres privées ».

Quand le comte de Foix se rendit, le 5 juin 1272, je fus de ceux qui l'accompagnèrent jusqu'à son cachot.

Mon âme était sans remords, car Philippe III se plaçait dans les pas de son père Louis IX, faisant exécuter les clauses des traités, ne reprenant dans les héritages que ce qui lui était dû.

Lorsque l'oncle de Philippe III, Alphonse de Poitiers, et son épouse moururent, le Poitou entra ainsi dans le domaine royal, mais le roi remit au pape

Avignon et le Comtat Venaissin que Louis IX avait promis au souverain pontife.

C'était loyauté et c'était l'intérêt du roi de France que d'être le Très Chrétien roi d'Occident, celui qui accueillit le pape Grégoire X à Lyon, ville impériale, où Philippe III envoya une garnison.

J'étais de ces chevaliers français qui protégèrent le concile réuni autour de Grégoire X. Il y avait là cinq cents évêques, soixante abbés mitrés, et plus de mille autres prélats, rassemblés en présence des ambassadeurs de tous les rois d'Europe.

Je restai à Lyon de mai à juillet 1274. Les envoyés des chrétiens grecs y abjurèrent le schisme d'Orient, et je crus que l'unité du monde chrétien était ainsi reconstituée.

Le concile unanime proclama que la croisade générale était décidée.

Je n'étais qu'un jeune chevalier de dix-huit ans qui ignorait que des mots aux actes il y a bien des rivières à franchir. Je ne cherchais pas à comprendre pourquoi il fallait longer les berges de celles-ci, traverser à gué celles-là.

J'appris que, le 31 mars 1282, les Siciliens s'étaient révoltés contre les Français. Après ces « Vêpres siciliennes », Charles d'Anjou, roi de Sicile, oncle de Philippe III le Hardi, fut chassé de l'île au bénéfice de Pierre III d'Aragon.

Mais le pape refusait de reconnaître le roi d'Aragon comme souverain de Sicile et offrit la couronne d'Aragon à l'un des fils de Philippe III, à charge pour lui d'aller conquérir ce royaume d'outre-Pyrénées.

Cette conquête serait une « croisade » bénéficiant de l'aide du souverain pontife et des indulgences distribuées à ceux qui y participeraient.

J'ai constaté les hésitations du roi à accepter cette couronne d'Aragon et la guerre qu'il lui faudrait conduire.

Le nouveau pape, Martin IV, qui avait été chancelier de Saint Louis sous le nom de Simon de Brie, s'indigna de ne point recevoir une réponse rapide du roi de France.

Et il est vrai qu'à Bourges, où le roi avait réuni barons et prélats, on délibérait lentement des propositions du pape.

J'entendis les arguments des uns et des autres pour essayer d'arracher au souverain pontife de nouveaux avantages.

Était-ce ainsi qu'on suivait la route tracée par Dieu et le successeur de l'apôtre Pierre ?

« Eh quoi, écrivait le pape au roi de France, voici que tout recommence ! Certes, nous n'accusons pas ta dévotion, nous accusons plutôt ceux qui, autour de toi, cherchent à empêcher en dessous, par des artifices coupables, une entreprise qu'ils désapprouvent. Si tu renonçais à tes projets, quelle joie pour tes rivaux ! Quelle honte pour la France ! Les prélats et les barons du royaume s'abstiendraient de pareils conseils, s'ils réfléchissaient davantage ! »

Ce furent et semaines et mois de tensions, comme lorsque l'on retient, avant de s'élancer au galop, le cheval harnaché qui piaffe, et l'on n'a pas encore abaissé sa lance, et l'on n'a pas encore labouré le flanc de sa monture à coups d'éperons.

En février 1284, l'assemblée enfin se prononça selon les vœux du pape et j'entendis Philippe III le Hardi déclarer :

« Vous nous avez donné un bon et fidèle conseil. Pour l'honneur de Dieu et de la Sainte Mère l'Église, nous nous chargeons de cette affaire aux conditions indiquées : nous acceptons ! »

Le lendemain, il annonça qu'il remettrait la couronne d'Aragon à son fils puîné, Charles de Valois.

Des messagers partirent pour Rome.

« Le royaume d'Aragon a été accepté de l'avis des barons et des prélats. La croisade sera prêchée. Le sang va couler. »

J'assistai, le 15 août 1284, à l'adoubement comme chevalier de l'héritier du roi de France, Philippe, qui, une fois sur le trône, deviendrait Philippe IV le Bel.

Il ne m'était pas apparu, sous le soleil éclatant d'août, comme une nature sombre et énigmatique, mais comme un vigoureux chevalier à la force rayonnante.

Le lendemain, 16 août, il épousa en grande liesse Jeanne, héritière du comté de Champagne et de la royauté de Navarre. Cette frêle enfant de douze ans, déclarée majeure, apportait ces deux joyaux au domaine royal.

Si la croisade qui se préparait permettait de placer sur le trône d'Aragon le dernier fils du roi, Charles de Valois, jamais la dynastie capétienne n'aurait été aussi puissante.

On refusa de voir les signes hostiles qui se multipliaient : Charles d'Anjou et le pape Martin IV moururent au début de l'an 1285.

Au contraire, on rassembla davantage d'hommes, chevaliers et sergents.

Je n'avais jamais vu pareille armée et l'on disait qu'elle était la plus forte qu'un roi de France eût commandée.

J'ai chevauché à sa tête, la joie au cœur, et le roi était tout aussi allègre qu'un petit matin de chasse.

Je ne vis qu'un seul chevalier, soucieux et morose, dire que les Aragonais combattraient pour chaque pierre de leurs villages et de leurs cités.

Ce jeune chevalier si réservé n'était autre que Philippe le Bel, fils de Philippe III et de la reine Isabelle d'Aragon.

On ne l'écouta pas.

Les barons assuraient que « si le roi Pierre d'Aragon était vaincu au premier choc, la campagne était finie ».

On entra en Roussillon, qui appartenait au roi de Majorque, notre allié.

Mais le peuple nous lançait pierres et insultes, égorgeant chevaliers et sergents, piétons isolés. On mit à sac la ville d'Elne, et j'ai détourné les yeux devant ces femmes éventrées, ces chiens errants flairant les cadavres.

C'était en mai de l'an 1285.

Le 26 juin, on mit le siège devant la ville fortifiée de Gérone qui protégeait Barcelone.

Puis ce fut un long calvaire : les Aragonais nous harcelaient, les maladies nous minaient, la ville résistait et nous pourrissions dans l'âpre chaleur.

Quand nos navires qui apportaient provisions et renforts furent coulés par la flotte aragonaise de l'amiral Roger de Loría, le 4 septembre 1285, je vis le roi chanceler.

Il sombra dans la maladie et je l'ai alors souvent entendu murmurer qu'il connaîtrait la même mort que celle de son père Saint Louis, décédé en terre infidèle.

On ordonna la retraite à la fin du mois de septembre 1285.

Nous nous dirigeâmes vers Perpignan. Mais, dans la traversée des Pyrénées, nous fûmes attaqués par des bandes d'*almogavares*, des archers sarrasins au service du roi d'Aragon.

Plusieurs flèches se brisèrent sur mon armure.

Dieu me laissa en vie, mais de nombreux chevaliers furent tués. Et le 5 octobre 1285, Philippe III le Hardi mourut à Perpignan.

Ses chairs furent inhumées dans la cathédrale de Narbonne.

Son fils Philippe devint roi.

Il fut sacré à Reims le 6 janvier 1286.

Philippe IV le Bel, que j'appellerai l'Énigmatique, entrait alors dans sa dix-huitième année.

DEUXIÈME PARTIE

(1285-1297)

« Monseigneur le Roi… ne hait personne, n'envie personne, il aime tout le monde. Plein de grâce et de charité, pieux, miséricordieux, suivant toujours la vérité et la justice, jamais la détraction ne trouve grâce dans sa bouche. Fervent dans la foi, religieux dans sa vie, bâtissant des basiliques, pratiquant les œuvres de piété, beau de visage et charmant d'aspect, agréable à tous, même à ses ennemis quand ils sont en présence, Dieu fait aux malades des miracles évidents par ses mains… »

Guillaume de Nogaret

69

Philippe IV le Bel était mon suzerain.

Dieu l'avait choisi et l'Église l'avait sacré à Reims.

Il était le petit-fils de Saint Louis et je l'ai vu, lors de ses ultimes moments, le 28 novembre 1314, refuser de prendre un « lait de poule » parce que c'était jour de jeûne, imitant en cela Louis, son saint aïeul.

Je l'ai entendu ce même jour, dernier jour de sa vie, exhorter son fils Louis, qui devait lui succéder, à aimer Dieu, à révérer l'Église, à la défendre, à être assidu aux offices, à s'entourer de bonnes gens, à s'habiller modestement.

Il le mit aussi en garde contre les « grandeurs humaines » qui ne sont le plus souvent qu'illusions fugaces et tromperies diaboliques.

Lorsque j'ai rapporté ces derniers instants du roi, ces ultimes paroles, d'aucuns se sont détournés et j'ai lu dans leurs regards qu'ils me considéraient comme un benêt, une dupe, peut-être un menteur.

J'ai répété ce que j'avais vu et entendu. J'ai ajouté que, tout au long de ma vie, j'avais côtoyé le roi et l'avais accompagné chaque jour célébrer le Seigneur en suivant la messe, en communiant, en se confessant.

Mais je dois à la vérité de dire que je n'ignorais rien de la véritable guerre qui l'avait opposé au souverain pontife, Boniface VIII, ni de la manière dont il avait laissé détruire l'ordre du Temple dont tous les Villeneuve de Thorenc, mes ancêtres, avaient été chevaliers, même si aucun des miens n'avait participé aux décisions de l'Ordre.

Je sais aussi que Philippe IV le Bel pouvait se montrer violent, cruel et injuste.

Et je ne répéterai pas ce que mon père, par contraste, n'avait cessé de dire de Louis IX : que ce roi était juste, pieux, un saint homme que l'Église, enfin, en 1297, avait reconnu pour tel. Philippe le Bel s'était d'ailleurs employé à ce que le procès en canonisation de son grand-père aboutisse.

Je n'ignore donc pas les jugements sévères qu'on a portés sur lui. L'évêque de Pamiers, Bernard Saisset, qui fut l'une de ses victimes, a confié :

« Notre roi ressemble au duc, le plus beau des oiseaux, et qui ne vaut rien. C'est le plus bel homme du monde, mais il ne sait que regarder les gens fixement sans parler. »

Et je me souviens du mépris que l'évêque exprimait lorsqu'il avait ajouté :

« Ce roi n'est ni un homme, ni une bête ; c'est une statue. »

Moi, j'ai vu au contraire le roi affable, rendant leur salut à des ribauds, écoutant leurs doléances.

Je l'ai vu, beau, blanc et blond, grand et fort, plein de grâce, de douceur et de droiture.

Mais certains, qui ne pouvaient nier cette apparence, ces attitudes de gentilhomme, murmuraient que le roi était un homme sans volonté qui se laissait aveuglément mener par des vilains, des traîtres, des voleurs qui avaient conquis sa confiance.

Ils affirmaient que le roi négligeait ses devoirs, qu'il ne se souciait que de chasser, abandonnant à des étrangers, des Flamands, à de vils conseillers, les affaires du royaume, tout comme son père Philippe III le Hardi les avait abandonnées à son favori, Pierre de la Broce.

J'ai lu ce qu'on écrivait du roi, grugé, dupé par les « vilains » qui le conseillaient :

> *Les receveurs ont l'avoir*
> *Et le Roi a la réputation de prendre...*
> *Le Conseil du Roi prend et partage*
> *Et le Roi a la moindre part*
> *Mais le Roi ne doit plus être enfant*
> *Il pourrait connaître*
> *Qui lui donne ou pain ou pierre...*

Mais que penser alors du moine de Saint-Denis, frère Yves, qui, témoin de la mort du roi, a su brosser ce portrait de l'homme qu'il avait côtoyé et vu affronter la mort :

« Ce roi était très beau, suffisamment lettré, affable d'aspect, de mœurs très honnêtes, humble, doux, trop humble, trop doux, exact aux offices divins. Il fuyait les mauvaises conversations. Il pratiquait le jeûne, il portait un cilice ; il se faisait administrer la discipline par son confesseur avec une chaînette. Simple et bienveillant, il croyait que tout le monde était animé d'excellentes intentions ; cela le rendait trop confiant et ses conseillers en abusaient. »

J'ai connu ces conseillers sans jamais avoir participé au Conseil du roi.

Je n'étais qu'un chevalier qui se tenait à portée de voix et qui pouvait donc aussi bien entendre les propos des conseillers que ceux de la reine Jeanne de Navarre ou de Charles de Valois, frère du roi.

Et j'écoutais aussi ces seigneurs, ces chroniqueurs qui jugeaient que le roi favorisait les gredins, les étrangers, les roturiers :

Le Roi qui est dur et tendre
Est dur aux siens et doux aux étrangers
France est condamnée à la servitude
Car Français n'y sont point écoutés
Qui sont nés de leur droite mère
Ils sont aujourd'hui mis en arrière.

Mais ces conseillers, même s'ils n'étaient point natifs d'Île-de-France, avaient choisi de servir Philippe IV le Bel avec la fidélité de vassaux. Ils avaient voué leur vie au roi de France.

Ainsi Pierre Flote, que le roi retenait souvent auprès de lui, était issu d'une famille noble du Dauphiné. Il avait étudié le droit à Montpellier. Étranger ? Je sais qu'il est mort en chevalier français à la bataille de Courtrai, le 11 juillet 1302, aux côtés de Robert II d'Artois, neveu de Saint Louis.

Un autre conseiller, Enguerrand de Marigny, était normand, et c'est la reine Jeanne qui l'avait fait entrer dans le cercle des proches du roi. Je ne peux le juger. Hardi financier, il rassembla sur sa tête toutes les haines et les jalousies et la mort du roi le livra à ses ennemis.

Quant à Guillaume de Nogaret, qui, après la mort de Pierre Flote, devint le plus proche conseiller du roi, il était né à Saint-Félix-en-Lauragais, non loin de Toulouse. Ceux qui le craignaient disaient qu'il était la « hache » du roi. Il voulait qu'on le nommât « chevalier du roi de France ». Pour le service du roi il osa affronter le pape Boniface VIII, et fut pour cela excommunié.

Lui aussi, comme Enguerrand de Marigny, finit frappé par la foudre de la haine.

De Guillaume de Nogaret, je retiens le portrait qu'il a tracé de Philippe le Bel alors même que l'on présentait ce conseiller comme un démon :

« Monseigneur le Roi, écrivait-il, est de la race des rois de France qui tous, depuis le temps du roi Pépin, ont été religieux, fervents champions de la foi, vigoureux défenseurs de la Sainte Mère l'Église. Avant, pendant et après son mariage, il a été chaste, humble, modeste de visage et de langue. Jamais il ne se met en colère, il ne hait personne, n'envie personne, il aime tout le monde. Plein de grâce et de charité, pieux, miséricordieux, suivant toujours la vérité et la justice, jamais la détraction ne trouve place dans sa bouche. Fervent dans la foi, religieux dans sa vie, bâtissant des basiliques, pratiquant les œuvres de piété, beau de visage et charmant d'aspect, agréable à tous, même à ses ennemis quand ils sont en sa présence, Dieu fait aux malades des miracles évidents par ses mains. »

Je lis et je relis ces lignes et y vois la vérité couverte par le voile de l'apologie.

J'ai connu Philippe le Bel sombre et violent.

Je l'ai entendu menacer ceux qui se dressaient contre lui ou dont il pensait qu'ils étaient ses ennemis.

Et sa main, alors, n'hésitait pas à montrer à ses proches ceux qu'il fallait frapper et faire plier, qu'ils fussent évêques, souverain pontife ou grand maître de l'ordre du Temple.

Philippe le Bel n'était donc pas seulement un affable souverain « plein de grâce et de charité ».

Il savait se montrer impitoyable.

Il était bien le véritable héritier de cette lignée capétienne dont tous les rois ont pensé qu'ils ne devaient rendre compte de leurs actes qu'à Dieu.

Maintenant que la mort m'a éloigné de lui, il a pris place dans ma mémoire aux côtés des autres souverains que j'ai servis. Et d'abord de Saint Louis, celui dont mon père m'a si longuement parlé.

Je sais que Philippe IV le Bel n'a pas eu l'âme limpide d'un Saint Louis.

Son âme fut double, voire trouble.

Voilà pourquoi je l'ai nommé *l'Énigmatique*.

70

J'entrais dans ma trentième année lors du sacre du roi de France à Reims, le 6 janvier 1286.

Je me tenais à quelques pas derrière ce jeune souverain d'à peine dix-huit ans et j'étais ému de voir s'avancer vers lui ces infirmes, ces scrofuleux qui l'imploraient. Ils étaient vêtus de haillons, certains s'appuyaient sur la fourche d'une branche qu'ils avaient glissée sous l'une de leurs aisselles, d'autres exhibaient leurs plaies purulentes. Le roi, si blond, si beau qu'il paraissait entouré d'un halo, tendait ses mains, touchait les écrouelles, et les malheureux s'agenouillaient, remerciaient, bénissaient, priaient que le Seigneur voulût protéger le roi, faiseur de miracles.

Ce jour-là, sur le parvis de la cathédrale, puis dans le palais épiscopal, il m'eût semblé folie de penser qu'un jour j'appellerais Philippe IV le Bel, l'Énigmatique.

Mais ce jour est vite venu.

Le 5 juin de cette même année, j'étais au palais royal du Louvre, parmi la foule des chevaliers et barons du royaume, pour assister au serment de vassalité que le roi d'Angleterre, Édouard Ier, devait prêter à son suzerain le roi de France.

Édouard Ier était arrivé quelques jours auparavant, accueilli comme un frère par Philippe le Bel qui lui avait témoigné son affection.

J'observai le roi de France. Un sourire bienveillant conférait à son visage une expression de bonté.

Mais je savais que cet accueil, ces protestations d'amitié, les festins, les fêtes, les danses, les musiques et les chants masquaient la résolution de Philippe d'obtenir ce serment de vassalité pour le domaine Plantagenêt qui s'étendait de la Charente aux Pyrénées, à l'exception de l'Armagnac.

Le roi de France fit mine de ne pas entendre le chancelier d'Angleterre déclarer qu'Édouard Ier n'agissait là que par courtoisie, et protester contre les recours que les seigneurs de Guyenne et de Gascogne adressaient au roi de France sans se tourner d'abord vers leur seigneur direct, le roi d'Angleterre.

C'était là le piège de la vassalité dans lequel Édouard Ier tombait : ses vassaux pouvaient faire appel contre lui à Philippe IV le Bel.

J'avais entendu un conseiller du roi lui dire, sans que Philippe le Bel manifestât le moindre sentiment, de déni ou d'approbation :

On peut bien savoir et connaître
Qu'Anglais jamais Français aimât
Male discorde entre eux il y a
Jourd'hui sont en paix, demain en guerre...

Il y eut des rires dans le petit groupe qui entourait le roi, mais celui-ci ne cilla pas.

Et, pour la première fois, j'ai pensé que le roi de France savait dissimuler et feindre, et que, s'il était *le Bel*, il était bien aussi *l'Énigmatique*.

J'ai rencontré plus tard le moine italien Gilles de Rome qui avait été chargé par Philippe III le Hardi d'enseigner à Philippe, qui serait roi, comment les souverains devaient gouverner.

Gilles de Rome avait écrit un traité, *Du gouvernement des Princes*.

C'était un homme petit, brun de poil et de peau, à la parole lente et aux yeux pensifs. Il prêchait la juste mesure, entre audace et réserve, et continua de lui prodiguer des avis quand Philippe devint roi de France.

Cette prudence, cette manière feutrée d'agir sans que jamais pourtant la volonté ne se relâchât, je l'ai vue à l'œuvre dans la manière dont Philippe dupa l'Anglais.

Il y avait chaque jour des rixes entre marins normands et bretons, d'un côté, anglais et gascons de l'autre. On s'affrontait dans les ports. On montait à l'abordage en pleine mer. On voulait contrôler les lieux de pêche et le commerce des vins. C'étaient actions de flibuste et de piraterie.

Philippe le Bel convoqua son vassal, le roi d'Angleterre, qui était cité à comparaître devant le parlement de Paris comme duc de Guyenne. S'il faisait défaut, il serait déchu.

Le piège conçu par les légistes s'était refermé.

Je vis arriver au Louvre le frère du roi d'Angleterre, Edmond de Lancastre. Il était accompagné de son épouse, la comtesse de Champagne, dont on assurait qu'elle avait de l'influence sur les deux reines, Marie de Brabant, veuve de Philippe III le Hardi, et Jeanne de Navarre, épouse de Philippe le Bel.

On entoura les Anglais de fêtes et d'amitié.

On vit Philippe le Bel accepter toutes les propositions d'Edmond de Lancastre. Il offrit l'occupation provisoire de villes et de ports : Bordeaux, Agen, Bayonne. Il fit de même pour de nombreuses forteresses. Il s'agissait, à ma grande surprise, de gages en attendant les résultats d'une enquête.

Et il proposa le mariage d'Édouard d'Angleterre et de Marguerite, sa sœur.

Pendant ce temps, Philippe le Bel faisait venir de Méditerranée vaisseaux, équipages, charpentiers de marine, et des troupes conduites par Charles de Valois, Robert d'Artois et Raoul de Nesle, connétable de France, occupaient le pays de Guyenne.

Puis Philippe le Bel fit constater l'absence de son vassal ; ce refus de comparaître entraînait la « commise » du fief Plantagenêt, et Marguerite refusa d'épouser Édouard.

« Le roi de France nous a frauduleusement enlevé notre terre de Gascogne, et il veut entreprendre maintenant la conquête de notre royaume, abolir la langue anglaise », écrivit Édouard d'Angleterre.

Je n'ai d'abord pas cru au projet d'une attaque des ports anglais par des navires français, ni d'une invasion du royaume Plantagenêt.

La placidité de Philippe le Bel et son mutisme étaient tels que je ne pouvais imaginer que ces projets étaient ceux du roi de France.

Puis j'ai appris qu'une escadre française avait fait irruption dans le port de Douvres.

Et que le Génois Benoît Zacharie, amiral du roi de France, avait dit qu'il fallait « mener le pays d'Angleterre à feu et à flammes ».

C'était bien la guerre qu'avait préparée et voulue Philippe le Bel, l'Énigmatique.

71

J'avais hâte d'affronter l'Anglais, d'aller frapper d'estoc et de taille, mais, dans l'entourage du roi, on parlait davantage d'or et d'argent, de valeur des monnaies, d'usure, de taxes nouvelles que de grandes chevauchées.

Le roi écoutait.

« Le roi d'Angleterre, disait un conseiller, fait alliance par la force des livres sterling avec les princes d'autour du royaume qui doivent assaillir votre domaine de France de toutes parts à la fois. »

Édouard Iᵉʳ comptait d'abord sur le comte de Flandre, Gui de Dampierre, qui venait de renier son serment de vassalité au roi de France.

Je m'attendais à ce que l'on rassemblât l'ost des chevaliers et que l'on chevauchât vers les cités de ce félon, mais Philippe le Bel parlait de la *maltote*, cet impôt qui venait d'être institué et contre lequel se dressaient les Normands, les habitants de Rouen, refusant de payer un denier par livre de transaction.

« Il n'est point de guerre sans or », répétait Philippe le Bel.

Il fallait soudoyer les Gallois et les Écossais, répondre à l'assaut de la livre sterling par la charge de la livre tournois. Or les caisses du Trésor royal étaient vides.

« Il faut prendre l'or là où il est », ajoutait le roi.

Je n'ai pas aimé cette guerre-là.

Des sergents du roi entrèrent dans les échoppes des changeurs lombards, ces Italiens de Prato, de Florence, de Venise, de Sienne, de Milan et de Plaisance. Ils prêtaient à usure. On les arrêta, on les spolia, mais on les relâcha, car leur commerce d'argent irriguait le royaume de France, et, sans eux, sans leurs prêts, on ne pouvait acheter ni glaives, ni armures, ni draps de laine, ni soieries.

Mais ces Italiens qu'on méprisait étaient chrétiens, et même si, parfois, on les accusait d'hérésie, ils étaient aussi les banquiers du pape ; on ne les persécutait pas.

Mais les Juifs, qui, eux aussi, faisaient commerce d'usure, étaient à merci.

Un jour d'avril 1288, toute la famille d'un Juif de Troyes, Isaac Châtelain, sans autres raisons que la haine qu'on portait à ce peuple accusé d'être coupable de la mort de Jésus-Christ et que la jalousie vouée à plus riche que soi, fut conduite au bûcher avec treize autres personnes, hommes, femmes, enfants, qui périrent dans les flammes.

On rapporta à Philippe le Bel qui en resta coi, le visage fermé, paraissant ne pas avoir entendu.

Mais il demanda que l'on saisisse toutes les créances détenues par les Juifs, afin de savoir ce qui, dans chaque contrat, était dû en somme prêtée – en principal – et en usure.

Les Juifs en de nombreuses cités furent arrêtés.

Ceux de la sénéchaussée de Beaucaire furent conduits au Châtelet de Paris comme otages, et ne furent relâchés qu'après avoir confessé le nombre et la nature de leurs contrats, et avoir versé au roi ce qui provenait de l'usure.

Les sommes ainsi obtenues ne furent jamais restituées aux débiteurs, mais conservées au Trésor royal.

Celui-ci était toujours exsangue.

Et l'on parlait de remuement des monnaies, de leur teneur en or et en argent, de la valeur de chacun de ces métaux précieux par rapport à l'autre.

Il y eut grand trouble quand le roi prit une ordonnance limitant pour chaque famille la possession de vaisselle en métal précieux. Ce qui était en sus devait être remis à la Monnaie royale.

Puis ce que l'on craignait advint : la part du métal précieux par pièce fut réduite, et l'on interdit l'exportation d'argent.

J'eus plusieurs fois le sentiment de vivre dans un royaume différent de celui que mes aïeux avaient bâti et connu, dont mon père m'avait retracé la geste glorieuse.

Je découvrais jour après jour que Philippe le Bel s'écartait du chemin tracé par son grand-père Saint Louis, ce chemin juste et droit que m'avait aussi indiqué mon père.

Or j'apprenais que même sur les terres de mon fief, autour du château de Villeneuve de Thorenc, les agents royaux harcelaient mes sujets, ceux auxquels je devais protection, qu'ils fussent paysans, bourgeois ou clercs.

Mais j'étais un vassal fidèle au roi, non un félon prêt à renier son serment d'allégeance et à rallier un autre suzerain.

Ce n'est qu'aujourd'hui, ma vie passée dans le respect de ma parole, que j'évoque cette pensée de félonie.

Sur l'heure, elle n'a jamais jailli en moi, même si je souffrais de voir les fleurs de lis plus souvent gravées sur une pièce que brodées sur une oriflamme.

72

Un jour enfin, après une trop longue attente, le remuement des chevaux m'a fait oublier celui des monnaies.

Je chevauchais vers la Flandre avec les armées du roi. Nous allions faire rendre gorge au comte Gui de Dampierre qui avait noué alliance avec Édouard Ier d'Angleterre, après avoir refusé de comparaître, comme vassal, devant la cour royale.

Dampierre avait touché pour cette félonie trois cent mille livres avec lesquelles il avait recruté des chevaliers et des piétons soldés, des soudoyers allemands, brabançons et lorrains. Il comptait sur le comte de Bar, le duc de Brabant, le roi d'Allemagne, Adolphe de Nassau, et le comte Guillaume de Hollande.

J'ai admiré le calme de Philippe le Bel auquel on annonçait le rassemblement des contingents ennemis et qui continuait de chevaucher, impavide, sûr de notre force, et je retrouvais à ses côtés la joie d'être son vassal.

Il était un grand roi : pouvais-je lui reprocher sa prudence, son habileté, son souci de remplir les coffres du Trésor avant de partir en guerre ?

Nous assiégeâmes Lille.

Et de la plupart des villes de Flandre, à l'exception de Gand, vinrent des contingents de milice qui soutenaient le roi de France, se disant « gens de lis », *Leliaerts*, et soldés par les bourgeois des villes, ces patriciens qui refusaient de suivre Gui de Dampierre.

Le roi me demanda de rejoindre l'armée de Robert d'Artois qui affrontait les contingents allemands et brabançons qui s'étaient alignés devant la ville de Furnes, le 20 août 1297.

Nous chargeâmes ces piétons et chevaliers qui n'attendirent pas que nous eussions atteint leurs rangs pour s'enfuir, et nous ne livrâmes pas bataille. Je ne pus donner un seul coup de glaive.

Mais le comte de Flandre, Gui de Dampierre, n'avait plus ni armée ni allié, à l'exception du roi d'Angleterre, qui, avec ses chevaliers, venait de débarquer à l'Écluse.

Tous deux, vaincus avant même d'avoir combattu, s'enfermèrent dans la ville de Gand, la seule à leur être restée fidèle.

À Lille, apprenant la défaite de Furnes, les bourgeois ouvrirent les portes au roi de France, et ils firent de même à Bruges dont Édouard Ier avait espéré faire sa place forte. Le peuple de Lille et de Bruges nous acclama en brandissant des lis.

Je tressaillais d'émotion et d'orgueil alors que le roi chevauchait, semblant indifférent à ces ralliements.

La maîtrise de soi qu'il manifestait ainsi me fascina et me glaça.

On devait admirer ce souverain énigmatique, mais pouvait-on l'aimer ?

Mais j'étais fier d'être le vassal fidèle de ce roi victorieux qui servait le royaume de France, et, à sa manière, continuait l'œuvre de ses grands aïeux,

Philippe Auguste et Saint Louis, tout comme je suivais, à ma place, la trace des Villeneuve de Thorenc, serviteurs loyaux de la lignée capétienne.

Nous apprîmes que dans les rues de Gand, la ville où s'étaient réfugiés le comte de Flandre et le roi d'Angleterre, chaque jour il y avait bataille entre les soudoyers de Gui de Dampierre et d'Édouard, et les Flamands partisans du roi de France.

Dampierre et Édouard devaient arrêter cette guerre avant que l'automne et l'hiver, le froid, la pluie, la faim ne transforment leur défaite en débâcle.

Et comme les caisses du Trésor royal étaient à nouveau vides, Philippe le Bel était lui aussi prêt à traiter.

Une trêve fut donc signée le 9 octobre 1297 à Vyves-Saint-Bavon.

Et au pape Boniface VIII fut confié le soin de préparer la paix.

73

J'ignorais tout du pape Boniface VIII.

Pour moi, il était le souverain pontife, le successeur de l'apôtre Pierre, celui que Dieu avait choisi pour gouverner notre Sainte Mère l'Église.

Je n'imaginais pas qu'entre le Très Chrétien roi de France, sacré à Reims, et le pape, il pût y avoir affrontement.

La royauté française était fille aînée de l'Église ; comment concevoir que ces deux enfants de Dieu, la France et l'Église, pussent se quereller ?

J'appartenais à une lignée dont tous les membres avaient été au service de la couronne de France, mais qui étaient aussi des chevaliers combattant pour le Christ.

Personne ne m'avait raconté les conflits qui avaient pu naguère opposer l'Église et le royaume de France.

Je n'étais donc qu'un chevalier plein d'innocence et d'illusions.

Et c'est ainsi que je me suis retrouvé le vassal d'un roi qui défia durant tout son règne le souverain pontife et se dressa contre l'ordre du Temple, l'une des colonnes majeures de cette Église, fille et mère du Christ.

Il me fallut choisir et je me rangeai derrière l'oriflamme aux fleurs de lis.

J'appris donc à connaître et à combattre le pape Boniface VIII.

Il était venu en France pour la première fois en 1290 comme légat du pape Nicolas IV.

Il était alors le cardinal Benoît Caetani et avait eu pour mission de mettre fin au conflit qui opposait, dans l'université de Paris, mais aussi dans le reste du royaume, le clergé séculier au clergé régulier, c'est-à-dire aux moines.

Les séculiers s'élevaient contre l'autorisation donnée aux moines des ordres mendiants – les franciscains – de confesser, de prêcher, d'ensevelir, et ce, de leur propre autorité, sans solliciter l'avis d'un évêque.

On me raconta comment Benoît Caetani parla aux séculiers réunis à Sainte-Geneviève, à Paris :

« Je dois vous le dire, nous sommes venus non pour révoquer, mais pour confirmer le privilège contre lequel vous aboyez. Le seul membre sain de l'Église, ce sont les Ordres. »

Il avait ajouté :

« Les maîtres de Paris se permettent d'interpréter un privilège du pape. Ils supposent sans doute que la Cour de Rome l'a accordé sans délibérer mûrement. Mais la Cour de Rome a des pieds de plomb, qu'ils le sachent ! »

Lorsque, en décembre 1294, ce cardinal Caetani fut élu pape sous le nom de Boniface VIII, on apprit par des chevaliers qui avaient assisté à sa fastueuse intronisation que ce souverain pontife était fort critiqué. On prétendait qu'il s'était enrichi en traitant des affaires de l'Église, qu'il n'avait ni modestie, ni modération, ni sang-froid.

Un poète, moine franciscain, disait de Boniface VIII qu'il se « délectait dans le scandale ainsi que la salamandre dans le feu ».

On assurait qu'il avait chassé du trône pontifical son prédécesseur, Célestin V, un saint homme, en le retenant prisonnier et en le forçant à abdiquer.

Célestin V était un vieil ermite vivant dans la pauvreté. Boniface VIII se fit sacrer dans la basilique Saint-Pierre en présence des Colonna et des Orsini, les grandes familles de la noblesse romaine.

Ce pape-là, disait-on dans l'entourage de Philippe IV le Bel, avait les ambitions d'un empereur romain bien plus que celles d'un pontife.

Et nombreux parmi les conseillers du roi prédisaient que Boniface VIII voudrait gouverner tous les royaumes chrétiens.

Philippe le Bel dit d'une voix calme :

« Je suis roi de France. »

Puis il partit chasser.

Le conflit eut tôt fait d'éclater. L'argent et l'or en furent l'origine. Il fallait remplir les coffres du Trésor royal pour solder les chevaliers et sergents qui partaient en guerre contre le roi d'Angleterre.

Le roi mit le clergé à contribution en levant une « décime » sur les biens et les revenus ecclésiastiques.

Boniface VIII décréta que sous peine d'excommunication, les princes séculiers ne pouvaient exiger et recevoir des subsides extraordinaires du clergé sans l'autorisation pontificale.

Lorsqu'on communiqua à Philippe le Bel cette « décrétale » – *Clericis laicos* –, il prit une ordonnance royale interdisant l'exportation de l'or et de l'argent hors du royaume, ce qui frappait les banquiers italiens, qui étaient ceux du pape.

Boniface VIII répliqua par une bulle – *Ineffabillis amor* – qui jugeait l'ordonnance royale insensée, absurde et tyrannique.

Il s'indignait :

« A-t-on voulu atteindre le pape et ses cardinaux, ses frères ? Quoi, porter des mains téméraires sur ceux qui ne relèvent d'aucune puissance séculière ? »

J'observai Philippe le Bel cependant qu'on lui lisait les textes pontificaux, qui me glaçaient.

« Je sais qu'il y a autour de toi des malveillants », écrivait le pape au roi.

Il menaçait :

« Regarde les rois des Romains, d'Angleterre, des Espagnes, qui sont tes ennemis ; tu les as attaqués, offensés. Malheureux, n'oublie pas que sans l'appui de l'Église, tu ne pourrais leur résister. Que t'arriverait-il si, ayant gravement offensé le Saint-Siège, tu en faisais l'allié de tes ennemis et ton principal adversaire ? »

J'ai mêlé ma voix à toutes celles qui s'indignaient de ce chantage.

J'approuvai les légistes du roi qui répétaient :

« Le roi de France est au-dessus des lois... Avant qu'il y eût des clercs, les rois de France avaient déjà la garde de ce royaume et le droit de légiférer en vue de sa sécurité... Il faut que les clercs contribuent comme tout le monde à la défense du royaume... Ils se sont engraissés des libéralités des princes et ils ne les aideraient point dans leurs nécessités ? Mais ce serait aider l'ennemi, encourir l'accusation de lèse-majesté, trahir le défenseur de la chose publique ! »

Philippe le Bel écoutait, impassible. Rien ne paraissait pouvoir le troubler. On lui rapportait cependant que Boniface VIII, à Rome, fulminait contre lui : « Je détrônerai le roi de France ! s'était-il écrié. Tous les autres rois chrétiens seront avec moi contre lui. »

Je m'inquiétais du sort de notre royaume et de celui de mon roi.

J'avais encore beaucoup à apprendre.

Je découvris que les évêques craignaient que la « détresse du royaume ne pousse les laïcs à piller les biens de l'Église si nous ne concourons pas avec eux à la défense commune ».

Et comme, dans les plaines flamandes, les chevaliers et sergents du roi remportaient la victoire contre le comte de Flandre et le roi d'Angleterre, le pape invita le clergé et les ordres réguliers à verser au roi de France ce qu'il réclamait.

Le pape vint même à Paris et je le vis bénir le roi, puis annoncer solennellement, en ce mois d'août 1297, la canonisation de Louis IX.

Je remerciai Dieu.

Je pensai à mon père, à ce qu'il eût éprouvé en apprenant que le souverain qu'il avait servi tout au long de sa vie était non pas seulement roi de France, mais Saint Louis.

Quant à moi, j'étais fier de mon roi, Philippe IV le Bel, l'Énigmatique, qui avait défendu victorieusement son royaume contre le pape.

Cependant, cette sorte de « tournoi » me troublait.

Que voulait Dieu, en opposant ainsi deux de ses fils ?

La question était lancinante, car j'étais persuadé qu'il y aurait d'autres passes d'armes.

TROISIÈME PARTIE

(1297-1303)

« Que personne ne te persuade que tu n'as aucun supérieur et que tu n'es pas soumis au chef suprême de l'Église ! »

Le pape Boniface VIII à Philippe le Bel, encyclique *Ausculta fili*, 1302

74

Je ne m'étais point trompé.

Le pape Boniface VIII et Philippe IV le Bel n'ont cessé de s'affronter.

Et le roi, mon suzerain, m'a demandé d'entrer en lice en portant la bannière aux fleurs de lis.

Je l'ai fait sans trembler, mais souvent avec doute et même effroi enfouis au plus profond de mon âme, car j'avais appris à connaître la violence dont le souverain pontife était capable contre ceux dont il pensait qu'ils étaient ses ennemis.

Je sais qu'un jour, comme les ambassadeurs auprès de lui avaient été admis à baiser sa mule, il allongea un coup de pied dans la figure de l'un d'eux, le sous-prieur des dominicains de Strasbourg, tant et si bien que le sang coula.

Il eût sûrement aimé faire de même aux envoyés du roi de France qu'il recevait, en cette année 1300.

J'étais l'un d'eux. Je n'avais pas été surpris par le choix du roi ; depuis longtemps déjà je le redoutais.

Car j'étais l'un des plus vieux chevaliers de son entourage.

J'avais déjà atteint ma quarante-quatrième année alors que le roi et la plupart de ses chevaliers avaient à peine dépassé la trentaine.

Je faisais figure d'homme sage.

J'étais le fils de Denis de Villeneuve de Thorenc, compagnon de Saint Louis. Et c'était ce saint roi qui m'avait adoubé écuyer, en 1270, alors que je n'avais que quatorze ans. J'avais été vassal, serviteur fidèle du père de Philippe IV le Bel, Philippe III le Hardi.

Je n'avais jamais eu la tentation de la félonie.

Le roi me choisit donc pour chevaucher vers Rome aux côtés de l'un de ses plus dévoués conseillers, Guillaume de Nogaret.

Le roi avait adoubé chevalier ce légiste qui, cependant que nous cheminions côte à côte, me raconta qu'il était né à Saint-Félix-de-Caraman, en Languedoc, qu'il avait étudié puis enseigné le droit à Montpellier avant d'être nommé juge à Beaucaire et à Nîmes. Puis le roi l'avait appelé auprès de lui.

C'était un maître de droit et du langage qui mettait tous les dons que Dieu lui avait attribués au service du roi.

Les diatribes du souverain pontife, ses hurlements, même, la présence autour des cardinaux de hallebardiers, de gardes prêts à saisir leur épée, ne faisaient nullement tressaillir Nogaret.

« Je vois bien que le roi use de mauvais conseils, commença le pape. Cela me gêne. »

Boniface VIII s'était tourné vers les cardinaux et ajouta en nous désignant :

« Ils veulent tout ébranler ! »

Puis, revenant vers nous, il demanda à Nogaret :

« Parles-tu au nom de ton maître, ou en ton nom ?

— En mon nom, à cause de mon zèle pour la foi et de ma sollicitude pour les églises dont mon maître est patron », répondit Nogaret.

La violence des propos de Boniface VIII m'effraya, même si je restais maître de mon apparence.

440

Le pape cria, injuria, menaça non point Nogaret, mais le roi de France, puis comme s'il n'était plus capable de retenir ses mots, il aboya comme un chien furieux :

« Le souverain pontife, vicaire du Tout-Puissant, commande aux rois et aux royaumes. Il exerce le Principal sur tous les hommes. À ce suprême hiérarque de l'Église, tous les fidèles, de quelque condition qu'ils soient, doivent tendre le cou. Ce sont des fous, des hérétiques, ceux qui pensent autrement ! »

Je mis la main sur la garde de mon glaive. Je savais qu'on accusait Guillaume de Nogaret d'être fils d'hérétique, et je craignais que les gardes pontificaux ne se précipitent sur nous pour nous saisir.

Mais Nogaret ne bougea pas, répondant qu'il pleurait sur l'Église des Gaules et sur celle de Rome, maltraitées.

Il défiait Boniface VIII, laissant entendre qu'il connaissait toutes les accusations qu'à Rome même la famille Colonna, alliée du roi de France, répandait contre le pape.

Boniface VIII était, disait-on, aveuglé par la vanité, l'oubli des devoirs de sa mission. Il voulait être le « Juge universel » des choses tant spirituelles que temporelles. Il prétendait être l'héritier des droits célestes et terrestres du Christ.

Il était même apparu revêtu des insignes de l'Empire, portant les deux glaives et s'écriant : « Je suis César ! »

À cela, que me rapportait Nogaret alors que nous avions déjà pris la route du retour, il fallait ajouter que ce pape était corrompu, simoniaque, avide d'or et de terres, et débauché, sodomite et luxurieux.

Ces rumeurs, ces accusations, Guillaume de Nogaret les formula à Philippe le Bel en se tournant vers moi comme pour solliciter mon témoignage.

Il fit de même lorsqu'il répéta les injures proférées par Boniface VIII contre le roi de France, coupable d'être un « faux-monnayeur » jouant sur la valeur des monnaies, volant l'Église en la pressurant de taxes et d'impôts nouveaux.

Le roi ne répondit pas, demandant seulement qu'on lût la lettre pontificale du 18 juillet 1300 afin que tous reconnussent la volonté de Boniface VIII de faire ployer la nuque au roi de France.

« Les griefs s'accumulent, écrivait le pape. La douceur est inutile, les erreurs ne sont pas corrigées. Prends garde que les conseils de ceux qui te trompent te conduisent à ta perte. Que résultera-t-il de tout cela ? Dieu le sait ! »

« L'Église de Rome, telle que Boniface VIII la désire, est une épouse adultère, commenta Guillaume de Nogaret. Elle ne peut commander ni aux rois, ni aux royaumes. Il faut juger les évêques de France qui sont les complices de sa débauche. »

Nogaret désigna l'évêque de Pamiers : Boniface VIII avait créé cet évêché à la seule fin de l'attribuer à l'ancien abbé de Saint-Antonin de Pamiers, Bernard Saisset, l'un de ses fidèles.

Je fus chargé d'accompagner les deux envoyés du roi, Richard Leneveu et Jean de Picquigny, chargés de s'informer de la conduite de l'évêque en question.

75

C'était l'été de l'an 1301, la chaleur était si forte qu'il me semblait que mon corps, sous la cotte de mailles, était percé de mille flèches.

Le 13 juillet, Jean de Picquigny décida de forcer les portes du palais épiscopal de Pamiers, et je me saisis de l'évêque, Bernard Saisset, cité à comparaître devant la cour royale à Senlis.

C'était un homme fier qui invoquait la protection du pape et refusait de reconnaître les propos que son entourage lui prêtait.

Picquigny avait donné l'ordre de soumettre certains des proches de l'évêque à la question, et il avait suffi de quelques coups de maillet sur les coins enfoncés dans les brodequins pour qu'entre deux cris de douleur ils dénonçassent les propos et les projets de l'évêque.

Selon le prélat, le roi était un bâtard, un faux-monnayeur, il livrait son royaume à des étrangers. Son conseiller, Pierre Flote, ne faisait rien sans qu'on lui graissât la patte. Et il était borgne ! Et le roi avait oublié qu'au pays des aveugles, les borgnes sont rois !

Mais il n'y avait pas que ces propos souvent d'après boire, car Bernard Saisset buvait.

Il accusait aussi le roi de ne pas gouverner son royaume, de préférer la chasse aux réunions de son Conseil.

L'évêque projetait d'organiser une royauté du Languedoc et de séparer cette terre du royaume de France.

Jean de Picquigny ordonna qu'on vidât les coffres du palais, qu'on rassemblât les lettres qu'ils contenaient.

On pouvait y lire des phrases telles que celle-ci :

« Les gens de ce pays, le Languedoc, n'aiment ni le roi ni les Français, qui ne leur ont fait que du mal. Avec les Français, tout va bien d'abord et tout finit mal. Il ne faut pas s'y fier. La cour du roi de France est corrompue, c'est une prostituée. »

Avec les arbalétriers et deux sergents royaux qui avaient reçu l'ordre de coucher à chaque étape dans la chambre de l'évêque, je fus chargé de le conduire jusqu'à Senlis. Le sénéchal de Toulouse m'accompagnait.

Je n'ai échangé aucune parole avec l'évêque, pas même lorsqu'il s'adressait à moi.

Je craignais sa langue diabolique, la manière dont il était capable de retourner les accusations, les invocations à Dieu, à l'Église, les menaces qui pesaient sur ceux qui s'en prenaient aux meilleurs enfants du Christ. « Le pape, disait-il, a pouvoir – et il le fera – d'excommunier ceux qui entravent la liberté de son évêque. »

Ce voyage jusqu'à Senlis me parut long.

En octobre 1301, j'étais près de l'évêque quand il comparut devant le roi et un grand nombre de prélats, comtes, barons et chevaliers.

Bernard Saisset nia les paroles et les projets que Pierre Flote rappelait.

Il déclara ne relever que de la justice pontificale.

Il y eut des murmures, bientôt des menaces, et certains seigneurs s'approchèrent de l'évêque en lui lançant :

« Je ne sais à quoi tient que nous ne te massacrions tout à l'heure ! »

Je mesurais l'embarras du roi. L'évêque refusait d'avouer. Les prélats étaient réticents à l'idée de le retenir prisonnier.

Le comte d'Artois s'écria :

« Si les prélats ne veulent pas me charger de la garde de l'évêque, nous trouverons bien des gens qui le garderont comme il faut ! »

Si Bernard Saisset craignait les gens du roi, le réquisitoire dressé contre lui était accablant.

Outre ce qu'il avait déjà énoncé, Pierre Flote l'accusait d'être un blasphémateur, un corrompu, un fornicateur qui avait affirmé que, pour les prêtres, la fornication n'était pas un péché. Il reprochait même au pape d'avoir canonisé Louis IX !

Boniface VIII n'abandonna pas pour autant son évêque. Il réclama au roi de délivrer Bernard Saisset afin de lui permettre de gagner Rome où il serait jugé.

Il écrivit au roi des lettres pleines de menaces :

« Apprenez que vous êtes soumis pour le spirituel et le temporel... Ceux qui croient autrement seront réputés hérétiques ! »

J'ai vu le roi jeter au feu l'une de ces bulles – *Ausculta fili* –, et ce, devant tous les nobles qui se trouvaient ce jour-là à Paris. Puis il fit crier cette exécution à son de trompe par toute la ville. Et il répondit à Boniface VIII :

« Que Ta Très Grande Fatuité sache que nous ne sommes soumis à personne pour le temporel...

Ceux qui croiront autrement sont des fous et des insensés. »

Ce furent des mois de tempête que je vécus partagé entre ma fidélité au roi de France et mon respect pour l'Église de Dieu.

Mais Boniface VIII était un ennemi de notre royaume. Il convoqua tous les évêques de France pour un concile à Rome le 1er novembre 1302. Et ce ne pouvait être qu'un tribunal d'accusation.

J'approuvai le roi de réunir à Notre-Dame, le 10 avril 1302, les trois ordres du royaume, nobles, clercs et gens du commun. C'était le royaume de France en son entier qui était appelé, comme le dit Pierre Flote, « à défendre les libertés du royaume et celles de l'Église ».

Aussitôt, la noblesse et les députés du commun répondirent qu'ils étaient prêts à verser leur sang pour l'indépendance de la Couronne.

J'ai approuvé que la noblesse adressât aux évêques de France une lettre dénonçant « les déraisonnables entreprises, les outrageuses nouvelletées, la perverse volonté de cet homme, le pape ».

Mais les prélats hésitaient, sollicitant du pape la « révocation de ses injonctions ».

Qui pouvait croire que Boniface VIII s'inclinerait ?

Il traita Pierre Flote d'hérétique. Il menaça, et la colère saisit tous ceux – j'en étais – qui lurent les lettres de Rome.

« Nous savons les secrets du royaume de France, y écrivait Boniface VIII. Nous savons ce que les Allemands, et ceux du Languedoc et ceux de Bourgogne, pensent des Français... Nos prédécesseurs ont déposé trois rois de France... Nous aurons le chagrin de déposer celui-ci, s'il ne vient pas à résipiscence ! »

J'étais indigné.

Boniface VIII menaçait aussi tous ceux des évêques qui ne se rendraient pas au concile de Rome de les déposer.

Et il avait dit à un messager des prélats français : « Que le roi ne nous pousse pas à bout, nous ne le souffririons pas ! ... Nous déposerions Philippe le Bel comme un valet ! »

J'eus l'impression d'être souffleté quand le pape avait ajouté :

« Le royaume de France est désolé entre tous ceux de la Terre. Il est pourri de la tête aux pieds ! »

76

Je me suis souvenu des propos de Boniface VIII
au soir du 11 juillet 1302, quand, dans les fossés
entourant la ville de Courtrai, j'ai vu les corps de
centaines et de centaines de chevaliers, mes
compagnons, qui étaient venus s'empaler sur les
longs couteaux plantés en terre par les milices flamandes.

Ceux qui avaient survécu avaient été égorgés par
les tisserands venus de toutes les villes de Flandre.

Ce soir-là, dans l'odeur de mort et de sang, j'ai
pensé que le royaume de France, comme l'avait dit
Boniface VIII, était bien le plus désolé de tous les
royaumes de la Terre, et j'ai craint qu'il ne fût pourri
de la tête aux pieds.

Rien, pourtant, n'avait pu laisser prévoir que je
vivrais la défaite la plus grande de la chevalerie
française, au terme de la bataille la plus sanglante
que, de mémoire d'homme, on eût connue. Les
tisserands flamands de Courtrai, de Gand, de Bruges, et les mercenaires qu'ils avaient formés en
milice, l'avaient pourtant emporté sur l'armée de
Philippe le Bel, tuant Robert II d'Artois, le connétable Raoul de Nesle, le conseiller du roi, Pierre
Flote, et Jacques de Châtillon, l'oncle de la reine
de France.

Les Flamands n'avaient fait aucun prisonnier. Ils voulaient exterminer tous ceux qui étaient du royaume de France.

Tout, pourtant, avait commencé par la victoire du roi.

Le comte Gui de Dampierre et deux de ses fils – Robert de Béthune et Guillaume de Crèvecœur – s'étaient rendus à merci à Philippe le Bel.

Je les avais vus, repentants, s'agenouiller devant le roi et les barons assemblés dans le palais du Louvre, et solliciter la clémence du souverain, connaître les conditions que celui-ci leur dicterait et qu'ils s'engageaient à respecter.

J'ai cru que, selon les usages de la royauté, Philippe le Bel allait – comme l'auraient fait Philippe Auguste, Saint Louis, ou son propre père Philippe III – accorder son pardon.

Mais Philippe l'Énigmatique avait paru ne pas entendre la requête et il avait donné l'ordre, sans s'adresser au comte de Flandre, de conduire ces félons dans son château de Vincennes où ils seraient retenus.

Puis, indifférent aux murmures de l'assistance dont je n'ai su si elle approuvait le roi ou marquait l'étonnement et la désapprobation, Philippe le Bel avait désigné Jacques de Châtillon, l'oncle de la reine de France, comme gouverneur de Flandre.

Et il avait annoncé qu'il se rendrait en visite royale dans les villes du comté.

J'ai fait partie de cette chevauchée, mêlé à la troupe nombreuse des chevaliers et des barons qui escortaient le roi et la reine.

Je n'avais jamais vu ces villes opulentes de Bruges, de Gand, de Courtrai, avec leurs beffrois et leurs halles, leurs maisons cossues, leurs échoppes de changeurs et de marchands de drap.

Je fus frappé par les tisserands qui se pressaient dans les rues. Parfois leur nombre et leurs visages fermés m'inquiétèrent. À Bruges, le silence accueillit le roi de France. Dans les autres villes, on fut sans hostilité. Mais je restais sur mes gardes, confiant mes inquiétudes aux autres chevaliers qui se persuadaient que le voyage était triomphal, que partout les fleurs de lis allaient, sur les bannières, remplacer le lion noir de Flandre.

Mais je ne pouvais imaginer ce qui survint.

Les tisserands de Bruges, guidés par celui qu'ils nommaient leur roi, de Coninck, un miséreux de petite taille et de membres grêles, mais respecté, attaquèrent les échevins, accusés d'avoir rallié le roi de France, d'être riches, de refuser de payer leurs tisserands, d'oublier qu'ils étaient flamands et non d'abord marchands de drap.

Les deux derniers fils de Gui de Dampierre, Jean et Gui de Namur, se joignirent à de Coninck et prirent la tête de la révolte.

J'étais avec la troupe de chevaliers qui accompagnaient Jacques de Châtillon, gouverneur de Flandre, lorsqu'il entra dans Bruges, le 17 mai 1302, pour rétablir l'ordre.

Le lendemain matin, je fus réveillé par le tumulte et les cris. Des chevaliers hagards se précipitaient vers le palais comtal où j'avais passé la nuit avec Jacques de Châtillon.

Au cours de la nuit, les habitants avaient égorgé les chevaliers, les hommes d'armes qu'ils avaient été contraints d'accueillir dans leurs maisons.

C'était, ce 18 mai, un vendredi, les *Matines de Bruges*, rouge sang.

Nous dûmes quitter la ville, fuir au grand galop devant les émeutiers qui, armés de coutelas, déferlaient dans les rues de Bruges, et il en fut ainsi à Ypres, à Courtrai, à Gand et dans toutes les villes de Flandre.

On traquait le Français, on l'égorgeait. C'était la guerre entre les métiers et le roi de France.

Comment n'aurions-nous pas cru qu'il suffirait de quelques coups de glaive, d'une charge de chevaliers pour disperser comme volée de moineaux ces tisserands, ces gueux de Flandre ?

Certains chevaliers, qui avaient guerroyé en Flandre, nous conseillèrent de faire avancer d'abord les dix mille arbalétriers italiens au service du roi de France.

Après seulement, quand ils auraient lancé leurs traits, les chevaliers chargeraient.

Jacques de Châtillon et le connétable Raoul de Nesle se récrièrent : les chevaliers de France chasseraient cette piétaille des métiers en une seule chevauchée. Quand ces tisserands verraient déferler vers eux les chevaliers, lances baissées, heaume enfoncé, armure nouée, ils déguerpiraient.

J'ai dit qu'il n'en fut pas ainsi.

Dieu, par miracle, écarta les flèches qui se dirigeaient vers moi, ou les brisa. Il retint mon cheval au bord des fossés creusés par les tisserands devant leur ville de Courtrai.

Mais je vis s'empaler sur les longs coutelas mes compagnons.

Ce 11 juillet 1302, devant Courtrai, les Flamands nous égorgèrent et le sang de la chevalerie française coula à gros flots, comme jamais, même en terre infidèle, cela ne s'était produit.

J'ai dit qu'aucun usage ne fut respecté par les tisserands et leurs mercenaires : pas un chevalier ne fut gardé vivant pour obtenir rançon.

Il n'y eut point de prisonniers, seulement des morts.

J'ai dit lesquels.

Les Flamands prirent comme trophées les éperons dorés des chevaliers morts et les déposèrent dans leurs cathédrales, car pas une ville n'échappa à leurs mains.

Ils prirent Douai et Gand, Ypres et Lille, toutes les cités de Flandre.

Le lion noir de Flandre ne fut jamais brandi aussi haut, et les cris de joie qui le saluèrent ressemblaient à des rugissements de triomphe.

Ce fut grande humiliation.

Je vis Philippe le Bel, les lèvres serrées, les yeux fixes.

Nous étions serrés autour de lui qui était aussi figé qu'une statue.

Notre défaite – sa défaite – était la victoire de Boniface VIII.

Le pape proclama que les *Matines de Bruges* étaient la vengeance du Seigneur contre un roi qui s'était dressé contre le vicaire du Christ.

Le pape allait pouvoir tenir le synode des évêques français à Rome, fixé au 1er novembre 1302.

Philippe fit écrire aux cardinaux français afin qu'ils expriment au pape la volonté de réconciliation du roi de France.

Pour toute réponse, il reçut ces mots :

« Philippe a offensé trop gravement le souverain pontife. Qu'il se repente d'abord... »

77

J'ai craint que le roi de France, menacé d'excommunication, traité avec arrogance, suffisance et mépris par le souverain pontife, ne capitulât devant Boniface VIII.

Car c'est bien ce qu'exigerait le pape.

Il avait réuni en novembre 1302 son synode en présence de nombreux prélats venus de France.

Il avait publié la bulle *Unam Sanctam*, et Guillaume de Nogaret, qui avait succédé auprès du roi à Pierre Flote, tué à Courtrai, assurait que jamais un pape, depuis le temps des Apôtres, n'avait prétendu, comme Boniface VIII, que les deux glaives, le spirituel et le temporel, appartenaient à l'Église :

« Nous disons et déclarons qu'être soumis au souverain pontife romain est, pour toute créature humaine, une condition de salut.

« Le glaive spirituel est dans la main du pape, le temporel est dans la main des rois, mais les rois ne s'en peuvent servir que pour l'Église, selon la volonté du pape. »

Que restait-il au roi de France ?
L'obéissance et la soumission.
Je l'observais.

Son visage ne marquait aucune émotion, mais peut-être dissimulait-il son effroi ?

Je fus rassuré quand il convoqua les prélats et les barons « afin d'aviser à la sauvegarde de l'honneur et de l'indépendance du royaume ».

Philippe IV le Bel, l'Énigmatique, ne fléchirait pas le genou devant le pape !

J'en fus fier et heureux, même si je m'interrogeais toujours sur ces affrontements entre chrétiens, alors que nous sommes tous issus de Notre Père Jésus-Christ.

Je fus donc satisfait d'apprendre que Philippe le Bel, mon suzerain, avait écrit au pape une missive pleine de prudence et de sagesse.

Aujourd'hui, je m'interroge : peut-être n'était-ce là qu'habile manœuvre ?

Mais les mots sont les mots, et ils demeurent.

Philippe déclarait d'un ton humble :

« Le roi désire de tout son cœur la continuation de l'entente entre l'Église romaine et sa maison. Si le pape n'est pas content des réponses du roi, celui-ci est tout prêt à s'en remettre à la décision du duc de Bourgogne et du comte de Bretagne, qui, dévots à l'Église romaine et à sa couronne, tiendront la balance égale. N'est-ce pas le pape en personne qui, naguère, a suggéré cet arbitrage ? »

J'ai espéré que le pape accepterait cette preuve d'humilité. Mais il fit claquer le fouet comme s'il était maître du roi de France.

Il évoqua des « châtiments temporels et spirituels », la nécessaire « soumission totale » du roi.

Il menaça et écrivit à son légat :

« Que le roi révoque incontinent et qu'il répare ce qu'il a fait, ou annoncez-lui et publiez qu'il est privé des sacrements. »

Comment le roi de France, élu de Dieu, aurait-il pu accepter de plier devant de telles menaces ?

J'ai été témoin et acteur de la riposte du souverain.

J'ai vu Guillaume de Nogaret, « chevalier, vénérable professeur des lois », rassembler autour de lui quelques fidèles du roi, et, parmi eux, Musciatto dei Francesi, qu'on appelait « Mouche » et qui était le plus considérable des banquiers florentins vivant à la cour de France.

J'ai su qu'il s'agissait d'aller chercher Boniface VIII en Italie afin de le traduire devant un concile qui se tiendrait à Lyon. Là, on le déposerait comme indigne.

C'était en mars 1303.

Le 12 de ce mois, une assemblée se tint au Louvre et Guillaume de Nogaret y lut sa requête contre le pape.

Il parla d'une voix vibrante et résolue, et la violence de ses propos me glaça :

« Nous voyons siéger dans la chaire de saint Pierre un maître de mensonges, ce malfaisant qui se fait nommer Boniface... Il n'est pas pape, il n'est pas entré par la porte, c'est un voleur... un simoniaque horrible... qui a commis des crimes manifestes, énormes, au nombre infini, et il est incorrigible... Il a soif d'or, il en a faim, il en extorque à tout le monde, il hait la paix, il n'aime que lui... Les armes, les lois, les éléments eux-mêmes doivent s'insurger contre lui. Il appartient à un concile général de le juger et de le condamner... »

C'était temps de guerre et de mort entre chrétiens.

Je n'accompagnai pas Guillaume de Nogaret lorsqu'il gagna peu après l'Italie.

Le roi m'avait retenu auprès de lui.

Les 13 et 14 juin 1303, je pus ainsi assister au Louvre à une grande assemblée, où un chevalier, Guillaume de Plaisians, de l'entourage de Nogaret, se montra encore plus violent envers Boniface VIII.

Le pape, dit-il, ne croyait pas à l'immortalité de l'âme, ni à la vie future. Épicurien, il ne rougissait pas de dire : « J'aimerais mieux être chien que français... Forniquer ce n'est pas pécher... Pour abaisser le roi et les Français, je ruinerais, s'il le fallait, le monde entier, l'Église, moi-même, pourvu que les Français et l'orgueil des Français soient anéantis... »

Selon Plaisians, Boniface était sodomite. Il avait fait tuer plusieurs clercs en sa présence. Sa haine contre le roi de France provenait de sa haine contre la foi dont ledit roi incarnait la splendeur et l'exemplarité...

Le roi approuva ces accusations.

On assistait bien à l'affrontement entre le royaume de France et le souverain pontife, entre l'honneur et l'indépendance d'un royaume et la prétention romaine à la domination du monde.

Chevalier français, j'étais au service des lis.

Je fus désigné par le roi, avec d'autres chevaliers, pour aller dans les provinces du royaume inciter toutes les communautés ecclésiastiques et laïques à approuver les accusations portées contre Boniface VIII, et la convocation d'un concile pour le juger.

Je sais que ceux qui refusaient furent emprisonnés, et, quand ils étaient étrangers, expulsés hors du
royaume.

C'était bien temps de guerre.

À Paris, une foule immense se rassembla, le
24 juin 1303, dans le jardin du palais royal de la
Cité.

Un moine prêcha :

« Je parle pour expliquer les sentiments du roi,
dit-il. Or, sachez que ce qu'il fait, il le fait pour le
salut de vos âmes. Puisque le pape a dit qu'il veut
détruire le roi et le royaume, nous devons tous prier,
les prélats, les comtes, les barons et tous ceux de
France, qu'ils veuillent maintenir l'état du roi et du
royaume. »

Et la foule approuva en criant : « Oïl, oïl, oïl ! »

On était au mois d'août 1303. Une lutte à mort
commençait.

Boniface écrivit :

« Nous ne souffrirons pas que cet exemple détes-
table soit donné au monde… que le roi imite Nabu-
chodonosor ! »

Le roi me chargea de rejoindre Guillaume de
Nogaret en Italie afin de transmettre ses instructions.

Je ne citerai pas ici le nom d'un membre du
Conseil du roi, un grand prélat, qui, s'approchant
de moi, me dit :

« Hugues de Thorenc, tu sais que ce Boniface est
un mauvais homme, un hérétique qui entasse les
scandales. Tue-le ! Je prends tout sur moi ! »

J'eus l'impression que tout le sang de mon corps
emplissait ma gorge et ma bouche, envahissait ma
tête.

Je ne pus répondre.

J'entendis tout à coup la voix du roi, courroucée :

« Non, non, à Dieu ne plaise ! cria-t-il. Hugues de
Thorenc n'en fera rien ! »

78

J'ai chevauché et le tourment m'a dévoré la poitrine.

Je savais que j'allais faire violence à celui qui prétendait être le vicaire du Christ, le successeur de l'apôtre Pierre.

J'avais été convaincu par ses accusateurs, mais Boniface VIII était chrétien ; avant d'être souverain pontife, il avait été légat du pape. Était-il le « voleur », voire l'assassin de son prédécesseur, comme l'avait prétendu Guillaume de Nogaret ?

J'essayais de m'en persuader.

Mais je pensais qu'il était d'abord l'ennemi du roi de France, mon suzerain, et qu'il voulait vaincre le royaume des lis qui était, depuis les origines, celui de la lignée des Thorenc.

Près des frontières de Sienne, sur le territoire de Florence, je retrouvai Guillaume de Nogaret dans le château du frère du banquier Musciatto dei Francesi.

Nous étions à quelques heures de route d'Anagni, la ville où résidait Boniface VIII.

Guillaume de Nogaret avait appris que le pape se préparait à publier, le 8 septembre, la bulle d'excommunication de Philippe le Bel.

Il fallait agir dès le 7.

Nogaret avait rassemblé quelques centaines d'hommes d'armes, cavaliers et sergents à pied.

La troupe s'avança dans l'aube de ce jour, sous la bannière du Saint-Siège et l'oriflamme à fleurs de lis du roi. Les hommes de la famille Colonna, opposée à Boniface VIII et à sa famille, les Caetani, formaient le gros de la troupe.

On arriva enfin sur la place d'Anagni, et des habitants crièrent : « Vive le roi et Colonna ! »

On pénétra dans la cathédrale qui communiquait avec le château où vivait le pape.

On força les portes, cependant que le palais des Caetani était envahi et pillé.

J'ai vu tout cela.

J'ai vu le pape dans sa chambre, tenant les clés et la croix dans ses mains.

Les hommes de la famille Colonna l'insultèrent. L'un d'eux, Sciarra, menaça de le tuer, et peut-être même le frappa-t-il.

J'avais détourné la tête.

Ce vieillard qui répétait « *Eccovi il colo, eccovi il capo* » – voici mon cou, voici ma tête –, je ne pouvais le haïr.

Se campant devant le pape, Guillaume de Nogaret assura qu'il voulait le protéger.

« Je veux vous conserver en vie, dit-il, et vous présenter au concile général, et, à ces fins, je vous arrête… »

J'atteste que le pape ne fut ni lié, ni mis aux fers, ni chassé de son hôtel.

Guillaume de Nogaret le garda dans la chambre, et nous étions nombreux à être avec lui.

Le pape dodelinait de la tête, les yeux effarés, comme s'il ne comprenait plus ce qui lui arrivait.

C'est ce vieillard qu'il aurait fallu conduire d'Anagni à Lyon, contre la volonté des Colonna qui voulaient le garder en Italie.

Mais, dans la nuit du 8 au 9 septembre, j'entendis des cris. On hurlait dans la ville : « Vive le pape ! Mort aux étrangers ! »

Près de quatre cents cavaliers romains surgirent et nous fûmes chassés d'Anagni.

Ils emmenèrent Boniface à Rome.

Nous nous mîmes en route afin de regagner le royaume de France.

Nous apprîmes par un messager, qui, disait-il, avait traversé un pays en feu et plein de mauvaises gens, que le pape avait perdu l'esprit et qu'il avait succombé après un mois de démence, le 11 octobre 1303.

Le roi de France l'avait emporté, mais je n'eus pas le cœur à célébrer cette victoire.

Plus tard, je lus les Mémoires qu'avait écrits Nogaret :

« Ledit Guillaume, y disait-il, sachant que celui qui secoue la léthargie et met la camisole de force au frénétique fait œuvre de charité, quoiqu'il ne soit pas agréable au malade, a secoué et lié Boniface qui était atteint à la fois de léthargie et de frénésie.

« Ledit Boniface comprit alors que cette visitation venait de Dieu. Il reconnut que le fait dudit Guillaume et des siens était une œuvre de Dieu, non des hommes, et il leur remit toutes les irrégularités qu'ils avaient pu commettre ou laisser commettre, si toutefois ils en avaient commis. »

J'eus honte, pour Guillaume de Nogaret, et de son mensonge et de son outrecuidance.

QUATRIÈME PARTIE

(1303-1306)

« Dieu, plus puissant que tous les princes
ecclésiastiques et temporels, frappa ledit Seigneur
Benoît XI, de sorte qu'il ne lui fut pas
possible de me condamner. »

Guillaume de Nogaret commentant
la mort de Benoît XI,
le 7 juillet 1304.

J'ai essayé d'oublier ce que j'avais vu et entendu à Anagni.

Je me suis retiré dans mon fief où j'ai chassé chaque jour sur les hautes terres sèches qui entourent le château des Villeneuve de Thorenc.

Je rentrais à la nuit tombée, le corps glacé par les pluies d'automne, et m'endormais, assis dans la vaste cheminée de la grand-salle, celle-là même où mon père, repoussant la mort, m'avait fait le récit de sa vie et de celle de son roi.

J'ai commencé à me remémorer ce que j'avais vécu, et je ne pouvais, au fil des mois, que comparer Saint Louis à son petit-fils, Philippe IV le Bel, l'Énigmatique.

L'un et l'autre, comme jadis Philippe Auguste, leur aïeul, voulaient la grandeur du royaume, et tous deux désiraient que la couronne de France s'imposât comme la plus brillante et la plus puissante.

Mais Saint Louis s'était mis au service de Dieu et la croisade, la libération de la Terre sainte, était son but.

Philippe le Bel voulait être d'abord le plus grand roi de la Chrétienté. Et il n'avait pas hésité à briser l'autorité d'un pape qui cherchait à imposer son pouvoir à tous les souverains catholiques.

Le chevalier Guillaume de Plaisians, homme lige de Guillaume de Nogaret, avait exprimé la pensée du roi lorsqu'il avait déclaré :

« La haine de Boniface contre le roi de France vient de sa haine contre la foi, dont ledit roi incarne la splendeur et l'exemplarité. »

Servir le roi était la première obligation du chrétien, puisque c'était servir la foi.

Je me persuadai que c'était là l'ordre divin du monde, et priai Dieu avec ferveur que jamais plus le souverain pontife ne soit l'ennemi du roi de France.

C'était à Philippe le Bel que je devais d'abord obéissance, et lorsque j'appris que les chevaliers, les barons, les seigneurs, tout l'ost était convoqué, le roi ayant décidé d'entrer en campagne, j'avais aussitôt rejoint l'armée royale.

Je me présentai au roi à Tournai le 8 août 1304.

Je n'avais jamais vu Philippe le Bel armé pour le combat. Il portait cotte de mailles et heaume avec gorgerin. Des valets s'apprêtaient à nouer son armure. Il me toisa, puis posa sa main déjà gantée de fer sur mon épaule comme s'il voulait à nouveau m'adouber, et je fis mine de m'agenouiller, mais il me retint.

D'une voix sourde, il prononça les noms de Robert d'Artois, de Raoul de Nesle, de Pierre Flote, de Jacques de Châtillon, d'autres chevaliers encore qui étaient tombés à Courtrai le 11 juillet 1302, quand notre chevalerie avait été défaite par la menue gent des villes de Flandre.

« Tu étais avec eux », ajouta le roi.

Puis il s'éloigna.

Il fallait oublier la blessure de Courtrai, rendre sa gloire aux chevaliers du royaume de France, et – je ne l'ignorais pas – compléter ainsi la victoire que Philippe le Bel venait de remporter sur Boniface VIII.

Il fallait combattre.

Et ce mois d'août 1304, alors que nous chevauchions vers Lille et vers les autres villes de Flandre, la flotte royale commandée par le Génois Rainier Grimaldi envoyait par le fond la flotte flamande.

Nous n'avions plus qu'à vaincre. La chaleur nous dévorait le visage, la terre elle-même était brûlante, et les chevaux levaient haut leurs sabots comme s'ils les enfonçaient dans des braises rougeoyantes.

Le roi avait retenu la leçon de la bataille de Courtrai et le comte de Boulogne commandait d'énormes arbalètes montées sur affût, capables de lancer des centaines de traits meurtriers.

Enfin, le 18 août 1304, à Mons-en-Pévèle, nous vîmes l'armée flamande, aussi nombreuse que la nôtre, et c'était près de cent mille hommes qui allaient ainsi s'affronter.

Les arbalétriers du comte de Boulogne lancèrent leurs traits, et ceux des milices flamandes répondirent, puis leurs piétons et leurs cavaliers nous chargèrent, et c'était comme si une immense vague noire et jaune roulait vers nous, nous recouvrant, nous repoussant.

J'aperçus le roi qui faisait tournoyer sa hache, abattant chevaliers et hommes d'armes qui l'avaient encerclé et s'étaient agrippés à son destrier. Il était en danger et nous chargeâmes pour l'arracher à ces piétons flamands qui, armés de harpons, tentaient de le désarçonner.

Après des heures de combat, la vague flamande reflua et je vis cet amoncellement de corps étendus entre les deux armées.

Nous avançâmes encore et les Flamands reculèrent.

Notre victoire était sanglante.

Les villes capitulèrent et nous entrâmes dans Lille, Béthune, Douai, Orchies.

Je fus envoyé auprès du comte de Flandre, Robert de Béthune, qui avait hérité de son père, Gui de Dampierre. J'accompagnais les conseillers du roi venus lui proposer trêve et paix.

On lui rendrait son fief et il ferait hommage à mon suzerain le roi de France.

Les villes de Gand, de Bruges, de Douai, d'Ypres et de Lille verraient leurs fortifications abattues, leurs alliances rompues.

Pour expier les *Matines de Bruges*, trois mille habitants de la ville iraient en pèlerinage.

Et le comte de Flandre devrait verser à Philippe le Bel vingt mille livres de rente, quarante mille livres en deniers au comptant, et cinq cents hommes d'armes pour un an.

Les villes et les châteaux de Cassel et de Courtrai resteraient entre les mains du roi jusqu'à exécution complète du traité.

L'humiliation de Courtrai était effacée.

Mais quand j'ai traversé les villes flamandes, j'ai entendu gronder la « menue gent », ceux-là mêmes qui nous avaient vaincus à Courtrai.

Je les ai vus brandir le poing contre les nobles qui avaient accepté les conditions de Philippe le Bel.

J'ai eu hâte de m'éloigner de ces villes et de regagner le royaume de France.

Heureux et fier d'avoir combattu auprès d'un roi que j'avais vu la hache en main comme un preux chevalier, point économe de sa vie.

80

J'ai craint que le roi de France, que je servais et admirais, ne fût poursuivi par la vindicte de l'Église.

Certains, dans son entourage, craignaient qu'il ne fût excommunié, accusé d'avoir ordonné à Guillaume de Nogaret de se saisir de Boniface VIII, ce qui avait entraîné la mort du pontife.

Et cette excommunication frapperait ceux qui, aux côtés de Nogaret, avaient fait irruption dans le château d'Anagni, puis dans la chambre du pape.

J'avais été de ceux-là et j'ai pensé que si j'étais ainsi mis au ban de la Chrétienté, je partirais, comme un homme d'armes ayant perdu son nom, pour la Terre sainte et remettrais ainsi ma vie à Dieu.

Je fis part de mes craintes et de mes projets à Guillaume de Nogaret, qui me rassura.

Il avait vu Philippe le Bel, qui l'avait récompensé pour son action à Anagni.

Le roi persistait. Il avait demandé à Nogaret de poursuivre le procès engagé contre Boniface VIII et que la mort ne devait pas interrompre.

Boniface VIII restait accusé de simonie, de sodomie, d'hérésie.

Et le nouveau pape, qui venait d'être élu et avait pris le nom de Benoît XI, devait comprendre que s'il menaçait d'excommunication le roi de France ou tels de ses agents, l'écho le plus grand serait donné au procès de Boniface VIII.

« On trouvera des témoins », avait dit Nogaret.

Philippe le Bel avait désigné Nogaret comme l'un de ses ambassadeurs auprès du nouveau pape, et c'était là manière d'affirmer qu'il n'abandonnerait pas son chevalier et conseiller.

Je ne m'étais pas joint à l'ambassade de Nogaret. Benoît XI, craignant un coup de force contre lui, ne se trouvait pas à Rome et n'osait quitter sa ville de Pérouse.

J'appris qu'il avait délivré le roi de France de toutes les condamnations et censures qui avaient pu être prononcées contre lui par son prédécesseur, Boniface VIII. Mais il voulait juger les coupables d'Anagni, Guillaume de Nogaret et ses compagnons, donc moi.

Je lus avec inquiétude la bulle du pape visant les auteurs « de ce crime monstrueux, que des hommes très scélérats ont commis contre la personne du pape Boniface, de bonne mémoire... Tous les crimes à la fois : lèse-majesté, crime d'État, sacrilège, séquestration de personnes, rapine, vols, félonie. Nous en restâmes stupéfaits... Ô forfait inouï ! Ô malheureuse Anagni qui as souffert que de telles choses s'accomplissent dans tes murs ! Que la rosée et la pluie tombent sur les montagnes qui t'environnent, mais qu'elles passent sur ta maudite colline sans l'arroser !... ».

J'étais donc accusé de tous ces crimes, et, puisque Benoît XI avait disculpé Philippe le Bel, pourtant ordonnateur de l'action de Guillaume de Nogaret, le roi de France pouvait bien nous livrer à la justice pontificale et rétablir ainsi de bonnes relations avec la papauté.

Mais, s'arrêtant devant moi, Philippe le Bel me dit :

« Un suzerain doit protection au vassal qui lui a été fidèle. »

Il ne fit aucune allusion à la bulle du pape, mais je sus qu'il ne m'abandonnerait pas et voulait une victoire complète sur la papauté, donc la soumission du nouveau pape. La transaction que lui avait proposée Benoît XI ne lui suffisait pas.

J'appris que Guillaume de Nogaret avait présenté son acte d'accusation contre Boniface VIII, puis s'était hâté de quitter l'Italie.

Je vis Nogaret à son retour. Il ne pérorait pas, mais son calme et son assurance donnaient, davantage que de mâles propos, une impression de force et d'invulnérabilité. Il était le protégé du roi de France, du prince le plus puissant de la Chrétienté, du souverain qui l'avait emporté sur la papauté sans que celle-ci osât le combattre et l'excommunier.

Là où son aïeul Philippe Auguste avait échoué, il triomphait.

Car Benoît XI venait à son tour de trépasser et son successeur n'était autre que Bertrand de Got, archevêque de Bordeaux, qui prit le nom de Clément V. Son oncle avait été évêque d'Agen et son frère, archevêque de Lyon. Son élection était bien la preuve de la pression efficace qu'exerçait Philippe le Bel sur l'Église.

Je savais que, sans relâche, Guillaume de Nogaret revenait sur la nécessité d'ouvrir le procès de Boniface VIII. Et tout pape craignait le tombereau d'immondices qu'on allait déverser sur le défunt pontife, dont toute la papauté serait éclaboussée.

Nogaret exhortait le roi de France à agir et à s'affirmer par là comme le protecteur de Rome.

« Vous avez assumé contre Boniface la défense de la foi et de l'Église à la face du monde ; craignez de l'abandonner ! écrivait-il à Philippe le Bel... Souvenez-vous que les hypocrites sont abominables à Dieu... »

L'impudence et l'audace de Guillaume de Nogaret me fascinaient. Il confiait d'un ton mesuré des mensonges que nul n'osait démentir :

« La cour pontificale allait me juger à Pérouse, racontait-il. Benoît XI le voulait. La sentence allait être prononcée contre moi. Le pape avait fait dresser sur la place, devant son hôtel, un échafaud tendu de drap d'or... Mais, ce jour-là, Dieu, plus puissant que tous les princes ecclésiastiques et temporels, frappa ledit Seigneur Benoît, de sorte qu'il ne lui fut pas possible de me condamner. »

La mort de Benoît XI, qui allait permettre l'élection de Bertrand de Got, était-elle le signe que Dieu protégeait Nogaret et le roi de France ?

Je crus à ce miracle.

Mais, il y a peu, après la mort de Philippe le Bel, je sus comment on peut aider la main de Dieu.

Une religieuse s'était présentée au pape Benoît XI comme la tourière des sœurs de Sainte-Patronille.

Elle voulait offrir au pape des figues fraîches de la part de son abbesse.

L'abbesse était la dévote de Benoît XI.

Et celui-ci, qui, habituellement, se méfiait des empoisonneurs, accepta les figues, les mangea et mourut.

On prétendit qu'il avait été victime de sa gloutonnerie.

Puis on apprit que la religieuse n'était qu'un jeune homme grimé. On le vit se défaire de son déguisement, puis s'enfuir de Pérouse.

Il ne fut jamais retrouvé, et l'on ne peut qu'imaginer le parti de ceux qui l'avaient payé pour ce crime.

81

Ce crime, la disparition de Benoît XI, je n'avais pas osé penser qu'il profitait à Philippe le Bel, ce roi énigmatique dont je n'avais eu qu'à me louer, mais dont, de plus en plus souvent, le regard fixe, vide de sentiment, l'impassibilité et le mutisme m'inquiétaient.

Il était maintenant le maître de la papauté, et Bertrand de Got, devenu le pape Clément V, ne pouvait que se soumettre à ses volontés. Il était entouré de cardinaux français et s'était installé en Avignon dès 1309.

J'ai plusieurs fois traversé le Comtat Venaissin, frappé par l'opulence des villes, les hôtels que les seigneurs et prélats qui formaient la cour du pape y faisaient construire.

J'ai vu plus tard – Philippe le Bel étant mort depuis peu, je me rendais dans le fief des Villeneuve de Thorenc – s'élever les premières tours et courtines du Palais des papes. Ce devait être en l'an 1317, il y a ainsi à peine cinq années.

Jean XXII avait alors succédé à Clément V.

Celui-ci avait été bon serviteur du roi de France, ordonnant d'effacer des registres de l'Église de Rome toutes sentences qui avaient pu être portées contre Philippe le Bel et ses agents royaux.

Une bulle avait même été promulguée, déclarant que le pape ne recevrait plus aucun acte où serait blâmé le zèle de Philippe et de ceux qui agissaient en son nom contre ledit Boniface VIII.

« Ce zèle a été louable », concluait Clément V.

Je n'avais plus à redouter un jugement d'Église.

Guillaume de Nogaret et les chevaliers qui l'accompagnaient – j'étais l'un d'eux, on le sait – étaient absous.

Et cependant j'étais inquiet, craignant non plus le pape, mais le roi.

J'étais cependant un vassal toujours fidèle et désireux de le servir, mais je mesurais que sa puissance était sans limites.

Le roi avait changé, plus énigmatique encore, et surtout plus sombre, la tête souvent penchée comme si une main pesait sur sa nuque.

Il approchait des quarante ans et son épouse Jeanne de Lorraine et de Champagne venait d'être rappelée auprès de Dieu.

La maladie avait été brève et brutale, et le bruit s'était répandu que l'évêque de Troyes, Guichard, qui avait été son familier, avait, en déchaînant des puissances maléfiques, provoqué la mort de la reine à laquelle l'opposait un différend d'argent, Guichard ayant perçu indûment des revenus.

J'ai vu ce gros homme court et rougeaud, au nez camus, qui, entouré de sergents royaux venus se saisir de lui, n'en paraissait pas moins colérique et brutal, jurant de son innocence.

Mais il était évêque, et à observer et écouter Guillaume de Nogaret, je compris qu'il s'agissait, en accusant Guichard, d'intimider et de soumettre les autres évêques.

Ils savaient qu'ils pouvaient eux aussi connaître le même sort.

Pour accabler Guichard, Guillaume de Nogaret avait rassemblé les accusations de près de deux cents témoins qui avaient prêté serment devant Dieu de dire la vérité.

J'ai assisté à une réunion des clercs et du peuple dans le jardin du roi, à la pointe de la Cité, à Paris. On y prêchait contre Guichard, l'évêque, comme on avait prêché contre Boniface, le pape.

J'ai en mémoire – et en suis encore troublé – tous les dires qui prétendaient que l'évêque Guichard n'était pas un homme ; sa mère, Agnès, l'avait conçu d'un démon qui l'infestait ; il avait empoisonné son prédécesseur ; il était faux-monnayeur ; quand il retirait son capuchon, des démons s'en échappaient ; il avait des estafiers à son service, qui tuaient pour lui ; il avait une concubine, Jaquette, la femme d'un boucher de Provins, et malheur à ceux qui parlaient mal d'elle ; il vendait la justice ecclésiastique ; il avait fait hommage au Diable, et, en compagnie d'une sorcière et d'une religieuse versées en ces matières, il avait fabriqué une image de cire de la reine Jeanne, et l'avait percée à coups d'épingle, de quoi la reine était morte malgré l'art des médecins ; il avait composé du poison avec des couleuvres, des scorpions, des crapauds et des araignées venimeuses, et il avait indiqué à un ermite complice le moyen de l'administrer aux princes du sang. Et toute sa vie il avait été sodomite...

J'avais eu part des aveux de la sorcière qui assurait qu'elle avait vu le Diable sous la forme d'un moine noir avec des cornes au front et battant des ailes. Il avait longuement causé avec l'évêque Guichard.

J'ai su aussi que le valet de chambre du prélat, qui n'avait pas témoigné contre lui, avait été suspendu en l'air, tout nu, par les quatre membres écartés, accrochés à des anneaux scellés dans les murailles.

Et le valet avait alors assuré qu'il avait vu lui aussi l'évêque converser avec le Diable.

Et le pape Clément V écrivit :

« Il est venu jusqu'à nos oreilles que notre vénérable frère l'évêque de Troyes (s'il mérite toutefois d'être appelé ainsi) s'est laissé aller à des actes damnables et dignes d'exécration… »

Telle était la puissance de Philippe le Bel, l'Énigmatique, qu'on ne pouvait que s'incliner devant lui.

L'archevêque de Lyon, Pierre de Savoie, avait bien tenté de lui résister en ameutant contre les agents du roi une partie des habitants, cependant que les bourgeois de Lyon faisaient au contraire appel au roi de France pour les défendre contre le prélat. Et certains s'étaient réfugiés dans le château de Saint-Just qui relevait du roi de France.

Philippe ordonna qu'une armée commandée par son fils aîné Louis de Navarre – celui que je connus plus tard sous le nom de Louis X le Hutin, qui ne régna qu'à peine deux ans – fît capituler la cité.

Je fus de cette armée, chevauchant aux côtés de Louis de Navarre, portant souvent l'oriflamme à fleurs de lis. Je ne cherchais pas à savoir si, dans ce différend, qui, du roi ou de l'évêque, avait, selon les légistes, raison.

J'étais du parti du roi de France et je celais mes inquiétudes sur la démesure de son pouvoir.

Je saisis au nom du roi l'archevêque Pierre de Savoie et le conduisis en France pour qu'il y demeurât captif.

Après quelques années, il fit allégeance au roi, redevint prélat de Lyon et primat des Gaules, et la ville entra ainsi dans le royaume de France.

Je me convainquais que toutes les actions de Philippe le Bel – les plus démesurées comme celles qui faisaient germer en moi le doute – n'étaient que les affluents destinés à grossir un fleuve royal, celui des lis de France.

Comme ses aïeux Philippe Auguste et Saint Louis, Philippe l'Énigmatique voulait l'accroissement, la grandeur et la gloire du royaume.

Pour cela, il fallait que fussent pleines les caisses du Trésor royal.

Et tous ceux, Juifs et Lombards, qui étaient des manieurs d'argent pouvaient un jour, sans même que le roi avance le moindre prétexte, être dépouillés à son profit.

J'ai vu un mandement du roi publié dans tous les bailliages et sénéchaussées, prononçant l'expulsion des « Italiens » :

« Nos sujets sont dévorés par leurs usures. Ils violent nos ordonnances. Ils troublent le cours de nos monnaies... »

Un sort plus rigoureux encore fut réservé aux Juifs. Au mois de juillet 1306, le même jour, tous furent arrêtés, leurs biens et leurs livres de commerce saisis d'un bout à l'autre du royaume. On mit en vente publique leurs biens, on chercha les trésors qu'ils avaient pu dissimuler. On promit la cinquième partie de leur valeur à ceux qui les trouvaient.

Les plus belles pièces de ces trésors cachés étaient réservées au roi, et le reste – joyaux, coupes, anneaux – était vendu au profit de l'Hôtel des Monnaies.

Les maisons, les écoles, les autres biens immobiliers appartenant aux Juifs furent eux aussi mis en vente.

Il fallait faire vite pour remplir les caisses du roi.

J'ai accepté tout cela.

Mais j'ai détourné la tête pour ne pas voir comme on frappait et brûlait les Juifs.

Il y a encore peu de mois, en l'an 1321, j'ai vu, je l'ai dit, les Juifs traités comme des lépreux, leurs prétendus complices. Et j'ai appris qu'on en fit sauter cent soixante dans une fosse dont le fond avait été garni de fagots enflammés.

On m'a rapporté qu'« il y en avait qui chantaient comme s'ils allaient à la noce ».

Est-ce que le Christ crucifié a voulu cela ?

Est-il un Dieu de vengeance, ou de pardon et de miséricorde ?

N'était-il pas juif parmi les Juifs ?

Ce que j'écris là est peut-être hérésie, mais c'est l'aveu de mon doute et de ma douleur.

Ils pèsent peu, face aux besoins d'or et d'argent.

En cela, le roi Philippe IV le Bel est infidèle à son aïeul Saint Louis, roi de bonne monnaie.

Au contraire, j'entends partout murmurer que Philippe est un « faux-monnayeur » qui altère les monnaies, remplit ses coffres avec le bénéfice qu'il tire du monnayage, par quoi l'on fait un plus grand nombre de pièces avec moins d'or et d'argent.

Et quand, en 1306, il décide « le retour à la bonne monnaie du temps de Saint Louis », on craint que ce ne soit encore une nouvelle manière de tondre les sujets du royaume.

J'ai vu les rues de Paris envahies par les épiciers, les foulons, les tisserands, les taverniers. Ils ont pillé les demeures des riches bourgeois qui exigeaient qu'on paie les loyers en monnaie forte, cette bonne monnaie à nouveau « monnayée », alors que l'on ne possédait plus que de la mauvaise.

Les émeutiers ont tout brisé. Ils ont défoncé les tonneaux, bu jusqu'à l'ivresse, éventré les coussins et les oreillers, et répandu les plumes dans la boue.

Armés de bâtons, ils se sont rendus au Temple, le manoir des Templiers, où le roi se trouvait avec ses barons.

J'étais à quelques pas du manoir, mais je ne pus y pénétrer, repoussé par la foule menaçante qui jetait dans la boue tout ce que l'on apportait pour le roi.

Le prévôt de Paris, près duquel je me tenais, réussit à apaiser les émeutiers, qui s'éloignèrent, et le roi put regagner le palais royal de la Cité.

Le lendemain, on a arrêté une centaine d'émeutiers et on en a pendu vingt-huit aux quatre ormes des quatre entrées de la ville.

Puis on a accroché les cadavres à quatre gibets neufs.

L'argent, je m'en persuadai ce jour-là, était lié à la mort.

CINQUIÈME PARTIE

(1306-1314)

« La raison souffre de voir des hommes s'exiler au-delà des limites de la nature ; elle est troublée de voir une race oublieuse de sa condition, ignorante de sa dignité, ne pas comprendre où est l'honneur. »

Guillaume de Nogaret, sur les Templiers, 1307.

82

J'étais un vieil homme.

En ces années-là qui commençaient un autre siècle, le quatorzième depuis la naissance de Notre Seigneur Jésus-Christ, j'avais atteint la cinquantième
année de ma vie.

La plupart de ceux avec qui j'avais chevauché au
fil du temps avaient été rappelés par Dieu.

Autour de moi, à la cour de Philippe le Bel, l'Énigmatique, personne n'avait de ses yeux vu l'aïeul
sacré du roi, Saint Louis, qui m'avait adoubé écuyer
avant de partir pour sa dernière croisade. Je savais
donc que j'étais proche du terme de ma vie. Et je
n'imaginais pas que les plus douloureuses épreuves
étaient encore devant moi.

Cependant, les signes annonçant que le royaume
de France allait être frappé par la tourmente avaient
été nombreux.

Mais, quoique témoin de ces événements, j'avais
refusé de les voir.

Il y avait eu d'abord, le 14 novembre 1305, lors du
couronnement à Lyon du pape Clément V, un avertissement de Dieu.

Le roi avançait, tenant la bride du palefroi du
pape, quand, tout à coup, pendant que cette proces-

sion quittait l'église de Saint-Just, un énorme pan de mur s'effondra.

Le pape fut jeté à terre, une escarboucle de sa tiare fut arrachée. Dans la poussière, j'entendis des cris de douleur.

Sous les pierres amoncelées, je découvris le frère du roi, Charles de Valois, couvert de sang, blessé.

Et près de lui gisaient écrasés, morts, le comte de Bretagne, un frère du pape et un cardinal italien, Matteo Orsini.

J'ai cru qu'il ne s'agissait là que d'un accident.

Aujourd'hui, j'y vois le premier signe du mécontentement de Dieu après les morts de Boniface VIII et de Benoît XI, les actions et les mensonges de Guillaume de Nogaret qui les avaient provoquées.

Nogaret dont j'avais été le complice.

Puis il y eut cette sédition en plein Paris, Philippe IV le Bel et ses barons ne pouvant quitter le manoir du Temple encerclé par les émeutiers.

Lorsque, après des heures, de l'aube à la nuit, le roi avait pu sortir, j'avais remarqué sa pâleur, la fixité de son regard, l'expression de son visage, mâchoires serrées, rides d'amertume autour de la bouche.

Les jours suivants, j'avais perçu, malgré la pendaison des meneurs de l'émeute, comme la colère du roi persistait.

J'ai entendu Guillaume de Nogaret accuser les Templiers d'avoir suscité cette sédition. Ils avaient voulu humilier le roi, montrer la puissance que leur conférait la richesse qu'ils avaient accumulée depuis la fondation de leur ordre, au concile de Troyes, en 1128.

Leur forteresse, dont pendant plusieurs heures le roi avait pu arpenter les salles, était, dans la capitale du royaume, un défi au pouvoir royal.

Depuis mon plus ancien aïeul, Martin de Thorenc, ma lignée était affiliée à l'ordre du Temple, et je savais que ces « chevaliers du Christ », qui voulaient constituer la milice du Seigneur, n'avaient eu pour ambition que d'être le glaive de l'Église et du roi en Terre sainte.

Mais moi, Hugues Villeneuve de Thorenc, au service du roi, je n'avais pas été reçu chevalier du Temple, même si, par mes aïeux, je me sentais proche de l'Ordre.

Comment aurais-je pu imaginer qu'il fût accusé d'être l'ennemi du roi de France et de la Chrétienté ?

Il m'eût pourtant suffi de me souvenir que la quête d'argent engendre la mort.

J'avais vu les Juifs jetés au bûcher, leurs biens saisis, vendus au grand profit du Trésor royal.

L'excuse de cette avidité et de cette cruauté était que les Juifs avaient crucifié le Christ, qu'ils étaient race maudite.

On oubliait que Jésus le miséricordieux avait été l'un d'eux.

On n'avait pas accusé les Lombards et les Italiens d'être déicides, mais on les avait eux aussi spoliés, expulsés parce qu'ils étaient banquiers et usuriers.

Et maintenant on lorgnait sur les richesses de l'ordre du Temple.

Les deux cents commanderies de l'Ordre possédaient d'immenses domaines.

Dans leurs forteresses dispersées dans toute la Chrétienté, elles détenaient l'argent que les rois, les princes, le pape, les évêques, les abbayes leur confiaient. L'Ordre était devenu le banquier de l'Église et des rois. Il prêtait à usure, comme les Juifs et les Lombards.

Et on accusait les Templiers d'être insatiables.

« Chacun de vous, disait le cardinal Jacques de Vitri, fait profession de ne rien posséder en particulier, mais, en commun, vous voulez tout avoir ! »

Cette richesse attirait comme un immense butin, elle faisait naître l'envie, la jalousie, la calomnie.

J'ai entendu en ces années-là accuser les Templiers de vouloir créer leur royaume, de s'être soumis aux puissances maléfiques, d'avoir des règles connues d'eux seuls, de Dieu et du Diable.

« On les soupçonne au sujet de leurs cérémonies, me dit un chevalier proche de Nogaret, parce qu'ils ne veulent pas que l'on sache ce qui s'y passe. »

À plusieurs reprises, j'ai eu l'intuition qu'un orage, aussi violent que celui qui avait foudroyé le pape Boniface VIII, menaçait l'ordre du Temple.

Mais je repoussais ces pressentiments.

Qu'aurais-je pu faire ?

Je tentais de me persuader que je me trompais.

Le supérieur de l'Ordre, Jacques de Molay, était reçu à la Cour.

Le 12 octobre 1307, il participait encore, aux côtés du roi, aux obsèques de la comtesse de Valois.

Le visage de l'Énigmatique était plus indéchiffrable que jamais.

83

Un jour a suffi pour que je sache ce que cachait l'énigmatique roi de France.

Le 13 octobre 1307, Jacques de Molay, grand maître de l'ordre du Temple, Hugues de Pairaud, visiteur des commanderies de France, et tous les Templiers furent à la même heure arrêtés. J'ai su qu'en chaque bailliage et sénéchaussée, les officiers royaux avaient reçu sous pli fermé des ordres rédigés par Guillaume de Nogaret.

Les biens de l'Ordre devaient être saisis.

Ces mesures étaient prises au nom de l'Inquisition, sous l'inculpation d'hérésie.

L'inquisiteur de France, Guillaume de Paris, confesseur du roi, avait ordonné à tous les prieurs dominicains de recevoir et d'interroger sans délai les Templiers qui leur seraient amenés.

Aucun Templier ne résista ; quelques-uns réussirent à fuir.

À plusieurs reprises, au cours de cette journée du 13 octobre, je croisai Guillaume de Nogaret et quelques-uns de ses chevaliers. L'un d'eux me dit, alors que j'ignorais encore qu'un coup de hache venait d'être assené sur la nuque de chaque Templier :

« Hugues Villeneuve de Thorenc, tu es au roi, il le sait, nous le savons. Guillaume de Nogaret ne l'a pas oublié. Tu es sous sa protection. »

J'appris plus tard que l'arrestation des Templiers dans tout le royaume avait été décidée le 22 septembre de l'an 1307.

« Le roi était au monastère de Maubuisson, ai-je lu dans l'un des registres royaux. Les sceaux furent confiés au seigneur Guillaume de Nogaret, chevalier. On traita ce jour-là de l'arrestation des Templiers. »

J'appris aussi que, le 13 octobre, Guillaume de Nogaret, à la tête des sergents du roi commandés par le prévôt de Paris, avait arrêté en personne les Templiers qui se trouvaient dans la forteresse du Temple.

J'étais labouré par la douleur et la honte.

Je pensais à mes aïeux, à tous ces « pauvres chevaliers du Christ » qui avaient combattu en Terre sainte.

Je n'ignore pas aujourd'hui les accusations qui ont été portées contre les Templiers, et d'abord celle de ne pas avoir assez vigoureusement combattu les Infidèles, d'avoir conclu des trêves avec les sultans et les émirs.

Reproche-t-on à Saint Louis d'en avoir lui-même signé ?

Mais je sais surtout que le réquisitoire dressé par Guillaume de Nogaret n'est que pâte de mensonges pétrie à pleines mains.

Il accuse « les frères du Temple de cacher le loup sous l'apparence de l'agneau, et de supplicier Jésus-Christ une seconde fois ».

Ils sont hérétiques, débauchés, sodomites, ils souillent la Terre de leur ordure.

« La colère de Dieu s'abattra sur ces fils d'incrédulité, dit Nogaret, car nous avons été établis par Dieu sur le poste élevé de l'éminence royale pour la défense de la foi et de la liberté de l'Église. »

En la circonstance, le roi, prétendait Guillaume de Nogaret, n'avait agi qu'à la demande du pape et de l'inquisiteur de France.

Comment aurais-je pu croire que Philippe le Bel avait obéi aux injonctions de Clément V, « son » pape, et de Guillaume de Paris, « son » confesseur ?

Il avait au contraire forcé le pape à ouvrir une enquête sur l'ordre du Temple et à suivre ainsi les volontés du roi. Quant aux inquisiteurs, ils avaient reçu de Nogaret des instructions précises dont j'ai eu plus tard connaissance. Les officiers royaux devaient d'abord dresser l'inventaire des biens saisis et mettre les personnes sous bonne et sûre garde.

Les agents du roi conduiraient le premier interrogatoire, puis les inquisiteurs exhorteraient les Templiers à confesser leurs crimes, à choisir entre le pardon et la mort, entre dire la vérité et la dénégation.

On userait de la torture s'il en était besoin.

On écrirait les confessions de ceux qui auraient avoué.

« On interrogea les Templiers par paroles générales, jusqu'à ce que l'on tirât d'eux la vérité, c'est-à-dire les aveux, et qu'ils y eussent persévéré. »

Je me suis tu.

Je n'avais pas prêté allégeance à l'ordre du Temple.

J'étais au roi.

Mais je savais que les accusations portées contre les Templiers étaient mensongères.

Et la douleur et la honte m'ont envahi comme des herbes malfaisantes qui dévorent ce qui me reste de vie.

84

Ces années-là, j'ai vécu chaque jour dans le tourment.

Si je voulais échapper à la persécution qui frappait à coups redoublés les chevaliers du Temple, je devais dissimuler la souffrance et le dégoût que j'éprouvais, tant ma conviction était grande de l'innocence de ces hommes et de leur Ordre.

Mais je devais aussi ne point me retirer, demeurer dans l'entourage de Nogaret, lui faire croire que j'approuvais ces procès qui s'ouvraient par tout le royaume.

J'avais assisté, le dimanche 15 octobre 1308, dans les jardins du palais royal, à un grand rassemblement de foule. Les sergents du roi, les prêcheurs dominicains avaient convoqué le peuple afin qu'il écoutât les hommes de Nogaret, les prédicateurs, les inquisiteurs dénoncer l'ordre du Temple qui avait « abandonné la fontaine de vie afin d'adorer le Veau d'or ».

Les Templiers avaient sacrifié aux idoles et ne formaient plus qu'une « race immonde et perfide qu'il fallait détruire ».

Le peuple acclamait les accusateurs.

Les jours suivants il se pressait dans une salle basse de la forteresse du Temple où se tenaient les premiers procès.

Il y avait là, pour juger, des moines, des conseillers du roi entourés de greffiers, de bourreaux, d'hommes d'armes.

Les inculpés, ces pauvres chevaliers du Christ, venaient avouer les infamies dont on les accusait.

Personne n'évoquait les tortures auxquelles ils avaient été soumis : les brodequins, le fer, le feu.

Des dizaines étaient morts en subissant la question.

Les survivants confessaient leurs sacrilèges.

J'entendis le maître de l'Ordre, Jacques de Molay, le visiteur de France, Hugues de Pairaud, le précepteur de Normandie, Geoffroy de Charnay, reconnaître qu'ils avaient renié le Christ, craché sur la croix, pratiqué la sodomie.

J'écoutai, fasciné, ces dignitaires de l'Ordre, ces hommes dont je savais qu'ils avaient héroïquement combattu l'Infidèle en Terre sainte, s'avilir.

Comment les humbles chevaliers du Temple n'auraient-ils pas eux aussi confessé ce que voulaient entendre leurs bourreaux ?

Il y eut ainsi, dans toutes les provinces du royaume, une avalanche d'aveux.

Sans doute les Templiers espéraient-ils obtenir la clémence et le pardon des juges, donc leur mise en liberté.

Je compris que c'est ce que craignaient Guillaume de Nogaret, Enguerrand de Marigny et le roi lui-même. Mais c'est ce que le pape Clément V souhaitait.

Aussitôt on l'accabla :

« Que le pape prenne garde ! ai-je lu. On pourrait croire que c'est à prix d'or qu'il protège les Templiers, coupables et passés aux aveux, et qu'il s'oppose ainsi au zèle catholique du roi de France ! »

On appela au jugement du peuple dont on convoqua les délégués à Tours.

C'était au peuple de purger le monde :

« Contre une peste si scélérate, celle du Temple, doivent se lever les lois et les armes, les animaux mêmes et les autres éléments !

« Nous voulons vous faire participer à cette œuvre, très fidèles chrétiens, et nous vous ordonnons d'envoyer sans délai à Tours deux hommes d'une foi robuste qui, au nom de vos communautés, nous assistent dans les mesures qu'il sera opportun de prendre. »

Le pape ne pouvait que s'incliner. Il convoqua, selon les vœux de Philippe le Bel, un concile à Vienne, en Dauphiné. On y jugerait l'Ordre en tant qu'ordre. Et les simples chevaliers, personnes singulières, continueraient, eux, à être jugés par les tribunaux de l'Inquisition.

Ce fut, par tout le royaume, recrudescence de procès, donc de tortures, d'aveux et de rétractations.

On menaçait ceux qui revenaient sur leur confession, dictée par les souffrances de la torture, de leur opposer leurs propres aveux :

« Prenez garde, réfléchissez à ce que vous avez déjà dit ! »

La main du bourreau se levait et le pauvre chevalier du Temple s'écriait :

« Plût à Dieu que l'on observât ici l'usage des Sarrasins qui coupent la tête des pervers en la fendant par le milieu ! »

Il décrivait ce qu'il avait subi :

« On m'a lié les mains derrière le dos, si serrées que le sang jaillissait des ongles, et on m'a mis dans une fosse, attaché avec une longe. Si on me fait subir encore de pareilles tortures, je dirai tout ce qu'on voudra. Je suis prêt à subir des supplices pourvu qu'ils soient courts ; qu'on me coupe la tête, qu'on me fasse bouillir pour l'honneur de l'Ordre, mais je ne peux pas supporter des supplices à petit feu comme ceux qui m'ont été infligés depuis plus de deux ans en prison... »

Et cependant – j'en remerciai Dieu ! –, des Templiers de plus en plus nombreux revenaient sur leurs aveux, se présentaient comme défenseurs de leur Ordre.

On en compta cinq cent quarante-six parmi les emprisonnés de Paris qui bravèrent ainsi leurs juges.

Je connaissais trop les hommes du roi pour penser qu'ils accepteraient ainsi une défaite.

Et je ne fus pas surpris quand j'appris que l'archevêque de Sens, frère d'Enguerrand de Marigny, avait condamné comme « relaps » ceux qui, après être passés aux aveux, s'offraient à défendre leur Ordre.

Cinquante-quatre d'entre eux furent entassés dans des charrettes et brûlés publiquement entre le bois de Vincennes et le Moulin à Vent de Paris, hors de la porte Saint-Antoine.

On a rapporté qu'ils souffrirent dans les flammes avec un courage qui frappa le peuple et l'induisit à les considérer comme innocents.

C'était le grand péril pour leurs accusateurs.

Il fallait que se réunisse au plus tôt le grand concile de Vienne afin que la condamnation de l'Ordre fût prononcée et que le peuple se convainquît de la malignité de l'Ordre et de sa damnation.

85

Je suis entré dans Vienne avec l'armée et la cour du roi.

C'était le 20 mars 1312 et je baissais la tête comme un couard et un félon qui n'ose regarder droit dans les yeux ceux qu'il a abandonnés et même trahis.

Car je n'avais plus aucun doute sur l'innocence des chevaliers du Temple, sur cet Ordre dont mes aïeux, vassaux du roi, avaient été membres sans cependant l'avoir servi, puisqu'ils étaient d'abord chevaliers du souverain de France.

Je me sentais proche de ces centaines de chevaliers du Temple et de leurs frères sergents, morts sous la torture pour avoir refusé de reconnaître les accusations portées contre eux.

J'avais appris, alors qu'avec le roi je séjournais à Lyon, que l'Ordre était accusé d'avoir incité ses membres à profaner le crucifix en l'insultant, en crachant sur la croix, et d'adorer des idoles en forme de tête humaine.

Ils auraient porté nuit et jour sur leurs chemises des cordelettes enchantées par le contact de ces idoles.

Certaines d'entre elles, en argent doré, étaient censées renfermer des fragments de crâne humain enveloppés dans un linge.

Comment aurais-je pu croire cela, moi qui étais le fils de Denis Villeneuve de Thorenc, compagnon du roi Saint Louis ?

Mais les accusateurs affirmaient que l'Ordre avait mis, autant qu'il avait pu, le nom chrétien en mauvaise odeur auprès des incrédules, et avait fait chanceler des fidèles dans la stabilité de leur foi !

L'Ordre était accusé d'être tout entier corrompu par des superstitions impies.

Les hosties n'étaient pas consacrées, et la sodomie la règle imposée aux chevaliers !

Et tout cela, incroyable, avait été reconnu dans un premier temps par les chevaliers du Temple dont on avait brisé le corps par la question.

« J'avouerais que j'ai tué Dieu ! » s'était même écrié devant ses bourreaux un chevalier.

Mais, le 19 mars 1312, le roi a quitté Lyon avec son armée et sa cour, et le 20, nous sommes entrés dans Vienne.

Car Guillaume de Nogaret craignait que les évêques d'Allemagne, d'Aragon, de Castille et d'Italie refusent de condamner l'Ordre. Il fallait donc que le roi de France apparaisse, entouré de ses hommes d'armes, et impose la condamnation de l'Ordre ou sa dissolution.

« Si l'Ordre ne peut être condamné par voie de justice, avait dit Clément V, qu'il le soit de manière expéditive afin que notre cher fils, le roi de France, ne soit pas scandalisé. »

Le roi s'assit auprès du pape et les trois cents pères de l'Église rassemblés approuvèrent la bulle que leur lisait Clément V.

C'était le 3 avril 1312, l'ordre du Temple n'était pas supprimé par voie de « sentence définitive », mais par voie de « règlement apostolique ».

Mon Dieu, pourquoi avez-Vous laissé commettre ce crime contre les meilleurs de Vos fils ?

J'ai prié, je me suis agenouillé.

J'étais vassal fidèle du roi de France.

Dieu était mon Seigneur, et j'acceptai Son mystère.

J'ai bu la coupe jusqu'à la lie.

J'appris comment les biens de l'ordre du Temple furent livrés à la meute des avides pour la curée, et non transmis à l'ordre des Hospitaliers comme il en avait été décidé au concile de Vienne.

Le roi, Philippe le Bel, l'Énigmatique, se réserva la plus grande part de cette proie.

Ses dettes envers l'Ordre furent éteintes, puisque les règles de l'Église interdisaient de payer leur dû aux hérétiques, et que l'ordre du Temple l'était devenu.

Le roi saisit aussi tous les coffres remplis de pièces qui se trouvaient dans les commanderies.

Quant à l'ordre des Hospitaliers, il lui restait quelques reliefs de la curée, mais il devait rembourser à la Couronne les sommes dépensées pour garder dans leurs cachots les chevaliers du Temple.

La quête effrénée d'argent était bien une marche vers la mort.

Je n'ai donc jamais cru, après ce que j'avais vu et entendu au concile, que les chevaliers prisonniers seraient rendus à la vie au lieu de pourrir dans la nuit des basses-fosses, le corps entravé de chaînes.

J'ai su que les quatre hauts dignitaires de l'Ordre, Jacques de Molay, le grand maître, et Geoffroy de Charnay, précepteur de Normandie, Geoffroy de Gonneville et Hugues de Pairaud, le visiteur, imaginaient au contraire qu'on les libérerait.

Des cardinaux furent chargés de recueillir confirmation de leurs aveux qu'ils devraient réitérer devant le peuple face à Notre-Dame.

J'ai vu dresser le grand échafaud sur le parvis de la cathédrale. Il était décoré de tentures et d'insignes religieux, meublé de sièges et de porte-flambeaux.

Le lundi 18 mars 1314, la foule se rassembla dès l'aube autour de l'échafaud.

J'étais à une fenêtre, regardant cette mer houleuse, ces hommes juchés sur les toits ou qui se pressaient aux fenêtres.

Les quatre coupables s'avancèrent enfin, hâves, et répétèrent devant les cardinaux et la foule leurs fautes sacrilèges.

Ils reconnaissaient être les chevaliers de Satan et non du Christ. Ils avaient livré la Terre sainte aux Infidèles.

Puis ils se turent et un cardinal commença à lire la sentence. Leurs aveux ne les avaient pas protégés. Ils étaient condamnés au « mur », la détention perpétuelle, une agonie éternelle plus cruelle que la mort par le feu.

Je vis Jacques de Molay se redresser. Je l'entendis crier d'une voix forte, et Geoffroy de Charnay s'était joint à lui :

« Nous ne sommes pas coupables des choses dont on nous accuse, mais nous sommes coupables d'avoir bassement trahi l'Ordre pour sauver nos vies ! Nous avons eu peur des tourments. Mais l'Ordre est pur, il est saint ! Les accusations sont folles, absurdes ! Les confessions, menteuses ! »

La foule a murmuré. Je l'ai sentie tout à coup pleine de compassion.

Un sergent a frappé sur la bouche de Jacques de Molay afin qu'il se taise, et on a entraîné les deux dignitaires qui s'étaient rétractés.

Je savais que la mort était au bout de leur chemin.

Le roi de France n'était pas homme à se laisser défier.

Philippe le Bel était dans son jardin à l'autre extrémité de l'île de la Cité.

On l'avertit de la rébellion et rétractation de Jacques de Molay et de Geoffroy de Charnay.

Lui, si maître des apparences, laissa jaillir sa fureur, ordonna qu'on dressât aussitôt un bûcher dans l'île des Juifs, en face du quai des Augustins.

J'avais rejoint Geoffroy de Paris, clerc et chroniqueur.

Je vis ainsi Jacques de Molay et Geoffroy de Charnay marcher calmement vers le bûcher, se dépouiller eux-mêmes de leurs vêtements.

Je vis le visage serein de Jacques de Molay. Il s'était tourné vers Notre-Dame et avait regardé le palais royal, et sans doute avait-il aperçu le roi, ses proches conseillers, les chevaliers de la Cour qui voulaient voir le spectacle de sa mort.

Les bourreaux s'approchèrent et les flammes enveloppèrent les deux Templiers.

Je reconnus la voix de Jacques de Molay qui criait :

« Les corps sont au roi de France, mais les âmes sont à Dieu ! »

Après, il n'y eut plus que fumées, braises et cendres.

500

Et le souvenir de ces deux hommes, et la rumeur qui s'était aussitôt répandue, selon laquelle Jacques de Molay avait assigné le pape et le roi à comparaître devant Dieu dans le délai d'un an.

SIXIÈME PARTIE

(1314)

« Roi, de l'autrui tant as déjà pris
Que de Dieu ni d'hommes n'as pris
....
Et pourquoi aurais-tu maison
En ciel, qui donnes occasion
À tes gens, qui n'est de coutume ?
Toute la France d'ire allumes. »

Chronique de GEOFFROY de PARIS.

Dieu a-t-Il écouté Jacques de Molay, qui, sur le bûcher, avait, affirmait-on, réclamé justice et vengeance ?

Je l'ai pensé quand j'ai vu la colère de Dieu frapper la plupart de ceux qui s'étaient acharnés, avec cruauté et avidité, sur les chevaliers du Temple, oubliant que cette milice du Christ avait eu pour parrain saint Bernard, et que c'était le créateur de l'Ordre cistercien qui avait rédigé les règles de l'Ordre.

En quelques mois, Guillaume de Nogaret, le pape Clément V, le roi de France, son conseiller Enguerrand de Marigny et bien d'autres ont été, comme l'avait demandé Jacques de Molay, rappelés à Dieu.

Mais, en ces derniers mois du règne de Philippe le Bel, l'Énigmatique, la mort m'a paru la peine la plus légère que Dieu eût infligée aux bourreaux des Templiers, aux destructeurs de leur Ordre.

J'ai cru, j'ai craint qu'il n'ait maudit la race capétienne. Car des trois fils de Philippe le Bel – Louis le Hutin, Philippe le Long, Charles le Bel –, aucun n'avait de descendance mâle. Et c'est la fille de Philippe le Bel, Isabelle, mariée au roi d'Angleterre, qui eut un fils.

Et il m'a même semblé que Dieu voulait que ceux qui avaient accablé les Templiers, les accusant de tous les vices, soient précipités dans la fange et que soient dévoilées leurs turpitudes aux yeux de tous leurs sujets.

J'ai vécu ces temps maudits et je dois encore, pour finir, en écrire la chronique.

Tout a commencé par des fêtes qui illuminèrent de mille cierges Notre-Dame et le palais royal, et jusqu'aux quais de la Seine. On célébrait la venue à Paris d'Isabelle, fille de Philippe le Bel, épouse du roi d'Angleterre Édouard II, venu en vassal du roi de France pour le duché de Guyenne.

J'ai admiré la beauté de la reine Isabelle :

> *La belle Isabelot*
> *Hardiment bien dire ose*
> *Que c'est des plus belles la rose*
> *Le lis, la fleur et l'exemplaire,*

récitaient les trouvères.

Mais il y avait, dans la moue dédaigneuse de la reine, l'expression d'une méchanceté qui m'avait inquiété, et je m'étais tenu à distance, craignant que son regard implacable ne me foudroie.

J'entendais les chuchotements des chevaliers de la Cour qui assuraient que le roi d'Angleterre était, bien plus qu'un mari, un sodomite et qu'Isabelle s'en était plainte à Philippe le Bel.

Après les fêtes de Paris, elle avait séjourné à Pontoise, et la première nuit, le feu avait pris dans le logis du roi et de la reine d'Angleterre ; ils avaient dû se sauver en chemise.

On dit que les épouses des frères d'Isabelle s'étaient moquées d'elle.

Elles étaient toutes trois les « brus » du roi :

Marguerite de Bourgogne, mariée en 1305 au fils aîné de Philippe le Bel, Louis le Hutin.

Jeanne d'Artois, mariée en 1307 à Philippe le Long, deuxième fils de Philippe le Bel.

Blanche d'Artois, sœur de Jeanne, qui avait épousé en 1308 le plus jeune fils de Philippe, Charles le Bel.

J'ai connu et côtoyé les fils du roi et leurs épouses.

J'ai succombé en leur compagnie à l'ennui qui les étouffait.

Je n'ai donc pas été surpris quand j'ai appris que Marguerite de Bourgogne et Blanche d'Artois avaient succombé à la tentation et commis le péché d'adultère.

Et l'effroi m'a saisi lorsque les sergents du roi ont arrêté les deux épouses et leurs amants, les frères Philippe et Gautier d'Aunay.

Je connaissais ces deux jeunes chevaliers de l'hôtel royal, insouciants et joyeux.

Et j'ai prié pour que la mort à laquelle ils étaient destinés les prenne vite, car j'imaginais que la vengeance du roi serait cruelle.

J'ai vu la fureur du roi se peindre sur son visage.

C'était sa fille Isabelle qui avait dénoncé ses belles-sœurs. Elle leur avait offert deux bourses de cuir rehaussé de pierreries, puis les avait aperçues à la ceinture de Philippe et de Gautier d'Aunay.

Elle avait averti Philippe le Bel, qui fit surveiller les deux chevaliers.

Le premier était l'amant de Blanche d'Artois.

Le second, celui de Marguerite de Bourgogne.

Quant à Jeanne d'Artois, elle était coupable de ne pas avoir dénoncé sa sœur et Marguerite, les coupables.

J'avais imaginé que le pire châtiment s'abattrait sur les deux chevaliers dont la liaison avec des femmes qui pouvaient être de futures reines capétiennes jetait un doute sur la pureté de sang de la lignée royale.

Le pire fut donc pire.

Les deux frères d'Aunay, qui avaient avoué, furent châtrés, et leurs sexes jetés aux chiens. Ils furent écorchés vifs sur la place du Martrai, à Pontoise, écartelés, décapités et suspendus au gibet public.

Leurs biens furent confisqués. Ceux qui les avaient aidés dans leur entreprise, favorisant les rencontres avec les épouses des fils du roi, ceux qui connaissaient l'existence de ces relations adultères parce qu'ils étaient au service des deux chevaliers ou des deux épouses furent noyés.

On traîna Marguerite et Blanche, tondues, vêtues d'une robe grossière, dans des cachots de Château-Gaillard.

Puis Marguerite fut placée dans une geôle ouverte aux vents d'hiver, et elle mourut de froid en quelques semaines.

Blanche d'Artois, au moment où j'écris, sept ans après le constat d'adultère, est encore enfermée à Château-Gaillard et son vœu est d'être autorisée à se cloîtrer, peut-être à prendre l'habit si l'annulation de son mariage est prononcée.

Quant à Jeanne, l'épouse de Philippe le Long, elle fut conduite à Dourdan dans un chariot couvert d'étoffes noires. Elle se lamentait, pleurait, criait à ceux qui s'arrêtaient pour la regarder passer :

« Pour Dieu, dites à Monseigneur Philippe que je meurs sans péché ! »

Je l'ai vue reine de France lorsque Philippe le Long monta sur le trône, comme Philippe V, succédant à son frère Louis le Hutin qui n'avait régné que deux années.

Car Philippe le Bel, l'Énigmatique, était mort le 29 novembre 1314.

88

Je l'avais depuis des mois pressenti : les temps maudits que nous vivions allaient emporter le roi, bien qu'il fût, à quarante-six ans, un homme vigoureux tenant toujours droite sa haute stature. Mais je voyais de la lassitude dans ses yeux.

Les barons du Nord se regroupaient en ligue, et d'autres unions de vassaux se formaient dans le royaume.

On regrettait le temps béni du Juste Saint Louis. On murmurait contre Philippe le Bel :

> *Ainsi lui fut dit pleinement*
> *Qu'il allait contre le serment*
> *Qu'il avait à Reims donné*
> *Quant eut été Roi couronné.*

On l'accusait de dilapider l'argent royal en l'offrant à ses conseillers, lesquels s'enrichissaient alors que le royaume devait payer de nouveaux impôts.

> *Roi encore as-tu eu*
> *Au moins l'ont tes gens reçu*
> *Des Templiers et l'argent et l'or*
> *Qui doit être en ton Trésor...*

On le comparait : « Les rois qui avant toi régnè-rent… »

Et la mémoire garde souvenir des bûchers allu-més pour les Templiers et des supplices infligés aux frères d'Aunay, tous châtiments qui paraissent démesurés.

Avec son armée, ses baillis, ses chevaliers fidèles – j'étais l'un d'eux –, ses sergents, le roi n'était certes pas en péril.

Mais ses trois fils n'avaient pas de descendants mâles et il en était préoccupé.

Je lisais cette inquiétude dans ses yeux au regard voilé.

Et puis, la mort est venue et je n'en fus pas sur-pris.

Il chassait à bride abattue, tomba de cheval, se brisa la jambe et l'infection alimenta d'un feu ardent de fortes fièvres.

C'était à la fin du mois d'octobre 1314.

Par l'Aisne et l'Oise, il gagna Passy, couché dans une grande barque, puis on le transporta à Fon-tainebleau, là où il était né et voulait mourir.

Et Dieu le rappela à Lui, le 29 novembre 1314.

Par la Seine, on ramena le corps à Paris.

Il fut déposé au couvent des Bernardins, et embaumé.

Le 2 décembre, les obsèques eurent lieu à Notre-Dame, puis le corps fut porté sur une litière jusqu'à Saint-Denis.

Il était couronné, le visage découvert, portant le sceptre et la main de justice.

Il était enveloppé dans un drap d'or et un man-teau fourré d'hermine.

Il fut inhumé le 3 décembre à Saint-Denis et son cœur confié aux dominicains du couvent de Poissy.

J'ai pleuré sa mort.

Je savais que j'allais désormais servir les fils de Philippe le Bel. Mais ma vie féconde, celle dont je voulais écrire la chronique, s'achevait avec la mort du roi énigmatique.

9464

Composition
NORD COMPO

Achevé d'imprimer en Espagne
par LITOGRAFIA ROSES
le 2 janvier 2011.

Dépôt légal janvier 2011.
EAN 9782290025215

EDITIONS J'AI LU
87, quai Panhard-et-Levassor, 75013 Paris

Diffusion France et étranger : Flammarion